오웰의 장미

위기의 시대에 기쁨으로 저항하는 법

오웰의 장미
Orwell's Roses

리베카 솔닛
Rebecca Solnit

최애리 옮김

반비

차례

I 예언자와 고슴도치

II 지하로 가기

III 빵과 장미

IV 스탈린의 레몬

V 후퇴와 공격

VI 장미의 값

VII 오웰강

일러두기

1. 일련번호가 매겨진 주석은 후주이다. ※로 표시된 각주 중에서 저자가 단 것은 [원주]로
   표시했고, 그 외의 각주는 역주이다.
2. 원서에서 이탤릭으로 강조한 부분은 볼드로 표시했다.
3. 본문에 언급된 단행본은 한국에서 번역 출간된 경우 국내에 소개된 제목을 따랐다. 원
   제는 국내에 출간되지 않은 경우에만 병기했다.
4. 도량형 단위는 원문의 야드파운드법에 따라 표기하되 소괄호 안에 미터법으로 환산한
   근사치를 병기했다.

가능성들을 알아보고 경고를 하기 위해 앞을 내다보려
애쓰는 행위 자체가 희망의 행위이다.[1]

―옥타비아 버틀러Octavia Butler

들 대로로 나가 거리를 가득 채우며 노천 제단들에 경의를 표하고 '판 데 무에르토pan de muerto', 즉 망자들의 빵을 먹었다. 개중에는 꽃으로 장식한 해골처럼 보이게 얼굴에 물감을 칠한 사람들도 있었다. 죽음에서 삶을, 삶에서 죽음을 발견하는 멕시코 전통대로였다. 가톨릭을 신봉하는 여러 곳에서 그날은 묘지를 찾고 가족의 묘를 청소하고 꽃으로 장식하는 날이다. 예전에 핼러윈이 그랬던 것처럼, 삶과 죽음의 경계선이 모호해지는 때이다.

하지만 나는 런던의 킹스크로스 역을 떠나 북쪽으로 달리는 아침 기차에서 차창 밖으로 런던의 밀집한 시가지가 멀어져가고 건물들이 점차 낮아지고 띄엄띄엄해져가는 것을 바라보고 있었다. 그러다 기차가 농지를 가로질러 달리기 시작하자, 풀을 뜯는 양 떼나 소, 밀밭, 잎 진 나무 같은 것들이 창백한 겨울 하늘 아래서도 아름답게 눈에 들어왔다. 나는 그 여행길에 해야 할 일, 아니 탐색 과제가 하나 있었다. 내 가장 가까운 친구 중 한 사람인 다큐멘터리 제작자 샘 그린Sam Green을 위해 나무 몇 그루(아마도 콕스 오렌지 피핀 사과※나무나 몇몇 다른 유실수들)를 찾아야 했던 것이다. 그와 나는 여러 해 전부터 나무들에 대해 이야기를, 그리고 좀 더 빈번하게는 메일을 주고받아왔다. 우리 둘 다 나무를 사랑했고, 언젠가 그가 나무에 관한 다큐멘터리를 만들든가 아니면 둘이서 어떤 식으로든 힘을 합쳐 나무를 위해 모종의 예술 작품을 만들게 되리라는 느낌을 공유하고 있었다.

샘은 2009년 동생이 죽은 후 힘든 한 해를 보내며 나무에

1936년 봄, 한 작가가 장미를 심었다. 나는 그 사실을 안 지 30년 이상이 지났지만, 그것이 무엇을 의미하는지는 몇 년 전 11월의 어느 날까지도 제대로 생각해본 적이 없었다. 그 무렵 나는 의사들의 명령에 따라 건강 회복을 위해 샌프란시스코의 집에서 안정을 취해야 했는데, 그날은 내가 쓴 책에 대해 다른 작가와 대담을 하기 위해 런던에서 케임브리지로 가는 기차에 타고 있었다. 마침 11월 2일, 내 고향에서는 '디아 데 로스 무에르토스Día de Los Muertos', 즉 망자들의 날이었다. 이웃들은 그 전해에 죽은 이들을 위해 제단을 마련하고 촛불과 음식, 천수국, 고인의 사진이나 그들에게 보내는 편지 같은 것들을 차려놓았다. 저녁이면 다서 위로와 기쁨을 발견한 터였고, 내 생각에 우리는 둘 다 나무가 주는 굳건한 지속성의 느낌을 사랑했던 것 같다. 나는 여러 종류의 참나무가 월계수나 칠엽수와 어우러져 있는 캘리포니아의 구릉진 지형에서 자랐다. 내가 어렸을 때 알던 많은 나무들은 지금가 보아도 여전히 그대로이다. 내가 그렇게 달라지는 동안 나무들은 거의 달라지지 않았다. 내가 자란 카운티의 반대쪽 끝에 뮤어우즈^{※※}가 있었다. 그 일대의 다른 지역이 다 벌목된 후에도, 그곳의 유명한 레드우드 숲에는 노거수老巨樹들이 건재했다. 키가 200피트(61미터)나 되는 침엽수들이 안개 낀 날이면 공기에서 습기를 빨아들이고 마치 소낙비와도 같은 것을 땅에 뿌렸다. 그런 소낙비는 노천이 아니라 침엽수가 천장을 이룬 곳에서만 내리는 것이다.

레드우드를 가로로 자른 지름 12피트(3.7미터) 이상 되는 원반에는 나이테가 있어 거기 역사 도표를 새기는 것이 내 어린 시절에 유행했다. 콜럼버스의 아메리카 대륙 도착 연도, 마그나 카르타 조인 연도, 때로는 예수의 탄생과 죽음까지도 박물관이나 공원에 있는 거대한 레드우드 원반에 표시되곤 했다. 뮤어우즈에서 가장 오래된 레드우드는 1200년이나 되었으니, 그 나무가 지

※　　Cox's Orange Pippin apple, 영국의 대표적인 사과 품종.

※※　　뮤어우즈 국립기념물(Muir Woods National Monument)을 말한다. 샌프란시스코 북쪽 마린 카운티에 위치한 553에이커(224만 제곱미터)의 공원 내에 240에이커(97만 제곱미터)의 레드우드 숲이 있다. 1908년 국립기념물로 지정될 때, 자연주의자 존 뮤어(John Muir, 1838~1914)의 이름으로 명명되었다.

구에서 보낸 시간의 반 이상이 최초의 유럽인들이 장차 캘리포니아라고 불리게 될 땅에 나타나기 전에 지나갔던 셈이다. 내일 심는 나무가 그만큼 오래 산다면 AD 33세기까지 건재할 테고, 그렇다 쳐도 몇백 마일 동쪽의 전나무들에 비하면 단명하다 할 것이다. 나무들은 시간에 대해 생각해보고, 시간 속을—그들이 하는 식으로, 그러니까 가만히 서서 더욱 깊이 뿌리를, 더욱 멀리 가지를 뻗는 식으로—여행해보라는 초대이다.

만일 전쟁과 정반대되는 것이 있다면 때로는 정원이 그에 해당할지도 모른다. 사람들은 숲과 초원과 공원과 정원에서 독특한 평화를 누려왔다. 1940년 나치를 피해 유럽을 떠난 초현실주의 예술가 만 레이Man Ray는 이후 10년을 캘리포니아에서 살았다. 제2차 세계대전 동안 그는 시에라네바다에 있는 세쿼이아 숲을 찾아가, 레드우드보다 더 넓게 자라지만 키는 그만큼 크지 않은 이 나무들에 대한 글을 썼다. "그들의 침묵은 세찬 급류나 나이아가라보다, 그랜드캐니언의 우르릉대는 천둥보다, 폭탄의 폭발보다 더 웅변적이며 거기에는 아무 위협이 없다. 세쿼이아 나무 잎사귀들이 머리 위 100야드(91미터) 높이에서 수런대는 소리는 너무 멀어서 들리지도 않는다. 나는 전쟁 발발 후 처음 몇 달 동안 뤽상부르공원을 거닐던 것이 생각났다. 어쩌면 프랑스혁명에서 살아남았음 직한 늙은 밤나무 아래 섰노라면, 나 자신은 그저 난쟁이처럼 느껴지고, 평화가 돌아오기까지 한 그루 나무로 변할 수 있었으면 싶어지곤 했다."[1]

| 예언자와 고슴도치

내가 영국에 가기 전, 그해 여름 샘이 시내에 돌아와 있었을 때, 우리는 메리 엘런 플레전트Mary Ellen Pleasant가 샌프란시스코에 심은 나무들을 구경하러 갔다. 플레전트는 1812년경에 노예로 태어난 흑인 여성으로, 지하철도※의 주역으로 활동하다 인권운동가가 되었으며 샌프란시스코 엘리트 금권정치에서도 일역을 했던 인물이다. 그녀가 죽은 지 100년도 더 지나, 그녀가 심은 유칼립투스 나무들 아래 서 있노라니, 나무들은 우리 손이 닿지 않는 과거의 산증인처럼 느껴졌다. 그 나무들은 그녀의 인생 드라마 일부가 일어난 목조 저택보다 더 오래 살아 있었다. 너무나 넓게 가지를 펼쳐 보도를 가로막았고, 주위의 건물 대부분보다 더 높이 솟아올랐다. 잿빛과 황갈색으로 벗어지는 껍질이 그 둥치를 휘돌아 올랐고, 낫 모양의 잎들이 보도에 흩어져 있었다. 나무 꼭대기에서는 바람이 속살거렸다. 나무들은 다른 어떤 것도 할 수 없는 방식으로 과거를 소환해준다. 여기 땅에 나무를 심고 보살피던 사람은 더 이상 살아 있지 않지만, 그녀의 생전에 살아 있던 나무들은 우리의 생애 동안에도 살아 있고, 어쩌면 우리가 떠난 다음에도 살아남을 것이다. 나무들은 시간의 형태를 바꿔놓는다.

에트루리아 말로 사에쿨룸saeculum이란 그 자리에 있는 가장 나이 든 사람이 산 시간의 길이를 묘사하는 말이다. 때로 그

※   Underground Railroad, 19세기 미국에서 노예해방을 도운 비공식 네트워크로, 흑인 노예들이 자유주(洲)나 캐나다까지 갈 수 있도록 은밀한 탈출 경로를 제공했다.

것은 100년쯤 되리라 계산된다.[*] 좀 더 느슨한 의미로는 무엇인가가 살아 있는 기억 속에 머무는 시간의 길이를 말한다. 모든 사건에는 그 나름의 사에쿨룸이 있으며, 스페인내전에서 싸운 마지막 사람 또는 마지막 나그네비둘기^{**}를 본 마지막 사람이 가버리면 그 사에쿨룸도 저문다. 나무들은 우리에게 또 다른 종류의 사에쿨룸을 제공하는 것만 같다. 마치 나무가 펼친 가지 아래 안식처를 제공하듯 우리의 덧없음에 안식처를 주는 더 긴 시간표, 더 깊은 지속성을 말이다.

모스크바에는 차르 시대에 심긴 나무들이 있다. 러시아혁명이 진행 중이던 여러 해 동안에도 그 나무들은 자라며 가을이면 잎을 떨구었고 겨우내 굳건히 섰다가 봄이면 꽃을 피웠다. 스탈린 시대의 숙청과 여론 조작용 공개재판과 기근을, 냉전과 글라스노스트^{***}와 소비에트연방의 와해를 겪는 동안에도 여름이면 방문객들에게 그늘을 드리워주었고, 스탈린 찬미자인 블라디미르 푸틴이 부상하던 가을에도 잎을 떨구었다. 그리고 푸틴과 샘과 나보다, 그 11월 아침 나와 함께 기차에 타고 있던 모든 사람보다 더 오래 살아남을 것이다. 나무들은 우리 자신의 덧없음과 우리보다 훨씬 더 오래 살아남을 지속성을 상기시키면서, 풍경 속에서 보호자이자 증인처럼 의연히 서 있었다.

그해 여름 그렇게 내 집 주변을 어슬렁거리며 나무 얘기를 하던 중에, 나는 오래전부터 좋아하던 조지 오웰의 에세이 얘기를 했다. 그것은 1946년 봄 그가 단숨에 써서 《트리뷴*Tribune*》

D. 콜링스, 「염소 뮤리얼」(1939), 월링턴에 있는 오웰.

I

예언자와
The Prophet and

고슴도치
the Hedgehog

에 발표한 짧고 서정적인 글이다. 오웰은 1943년부터 1947년까지 약 여든 편의 에세이를 이 사회주의 주간지에 기고했는데, 이 에세이는 4월 26일에 「브레이 본당신부를 위한 한마디A Good Word for the Vicar of Bray」라는 제목으로 실렸다. 버크셔 교회 묘지에 있는 한 그루 주목을 묘사하는 것에서 시작하는 이 글은 오래전에 그 나무를 심은 것으로 알려진 본당신부의 이야기로 넘어가고 또 거기서 다른 이야기로 넘어가며 종횡무진하는 대가적인 솜씨를 보여준다. 문제의 신부는 종교전쟁에서 거듭 입장을 바꾼 정치적 변절자로 유명한데, 수많은 사람이 죽거나 달아나야 했던 시기에도 그 변절 덕분에 나무처럼 그대로 살아남을 수 있었던 것이다.

오웰은 그 신부에 대해 이렇게 쓴다. "하지만 세월이 지난 후, 그에게서 남은 것이라고는 우스꽝스러운 노래와 아름다운 나무 한 그루뿐이다. 이 나무는 대대로 사람들의 눈을 쉬게 해왔으니, 그가 정치적 변절로 초래했을 어떤 악영향도 상쇄하고 남았음에 틀림없다."[2] 여기서 또 오웰은 버마의 마지막 왕에게로 비약

❋　　그래서 프랑스어로는 100년, 즉 한 세기를 시에클(siècle)이라고 한다.

❋❋　　지금은 멸종한, 북아메리카 대륙에 서식하던 야생비둘기. 거대한 떼를 지어 먼 거리를 이동하는 것이 특징이었다.

❋❋❋　　glasnost, 공개, 개방의 의미를 담고 있는 단어로, 재건, 재편, 또는 개혁을 뜻하는 페레스트로이카(perestroika)와 함께 미하일 고르바초프가 1985년에 실시한 '개혁·개방 정책'과 관련된 용어이다. 고르바초프는 소비에트연방의 당면과제로 누적되어온 관료주의, 무사안일 등을 극복하면서 '인간적 사회주의'를 지향하자는 의미의 페레스트로이카와, 민주적 사회를 재건하는 데 필요한 정치적 방법으로서의 글라스노스트를 추구했다. [편집자 주]

하여, 그가 저질렀다고 알려진 악행들에 대해 언급한 후, 왕이 만달레이에 심은 나무들 얘기로 넘어간다. "그 타마린드 나무들은 상쾌한 그늘을 드리우다가 1942년 일본의 소이탄에 불타 없어졌다." 오웰은 버마에서 대영제국의 경찰로 복무했던 전력이 있으니, 아마도 1920년대에 그 나무들을 자기 눈으로 보았을 터이다. 런던 서쪽의 작은 타운 브레이의 교회 묘지에 있는 거대한 주목을 직접 보았듯이 말이다.*

그는 이렇게 제안한다. "나무를 심는 것, 특히 오래가는 단단한 나무를 심는 것은 돈도 수고도 별로 들이지 않고 후세에 해줄 수 있는 선물이다. 만일 나무가 뿌리를 내리면, 당신이 선악 간에 행한 다른 어떤 일이 갖는 가시적 효과보다도 훨씬 오래갈 것이다." 그러고는 10년 전에 자신이 심은 값싼 장미들과 유실수들에 대해, 그리고 얼마 전에 그것들을 다시 찾아 자신이 후세에 남길 조촐한 식물학적 기여를 바라보았던 일에 대해 들려준다. "유실수 한 그루와 장미 한 그루는 죽었지만, 나머지는 모두 잘 자라고 있다. 도합 유실수 다섯 그루에 장미가 일곱 그루, 그리고 구스베리 덤불이 둘인데, 다해서 12 하고도 6펜스**밖에 들지 않았다. 이 식물들에는 별다른 일거리도 따르지 않았고, 애초에 들인 액수 이상의 비용도 전혀 들지 않았다. 심지어 거름도 따로 준 일이 없었다. 그저 이따금 주변 농장의 말들이 울타리 밖에 멈춰 섰다 지나갈 때면 양동이를 들고 나가 주워 담아 온 것이 전부였다."

이 마지막 줄을 읽으며 나는 양동이를 든 작가와 울타리 너머로 지나가는 말들을 떠올렸지만, 당시 그가 어디서 어떻게 살았으며 왜 장미를 심었는지에 대해서는 더 생각해보지 않았다. 그런데도 그 에세이는 처음 읽었을 때부터 기억할 만하고 감동적인 글이라고 여겨졌다. 나는 그것이 오웰의 충분히 계발되지 않은 어떤 면모이리라고, 만일 그가 덜 험난한 시대에 살았더라면 되었음 직한 어떤 사람의 희미한 자취라고 생각했다. 하지만 그 점에서는 내가 틀렸다.

　　그의 삶은 전쟁으로 점철되었다. 그는 1903년 6월 25일, 즉 보어전쟁 직후에 태어나 제1차 세계대전 동안 사춘기가 되었으며(열한 살 때 쓴 애국적인 시가 그가 처음 공개 지면에 발표한 글이었다), 러시아혁명과 아일랜드독립전쟁이 1920년대까지, 즉 그의 성년기 초입까지 계속되었다. 그는 1930년대 내내 제2차 세계대전이라는 대참사의 조짐들이 고조되어가는 것을 지켜본, 그리고 1937년에는 스페인내전에서 싸운 사람 중 하나였다. 독일군의 공습 동안 런던에 살았으며, 살던 집이 폭격당해 길거리에 나앉았고, 1945년에는 '냉전cold war'이라는 말을 처음 만들었다.[3] 그리고 말년에는 냉전과 핵 병기고가 갈수록 무시무시해지는 것을 지켜보다가, 1950년 1월 21일에 세상을 떠났다. 이 모든 갈등과 위협이

＊　　2019년에 샘과 나는 브레이와 그 주변 교회 묘지들을 돌아다니며 문제의 나무를 찾아보았지만 허사였다. 그래도 우리는 템스 강둑에서 현재의 브레이 본당신부와 즐거운 만남을 가졌고, 여러 그루의 거대한 주목들을 구경했다. [원주]

＊＊　　즉 12실링 6펜스라는 말이다. 1실링은 12펜스이므로, 총 150펜스가 든 셈이다. [원주]

그의 관심에서 큰 비중을 차지했다는 것은 두말할 필요도 없는 일이지만, 그것이 전부가 아니었다.

나는 나무 심기에 관한 그의 에세이를 『오웰 독본*The Orwell Reader*』이라는 제목의 큼직하고 볼썽사나운 페이퍼백으로 읽었다. 책장 모서리가 수없이 접힌 그 책은 내가 스무 살 무렵 한 중고서점에서 싸게 사서 여러 해를 두고 뒤져가며 샅샅이 읽은 것이었다. 그 책을 통해 나는 그의 에세이스트로서의 문체와 어조를, 다른 작가들이나 정치나 언어나 글쓰기에 대한 견해들을 알게 되었다. 워낙 젊었을 때 탐독한 책이라 나 또한 에세이스트가 되어가는 암중모색에 근본적인 영향을 미치기에 족했다. 1945년에 발표된 우화 『동물농장』은 어린 시절에 만났는데, 처음에는 그것을 동물들에 관한 이야기로 읽고 충실한 말[馬] 복서의 죽음을 슬퍼했을 뿐 그것이 러시아혁명이 스탈린주의로 변질되어가는 과정을 그린 알레고리라는 사실은 알지 못했다.

『1984』는 10대 때 처음 읽었고, 그가 스페인내전을 몸소 겪고 쓴 『카탈루냐 찬가』를 알게 된 것은 20대 때였다. 이 책은 내 두 번째 책인 『야만의 꿈들』에 지대한 영향을 미쳤다. 그것은 자기편의 단점들에 대한 정직성과 동시에 충성심을 보여주는 표본이자, 개인적 경험과 의심이나 불편 같은 속내를 정치적 서사로 만들어가는 법을, 다시 말해 크고 역사적인 것 안에서 사소하고 주관적인 내면을 다루는 법을 보여준 본보기였다. 그는 내게 가장 중요한 문학적 영향을 끼친 사람 중 하나였지만, 나는 그에 대해 그 자신이 책에서 보여준 것이나 대체로 짐작되는 것들 이상은 알지 못했다.

내가 샘에게 알려준 그 에세이는 나무들의 사에쿨룸을 찬미하는 것이었다. 그것은 미래를 우리가 기여할 수 있는 무엇으로, 그뿐 아니라 최초의 핵폭탄이 투하된 이듬해에도 여전히 어느 정도 신뢰를 걸 만한 무엇으로 바라보고 있다는 점에서 희망적이었다. "사과나무도 100년은 너끈히 산다. 그러니까 내가 1936년에 심은 콕스 사과나무는 21세기에도 여전히 열매를 맺을 것이다. 참나무나 너도밤나무는 수백 년을 살면서 수천수만 명의 사람들에게 즐거움을 선사한 후에야 마침내 목재로 켜질 것이다. 나는 개인적인 조림 사업으로 사회에 대한 모든 의무를 다할 수 있다고 제안하는 것이 아니다. 그래도 뭔가 반사회적인 행동을 할 때마다 일기장에 적어두었다가, 적당한 계절이 오면 땅에 도토리를 하나쯤 묻어보는 것도 나쁜 생각은 아닐 것이다."[4] 이 에세이는 개별적인 것에서 일반적인 것으로, 사소한 것에서 중대한 것으로—이 경우에는 한 그루 사과나무에서 과오에 대한 보상과 후세를 위한 유증이라는 보편적인 문제로—아무렇지 않게 넘어가는, 그의 작품에서 흔히 나타나는 글쓰기 방식을 잘 보여준다.

우리가 나무 얘기에 빠져들었던 그 여름날, 내가 샘에게 오웰의 정원 이야기를 해주자 그는 흥분했고, 우리는 그 다섯 그루 과일나무가 아직도 있는지 확인해보러 내 컴퓨터로 달려갔다. 단 몇 분 만에 우리는 1936년 4월에 오웰이 이사한 시골집 주소를 알아냈고, 또 1, 2분 만에 지도 앱으로 그 주소를 찾아내 확대해볼 수 있었다. 하지만 항공사진은 분간이 잘 가지 않는 녹색 수풀 덩어리들로 가득해서 우리가 알고 싶은 것을 제대로 알려주지 못했다.

샘은 우리가 찾아낸 주소지에 살고 있을 미지의 인물들에게 편지를 썼다. 그 주소는 내가 처음 그 에세이를 읽은 후로 내내 상상해왔던 것보다 훨씬 더 시골이었다. 샘의 편지는 아주 그다웠다. "저희는 이상한 사람들이 아닙니다"라는 말로 시작하여, 그는 자신과 나의 웹사이트 링크까지 곁들이며 우리가 잘 알려지지 않은 사실들에 흥미를 가지고 역사적인 비화들을 조사하는 데 꽤 괜찮은 경력을 가진 사람들임을 보여주려 했다. 하지만 그날 내가 케임브리지보다 몇 정거장 앞인 하트퍼드셔의 발독에서 기차에서 내렸을 때까지도, 답장은 여전히 받지 못한 채였다. 나는 다소 울렁거렸고, 그 시골집 문을 두드릴 생각에 긴장되기도 했지만 무척 들떠 있었다.

그해는 내게 무척 힘든 한 해였다. 지칠 대로 지친 데다 큰 병을 앓았고, 집에서 잘 쉬며 건강을 회복해야 했다. 하지만 여행을 얼마나 할 수 있는가를 놓고 줄다리기를 하던 끝에 나는 영국과의 계약서에 서명을 했고, 작은 글자로 된 그 몇 쪽에 걸친 계약서 어딘가에는 내가 나타나지 않으면 최소 1만 파운드를 물어낼 수 있다는 조항이 들어 있었다. 런던까지 날아가 길거리에서 쓰러지든가 무대 위에서 주저앉을 각오를 하고 정치며 사상에 대해 떠들어야 했다. 그리고 기왕 그렇게 멀리 왔으니, 북부 지방을 무시하지 않기 위해 내처 맨체스터에, 그리고 내 옛 친구이자 동료 작가인 롭 맥팔레인과 공개 대담을 하러 케임브리지에 가는 데 동의했던 것이다.

할 수만 있다면 취소하고 싶었던 이 여행에서 나는 기대하지 않던 것을 만나게 되려는 참이었다. 택시 기사에게 주소를 알려주자, 그는 행선지를 정확히 알고 있었다. 나로서는 오래된 마켓 타운에서 벗어나 하트퍼드셔의 구릉진 들판을 달리는 여행이 좀 더 걸렸으면 싶었다. 막상 도착할 일이 긴장되기도 했고, 휙휙 스쳐 가는 농지들에 매혹되기도 했기 때문이다. 하지만 웰링턴 마을에, 그리고 내가 그 방문에서 보게 될 것에 도착하는 데는 고작 몇 분밖에 걸리지 않았다. 작은 집들이 늘어서 있는 시골길을 달리다 말고, 택시 기사는 밖에 나와 있는 한 남자를 보자 말했다. "아, 저기 그레이엄이 가네요. 금방 소개해드릴게요."

나는 퇴박을 당하거나 싫은 소리를 들을지도 모른다고 생각했다. 유명 작가가 살았던 집에 사는 사람이라면 누구라도 원치 않는 관심이 부담스러울 수 있을 테니 말이다. 울타리 너머로 과일나무들을 들여다보고 문간에서 한두 마디 물어보는 게 고작일 수도 있다는 생각이었다. 하지만 그레이엄 램—잿빛 고수머리의 여윈 노인으로, 스코틀랜드 억양이었다—은 명랑하게 우리를 맞아주었다. 그는 샘의 편지를 기억하고 있었고, 답장하지 않은 것을 사과하며 아직도 우리에게 보내줄 자료를 찾는 중이라고 했다. 그러고는 우리를 뒤뜰로 안내해 정원에서 일하고 있던 파트너 돈Dawn 스패뇰과 인사시켜주었다.

　　돈은 몇 년 전 그 집이 매물로 나왔을 때 우연히 그곳을 지나게 되었고, 그레이엄에게 얘기했더니 그가 당장 집을 보러 달려왔다고 했다. 그들은 즉시 그 집을 샀는데, 너무 작고 비좁아서 휴일에 가족을 초대하기에 부적당하며 바닷가나 상점과 펍이 가까운 데서 살고 싶다는 평소의 바람에도 전혀 맞지 않는다는 것을 충분히 알고서 한 일이었다. 그들은 적어도 한때 그 집이 가게였고 바로 이웃집이 펍이었으니 된 거 아니냐며 농담을 했다. 그는 작가가 살던 집이라는 점이, 그녀는 정원이 마음에 들었다. 게다가 어딘가에 정착하고 싶다는 사람들이 많은 마을이었다고, 그들은 덧붙였다. 오웰이 심은 과일나무들은 1990년대에 뒤뜰의 창고를 확장하면서 베어버려 남아 있지 않았다. 하지만 이웃집의 나이절은 그곳에 산 지 훨씬 더 오래되었다기에 우리는 나이절을 만나러 갔고, 그의 집 뒤뜰을 이리저리 돌아가 거기에서 함께 돈과 그레이엄의 마당을 바라보았다. 그 과일나무들은 나이절의 기억 속에, 그러니까 그의 사에쿨룸 속에 있었다. 하지만 그가 말해줄 수 있는 것은 별로 없었다. 그저 그 나무들이 한때 거기 있었다는 것이 전부였고, 그중 몇 그루의 마지막 흔적이었을, 담쟁이에 덮여 눅눅하게 썩어가는 둥치밖에는 볼 것이 없었다.

　　우리는 집 안으로 들어갔다. 그레이엄은 내게 약 50년 전에 찍은 그 집의 컬러 항공사진을 보여주었다. 거기에도 나무들이 녹색 덩어리로만 나와 있었고, 어떻든 중요한 것은 그 과일나무들이 이제 없다는 것이었다. 집 내부는 하얀 석고 벽에 어두운 빛깔의 목재로 되어 있었고, 지붕이 낮은 작은 방들이 보기 좋고 아늑했다. 내가 오웰과 관련지어 떠올림 직한 어떤 것보다도 그랬다. 그가 집에 대해 말한 것은 대체로 암울하게 들렸으니 1936년에는 가스, 전기, 실내 화장실 같은 현대적 설비도 없었을 테고, 이엉을 얹은 지붕도 당시에는 양철 지붕이었다. 하지만 내가 기억하는 한 그는 그 집에 사는 것을 아주 좋아했다. 그레이엄은 내게 오웰이 서재로 쓰던 부엌 옆방과 당시 가게 역할을 하던—돈과 그레이엄은 거실로 쓰는—그다음 방 사이의 나지막한 출입구를 보여주었다. 키 큰 오웰은 매번 고개를 숙였든가 아니면 상인방에 머리를 찧었을 것이었다. 문에는 몇 개의 틈새를 내어 작업 중에도 손님이 들어오는지 볼 수 있게 해놓았다.

정원의 나무들은 없어졌지만, 나이절을 만나고 나무 그루터기를 돌아보고 사진들을 보고 나자, 그들은 오웰이 심은 장미들은 아마 그대로 있으리라고 말해주었다. 그 말에 나는 화들짝 놀랐고, 과일나무에 대한 실망이 갑자기 흥분으로 바뀌면서 새로운 관심이 일었다. 우리는 다시 정원으로 나갔고, 그곳에는 그 11월의 날에도 멋대로 자란 커다란 장미 두 그루가 꽃을 피우고 있었다. 한 그루에는 연분홍 꽃봉오리가 조금 벌어져 있었고, 다른 한 그루에는 거의 새먼핑크 빛깔의 꽃이 피었는데, 꽃잎들의 밑동은 금빛이었다. 따져보면 여든 살은 되었을 이 나무들은 왕성하게 살아 있었다. 이 살아 있는 나무들을 심은 살아 있는 손(과 삽질)의 주인은 그 여든 해 중 처음 몇 년 사이에 세상을 떠났지만 말이다. 그레이엄의 말로는 장미들이 워낙 많이 피어서 오웰이 임차를 끝낸 후 1948년에 그 집을 샀던 교사 에스더 브룩스는 그 장미를 마을 축제의 입장권으로 썼다고 한다. 1983년에 그녀는 오웰이 심은 알버틴 장미가 "정원의 영광"이며 "아직도 핀다"는 기록을 남겼다.[5]

그의 장미들은 1939년 11월에도 피고 있었으며, 오웰은 그의 가사 일기에 이렇게 썼다. "남은 패랭이꽃들을 거둬내고, 바람에 쓰러진 국화들을 세워 묶었다. 이제 겨울이 다가오니 오후에 많은 것을 하기가 힘들다. 국화는 지금이 한창인데, 대개 어두운 적갈색이고, 몇 그루는 보기 흉한 보라색과 흰색이 섞인 것이라 패어버려야겠다. 장미나무들은 여전히 꽃을 피우려 한다. 그러지 않으면 이제 정원에는 꽃이 없어질 것이다. 갯개미취 철도 지났고, 일부는 패어버렸다."[6] 그를 알았던 거의 모든 사람이 세상을 떠났지만, 그 장미들은 오웰을 포함하는 일종의 사에쿨룸이다. 나는 문득 예상치 못한 방식으로 그를 만나는 느낌이었다. 그 에세이의 살아 있는 잔재와 마주하고 있었고, 그것들은 그에 대한 내 오래된 생각들을 새롭게 해주었다.

두 그루 장미가 그에 대해, 또 장미와 과일나무에 관한 오래전의 에세이에 대해, 그리고 지속성과 후세에 대해 갖는 관계의 직접성이 나를 기쁨으로 들뜨게 했다. 조지 오웰은 전체주의와 프로파간다에 대한 선견지명으로, 불유쾌한 사실들을 직면하는 것으로, 건조한 산문체와 굴하지 않는 정치적 견해로 유명하던 작가이다. 그런 그가 장미를 심었던 것이다. 사회주의자나 공리주의자, 실용주의자나 또 아니면 그저 실제적인 사람이 과일나무를 심었다는 것은 놀랄 일이 못 된다. 과일나무는 가시적인 경제적 가치를 갖고 있고 먹을 수 있는 실용적인 산물—물론 그 이상이지만—을 내니 말이다. 하지만 장미 한 그루를—또는 그가 1936년에 복구한 이 정원의 경우처럼 일곱 그루를, 그리고 나중에는 더 많이—심는다는 것은 너무나도 의미심장한 일이다.

　　나는 30년도 더 전에 처음 읽은 그 에세이 속의 장미들에 대해 그다지 생각해본 적이 없었다. 그런데 장미라니, 오웰에 대해 내가 오래전부터 받아들이고 있었던 전통적인 시각을 접고 그를 더 깊이 알아보라는 초대와도 같았다. 그 장미들은 그가 어떤 사람이었는지, 우리는 어떤 사람인지에 대한 질문이자, 즐거움과 아름다움이, 계량 가능한 실제적 결과가 없는 시간들이, 정의와 진실과 인권과 세상을 변혁하는 방법에 대해 관심이 많았던 어떤 사람의 삶에, 어쩌면 모든 사람의 삶에서 차지하는 자리가 어디인지에 대한 질문이었다.

오웰에 대해서는 많은 전기가 나와 있고, 이 책을 쓰는 데 큰 도움이 되었다. 하지만 이 책은 서가의 전기 칸에 한 권을 더하려는 것이 아니다. 이 책은 한 작가가 몇 그루 장미를 심었다는 그 행위를 출발점으로 하여 거기서 뻗어나가는 일련의 탐구가 될 것이다. 그러니까 이것은 일단 장미에 관한 책이기도 하다. 장미는 식물 왕국의 일원이자 특별한 종류의 꽃으로, 시詩에서부터 소비 산업에 이르기까지 엄청나게 방대한 인간적 반응들을 불러일으켜왔다. 장미는 널리 퍼져 있는 야생식물 내지 다양한 종의 식물을 가리키는 동시에, 널리 재배되고 매년 새로운 품종들이 만들어지는 원예식물이다. 후자의 경우 장미는 큰 산업이기도 하다.

장미는 모든 것을 의미하며, 그러다 보니 사실상 아무것도 의미하지 않는 것이나 진배없다. 중세 철학자 피에르 아벨라르Pierre Abélard가 보편 탐구에서 장미를 예로 든 것을 비롯해 모더니스트 거트루드 스타인Gertrude Stein의 "장미는 장미는 장미다Rose is a rose is a rose"에 이르기까지, 장미는 더 큰 어떤 것을 말하는 데 원용되어왔다. 인류학자 메리 더글러스Mary Douglas가 한 말이 있는데, 그 취지인즉슨 모든 것이 몸을 상징하듯이 몸도 다른 모든 것을 상징한다는 것이다.[1] 서구 세계에서의 장미에 대해서도 같은 말을 할 수 있을 것이다. 이미지로서 장미는 안 쓰이는 데가 없어서 여성용 속옷에서부터 묘비에 이르기까지 판에 박힌 듯 장미가 그려지니, 그야말로 '월페이퍼'라 할 만하다. 실물 장미도 구애, 결혼, 장례, 생일, 그 밖의 여러 계제에 등장하여, 기쁨과 슬픔과 상실과 희망과 승리와 즐거움을 말해준다. 2020년 여름 흑인 인권운동의 지도자이자 국회의원이던 존 루이스John Lewis가 죽자, 그의 관이 마차에 실려 앨라배마 다리를 건넜는데, 그 다리는 그가 항의 시위로 도보 행진을 하다가 주州 경찰관들에게 죽도록 몰매를 맞은 곳이었다. 그 장례 행렬이 지나가는 길가에는 당시 뿌려졌던 피를 상징하는 붉은 장미 꽃잎이 흩뿌려졌다.

장미는 온갖 장식에서 불쑥불쑥 튀어나오듯이, 시와 대중가요와 잠언에서도 쏟아져 나온다. 꽃들은 흔히 덧없음과 필멸성을 나타내는 표징이다. 17세기 유럽에서 유행했던 바니타스화畵에는 해골과 함께 과일이나 정교한 꽃다발처럼 피고 지는 것, 삶과 죽음이 불가분임을 상기시키는 것들이 그려졌다. 노래에서 장미는 흔히 사랑과 영원히 붙들어둘 수 없는 연인을 나타낸다. 지난 몇십 년 동안 유행했던 노래 중에 「장밋빛 인생La Vie en rose」, 「덩굴장미Ramblin' Rose」, 「내 아일랜드 야생 장미My Wild Irish Rose」, 「나 그대에게 장미 정원을 약속한 적 없네(I Never Promised You a) Rose Garden」, 「장미는 여전히 장미A Rose Is Still a Rose」, 「와인과 장미의 나날Days of Wine and Roses」 등을 꼽을 수 있다. 그런가 하면 컨트리 가수 조지 존스George Jones의 1970년 히트곡인 멋들어지게 울적한 「장미를 위한 멋진 해A Good Year for the Roses」에서는 여전히 피어나는 장미 덤불이 그의 결혼보다 오래간다고 읊어지기도 했다.

가시는 장미의 특징 중 하나일 테고 장미가 변덕스러운 미인이나 팜파탈로 인간화되곤 하는 이유일 것이다. 앙투안 생텍쥐페리Antoine Saint-Exupéry의 『어린 왕자』에 나오는 도도한 장미처럼 말이다. 그림 형제Jacob & Wilhelm Grimm판 『잠자는 숲속의 미녀』에서 주인공인 왕녀의 이름은 들장미(독일어로는 도른뢰셴 Dornröschen, 즉 '가시 있는 장미'라고 한다)인데, 구애자들은 그녀가 잠들어 있는 탑을 둘러싼 가시덤불에 걸려 옴짝달싹 못 한 채 죽으며, 가시들은 약속된 구애자가 나타날 때 비로소 꽃으로 변한다. 꽃은 유인하지만 가시는 거부하거나 그 유인에 대한 대가를 요구한다. "진실과 장미는 가시를 지니고 있다"고 오래된 격언은 말하며, 메리앤 무어Marianne Moore의 「오로지 장미Roses Only」는 놀랄 만큼 많은 시들이 그렇듯이 장미에게 직접 건네는 말로 이루어지는 시로, "네 가시들이 네 가장 좋은 부분"이라는 말로 끝맺는다.[2] 중세 신학자들은 에덴동산에는 장미가 있었지만, 가시는 은혜에서 실추된 후에 생겨났다고 논증했다.

꽃은 식물의 생식 기관으로 흔히 남성과 여성의 부분을 모두 지니고 있지만, 일상적으로는 여성적인 것으로 취급되며, 여성화된 현상은 흔히 장식적이고 중요치 않은 것으로 치부된다. 제단이나 식탁을 장식하기 위해 잘린 꽃은 실제로 그렇기도 한 것이, 식물의 생명 주기에서 뜯겨 나와 열매나 씨앗이나 다음 세대를 갖지 못하기 때문이다. 꽃이 최상의 선물이 되는 것은 절화折花가 즐거움을 줄 뿐 달리 아무 효용도 없다는 사실 때문이다. 바로 그 사실이 선물을 주는 행위의 비효용성과 너그러움을 가장 잘 담아내는 것이다. 그러나 꽃은 강력하며, 실감하든 못 하든 모든 인간은 꽃과 얽힌 삶을 산다.

꽃은 예쁘지만 하찮고 없어도 된다는 문화적 시각이 있는가 하면, 꽃 피는 식물은 불과 2억 년 전에 지상에 나타난 혁명적인 것으로 북극에서 열대 지방에 이르기까지 지상에서 지배적이며 우리의 생존에 필수적이라는 과학적인 시각도 있다. 「꽃 피는 식물이 어떻게 세상을 정복했는가How Flowering Plants Conquered the World」라는 제목으로 최근에 나온 한 과학 기사는 그런 시각을 반영하고 있다. 꽃은 속씨식물이라 불리는 식물의 생식 기관이며, 씨앗은 그 재생산의 결실이니, 적어도 씨앗에 관한 한 혁명이라 할 만하다. 속씨식물이란 씨앗이 껍질에 싸여 있는 식물을 말한다. 씨앗을 감싸고 있는 것들은—대개는 씨앗을 보호하는 종피種皮가 있고, 항상 배胚에 영양을 공급하는 배유가 있으며, 때로는 날개나 작은 갈고리, 그 밖에 씨앗이 여행하는 것을 돕는 수단도 되는데—씨앗에 초기 식물에서보다 더 튼튼하고 다양하고 기동성 있는 전파 수단을 주었다. 그럼으로써 각 종은 더욱 다양한 생존 및 전파 기술을 지니게 되었고, 씨앗은 다른 존재들에게도 좋은 먹이가 되었다. 시인이자 고생물학자인 로렌 아이슬리Loren Eiseley는 꽃 피는 식물이 포유류와 조류의 진화에 핵심적인 지주이자 자극이었다고 반세기 이상 전에 주장했는데, 어렸을 때 읽은 그 에세이가 내게 깊은 인상을 주었다.

"온혈동물인 조류 및 포유류의 기민한 뇌는 농축된 형태의 먹이와 산소의 고도 소비를 요구하며, 그러지 못하면 생물은 오래 살아남지 못한다"고 그는 『광대한 여행』의 「꽃들은 세상을 어떻게 변화시켰나How Flowers Changed the World」라는 장에서 말한다.[3] 계속하여 그는 이렇게 쓴다. "조류 및 포유류가 필요로 하는 그 에너지를 제공하고 생물 세계의 본질을 변화시킨 것은 꽃 피는 식물의 등장이었다. 그들의 출현은 조류 및 포유류의 등장과 놀라운 방식으로 병행한다." 꽃과 함께 진화한 곤충들이 꽃가루와 꿀을 얻는 대신 꽃가루받이를 도왔고, 새와 박쥐도 꽃에서 먹이를 얻으면서 꽃가루를 실어 날랐다. 그 관계는 너무나 중요하므로 종들은 함께 진화했고 어떤 것은 거의 일부일처제적 관계를 형성했다. 마다가스카르 난초의 경우가 그러한데, 이 식물은 목이 아주 길어서 아주 혀가 긴 스핑크스 나방만이 그 꽃가루를 옮길 수 있다. 또 비누풀 유카는 4000만 년 동안이나 테제티쿨라 유카셀라라는 나방에 수분受粉을 의존해왔고, 반면 이 나방은 유카의 씨앗을 유충의 유일한 먹이로 삼아왔다. 씨앗은 인류를 비롯한 많은 다른 종들의 주된 먹이이며, 낟알, 채소, 견과, 과일 등은 물론이고 호박, 토마토, 고추 같은 채소들도 씨를 맺는 열매들이다. 씨앗은 상호 이익이 되는 관계를 발달시켰으니, 예컨대 새들이 베리 열매를 먹고 소화되지 않은 씨앗을 모母식물에서 먼 곳에 뿌린다. 속씨식물과 포유류 간의 보완적인 관계는 훨씬 더 복잡하고 상호 연관된 세계를 만들었으며, 농축된 먹이는 포유류의 진화를 가속화했다고 아이슬리는 주장한다.

　　이 글을 쓰면서, 나는 오래전부터 평소 아침 식사인 인도산 찻잎으로 만든 차, 밀과 호밀과 그 밖의 씨앗들이 섞인 토스트, 그리고 잘 아는 목장의 소들에서 난 우유와 버터와 요구르트, 벌에서 난 꿀 같은 것들을 먹고 있으니, 쟁반 위의 풍경이 목가적이라 할 만하다. 우리가 먹는 것의 대부분은 속씨식물이거나―채식주의자가 아닌 경우―속씨식물을 먹고 사는 생물들에서 온 것이다. 우리가 꽃을 그토록 매혹적이라 여기는 데는 진화적인 이유도 있음 직하다. 우리의 생명이 그들의 생명과 연결되어 있으니 말이다. 그래서 우리는 그것들을 재배하고 크기와 형태와 빛깔과 향기를 증대해가며 키워왔다. 우리의 생명은 정확히 꽃은 아니라 해도 꽃 피는 식물에 의거해 있다.

장미는 지상 어디에서도 인간의 주식은 아니지만, 중세에는 장미 꽃잎이 들어가는 요리법도 있었고, 장미 열매(로즈힙)는 여전히 차나 그 밖의 탕제를 만드는 데 쓰인다. 제2차 세계대전 동안 영국 식품성(오웰의 아내 아일린 오쇼네시 블레어Eileen O'Shaughnessy Blair가 거기서 일했다)은 수입 식량, 특히 감귤류가 끊어지자 국민에게 비타민 C를 공급하기 위해 로즈힙을 채집하는 캠페인을 벌이기도 했다. 1942년 무렵에는 200톤에 상당하는 1억 3400만 개의 로즈힙이 채집되었다고 한다.[4] 그 대부분은 시럽으로 만들어졌지만, 식품성에서는 수제 로즈힙 마멀레이드 요리법을 개발했으며, 이것은 독일에서 여전히 흔한 식품이라고 한다. 장미는 물론 향수와 향유를 만드는 데도 쓰인다.

장미는 4000가지 이상의 종을 거느린 장미과의 식물이다. 장미과에는 사과, 배, 마르멜로(유럽 모과), 살구, 자두, 복숭아 등이 들어가며, 장미꽃과 비슷한 꽃이 피는 검은딸기, 블랙베리, 라즈베리 등도 포함된다. 야생 장미의 꽃은 대개의 유실수 꽃처럼 꽃잎이 다섯 개이다. 중국, 유럽, 근동 지방에서 무작위 돌연변이를 겪으며 자란 장미는 우리 주위에서 흔히 보는 것처럼 꽃잎이 많은 형태가 되었다. 기원전 3세기 철학자 테오프라스토스Theóphrastos는 "대개는 꽃잎이 5개지만, 어떤 것은 12개 또는 20개도 되며, 그보다 훨씬 더 많은 것도 있다. 심지어 꽃잎이 100개라고 일컬어지는 장미도 있다고 한다"라고 썼다. 그보다 3세기 후에 대大플리니우

스Gaius Plinius Secundus도 꽃잎이 100개인 장미에 대해 말한 바 있다.[5]

지난 몇 세기 동안 재배자들은 그런 형태를 다양화했고, 그래서 오늘날에는 수천 가지 다양한 장미가 있다. 오래된 사향 장미, 다마스크 장미, 백장미(알바 로즈) 등에서부터 잡종 티 로즈의 무수한 변종들, 아주 작은 것에서부터 거대한 것까지 있는 캐비지 로즈, 한 줄기에 한 송이만 피는 것에서부터 여러 송이가 모여 피는 것, 관목에서 덩굴, 순백에서 자주와 보라의 수많은 색조들, 그리고 온갖 색조의 진홍과 분홍과 빨강과 노랑의 장미가 있으며, 향기도 달콤하다, 짜릿하다, 새콤하다, 과일향이다, 몰약 같다, 사향 같다 등등 다양하다. 장식으로서도 장미꽃은 생명 그 자체를 나타낸다. 다산성, 필멸성, 무상함, 사치, 그 모든 것으로 장미는 우리의 예술과 의례와 언어에 들어와 있다.

　　1936년 4월 2일, 서른세 번째 생일을 맞이하기 두어 달 전에 오웰은 월링턴에 막 도착하여 집을 빌리고 정원을 손질하고 새로운 삶을 시작했다. 그해 봄을 전후한 두 차례 여행을 통해 그는 정치에 눈을 뜨고 정치 저널리스트이자 에세이스트, 나아가 지대한 영향력을 지닌 작가로 성장하는 길에 들어서게 된다. 월링턴 집은 그가 처음으로 정착하여 다른 어떤 주소보다도 오래 유지하는 주소가 되었고, 시골의 정원 있는 집에서 아내와 함께 주로 작가로서 생계를 꾸리며 산다는, 그의 꿈이 처음으로 실현되는 곳이기도 했다.

　　오웰의 삶에는 남달리 변화가 많았고, 그 변화의 상당수는 지리적인 것이었다. 그는 아버지의 임지였던 북인도에서 태어났는데 그의 어린 시절 처음 몇 해 동안 아버지는 그곳에서 일했지만, 그는 어머니와 함께 먼저 영국으로 돌아왔고 이후 블레어[*] 가족은 작고 아늑한 몇 군데 도시들에서 살았다. 어머니 슬하에서 두 누이와 함께했던 시절은 그가 여덟 살 때 예비학교에 보내지면서 끝이 났다. 이 학교에서 5년을 지내면서 그는 학비를 감면받는 대신 위협과 굴욕을 당했으며 엘리트 퍼블릭스쿨의 장학금을 타기 위한 맹훈련을 받아야 했다. 그 시절의 울분은 평생 가시지 않았던 듯, 그가 말년에 그 시절을 회고한 글에도 고스란히 남아 있다. 열세 살 때 그는 엘리트 학교 중에서도 최고였던 이튼스쿨의 장학금을 탔고, 그곳에서 또 4년을 보냈다. 이튼에서 습득한 말투 때문에 훗날 그는 가난한 자들 가운데서 겉돌았지만, 그렇다고 부자들 가운데 잘 섞이지도 못했다. 그 시절 그는 공부를 안 했든 못했든 간에 대학의 장학금을 탈 만한 성적을 내지 못했고, 집에서 학비를 대줄 형편도 되지 못했으므로 진학 대신 취직을 해야만 했다.

그는 열아홉 살에 버마 주재 대영제국 경찰로 파견되어 5년간 복무했다. 당시 그곳에서 동료들과 함께 찍은 사진 속에서, 군복 비슷한 제복을 입은 그는 평생 어느 때보다 건장하고 말쑥한 차림으로 보인다. 그가 맡은 일은 현지인들을 몰아세워 대영제국의 권위에 억지로 굴복시키는 것이었고, 그는 훗날 『버마 시절』이라는 소설과 「코끼리를 쏘다Shooting an Elephant」, 「교수형A

Hanging」같은 에세이에서 그 시절에 관해 쓰게 된다. 1927년 그는 건강 악화를 이유로 공식적으로 그곳을 떠났고, 다시 돌아가기를 거부했다. 13년 후에 그는 자신의 버마 시절 직무에 대해 이렇게 말했다. "내가 그 일을 그만둔 것은 그곳 기후 때문에 건강이 나빠지기도 했고 또 막연하게나마 이미 책을 쓸 생각도 있었기 때문이지만, 주된 이유는 갈수록 협잡으로 여기게 된 제국주의에 더 이상 봉사할 수 없다는 데 있었다."[1] 그런 문학적 야심과 당시 프랑스의 저렴한 물가가 귀국 직후 파리로 간 이유였겠지만, 한편으로 그는 부모가 원하는 상류 지향이 아니라 하류 지향의 삶을 살기로 결심한 터였다. 스스로 가난할 뿐 아니라 가난한 자들 사이에서 살겠다는 것이었다. 그것은 식민지에서 보낸 시절에 대한 속죄이자, 자라면서 멀리하도록 배운 계층들에 동참하려는 결의였다.

그의 첫 책인 『파리와 런던의 밑바닥 인생』은 그가 빈민층의 삶, 우격다짐으로 빌붙고 긁어모으는 삶이라는 지하 세계에 뛰어들었던 경험을 씁쓸한 유머로 그려낸 작품이다. 극빈자들 사이에서 보낸 시절에 대한 에세이로는 두 편이 더 있다. 「가난한 자들은 어떻게 죽는가How the Poor Die」는 1929년 3월 그가 심한 폐렴에 걸렸을 때 파리 병원의 더러운 공공 병동에서 2주간을 보낸 이야기이다. 그곳에서 그의 신체적 필요들은 무시당했으며 그의

※   조지 오웰의 본명은 에릭 블레어(Eric Arthur Blair)였다.

병은 야만적이고 한물간 방식으로 처치되었다. 1929년 말에 그는 영국으로 돌아가, 처음에는 부모와 함께 살았다. 「홉 열매 따기Hop Picking」라는 에세이는 1931년 켄트주의 한 농장에서 추수꾼들과 함께 일하면서 만났던 사람들—"런던 동부 주민들, 대개 과일이나 채소 행상, 집시, 떠돌이 농업 노동자들과 약간의 부랑자들"—과 형편없는 임금, 생활 여건, 일 자체에서 얻었던 즐거움, 그리고 사과 훔치기 같은 부가적 활동에 관한 이야기이다. "그들은 모든 명사에 '빌어먹을fucking'을 붙여 말하는 사람들"이었지만 "그들의 친절을 능가하는 것을 본 적이 없다"고 그는 그 시절 일기에 썼다.[2] 1932년부터 1935년까지 그는 변두리 학교의 교사, 런던 서점의 점원 등으로 일했다. 벌이도 형편없었을 뿐 아니라 그는 그 일들 자체를 혐오했고 글쓰기에 뺏기는 시간과 힘 때문에도 더욱 그러했다.

그가 머물렀던 다른 곳들, 즉 고달팠던 예비학교, 이튼스쿨, 버마, 파리, 그리고 내전기의 스페인, 극빈 시절과 제2차 세계대전 동안의 런던, 그리고 그가 말년에 가능한 한 많은 시간을 보냈던 스코틀랜드의 외딴 섬에 비하면, 월링턴은 그다지 주목받지 못했다. 버마, 파리, 런던, 스페인이 모두 그의 책의 배경이 되었던 것도 사실이고, 내가 그 가을 장미들을 만난 후로 그에 관한 책들을 읽으며 거듭 만나게 된 오웰의 면모들과 더 잘 어울리는 것도 사실이다. 이런 책들은 그의 정치적 참여, 동년배들 일부와의 조화롭지 못한 관계, 프로파간다와 전체주의가 어떻게 상생하며 인권과 자유를 위협하는가에 대한 드문 통찰력, 그리고 마침내 마흔여섯의 나이에 그의 목숨을 앗아갈 호흡기 질환 등을 강조한다. 그중에는 『오웰, 한 세대의 겨울 양심Orwell: Wintry Conscience of a Generation』이라는 제목도 있었다. 하나같이 그를 잿빛으로 근엄하고 우울하게 그린 책들이었다.

어쩌면 현재와 장래의 기괴함과 잠복해 있는 위험에 대한 끈질기고 철저한 검토야말로 그의 특징일 것이다. 하지만 그렇기 때문에 그가 본 것이 곧 그인 양, 또는 그것이 그가 본 전부인 양 규정하게 되기도 한다. 나는 장미를 보고 놀란 후에 다시 그의 글들을 읽어보았는데, 그러면서 정치적 기괴함에 대한 냉철한 시각과 균형을 이루는 듯한 또 다른 시각들을 지닌 오웰을 만나게 되었다. 놀라운 사실 중 하나는 그가 얼마나 즐거움에 대해 말했던가 하는 것이었다. 아늑함이라고나 부를 만한 가정적 편안함의 다양한 형태로부터 외설적인 그림엽서에 이르기까지, 19세기 미국 아동 서적들과 디킨스 같은 영국 작가들의 "좋은 악서惡書들", 그 밖에도 수많은 것들, 그리고 무엇보다도 동물, 식물, 꽃, 자연경관, 정원 일, 전원 등에서 얻는 즐거움이 그의 책들 곳곳에서—『1984』에서도 '골든 컨트리'에 대한 서정적 환기, 그 빛과 나무들과 목장과 새들의 노래, 자유와 해방의 느낌에 이르기까지—다시 나타난다.

이 낯선 오웰은 내게 노엘 옥센핸들러Noelle Oxenhandler가 기다림과 느림의 가치에 대해 쓴 에세이를 생각나게 했다. 그 글에서 그녀는 자크 뤼세랑Jacques Lusseyran의 삶에 대해 언급한다. 그는 어린 시절에 맹인이 되었는데, 열일곱 살 때 제2차 세계대전 동안 파리 레지스탕스의 조직책이 되었다. "그의 영웅적인 행동만큼이나 내게 깊은 인상을 준 것은 그 이전의 휴지기였다"라면서 그녀는 나치 점령기 동안 그가 어떻게 파리를 탐험했으며 그러면서 동시에 스윙댄스를 배웠던가를 묘사한다.[3] 그는 자신의 회고록에서 "스윙은 정말이지 마귀들을 내쫓는 춤"이라고 쓴 바 있다.[4] 옥센핸들러와 뤼세랑이 말하고자 하는 것은 삶에서 주된 임무를 준비하기 위해 전혀 무관해 보이는 다른 일들을 할 수 있으며 그러는 것이 필요하다는 점이다.

오웰은 이 다른 일에 대한 본능과 그 일에 필요한 재능이 있었던 것 같다. 생애의 마지막 시기에 그는 『1984』를 쓰는 데 열중하는 한편, 스코틀랜드의 외딴 섬에서 정원을 가꾸는 데 막대한 시간과 힘과 상상력과 재력을 바쳤다. 그의 정원은 많은 꽃들 외에도 가축과 작물과 유실수와 트랙터로 농장을 방불케 했다. 다른 사람들에게 고도의 가치를 갖는 작업을 하는 동시에 자기 인생의 주된 목표를 이룰 수 있게 하는 원동력은 무엇일까? 그 일은 다른 사람들에게는, 그리고 때로는 자신의 눈에도, 시시하고 중요치 않고 제멋대로이고 부질없고 산만하다고—그 밖에도 계량적인 것이 비계량적인 것을 찍어 누르는 온갖 폄하적인 형용사들을 늘어놓을 수 있을 터이다—여겨질 수도 있을 것이다.

이 낯선 오웰은 유명한 불교 우화를 생각나게도 한다. 어떤 사람이 호랑이에 쫓겨 달아나다가 낭떠러지에서 떨어지는데, 작은 식물을 붙잡은 덕분에 가까스로 추락사를 면한다. 그 작은 식물, 곧 가느다란 딸기풀은 차츰 뿌리가 들려 금방이라도 뽑힐 것만 같은데, 그 끝에 탐스럽게 잘 익은 딸기가 한 알 달려 있다. 우화는 묻는다. 그 순간에 해야 할 옳은 일은 무엇인가? 정답은 딸기를 맛보는 것이다. 이것은 우리가 언제든 죽을 수 있으며 죽음은 생각보다 훨씬 더 일찍 닥칠 수도 있음을 상기시키는 이야기이다. 호랑이는 종종 있으며, 딸기도 그렇다. 오웰에게도 나름의 호랑이가 있었으니, 그의 건강 상태는 죽음이 항시 지척에 있음을 잊을 수 없게 했을 것이다.

거의 평생 그는 호흡기 질환을 달고 지냈다.[5] 유아기에 걸린 기관지염이 기관지 확장증을 유발했던 듯, 기도가 손상되어 폐 질환에 취약했다. 어려서도 어른이 되어서도 그는 툭하면 폐렴에 기관지염을 앓았다. 때로는 입원해야 할 만큼 심해져서 회복하는 데 몇 주에서 몇 달씩 걸리곤 했다. 1937년 스페인에서는 (또는 그보다 10년 전에 버마에서였다는 설도 있지만) 결핵에 걸렸던 듯, 결국 심한 각혈과 밭은 숨, 허약과 탈진 상태에 이르게 되었다. 그는 병원과 요양소에 여러 차례 장기 입원했으며, 말년에는 쇠약해져서 1년 남짓 입원해 있던 중 1950년 1월 46세의 나이에 결핵으로 세상을 떠났다.

때로 죽음의 그림자는 사람들에게 두려움과 낙심을 주지만, 때로는 삶을 당연한 것으로 여기지 않고 더 열심히 살게도 한다. 오웰은 후자에 속했던 것 같다. 그는 여러 면에서 군인처럼 엄격하게 살았고, 신체적 불편을 마다하지 않았으며, 신체적 한계를 무릅쓰고 자신을 몰아세우다 몸져누웠고, 그래도 몇 번이고 다시 일어났다. 하지만 그러면서도 때때로 만나게 되는 딸기에 손을 뻗치곤 했다. 한 친구는 이렇게 말했다. "그는 자신의 생물학적 여건에 대한 반항아요 사회적 여건에 대한 반항아였다. 이 두 가지는 긴밀히 연관되어 있었다."**6**

그렇다고 해서 그가 결점 없는 인물이었다는 말은 아니다. 그렇지 않았다. 아내가 죽은 후 그는 그녀의 생전에 마땅히 그래야 했던 만큼 다정하지도 충실하지도 못했던 것을 애석하게 여겼다. 그도 자기 계급과 인종과 국적과 성별과 이성애와 시대에 고유한 편견 중 일부를 지니고 있었다. 특히 초기에 발표한 작품들과 편지들에서는 그런 편견에서 우러난 경멸과 조롱이 강하게 드러난다. 다른 사람들에게 날을 세움으로써 자기 입지를 확보하는 듯한 태도는 그가 작가로서나 인간으로서나 좀 더 자신감이 생기고 너그러워지면서 차츰 사라졌다.

그의 글은 때로 총기에 넘치고 대체로 유용하며 선견지명으로 유명하다. 때로는 아름답기까지 한데, 그 아름다움이란 예쁨과는 별로 상관이 없는 종류의 아름다움이다. 물론 글에도 편견과 맹점이 곳곳에 널려 있다. 그는 비록 어떤 면에서는 그리 본받을 만하지 못했지만, 또 다른 면에서는 용감하고 헌신적이었다. 그는 영국적인 것을 사랑하는 동시에 대영제국과 제국주의를 혐오했으며, 그 두 가지 모두에 대해 많은 말을 했다. 약자와 외부인을 위해 나섰으며, 그가 인권과 자유를 옹호한 방식은 여전히 유효하다.

오웰이 월링턴Wallington에 대해 쓴 책은 없다. 『동물농장』이라는 엄격한 알레고리 작품의 배경이 '윌링던Willingdon'이라는 것 말고는 말이다. 이 배경의 중심은 매너 농장의 큰 헛간인데, 월링턴 시골집에서 모퉁이를 돌아서면 검은 타르 칠을 한 실제 매너 농장의 헛간이 여전히 당당하게 서 있다. 하지만 그의 거의 모든 책에는 영국의 전원 풍경을 상기시키는 장면들이 들어 있으며, 아이로, 소년으로, 청년으로, 그가 쏘다니고 낚시를 하고 식물 채집을 하고 새를 구경하고 작물을 키우고 놀던 이곳저곳에 얽힌 즐거움들이 담겨 있다. 그의 어린 시절은 한편으로는 야외에서 만끽하던 자유와 즐거움, 다른 한편으로는 여덟 살부터 열여덟 살까지 지냈던 학교들의 획일화와 비참으로 갈리는 것 같다.

열한 살의 어느 날, 그는 목초지에서 이웃에 살던 다른 세 아이의 주목을 끌려고 물구나무를 섰고 그 작전은 성공했다. 그 세 아이 중 하나였던 자신사 버디컴Jacintha Buddicom은 그가 방학을 맞아 옥스퍼드셔 십레이크의 집에 돌아올 때면 자기네 형제들과 함께 놀던 일에 대한 회고의 글을 남긴 바 있다. 이후 여러 해 동안 그는 집에 돌아올 때면 자유로운 시간 대부분을 버디컴 집 아이들과 함께 야외를 쏘다니며 보냈다. 그들은 "너무 멀지 않은 시골 산책"을 가거나, 낚시질을 하고 새들을 관찰하러 다니며 새

알을 주워 오기도 했다. 그녀는 그가 책을 아주 좋아했고, 책 읽기, 유령 얘기 들려주기, 자연을 탐사하기를 좋아했으며, 그저 작가가 아니라 "유명한 작가"가 될 작정이었다고 회고한다.[7]

그의 1939년 소설 『숨 쉬러 나가다』에는 당시 주변 환경이 그에게 주었던 매혹적인 인상들을 환기하는 긴 대목들이 있다. 예컨대 "우리는 먼 길을 마냥 쏘다니듯—물론 항상 도중에 이것저것 따먹으면서—가곤 했다. 골목길을 따라 주말 농장을 지나, 로퍼스 목초지를 가로질러, 물방앗간 농장까지 가면 도롱뇽과 조그만 잉어가 사는 연못이 있었다(조와 나는 조금 더 커서는 그곳에 낚시를 하러 가곤 했다). 돌아올 때는 어퍼빈필드 길로 왔는데, 타운 변두리에 있는 사탕 가게에 들르기 위해서였다."[8]

그는 『1984』의 이런 문장들로 엄청나게 유명해지게 된다. "미래의 모습이 보고 싶다면, 인간의 얼굴을 짓밟는 장화boots 발을 상상해보게. 영원히 말일세."[9] 그는 1946년부터 언어의 사용과 오용에 대한 이런 문장으로 많은 찬사를 받았다. "정치적 언어란 …… 거짓말이 진실처럼 들리게 하고 살인을 존경받을 만하게 만들며 헛바람을 견고해 보이게끔 하도록 고안되었다."[10] 그는 냉소에 능했고, 잭부츠jackboots(군용장화)에 대해 알지도 못하면서 떠드는 것에 대해 은근한 반대 캠페인을 벌이기 시작했던 1944년의 이런 문장은 그 일례이다. "신문 기자에게 잭부츠가 무엇인지 물어보라. 그러면 그가 모른다는 걸 알게 될 거다. 그래도 그는 여전히 잭부츠 얘기를 한다."[11]

하지만 그는 윌링턴 시골집으로 나를 이끌었던 에세이에 나오는 이런 문장을 쓰기도 했다. "울워스에서 6펜스 넘는 가격의 물건이 없던 호시절에, 가장 잘 팔린 것 중 하나는 장미 묘목이었다. 항상 아주 어린 나무를 팔았지만, 이듬해에는 꽃이 피었고, 그중 한 그루도 죽은 것이 없었다고 기억된다."[12] 또는 1936년 4월, 그 정원을 만들 무렵의 편지에는 이렇게 쓰기도 했다. "정원은 여전히 엉망진창입니다(이틀 동안 장화 열두 짝을 파냈답니다). 하지만 조금씩 정리가 되어가고 있어요."[13]

그의 글에는 흉측한 것과 아름다운 것이 종종 공존한다. 제2차 세계대전이 끝나갈 무렵 취재차 독일에 갔던 그는 보행자용 다리 근처에서 시신을 하나 발견했다. 그 다리는 슈투트가르트를 지나가는 강에 놓인 다리들 가운데 끝까지 폭파되지 않은 몇 개 중 하나였다. "죽은 독일 병사 한 명이 계단 발치에 드러누워 있었다. 얼굴은 밀랍처럼 노랬다. 가슴에는 누군가가 놓아둔 라일락 한 다발이 있었다. 사방에서 라일락이 피어나던 무렵이었다."[14] 절묘한 균형을 이루는 그림 같은 장면이다. 노란 얼굴과 라일락, 죽음과 삶, 봄의 생기와 전쟁의 참상.

라일락은 시체도 전쟁도 부인하지 않지만 복잡하게는 한다. 특수한 것이 종종 일반적인 것을 복잡하게 하듯이 말이다. 죽은 병사의 가슴에 꽃다발을 얹어둔 보이지 않는 손과 슈투트가르트에 라일락이 피어나고 있다는 소식도 그렇다. 1945년 슈투트가르트는 전쟁 동안 영국 비행기들이 떨어뜨린 수천 톤의 폭탄들로 산산조각이 난 잿더미였다. 꽃은 영국 독자들이 적으로 간주할 이 사람이 누군가의 친구 또는 연인이었음을, 그 시신에도 정치적인 사정뿐 아니라 개인적인 사연이 있었음을 말해준다.

만일 오웰의 작품을 파고든다면, 꽃과 즐거움과 자연에 대한 수많은 문장들을 만나게 될 것이다. 그런 문장들을 읽노라면 흑백 초상화가 총천연색으로 살아나고, 그런 대목들을 찾다 보면 그의 마지막 걸작인 『1984』조차 인상이 달라진다. 그런 문장들은 정치적 분석보다 호소력이나 예지력이 덜하기는 하지만, 그럼에도 정치와 무관하지 않으며, 나름대로의 시정詩情과 힘과 정치성을 지니고 있다. 따지고 보면 자연 자체가 엄청나게 정치적인 것이다. 우리가 자연을 상상하고 자연과 상호 반응하고 자연에 영향을 미치는 모든 것이 정치적인데, 그의 시대에는 이 점이 별로 인식되지 않았다.

독일 병사의 시신은 우리에게 말하는 바가 있다. 전쟁과 내셔널리즘에 대해, 또한 죽음과의 만남에 대해서이다. 꽃도 그 문장 안에서는 말하는 바가 있으니, 아마도 전쟁을 넘어서는 무엇인가가 있다는 말일 것이다. 최근까지도 역사적 시간 밖에 있는 것으로 상상되어온 계절의 변화나 과정 같은 자연의 시간, 즉 순환적 시간이 있듯이 말이다. 하지만 인간 존재는 그 두 가지 시간 모두를 살아간다. 정치적 행위자로서, 이곳 또는 저곳의 시민으로서, 의견과 신념을 지닌 정신의 소유자로서, 하지만 동시에 먹고 자고 배설하고 생육하는 생물학적 독립체로서, 꽃과 같이 덧없는 존재로 산다. 감정은 신체적인 두려움과 욕망에서 비롯되지만, 또한 이념과 참여와 문화로부터도 생겨난다.

1946년 에세이 「나는 왜 쓰는가Why I Write」에서 오웰은 바로 그 점에 대해 말한다. "내 작품을 주의 깊게 읽은 사람이라면 누구든 알아차릴 것이다. 내 글은 노골적인 프로파간다일 때도 본격 정치인이 본다면 엉뚱하다고 여길 만한 내용을 많이 담고 있다는 것을 말이다. 나는 어린 시절에 습득한 세계관을 완전히 버릴 수 없으며 버리고 싶지도 않다. 살아 건재하는 한, 나는 산문 문체에 매력을 느끼고, 이 세상을 사랑하며, 구체적인 대상들과 쓸모없는 정보 조각들에서 즐거움을 얻기를 계속할 것이다. 내 이런 면을 억누르려 해도 소용없다. 문제는 내 안에 깊이 자리한 좋고 싫음을 이 시대가 우리 모두에게 강요하는 본질적으로 공적이고 비개인적인 활동들과 조화시키는 것이다."[15]

가운데 문장에서 **느끼고**feel, **사랑하고**love, **얻는다**take라는 동사들로 연이어 표출되는 소신이 주목할 만하다. 그것은 그 사랑과 즐거움의 대상에 대해 극히 구체적이다. 그가 그런 현상들에 많은 시간을 바쳤고 거기서 많은 즐거움을 누렸다는 것은 그 자신의 글이 보여주는 바이지만, 그에 관한 책이나 소문을 통해 널리 알려진 인상은 대개 전혀 딴판이다. 그는 꽃과 함께 많은 시간을 보냈으며, 전원에서나 전혀 전원적이지 못한 환경에서나 꽃에 관심을 기울였다. 1944년, 수년째 폭격당해온 런던에 살면서 그는 독자들에게 "폭격 맞은 자리에 풍성하게 피어나는, 분홍

꽃이 피는 잡초"의 이름을 아느냐고 묻기도 했다.[16]

　　그 무렵 시인 루스 피터Ruth Pitter가 그를 방문하기 위해 상경했고, 그녀는 오랜 후에 그때 일을 이렇게 회고했다. "나는 당시 런던에서는 살 수 없는 두 가지를 갖고 갔다. 하나는 에식스주의 어머니 집에서 딴 먹음직한 포도 한 송이였고, 다른 하나는 붉은 장미 한 송이로, 둘 다 드문 보물이었다. 나는 그가 감탄과 기쁨이 가득한 얼굴로 포도를 받아들던 모습, 그리고 앙상한 손으로 장미를 감싸며 일종의 경의가 담긴 기쁨으로 그 향기를 맡던 모습이 아직 눈에 선하다. 그것이 내가 그에 대해 뚜렷이 기억하는 마지막 모습이다."[17]

　　그는 정원사였을 뿐 아니라 열성적인 자연애호가이기도 했고 어린 시절부터 그랬다. 가난해서 둘만의 장소를 마련할 방도가 여의치 않았던 그는 종종 공원이나 야외를 성적인 활동의 장소로 삼았고, 이런 행태는 『엽란을 날려라』나 『1984』 같은 소설들에도 반영되어 있다. 아마 그 점도 자연 세계에 가일층 매력을 더했을 것이다. 하지만 그가 전원에서 좋아하던 것은 그런 것뿐만이 아니었다. 소년 시절에 청년 오웰로부터 개인 교습을 받았던 리처드 피터스Richard Peters는 그 시절 함께 했던 긴 산책에 대해 말했다. "그는 담비의 행태나 왜가리의 습성에 대해 말하는 것과 같은 방식으로 정치가들의 행동에 대해 말했다. …… 동물이나 새에 대한 그의 태도는 아이들을 대하는 태도와도 같았다. 아주 편안했다. 그는 그것들에 대해 모든 것을 아는 듯했고 그것들이 흥미롭고 재미있다고 보았다."[18]

그의 젊은 시절에 함께 산책을 다니곤 했던 한 여성은 이렇게 회고했다. "그는 전원에 대해 아주 많은 것을 알고 있었고, 새나 동물을 발견하고 내게 가리켜 보이곤 했다. '들어봐!'라고 하며 지금 우는 새가 무슨 새인지 말해주는 것이었다. 하지만 새들은 내 눈에 뜨였다 싶으면 이미 날아가버린 다음이었다. 그리고 그는 온갖 나무들, 식물들의 이름을 알고 있었다."[19] 소설가 앤서니 파월Anthony Powell은 이런 불평을 하기도 했다. "만일 오웰과 함께 전원 산책에 나선다면 …… 그는 이 덤불은 좀 일찍 싹이 텄다느니, 저 식물은 영국 남부에서는 보기 드문 것이라느니 하고 거의 조바심을 내며 일일이 가리켜 보일 것이다."[20]

만년의 그를 방문했던 한 젊은 공산주의자는 오웰이 아마도 정치 얘기를 피하려는 듯 "새들의 습성을 끝없이 묘사하는 바람에 지겨워서 혼났다"라고 썼다.[21] 이런 오웰은 마치 소로Henry David Thoreau의 조카쯤 되는 것만 같다(식물 채집을 하고, 철새들의 이동이나 꽃의 첫 개화에 관해 일지를 쓰고, 농작물을 재배하여 내다 팔거나 주위 사람들에게 나눠주고, 그리고 물론 중요한 에세이들에서는 급진적인 정치적 입장과 행동을 고취한다는 점에서 말이다). 그는 내가 만나기를 기대했던 사람은 아니지만, 일단 그가 어떤 사람인지 알고 나면 종종 마주치게 된다.

1935년에 그는 시를 한 편 발표했는데, 썩 좋은 시는 아니었다. 그는 재능 있는 시인도 전도유망한 소설가도 아니었고, 그가 엄청나게 재능 있는 에세이스트라는 사실을 발견하는 데는 그 자신이나 다른 사람들이나 시간이 좀 걸렸다. 아무튼 이 시는 자신을 시대가 요구하는 바를 행하는 자로 묘사한 강력한 자화상이었다.

> 나는 행복한 시골 목사가 될 수도 있었으련만
> 200년 전이었다면
> 영원한 저주에 대해 설교하고
> 내 호두나무가 자라는 것을 지켜보며.[22]

그는 이 "고즈넉한 직업"을 놓친 것을 유감으로 여겼지만, 그래도 어떻든 그런 것을 얻기는 했다. 아니 그가 얻었다기보다 그의 이모가 얻어주었다. 친구 잭 커먼Jack Common에게 쓴 편지에서는 "한 친구가" 얻어주었다고 말했지만, 그것은 아마도 나이 서른셋에 "이모가"라고 하는 것이 너무 유치하게 들릴까 봐 에두른 것일 터이다. 어머니의 언니인 이 이모는 윌링턴 시골집과 마찬가지로 오웰의 전기에서 별로 주목받지 못하지만, 사실 그녀는 아주 중요한 시기에 큰 역할을 했다. (환경에 잘 적응하지 못하는 아이들에게 부모가 해주려 하지 않는 또는 해줄 수 없는 방식으로 용기를 불어넣어주는 보헤미안 이모나 이상한 삼촌에 대해서는 한 편의 역사를 써도 좋을 것이다.) 그 이모, '넬리'라는 이름으로 불리던 엘렌 리무쟁Helene Limouzin*은 여성참정권자요 사회주의자(아마도 그가 알았던 최초

의 사회주의자)로, 보헤미안에 배우였으며, 좌익 출판물에 기고하고 있었다.[23]

자신사 버디컴은 어린 날의 친구 (1933년부터 조지 오웰이라는 이름을 쓰게 될) 에릭 블레어에 대해 이렇게 회고했다. "내가 기억하는 바로는 아이비 리무쟁이라는 이모와 넬리 이모가 있었다. 이 두 이모 중 한 사람 또는 둘 다와 그 주위 친구들은 전투적인 여성참정권자였다. 블레어 부인은 그녀들에게 공감하기는 했지만 그리 적극적이지 않았다. 에릭이 말하길, 이 별동대의 일부는 감옥에 갔으며 단신 투쟁을 하거나 좀 더 온건하게는 철책에 몸을 묶는 시위를 벌였다고 했다."[24] 에릭이 아주 어렸을 때, 넬리 이모는 그를 이디스 네스빗Edith Nesbit에게 소개해주었다. 그가 만난 최초의 진지한 작가였던 네스빗은 아이들을 위해 떠들썩하고 활기 넘치는 소설들을 써서 유명해졌지만, 페이비언협회Fabian Society라는 민주사회주의 단체의 공동 창시자이기도 했다.

조카가 버마에서 돌아오자, 이모는 그가 새로운 삶을 열어갈 수 있도록 도와주었다. 그녀 자신도 무일푼에 모험으로 가득한 삶을 살고 있었고, 오웰의 부모는 신분 상승의 사다리에서 내려와 글쓰기처럼 믿을 수 없는 일을 추구하겠다는 그의 결심

※ 리무쟁은 오웰 외가의 성이다. 외조부(Francis Mathew Limouzin, 1835~1915)는 프랑스 리모주 출신의 목재상으로 1850년대에 형제들과 함께 버마로 이주했고, 오웰의 모친(Ida Mabel (Limouzin) Blair, 1875~1943)은 부모의 일시 귀국 중에 런던에서 태어났지만, 버마에서 성장하여 오웰의 부친 리처드 블레어(Richard Walmesley Blair, 1857~1939)와 결혼했다.

에 경악했지만, 이모는 그의 편이 되어주었다. 1920년대의 어느 때 그녀는 프랑스 무정부주의자 외젠 아당Eugène Adam과 가까워졌다. 아당은 1917년 러시아혁명을 목격한 증인이기도 했다. 1920년대 말 오웰의 파리 시절에, 넬리와 아당은 파리에서 함께 살고 있었다. 아당이 러시아혁명을 직접 겪었다는 사실과 혁명의 결과에 대한 그의 거부는 공산주의 실험이 얼마나 끔찍하게 돌아갈 수 있는가에 대한 오웰 자신의 인식에 영향을 미쳤음 직하다. 공산주의가 또 다른 독재가 된 후에도 오랜 기간 대다수의 공산주의자들은 그것이 프롤레타리아 독재의 영광스러운 실현이라고 상상하기를 계속했지만, 무정부주의자들은 대개 그 사실을 일찍부터 인정했던 것이다.

성인이 된 오웰이 최초로 글을 발표한 지면은 프랑스 좌익 잡지였다. 넬리 이모가 조카를 잡지의 편집자이자 소설가였던 앙리 바르뷔스Henri Barbusse에게 소개해주었다. 1933년 6월 3일, 교사로 일하고 있던 그에게 이모는 약간의 돈을 보내면서 그녀 명의의 좌익 잡지 《아델피Adelphi》 구독을 갱신해주고 남는 돈은 가지라고 했다. "그걸로 네 시민농장* 임대료를 낼 수 있을 거야. 거기서 이익이 났으면 **좋겠구나**. 물론 종자를 사는 데도 돈이 들었을 테고, 비료와 농기구도 필요했겠지. 가능하면 빌리거나 슬쩍하기를 바라지만 …… 여기서는 비무장 회담을 기다리는 한편, 전쟁 준비도 철저히 하고 있단다."[25] 애정이 담긴 이 긴 편지에서 그녀는 그의 일과 책과 정원에 대해 다정한 관심을 보이면서 정치에 대한 자신의 관심을 나누고, 그의 선택과 그에 따른 가난을 이의 없이 받아들이고 있다.

그는 문제의 시민농장*에 매료되어 있었다. 그해 초에 그는 당시 구애하던 한 여성에게 이렇게 써 보냈다. "오래 편지를 쓰지 못해서 미안해요. 하지만 늘 그렇듯 일이 바빴고, 그 사이사이에는 정원 일 한고비를 넘겼답니다. 오늘은 잔디 깎는 기계로 몸이 부서질 듯 일했고, 어제는 곡괭이로 내 정강이를 찍을 뻔했지요. 당신은 『율리시스』를 읽었는지요?"[26] 그는 야외에서의 에로틱한 행위를 암시하는 듯 이런 말도 덧붙였다. "버넘 비치는 날씨가 어찌나 좋았던지, 나무들이 움틀 때 다시 거기 갔으면 해요." 그러다 7월에는 구애하던 또 다른 여성에게 시민농장에 대해 이렇게 썼다. 아마 그는 그곳에서 채소를 키워 내다 팔기를 바랐던 듯하다. "호박이며 단호박이 통통해지는 것이 거의 눈에 보이는 듯해요. 완두콩도 엄청나게 열리고, 콩도 이제 시작이고, 감자는 비교적 작황이 나쁜데 내 생각엔 가뭄 탓인 것 같아요. 소설은 다 썼는데, 군데군데 영 맘에 들지 않아요."[27]

그러다 그는 심한 폐렴을 앓았고, 퇴원한 후에는 다시 부모의 집으로 들어가 여러 달의 회복기를 가져야 했다. 그가 조지 오웰이라는 필명으로 쓴 글들이 처음 발표되기 시작한 것도 그 무렵이었다. 필명을 쓴 것은 스스로 가족과 분리되어 자기 자신

※   allotment, 시민들에게 임대해주던 일정한 크기의 밭.

을 재정립하려는 시도였는데, 다시 서포크주의 해안 도시 사우스월드에 있던 부모 집으로 돌아가야 했으니 그런 시도가 좌절되는 느낌이 들었을 법하다.

부모 집에서 지내는 동안 그는 여성 수신인 중 한 사람에게 보내는 편지에서 이렇게 선언했다. "이 시대는 너무나 구역질이 나서 때로 길모퉁이에 서서 예레미야나 에스라나 그런 누군가처럼 하늘의 저주를 외치고 싶은 충동마저 듭니다."[28] 후일 그는 시대에 관한 한탄과 장광설의 대가가 될 터이다. 하지만 그 편지에서 그는 인간들이 비공식적으로 떠들 때 하는 흥미로운 행동을 한다. 즉 구약 시대에나 어울릴 분노로부터 최근에 자신을 매혹하고 호기심을 자극한 무엇인가에 대한 이야기로 대뜸 넘어가는 것이다. 앞의 인용문보다 조금 아래서 그는 또 이렇게 쓴다. "고슴도치들이 계속 집 안에 들어와요. 간밤에는 욕실에서 꼭 오렌지만 한 작은 고슴도치를 한 마리 발견했답니다. 내게 떠오른 유일한 생각은 그게 다른 고슴도치 중 누군가의 새끼이리라는 것이었어요. 비록 모양을 다 갖추고 있기는 했지만, 그러니까 가시가 잔뜩 돋쳐 있었지만 말이에요. 곧 다시 쓸게요." 마치 고슴도치에 흥미를 느낀다면 시대의 악쯤은 아무래도 좋다는 듯한 말투인데, 그 두 가지는 경험에서나 상상에서나 으레 공존하는 것을 볼 수 있다.

1934년 9월 23일, 넬리 이모는 조카를 위해 웨일스인 친구 머바누이 웨스트로프Myfanwy Westrope에게 편지를 썼다. 웨스트로프는 여성참정권자에 평화주의자요 채식주의자였으며 독립노동당 당원이었는데, 남편과 함께 런던의 햄스테드히스 근처에서 책방을 하나 운영하고 있었다. 그 남편 되는 이는 제1차 세계대전 때 양심적 병역거부로 투옥되어 있는 동안 에스페란토어를 배웠고, 에스페란토어 덕분에 아당을, 아당 덕분에 리무쟁을 알게 된 터였다. 그녀는 조카를 웨스트로프 부부와 연결해주었고, 그것은 책방의 오후 근무라는 일자리로 이어졌다. 덕분에 아침에는 글 쓸 시간이 났고, 책방 근처에 있는 부부의 집에 침실도 하나 얻게 되었다. 어느 시점엔가 그의 이모도 런던으로 이사했다. 루스 피터는 이렇게 회고했다. "그래요, 넬리 이모 집에 함께 저녁을 먹으러 갔던 게 생각나요. 오, 대단한 저녁 식사였지요. 그녀는 나이든 무정부주의자와 살고 있었다고 기억해요. 그녀는 참 괴짜였어요. 우리에게 차려준 식사는 끔찍하게 가난한 파리 토박이나 먹을 것 같은 거였답니다."[29]

교사로, 그 후에는 서점 직원으로 일하던 시절, 스스로 방향을 잡아갈 만한 정치적 시각을 갖게 해줄 여행을 떠나기 전이던 그 시절에, 그는 1934년, 1935년, 1936년 세 편의 소설을 연달아 발표했지만 이렇다 할 성공은 거두지 못했다. 그 자신조차 불만족스럽게 여겼던 그 소설들은 정치적 분석이라기보다 개인적 원한에 가까운 세계관으로 주목할 만하다. 아마도 그 점은 가난한 집 아들로서 부유층 자제들을 위한 학교에 다니면서 보낸 성장기에서 비롯되었을 것이다. 그래서 약자들의 편을 들고 그들을 짓누르는 권력을 혐오하게 되었을 터이다. 그는 소년 시절의 자신에 대해 이렇게 말했다. "나는 속물이자 혁명가였다. 모든 권위에 반기를 들었다. …… 나는 막연히 사회주의자를 자처했다. 하지만 나는 사회주의가 무슨 뜻인지 제대로 알지 못했고, 노동계급도 인간이라는 개념조차 없었다."[30]

그의 소설에는 하나같이 주위 사람들로부터 소외된 개인이 등장한다. 그 적들이 한데 섞여 만들어내는 것이 사회라는 제도이며, 사회는 그의 주인공들을 갈아 으깬다. (『1984』의 플롯과 그 신체적·도덕적으로 허약한, 영웅적이지 못한 주인공은 『엽란을 날려라』의 주인공과 놀랄 만큼 흡사하다. 비록 초기작은 가난과 압제를 오웰 자신의 사회에 맞게 그렸고, 나중 작품은 주인공을 고문과 공포로 파멸시키는 전체주의적 국가에 맞게 그렸지만 말이다.) 각 작품은 즉각적 경험, 특히 자연 세계를 묘사할 때 더 열정적이고 생생한 산문으로 넘어간다. 이 초기작들은 의심스러운 플롯, 인물들의 처량한 삶, 성난 장광설, 풍성한 환기력 등이 마치 충분히 오래 익혀 어우러지지 않은 재료들처럼 따로 도는 듯이 보인다. 『목사의 딸*A Clergyman's Daughter*』에서 표제가 가리키는 주인공은 이기적인 아버지 앞에 움츠러드는 하녀요, 교구의 병자 및 노인들의 부지런한 간호인이요, 별로 믿을 수 없는 일련의 사건들에 휩쓸렸다가 결국 자신의 비참한 시골 생활로 되돌아오고 마는 좌절한 영혼이다.

하지만 아버지 교구의 한 불쌍한 노파를 간호하러 갔다가 자전거로 돌아오는 길에, 그녀는 하염없이 바라본다. "붉은 암소들이 무릎까지 길게 자란 빛나는 풀의 바다에서 풀을 뜯고 있었다. 바닐라와 신선한 건초를 증류한 것 같은 암소들의 냄새가 도러시의 콧구멍으로 흘러들었다. …… 산울타리 너머에서 자라는 야생 장미 한 송이가 눈에 띄었다. 물론 꽃은 없었지만, 들장미인지 확인해보려고 그녀는 살문을 타고 넘어갔다. 산울타리 아래쪽 키 큰 잡초 사이에서 그녀는 무릎을 꿇었다. 땅 가까이는 열기가 후끈했다. 눈에 보이지 않는 곤충들이 윙윙대는 소리가 들려왔고, 뒤얽힌 초목에서 나는 뜨거운 여름 향기가 흘러와 그녀를 감쌌다."[31] 그가 창조한 삶들은 비참함 가운데서도 에피파니로 점철된다. 오웰은 영구한 행복도 그것을 실현하려 하는 정치도 믿지 않았지만, 기쁨의, 심지어 환희의 순간이 있음을 굳게 믿었고, 이 초기작들에서부터 『1984』에 이르기까지 그런 순간들에 대해 자주 썼다.

그는 여러 손위 여성들의 보살핌을 받았으며, 메이블 피어츠Mable Fierz도 그런 여성 중 하나였다. 그녀는 사우스월드에서 그의 부모와 먼저 알게 된 사이였다. 피어츠는 그를 자신의 몇몇 런던 지인에게 소개했는데, 그들이 그의 문학 에이전트, 출판인, 그리고 가장 충실한 벗들이 된다. 웨스트로프 부부의 사정상 오웰이 쓰던 방을 비워야 하게 되자, 피어츠는 그를 로절린드 오버마이어Rosalind Obermeyer에게 소개해주었다. 오버마이어는 40대의 심리학도로, 널찍한 자기 아파트의 세놓는 침실 두 개 중 하나를 그에게 내주었다. 그 방에서 그는 원시적인 저녁 식사를 요리

했다. 자신의 편지에 따르면 "독신자 그릴러"라는, 일종의 오븐 토스터에 요리한 것을 친구들에게 내놓곤 했다. 물론 평소에 글 쓰는 테이블을 식탁 삼아서 말이다.

1935년 봄, 오버마이어와 오웰은 그곳에서 공동으로 파티를 열었는데, 우연히 들른 손님 중 한 사람이 아일린 오쇼네시였다. 그녀는 오버마이어와 함께 유니버시티 칼리지 런던의 심리학 석사 과정에 다니고 있었다. 오웰은 이 스물아홉 살 난 침착한 여성에게 대번에 깊이 빠져서 그날 밤 이후로 열렬히 구애하기 시작했다. 오쇼네시의 가족은 그의 가족보다 내세울 것은 없을지언정 형편은 더 넉넉했다. 그녀의 아버지는 잉글랜드 북부에 정착한 아일랜드 가톨릭 신자였다. 그녀는 옥스퍼드 출신으로 대단히 총명했고 장난스러운 유머 감각과 상당한 재치의 소유자였는데, 얼마 안 가 이 유별나게 키가 크고 건강하지 않은, 짙고 수북한 머리칼이 솔처럼 뻗치고 푸른 눈은 움푹 꺼진, 강경하고 때로 괴벽스러운 의견을 내는, 성공하지 못한 소설가에게 마음이 끌리게 되었다. 그녀는 그를 사랑한 나머지 친구들과 런던 생활을 다 접고 그가 정착하기로 한 시골에서 함께 살기로, 그리고 자신이 공부하던 방면에서 직업을 갖는 대신 그에게 헌신하기로 했다. 그는 월링턴에 정원을 만들면서, 런던에서 내려올 아일린과 결혼 생활을 맞이할 준비를 하고 있었다.

"정원은 땅은 좋은데 도무지 본 적이 없을 만큼 형편없는 상태로 버려져 있었다네"라고 그는 그곳에 도착한 다음 날인 4월

3일 친구 잭 커먼에게 보내는 편지에 썼다. "제대로 자리를 잡는 데 1년은 걸릴 것만 같아."[32] 집 앞에는 작은 뜰이 있어서 그가 산 장미 일부는 그곳에 심겼고, 집 뒤에는 더 널찍한 정원을 만들 공간이 있었다. 길 건너에 있는 밭은 근처 샌던의 우체국장에게서 빌려 좀 더 넓은 채마밭으로 사용하게 되었다. 나중에는 마을 공터에서 염소를 키웠고 하루에 두 번 젖을 짰다(친구 잭 커먼은 노동자 출신 작가로 1938년 한때 오웰의 월링턴 집을 빌렸는데, 오웰이 그에게 보낸 편지 중에는 염소젖을 짜는 정확한 방법에 관한 극히 자세한 설명도 들어 있다).

그 집은 원래 마을의 가게였고, 그는 베이컨 써는 기계와 식료품을 약간 사서 그 작은 마을의 식료품점을 차렸다. 사탕, 아스피린, 베이컨, 손수 키우는 닭이 낳은 달걀을 비롯해 오죽잖은 구색의 상품들에서 나오는 쥐꼬리만 한 수익은 그가 작가로서 근근이 벌어 조달하는 소액의 집세에 보태졌다. 그는 그해에 아델피 서머스쿨※에서 정치 토론에 참여하기도 했지만, 대개는 글을 썼고 정원을 가꾸었다. 적어도 결혼 직후 반년 동안은 그랬다(아일린이 청소와 요리, 가게 일의 대부분을 맡았던 것이 분명하다).

1936년 말, 오웰은 시골에 틀어박혔던 데서 방향을 급전

※　《아델피》는 1923년 존 미들턴 머리(John Middleton Murry)가 창간한 잡지로, 오웰은 문필 생활 초기부터 이 잡지에 기고했다. 머리가 매입한 에섹스주의 한 농장을 기반으로 1934년에 시작된 아델피 센터에서는 1936년 8월에 서머스쿨을 열었고, 《아델피》를 중심으로 어울리던 여러 작가들과 함께 오웰은 이곳에서 강연도 하고 토론에도 참여했다. 이 센터 내지 공동체는 1937년에 문을 닫았다.

환하여 스페인으로 가서 전쟁터에 뛰어들었다. 하지만 더 부유한 집 자식들과 함께 다녔던 학교에서 생겨났을 법한 그의 성향, 항상 아웃사이더로 머무는 성향 때문에 그 전쟁에도 아주 휘말리지는 않았고, 이후에도 훗날 '집단 사고groupthink(그가 마지막 소설에서 만들어낼 '이중 사고doublethink'라는 말의 파생어)'라 불리게 될 어떤 것에도 휘말리지 않기는 마찬가지였다. 게다가 그는 런던과 도시 생활을 싫어했고, 가게의 변변찮은 수익으로 충당할 수 있을 만큼 집세가 싼 시골집은 그에게 전업 작가가 될 유일한 기회였을 터이다.

아일린 오쇼네시는 6월 9일, 화요일에 아일린 블레어가 되었다.[※] 그녀의 새 집에서 그늘진 오솔길을 따라 타르로 검게 칠한 매너 농장과 작은 연못을 지나 조금 걸어 올라가면 나오는 교회에서 조촐한 예식이 거행되었다. 이 작은 교회는 12세기부터 조금씩 지어진 것으로, 지역에서 나는 어두운 빛깔의 수석燧石을 제각각의 모양대로 시멘트를 사용해 이어 붙인 특이한 외관의 건물이었다. 그 돌멩이들은 마치 책의 한 쪽에 늘어놓은 상형 문자들처럼 보인다. 희게 칠한 내부는 밝고 휑하다. 목재 서까래에는 오래전에 새겨놓은 천사들이 있고, 바닥은 흘림체로 비문을 새긴 18세기의 검은 묘석들로 포장되어 있다.

오웰은 한때 보수파 무정부주의자를 자처했을 만큼, 반항아이자 혁명아의 요소들을 지니고 있으면서도 전통과 안정과 검소함과 가정적인 일상을 사랑했다. "그는 영국인들의 삶의 아주 오랜 전통, 산업화 이전 영국 시골 마을의 전통을 중시하는 전통주의자였다"라고 시인 스티븐 스펜더Stephen Spender는 말했다. "그는 이웃들이 서로 잘 아는 작은 공동체를 신봉했고, 그래서 무정부주의자들과 상당한 공감을 지니고 있었다. …… 그러므로 그가 공산주의자가 아니었던 근본적인 이유는 공산주의자들이 공산주의자가 아니었고 오웰은 공산주의자였기 때문이라고 말할 수 있을 것이다."[33] 윌리엄 모리스William Morris와 마찬가지로, 그도 천국은 우리 앞에, 도시화되고 산업화된 미래에 있다기보다 우리의 등 뒤에, 구식의 삶에, 유기적인 세계에 있다고 믿었다.

교회에서 결혼식을 올리기로 한 것도 아마 그런 예스러운 방식이 좋아서였을 것이다. 물론 마을이나 가게를 떠날 필요가 없는 장소를 선택한 것일 수도 있지만 말이다. 가게는 거의 연중무휴로 열려 있었다. 피로연은 신혼집 근처의 펍에서 열렸다. 몇

❊   아일린의 집에서는 그녀의 사랑하는 오빠 로런스 프레더릭 오쇼네시가 '에릭'이라는 이름으로 불렸으므로, 그녀는 에릭 블레어와 결혼하여 블레어라는 이름을 쓰게 된 후 남편을 '조지'라고 불렀다. '조지 오웰'이라는 이름은 갑자기 필명으로 사용되기 시작했지만, 차츰 편지에서나 친구들 사이에서도 나타나게 되었고, 결국 그는 개인적으로 아는 사람들 중 다수에게 '조지 오웰'로 알려지게 되었다. 그러니까 조지 오웰의 첫 아내는 '아일린 오웰'이 아니라 어디까지나 '아일린 블레어'였다. 그녀의 묘비에도 그의 묘비에도 '블레어'라는 이름이 새겨졌고, 1944년 그들이 입양한 아들은 '리처드 블레어'가 되었다. 나는 아일린 오쇼네시 블레어를 '아일린'이라고 불러야 하는 것이 유감이지만, 너무나 많은 기혼 여성의 경우가 그렇듯, 그녀가 평생 지녔던 자신만의 이름은 그것뿐이다. 반면 오웰이 죽기 두어 달 전에 결혼했던 소니아 브라우넬은 오웰이라는 성을 따랐다. 마치 그 사람보다는 전설과 결혼하기나 하는 것처럼. [원주]

몇 전기들은 이후 몇 달을 그의 평생 가장 행복한 시절로 묘사한다. 아일린 블레어는 그해 11월 한 친구에게 보낸 편지에서 자기 나름의 시각을 펼쳐 보인다. "결혼한 후 처음 몇 주 동안은 규칙적으로 편지 쓰던 습관을 잃어버렸어. 너무나 계속, 그리고 심하게 싸웠기 때문에, 살인이든 별거든 일어난 다음에 모두에게 한꺼번에 알리는 편이 시간을 절약하게 되리라고 생각했거든. 그러다 에릭의 이모가 와서 (두 달 동안이나) 묵으며 너무나 고약하게 굴었기 때문에, 우리는 싸우던 걸 그치고 그저 투덜대기만 했어. 그러다 이모가 가버리니 모든 게 또 다시 시작이었지. ······ 참, 깜빡했는데 그는 7월에 석 주 동안 이른바 '기관지염'을 앓았단다. 그러고는 6주 동안 매일 비가 왔고, 그동안 내내 부엌에는 물이 넘쳤고 모든 음식이 두어 시간이면 상해버렸어. 참 옛날 얘기 같지만, 그 당시에는 도무지 끝날 것 같지 않았단다."[34] 그녀가 이 편지를 쓸 무렵, 신혼부부는 서포크 해안의 사우스월드에 사는 오웰의 부모를 방문 중이었다. 하지만 그녀는 이렇게 덧붙였다. "만일 내가 이 편지를 월링턴에서 썼다면, 그건 진짜 생활에 대한 게 되었을 거야. 염소며 암탉, 그리고 토끼가 먹어버린 브로콜리 같은 것 말이야."

암탉은 그들의 삶에서 중요한 역할을 했다. 오웰은 1936년 말에 입대하여 참가했던 스페인내전을 떠나, 그리고 전쟁에서 입은 부상과 또 한 차례의 폐 질환에서 회복되어가며 거쳤던 여러 곳에서 월링턴으로 돌아갔을 때, 매일의 달걀 생산량과 닭들 한

마리 한 마리의 행태와 세세한 사육에 대해 기록하기 시작했다. 월링턴 일기는 그가 처음 그곳에 정착한 후 3년이 지난 4월 어느 날 꽃이 피었다는 데서 시작된다. "이제 우리에게는 암탉 26마리가 있다. 가장 어린 것이 11개월 되었다. 어제는 달걀 7개를 낳았다(닭들은 최근에야 다시 알을 낳기 시작했다). 모든 것이 엄청나게 방치되어 있고 잡초투성이에 땅은 단단하게 말라붙었다. 폭우가 왔다가 몇 주씩 비 한 방울 오지 않은 탓이다. …… 정원에는 이제 꽃들이 피어나고 있다. 색동앵초, 무늬꽃다지, 무릇, 무스카리, 괭이밥, 수선화 몇 포기. 들판에는 노란 수선화가 지천이다. 이것들은 겹꽃인 것으로 보아 분명 야생 수선화는 아니고, 우연히 구근이 떨어져 자란 듯하다. 자두와 불리스 자두도 꽃 피기 시작한다. 사과나무들은 움이 텄지만 아직 꽃은 없다. 배꽃도 만개했다. 장미들은 꽤 튼실하게 싹 트기 시작했다."[35] 1939년 5월 25일, 그는 암탉들이 지난 2주 동안 200개의 알을 낳았다고 기록했다.

2009년에 출간된 『오웰 일기George Orwell Diaries』는 여행, 전쟁 및 가사 일지 등을 모은 600쪽 가까운 책인데, 그 상당 부분을 차지하는 이런 가사 기록들이 정치적 작가의 주제들과는 거의 상반되는 내용이라 눈에 띈다. 이런 기록에서는 심각하게 잘못된 것도 없고 갈등이 벌어지지도 않는다. 갈까마귀 한 마리가 닭장 근처를 맴돈다거나, 감자가 서리를 맞아 썩었다거나, 염소들이 천둥소리에 겁을 먹었다거나, 새들이 딸기를 먹는다거나, 장미에 진딧물이 끼었다거나, 민달팽이가 많이 보인다거나 하는 사소한 골칫거리들은 정원사의 계획에 차질을 가져오기는 해도 자연법칙이나 윤리에는 하등 위배되지 않는다. 그의 가사 일지는 주로 자기 땅에서 키우는 농작물이나 동물과 관련된 자신의 활동에 관한 것이지만, 그 너머의 농경지나 주변의 야생적인 것들에 관한 내용도 가끔 들어 있다. 때로는 그런 일들에 관한 의견이나 작은 실험들도 기록되었다.

　　헨리 데이비드 소로 같은 작가라면 콩을 심고 은유와 잠언을 거두었을 법하지만, 이런 일지에서 오웰의 콩은 엄격하게 콩으로 자랐다. 즉 그는 그런 관찰이나 기록을 상상력의 도약판이나 공공연한 문학적 기초 공사로 삼지 않았다는 말이다. 그것은 사적인 성격이 없는 일지로, 발표하려고 쓴 것도 아니고 그의 감정적·창조적·사회적·신체적 삶의 기록도 아니다. 단지 그의 노동과 작업 계획을 담고 있을 뿐이다. 때로는 무엇을 사고 무슨 일을 해야겠다는 식의 목록도 있는데, 너무나 단순하고 가까운 미래의 계획이라 다른 많은 일들이 실현 불가능할 때에도 충분히 실현 가능한 것들이었다. 그가 왜 이런 자세한 기록을 남겼는지 이유는 분명치 않지만, 그는 그 일지에 워낙 열심이었으므로 그가 부친의 임종을 지키기 위해 월링턴을 떠나야 했을 때는 아일린이 기록을 계속했고, 제2차 세계대전 후 주라섬에서 살던 시절 그가 출타했을 때는 여동생 에이브릴Avril Blair이 몇몇 날짜의 기록을 채워 넣기도 했다. 그렇게 열심이면서도, 자기만의 목소리나 시각을 기록하려는 것은 아니었다. 그래도 여전히 그런 것들이 엿보이기는 하지만 말이다.

　　1940년 그는 작가들을 대상으로 한 어느 설문 조사에서 자신의 생활을 이렇게 묘사했다. "글 쓰는 본업 외에 내가 가장 좋아하는 일은 정원 가꾸기, 특히 텃밭 가꾸기이다."[36] 그것이 그에게 얼마나 중요했던가는 1933년 처음 시민농장을 분양받았을 때부터 그 자신이 죽어가던 무렵 생명을 불어넣으려 애썼던 마지막 정원에 이르기까지, 그가 그 일에 쏟은 정성과 노동을 보면 알 수 있다. 그 척도는 덜 계량적이지만 더 의미심장한 것, 즉 그가 그 일에서 발견했던 기쁨과 의미에 있다. 그는 정원을 원했고, 정원에서 일하기를 원했다. 자기가 먹을 것과 좀 더 무형의 것들을 생산하기 원했다. 그는 꽃과 과일나무와 채소와 닭과 염소를 원했고, 새와 하늘과 계절의 변화를 지켜보기를 원했다. 그는 1946년 「나는 왜 쓰는가」에서 밝혔던 소신대로 이 땅을 사랑했던 것이 분명하다. 그는 수선화와 고슴도치와 민달팽이에 대해 궁금해했고, 동식물과 날씨를 관찰하는 데 많은 시간을 보냈다.

　　그런 관심사들은 추상적이고 관념적인 창공으로부터 지상으로 돌아오게 한다. 그것들은 글쓰기의 반대로 상상될 수도 있을 것이다. 글쓰기는 답답한 일이다. 자신이 무엇을 하려는지, 또 언제쯤 끝날 것인지, 제대로 가고 있는지, 작업을 마친 후 몇 달, 몇 년 혹은 몇십 년 후에는 어떻게 받아들여질지 전혀 확신할 수 없는 일이다. 글쓰기로 무엇을 할 수 있다고 한다면, 그것은 (그들이 싸우자고 나타나지 않는 한) 본 적도 들은 적도 없는 사람들의 마음속에서 일어나는, 대체로 알아볼 수 없는 일이다. 작가로서, 당신은 세상으로부터 물러나 연을 끊지만, 그것은 좀 더 폭넓게 세상과 연결되기 위해, 즉 이 관조적인 상태에서 짜 맞추어진 말들을 다른 곳에서 읽을 사람들과 연결되기 위해서이다. 글쓰기에서 생생한 것은 그것이 오감을 어떻게 자극하느냐가 아니라 상상력에 어떻게 호소하느냐이다. 전쟁터와 탄생과 진창길을, 또는 냄새를—오웰은 그의 책들에 묘사된 악취로 유명해지게 된다—묘사할 수는 있지만, 그래 봤자 그것은 진짜 피도, 진흙도, 삶은 양배추도 아닌, 백지 위의 검은 글자들일 뿐이다.

정원은 글쓰기의 육체 없는 불확실성과는 정반대인 것을 제공한다. 그것은 모든 감각에 생생하게 와닿는 육체노동의 공간, 최상의 그리고 가장 문자 그대로의 방식으로 더러워질 공간이며, 즉각적이고 이론의 여지 없는 효과를 볼 기회이다. 땅을 판다면 하루의 끝에는 얼마나 팠는가가 닭들이 낳은 달걀의 개수만큼이나 분명하다. 문학 평론가 쿠니오 신Kunio Shin은 『1984』의 주인공 윈스턴 스미스에 대해 이렇게 썼다. "경험의 견실성뿐 아니라 외적 현실의 존재 자체가 당에 의해 암묵적으로 부인되는 세계에서, 윈스턴이 '돌은 단단하고 물은 축축하며 떠받치지 않은 물체는 지구 중심을 향해 떨어진다' 같은 뻔한 진리를 붙들려는 시도는 그 자체로 정치적 저항의 필사적인 몸짓이다."[37] 『1984』의 또 다른 곳에서 오웰은 이렇게 선언한다. "당은 당신에게 눈과 귀의 자명성을 거부하라고 명했소."[38] 이는 물질적·감각적 세계에서의 직접적 관찰과 일차적 만남을 저항 행위로, 또는 적어도 저항할 줄 아는 자아를 강화하는 행위로 만든다. 이런 직접적 경험으로 자주 시간을 보내는 것은 사태를 명확하게 하는 방법이요, 단어의 소용돌이와 그것이 휘저어 올릴 수 있는 혼돈으로부터 벗어나는 한 방법이다. 거짓과 환상의 시대에 정원은 성장 과정과 시간의 흐름의 영역에, 물리학·기상학·수력학·생물학의 법칙의 영역에, 그리고 감각의 영역에 뿌리박는 한 방식이다.

미국 시인이자 열성적인 정원사인 로스 게이Ross Gay는 한 인터뷰에서 이렇게 말했다. "내 인생에서 정원 일만큼 내게 느리게 사는 법을 훈련시킨 일은 없을 겁니다. 정원 일은 내게 아주 자세히 들여다보게 했어요. 내 정원이 주는 기쁨의 일부는 도대체 어떤 일도 시작하기 전에 그 안에 빠져든다는 것입니다. 1년 중 몇 차례는 뒷마당에 나가 채 30피트(9미터)도 가기 전에 20분씩이나 걸음을 멈춥니다. 뜰보리수에 손질이 필요하기 때문이지요. 그러다 각다귀가 눈에 뜨이고, 라벤더와 그 바로 곁의 백리향 덤불에서 잡초를 뽑아주어야 한다는 걸 알게 되지요. 난 내 정원이 생산성의 논리를 떠나 아주 생산적이라는 게 좋아요. 거기서는 먹을 수 있고 영양가 높은 것도 많이 나지만, 꼭 계량하려는 생각이 들지 않는 방식으로도 생산적이랍니다."**39** 글쓰기의 대부분은 생각하기이지 자판 두드리기가 아니며, 생각하기는 때로 무엇인가 다른 것을 하고 있을 때 가장 잘 이루어진다. 하던 일을 덮어두고 산보나 요리 또는 단순하고 반복적인 일과를 처리하는 것은 신선한 기분으로 다시 일로 돌아가 미처 생각지 못했던 점들을 발견하기에 아주 좋은 방법이 될 수 있다.

생계를 위해 글을 쓸 때 돌아오는 것(영향력, 수입, 인정 같은 것)은 뜬구름처럼 확실치 않을 수 있지만, 정원에 씨를 뿌린 것은 날씨나 병충해로 망하지 않는 한 반드시 거두기 마련이다. 식용 작물을 키우는 것은 단어 속에서 헤매다가 감각으로 또 자아 감각으로 돌아오는 한 방법이요 시금석이 될 수 있다. 또 그것은 예측 불가능성으로 가득 찬 창조적 과정과의 만남이 될 수도 있으니, 그 과정에는 날씨나 다른 생물들, 미처 예상하지 못했던 온갖 힘들이 끼어들기 마련이다. 정원 일은 종이(또는 컴퓨터 스크린) 위에서 일어나는 일과 달리 인간이 아닌 것들과의 협동 작업이다. 원고는 우박에 두들겨 맞을 일이 거의 없지만 말이다(오웰의 원고 하나가 독일군의 폭탄에 산산조각이 나기는 했다). 『1984』의 뉴스피크 Newspeak(신어)가 뿌리 뽑으려 하는 은유적이고 이미지가 풍부하여 상상력을 자극하는 언어는 자연스럽고 전원적인 농경 세계에 뿌리박고 있다. 반대를 무릅쓰고 어떤 일을 관철하는 것을 '쟁기 질해나가다plowing ahead', 어렵고 곤란한 일을 떠맡는 것을 '곡괭이질 할 힘든 이랑을 맡다having a hard row to hoe', 남에게 행한 대로 자기도 당하게 된다는 것을 '뿌린 대로 거두다reaping what you sow', 곧장 나아가는 것을 '꿀벌처럼 (직선으로) 날아가다making a beeline', 남이 하지 않는 일을 하여 위험을 감수하는 것을 '나무의 가지 끝까지 가다going out on a limb', 세부적인 것에 몰두하여 전체를 보지 못하는 것을 '나무 때문에 숲을 보지 못하다not seeing the forest for the trees', 찾기 힘든 것을 찾아내는 것을 '뿌리를 캐다 rooting out itself'라고 하는 식의 언어 말이다. 오웰은 시골 생활을 하면서 무엇보다도 은유와 잠언과 직유의 원천으로 돌아가고 있었다.

　　그가 회상하는 한 사건, 아마도 월링턴에서 일어났음 직한 사건은 또 다른 전원적 비유를 쓰자면, 전원적인 것이 그에게서 얼마나 풍부한 열매를 맺었던가를 보여준다. "나는 한 어린 소년, 아마 열 살쯤 되었을 소년이 커다란 수레 말을 몰고 좁다란 길을 가면서 말이 돌아보려 할 때마다 채찍질하는 것을 보았다. 나는 문득 그런 동물들이 자신들의 힘을 알게 되기만 한다면 우리는 그들에게 아무 힘도 행사하지 못할 것이며 인간이 동물을 착취하는 방식은 부자가 프롤레타리아를 착취하는 방식과 같다는 생각이 들었다."⁴⁰ 그렇게 해서 『동물농장』이 태어나게 된 것이다. 그는 전쟁 동안 런던에서 그것을 썼지만, 다양한 가축들의 기질을 익히 아는 것이 큰 도움이 되었다.

　　정원은 삶과 죽음의 불가분성이 무수한 방식으로 드러나는 장소이기도 하다. 1939년 10월 말에 오웰은 정원 일기에 된서리 때문에 "달리아들은 대번에 시커메졌고, 익으라고 두었던 호박들도 다 망가졌을 것"이라고 썼다.⁴¹ 그날 그는 뿌리 덮기를 하려고 낙엽을 쓸어 모으고 퇴비 더미에서 작업을 했는데, "표 영감이 전에 쌓아둔 뗏장이 잘 썩어서 훌륭한 부식토가 되었다. 하지만 나는 먼저 제초제로 풀을 죽였고, 그래서 내가 지금 쌓는 것은 그렇게 빨리, 그리고 완전히 썩지 않을 것 같다"고 썼다. 그날 그는 암탉 한 마리가 얼어 죽을 뻔한 것을 구하기도 했다. 참선 수행자요 정원사인 웬디 존슨Wendy Johnson은 이렇게 썼다. "세상의 사물들이 흩어졌다 다시 모이는 것을 바라보는 것은 선 수행의 요체이자 모든 정원사의 삶의 근본적인 닻이다."[42] 그녀는 정원의 비옥함은 "우리 삶의 버려진 쓰레기"에서 나온다고 지적한다. 내가 아는 젊은 기후 운동가인 카일리 쳉Kylie Tseng은 자신의 튼튼한 퇴비 통에 이렇게 새겨놓았다. "자연에서 죽음은 결코 끝이 아니다." 정원은 항상 생성의 장소이므로 정원을 만들고 관리하는 것은 희망의 몸짓이다. 지금 심는 이 씨앗들이 싹 터 자라고, 이 나무가 열매를 맺으리라는, 봄이 오리라는, 그래서 뭔가 수확이 있으리라는 소망 말이다. 그것은 미래에 깊이 관여하는 활동이다.

오웰의 무정부주의자 친구 조지 우드콕George Woodcock은 이렇게 썼다. "그의 자기 재생 능력은 그가 평범한 것, 하루하루 살아가는 평범한 경험, 그리고 특히 자연과의 접촉에서 누리는 기쁨에 있었다. 그는 마치 안타이오스처럼 땅에서 양식을 취했다."[43] 행복과 기쁨의 차이는 중요하다. 행복은 마치 끝없는 햇살처럼 지속적인 상태로 상상되는 데 비해, 기쁨은 번개처럼 번득이는 것이다. 행복은 난관이나 불화를 피하는 질서 잡힌 삶을 요구하는 듯한 데 비해, 기쁨은 어디서든 불현듯 나타날 수 있다. 칼라 버그먼carla bergman과 닉 몽고메리Nick Montgomery는 함께 쓴 책 『기쁜 분투*Joyful Militancy*』에서 이렇게 구분 선을 그었다. "기쁨은 종속(즉 굴종)시키는 힘들과의 싸움을 통해 사람들을 새롭게 만든다. 기쁨은 탈종속적 과정이요, 삶을 강렬하게 만드는 것이다. 그것은 생명이 확산되는 과정이다. 행복이 의존을 유도하는 마취제로 사용되는 반면, 기쁨은 사람들이 그 의존성에서 탈피하는 방식으로 새로운 것을 행하고 느끼는 능력의 성장이다."[44]

오웰은 자신이 글로써 반대한 것들, 즉 권위주의와 전체주의, 거짓말과 프로파간다(그리고 대충 넘어가기)로 인한 언어와 정치의 타락, 정치적 자유의 근간인 프라이버시의 잠식 같은 주제들로 널리 알려졌다. 그런 힘들로부터, 그가 긍정적으로 추구한 것들이 무엇이었는지 알 수 있다. 평등과 민주주의, 언어의 명확성과 의도의 정직성, 사생활과 그 모든 즐거움과 기쁨, 정치적 자유와 어느 정도 그 기반이 되는, 감독과 침범을 받지 않는 프라이버시, 그리고 즉각적 경험의 즐거움 같은 것들 말이다. 하지만 그런 긍정적인 것들을 굳이 반대되는 것들로부터 유추할 필요는 없다. 그는 긍정적인 것들에 대해서도 많이 썼다. 그런 에세이들이 그가 쓴 글에서 상당한 비중을 차지하며, 그렇지 않은 다른 작품들 곳곳에서도 그는 삶을 살아갈 만하게 하는 것들에 대해 썼다. 그의 가장 암울한 글에도 아름다움의 순간들이 있다. 그의 가장 서정적인 에세이들도 실제적인 문제들과 드잡이하는 것과 마찬가지로.

II

지하로
Going
가기
Underground

사샤, 석탄 광부들과 석탄차를 보여주는 제목 없는 사진,
켄트주 틸맨스톤 탄광, 1930.

1 | 연기, 셰일, 얼음, 진흙, 재

1936년 봄, 한 남자가 장미를 심었다. 이런 식으로 쓰면 그 남자가 주인공이 되지만, 실은 장미도 주인공이다. 가령 어떤 종種의 집 장미들—장미과科 장미속屬 중에 인간의 손에서 교배되고 세계 각지로 널리 퍼지는 데 성공한 종들—이 한 남자가 6펜스를 쓰고 땅에 심고 보살핀 덕택을 누렸다고 쓸 수도 있을 터이다. 마이클 폴란Michael Pollan이 『욕망하는 식물』에 쓴 대로, 우리는 이 식물들을 길들일 수 있는 무엇으로 생각하지만, 거꾸로 그것들이 우리를 길들여 그것들을 보살피고 퍼뜨리게 했다고 주장할 수도 있는 것이다.[1]

　　장미는 번성했다. 뿌리로 물을 들이키며 자랐고, 잎사귀로 대기 중에서 빨아들인 이산화탄소와 뿌리로 흙에서 길어 올린 물을 가지고 햇빛을 연료로 하여 광합성이라 불리는 작용에 들어갔다. 그리하여 탄소를 탄수화물로 변성시켜 양분을 삼거나 에너지로 소비하고, 물을 쪼개 산소를 공기 중에 돌려주었다. 꽃이 피었고, 꽃가루를 나르는 곤충들과의 공생 로맨스를 벌였고, 씨앗으로 가득 찬 열매인 로즈힙을 맺었다. 식물들은 전혀 수동적이지 않다. 그들이 세계를 만들었다. 이 특정한 사람과 이 특정한 식물들이 어떻게 만났는가 하는 이야기에는 많은 시작이 있고 이야기는 여러 방향으로 전개된다. 그 한 갈래는 그해에 약간 더 일찍 시작하고, 다른 하나는 산업혁명의 역사 속에서 시작하며, 세 번째 갈래는 3억 3000만 년 전에 시작한다. 이 뒤의 두 시기는 그가 막 탐사하고 온 것, 그리고 1936년의 나머지 시간 대부분 동안 글로 쓰게 될 것의 일부였다.

그해 봄에 오웰은 잉글랜드 북부로, 월링턴의 목가적 배경과는 전혀 다른 장소들로 취재 여행을 갔었다. 그 취재를 바탕으로 한 것이 1937년에 나온 『위건 부두로 가는 길』이다. 책의 제목은 당시 가난하기로 손꼽히던 맨체스터의 한 외곽 지역 이름(그리고 척박한 지역에 '휴양지'가 있다는 것에 관한 뮤직홀 농담)에서 유래했다고 한다.[※] 이 책은 그의 전작들을 낸 좌익 출판업자 빅터 골란츠Victor Gollancz가 낙후 지역에 관한 연구로 주문한 것으로, 그는 오웰에게 런던과 파리, 그리고 켄트주의 홉 수확 노동자들 사이에서 했던 것처럼 다시금 가난한 자들의 삶에 뛰어들어보라고 권했다. 하지만 그 결과물이 된 이 기묘한 책은 분명 골란츠를 당혹하게 했던 듯, 그는 전반부만을 출간하기를 원했다. 책의 전반부는 오웰이 만난 상황들과 인물들에 관한 탁월한 르포르타주였던 반면, 후반부에서는 정치와 계급에 관한 아직 형성 중인 오웰의 생각들이 급류처럼 쏟아져 나오기 때문이었다. 그뿐 아니라, 상당한 분량의 자서전적 내용과 "현대 영국 문단, 적어도 그 상류층은 일종의 유독한 정글로, 그 안에서는 잡초들만 번성할 수 있다"라든가 하는 소견들도 들어 있었다. [2]

그는 한겨울에 런던에서부터 도보로 또 철도 및 버스 편으로 북부 지방에 가서 거의 두 달 동안 하숙집을 전전하며 친구들의 친구들, 노동계급 친구들과 어울렸고, 유스호스텔에 묵었으며, 한동안은 누나 마조리Marjorie Blair의 가족과 함께 리즈의 교외에서 지내며 말상대가 되어주는 사람 누구에게나 말을 걸었다.

그는 사람들이 사는 집의 상태, 수입과 지출 및 세상을 보는 시각, 음식과 연료와 주거를 얻기 위한 쟁탈전 등에 대해 보고했다. 그는 그들이 살고 움직이는 방식에 경악했고, 사람들이 생소한 말투의 아웃사이더를 얼마나 신뢰하고 그에게 마음을 열어주는가에 감동했다. 그 지역은 1930년대 초에 닥친 경기침체 때

※   영국에서는 부두(pier)라는 말이 '해변휴양지'를 가리키기도 했다. 탄광촌 위건 주변의 운하 중 하나에 있던 6미터가량의 낡은 목재 부두에 누군가가 농담 삼아 '위건 피어'라는 이름을 붙였고, 뮤직홀 코미디언들이 "'피어'에 갈 형편이 못 된다면 '위건 피어'에나 가라"는 식의 농담을 했다고 한다. 1936년 2월 오웰이 위건에 갔을 때는 그 목재 부두도 없어진 지 오래였다.

유독 황폐해졌지만, 이미 여러 세대 전부터도 살기 힘든 곳이었다. 산업혁명이 시작된 곳이자, 그와 더불어 산업 프롤레타리아들이 생겨난 곳이었다.

그는 이 광업 및 제조업 지역에서 사람뿐 아니라 장소 자체도 면밀히 관찰했다. 석탄이 어디에나 있었다. 석탄은 일이었고 먼지였고 연료였고 스모그였고 위험이자 질병이자 죽음이었으며 거의 문자 그대로 모든 것의 밑에 깔린, 어디에나 있는 풍부한 재료였다. 그는 점차 그것에 다가갔다. 처음에 석탄은 풍경으로 눈에 들어왔다. "슬래그[鑛滓] 더미와 굴뚝들, 고철 무더기, 더러운 운하들, 그리고 나막신 자국이 이리저리 나 있는 재투성이 진창길이라는 끔찍한 풍경."[3] 모든 건물이 검댕으로 시커멓고, 눈[雪]조차도 검었으며, 검은 연기가 온 도시를 뒤덮고 있었다. 위건은 "식물이라고는 추방되어버린 세계"처럼 보였다.[4] "연기와 셰일, 얼음, 진창, 재; 더러운 물밖에는 아무것도 존재하지 않았다." 그는 갱도가 주저앉은 자리에 고인 물웅덩이들이 "로엄버 빛깔[黑褐色]" 얼음에 덮인 것을 묘사했다. 또 다른 곳에는 슬래그 더미에 불이 붙어서 "어둠 속에서 보면 붉은 개울 같은 불길이 이리저리 구불대며 흐르고, 유황에서 나오는 불길한 푸른 불길이 천천히 움직이는 것도 보인다. 이 불빛은 항상 꺼질 듯하다가 또다시 피어오르곤 한다."[5]

그가 묘사한 가장 생생한 장면 몇몇은 혹독한 날씨에 남자들, 여자들, 아이들이 광업 회사들이 야적해둔 슬래그 더미에서 석탄 부스러기를 찾느라 뒤적이는 광경이다. 때로는 그렇게 주운 것들을 사제私製 자전거로 끌고 가는 모습도 보였다. 그는 굶주림에서 오는 무기력과 만성적인 영양실조, 패배감과 낙담, 장기적인 실업이 남자들을 떠돌게 하고 가족들이 제대로 남아나지 못하는 것, 탄광에서 일하는 이들의 부상과 질병, 그리고 이 너무나도 위험한 직업 위에 감도는 죽음의 그늘 같은 것들에 주목했다. 탄진으로 시커메진 채 집으로 돌아가는 광부들의 몸뚱이를 관찰했다. 그들 중 다수는 그 탄진 때문에 죽게 될 것이었다. 그들의 얼굴에 난 상처도 묘사했다. 탄광의 낮은 천장에 자주 머리를 부딪히므로 그런 상처가 나는 것이었다. 작업장에서 입는 이런 상처들은 그 안에 든 석탄 먼지 때문에 푸르스름한 문신이 되었다. 그래서 "노인들 중에는 이마에 로크포르 치즈처럼 푸른 줄이 얽힌 이들도 있었다."[6]

　　"우리 문명의 기반은 석탄이다. 새삼스레 생각해보고 깨닫는 것보다 훨씬 더 철저히 그렇다"라고 그는 훗날 썼다. "우리의 삶을 받쳐주는 기계들과 그런 기계들을 만드는 기계들이 모두 직간접적으로 석탄에 의존해 있다." 그렇지만 "내가 이 석탄을 멀리 있는 탄광에서의 노동과 결부시키는 것은 아주 드물고 의식적으로 노력해야 하는 일이다."[7] 런던은 16세기 말부터 석탄 타는 연기로 오염되어왔고, 오웰은 생애 대부분을 석탄으로 난방을 하는 집들에서 살았다. 때로는 보일러 난방이었지만, 대개는 방 안에서 직접 석탄을 땠다(그 연기와 날리는 가루들이 필시 그의 폐에 좋지 않은 영향을 미쳤을 테고, 그의 결핵을 악화시켰을 것이다).

그는 『위건 부두로 가는 길』에서 자신이 수레로 배달된 석탄을 때는 불 앞에서 이런 글을 쓰고 있다고 말했다. 배달 온 인부들은 석탄을 하숙집 계단 밑 석탄 구멍으로 쏟아부었다. 그 인부들이나 석탄 구멍 이전의 과정에 대해 생각하지 않기는 얼마나 쉬웠던가. 그는 자신 같은 사람들, 좌익 성향이지만 남부에 사는 사람들을 위해 쓰고 있다고 생각했던 것이 명백하다. 그들에게는 가난한 사람들의 삶이나 채광採鑛 및 선광選鑛의 노동 여건 같은 세부들이 그다지 친숙하지 않았을 것이다.

그렇게 눈에 보이지 않거나 망각되는 것이 현대 세계를 규정하는 조건들 중 하나이다. 오웰은 북부에 가서 일터 밖의 노동 계급 사람들을 만나고 직접 탄광에 내려가 석탄이라는 필수적인 원자재 및 그 채취에 대해 증언함으로써 그런 망각을 시정하고자 했다. 땅속으로 내려가는 것은 시간을 거슬러 올라가는 것이며, 채굴하는 것은 과거를 현재로 끌고 오는 것이다. 광업이 너무나 거대한 규모로 해온 그 과정이 지구 환경을 최상층 대기까지 바꿔놓았다. 이런 이야기는 노동 이야기로 할 수도 있지만, 생태학적 이야기로도 할 수 있다. 그 두 가지는 결국 황폐화라는 하나의 이야기로 귀결된다.

생태학적 이야기는 아마도 이런 것이 될 터이다. 즉 지구 상의 석탄 대부분은 '석탄'에서 이름을 얻은 '석탄기'라는 지질학적 시기에 생겨났다. 이 시기는 대략 3억 5900만 년에서 2억 9900만 년 전까지 이어졌다. 당시 지구는 현재 우리가 사는 지구와는 많이 달랐다. 대륙들은 지구상을 떠도는 또 다른 단계에 있었고, 그 현대적인 형태는 아직 생겨나기 전이었다. 어떤 장소들은 아직 얕은 바다 밑에 있었고, 또 어떤 장소들은 한데 붙어 있었다. 석탄기 말기가 시작되던 무렵 유럽과 북아메리카는 로라시아로 합쳐졌고, 다른 땅덩어리들은 더 남쪽에 위치한 곤드와나라는 초대륙으로 합쳐졌다. 잉글랜드와 스코틀랜드는 아직 더 큰 땅덩어리에서 떨어져 나오거나 서로 합쳐지기 전이었다.

　　석탄의 기원을 이해하려 하던 중에 만난 서정적이고도 불가해한 문장들 중 하나는 이렇다. "로렌시아가 아발로니아 및 발티카와 합쳐져 영국의 두 반쪽이 칼레도니아 조산造山운동에 들어간 뒤에도, 곤드와나는 여전히 북쪽으로 흘러가기를 계속했다."[1]＊ 당시 지구는 외계의 행성이나 다름없었으니, 꽃 피는 식물이나 포유류가 생겨나기보다 오래전, 인간이 진화할 여건이 생겨나기보다 훨씬 더 오래전이었다. 이 행성에는 말[言]이라는 것이 없었고, 이름도 물론 없었다. 이 동일한 행성에서 많은 세계들이 연이어 일어나고 스러져갔다. 이 행성은 거듭 변모해 어느 단계의 지질과 지리와 생명 작용과 대기의 내용물과 기후의 상태에 도달했지만, 여전히 우리가 사는 지구는 아니었고 아마 우리는 그것을 알아보지도 못할 것이다.

　　석탄기에 이를 무렵, 한때 불모였던 지표면은 대양에서 기어 나온 자라는 것들로 푸르러졌고, 암석 지역의 표층에는 토양이 생겨났다. 적도 근처의 땅에는 식물들이 왕성하게 자랐고, 이른바 석탄림이라 불리는 이 적도의 녹음은 거대한 석송石松과 거대한 나무고사리, 100피트(30미터)에 달하는 속새, 그리고 원시목들로 이루어져 있었다. 속씨식물과 꽃 피는 식물은 아직 1억 년은 더 있어야 나타날 테지만, 이런 원시적인 식물들도 식물 구실은 했다. 그것들은 물을 쪼개 산소를 내보내고 이산화탄소를 흡수해 양분과 에너지원으로 삼았다.

석탄기의 정신없이 바쁘고 풍성한 식물군이 이 과정을 강화하여 신기한 효과들을 가져왔다. 그중 한 가지는 이전의 지질학적 시기들에서보다 산소 수준이 높아졌다는 것이다. 우리는 대기권의 산소 수준이 대략 21퍼센트가 된 지 오래인 행성에서 살고 있지만, 석탄기의 산소 수준은 35퍼센트에 달했다. 더 풍부한 대기는 성장과 비행의 한계를 풀어놓았다. 동물의 진화가 비약적으로 일어났으니, 날개 폭이 30인치(75센티미터)에 달하는 잠자리 같은 생물, 길이가 8피트(2.4미터)나 되는 다족류, 거대한 하루살이와 바퀴벌레, 그리고 거대한 악어 같은 영원류의 조상, 이 모두가 늪 많은 삼림을 뚫고 나아갔다. 높은 산소 수준은 석탄기의 또 다른 특징의 결과였다.

보통은 식물이 죽으면 탄소 성분의 대부분은 부패, 연소 등의 변성 과정을 통해 대기로 돌아가고, 대기 중 산소와 결합하여 이산화탄소를 형성한다. 대기 중에 열을 가두는 역할을 하는 온실가스가 되는 것이다. 하지만 석탄기에는 식물들이 대기 중에서 취하는 다량의 이산화탄소가 다시 대기 중으로 돌아가지 않았다. 사이클이 깨졌다. 죽은 식물의 성분인 탄소는 늪지와 물에

※   저자가 인용하는 사이트에 의하면, 5억 2000만 년 전 지구에는 두 개의 거대 대륙 곤드와나와 로렌시아가 7000킬로미터의 대양을 사이에 두고 있었고, 오늘날의 영국에 해당하는 땅은 그 양쪽에, 즉 스코틀랜드 북부는 로렌시아, 그 나머지는 곤드와나에 있었다고 한다. 그 둘이 합쳐진 것은 칼레도니아 조산운동 때였는데, 이때 곤드와나에서 떨어져 나온 아발로니아, 발티카 같은 작은 대륙들이 지각판 운동에 의해 로렌시아에 합쳐졌다는 것이다.

잠긴 땅으로 돌아가 역청이 되었다. 역청은 긴 세월 동안 눌리고 말라서 석탄이 되었다. 지구상의 소택지들에서는 여전히 역청 형성 과정이 계속되고 있으며, 역청 웅덩이들은—특히 아일랜드에 많은데—막대한 양의 탄소를 함유하고 있다.

그러니까 수억 년 동안 지하의 어둠 속에 있던 검은 물질은 태양의 광합성과 함께 시작된 것이다. 내 친구 조 램Joe Lamb은 나무의사이자 진화생물학 학위를 가진 시인인데, 내게 이렇게 말한 적이 있다. "나무들을 바라보는 한 가지 방식은 그것들이 포획된 빛이라는 거야. 따지고 보면 광합성이란 광자光子를 포획하고 거기서 약간의 에너지를 추출해 낮은 파장으로 방출하는 것인데, 그 포획한 에너지를 사용해 공기를 당으로 바꾸고 그 당으로 잎사귀, 목재, 뿌리 같은 것들을 만들게 되거든. 그렇게 본다면, 가장 견고한 나무인 거대한 세쿼이아도 실은 빛과 공기라는 거지."

본래의 유기 물질 중 일부는 탄층炭層에서도 형태를 유지하며, 19세기 이후 계속 영국 탄전炭田을 실사實査하는 지질학자들은 자주 그들의 보고서에 화석 식물들에 대한 설명을 포함시켰다. 2009년 과학자들은 수 마일에 걸친 고대의 숲을 아래서부터 볼 수 있는 한 북아메리카 탄광에 대한 보고서를 제출했다.[2] 나뭇잎의 잔재, 가지들을 뻗쳐내는 굵은 둥치, 뿌리, 그루터기 같은 것들이 탄광 천장에서 위험하게 떨어지곤 했던 것이다. 적어도 몇몇 광부와 엔지니어에게는 자신들이 고대의 세계를 파헤쳐 현재의 세계에서 태우고 있다는 것이 명백했다는 의미이다.

식물들이 세계를 만들었으니, 이는 바다에서 유래한 단세포 유기체가 지구 대기에 최초로 유의미한 양의 산소를 배출한 때로부터 계속되어온 일이다. 석탄림의 시대에 식물들은 대기에서 단열 효과를 갖는 이산화탄소를 너무나 많이 끌어냈기 때문에 결국 그 시대는 기후 급변climate crash에, 즉 빙하기에 봉착하고 말았다. 과학자들은 탄소 급변carbon crash이 '눈덩이 지구Snowball Earth', 즉 극에서 극까지 얼어붙은 행성을 만들어낼 뻔했다고 말한다. 2017년 포츠담 연구소의 기후과학자 게오르크 푤너Georg Feulner는 추위 그 자체가 대기에서 탄소를 끌어내고 지구를 얼어붙게 하는 식물 생장의 주기를 늦추거나 정지시켰다는 이론을 제출했다.[3] 그러면서 그는 우리가 그 과정을 역전시키고 있다고 지적했다. 석탄기의 6000만 년 동안 식물들이 하늘에서 빨아들인 이산화탄소를 지난 200년 동안 가공할 인간 기술이 내뿜음으로써 식물들이 그토록 오랜 세월 동안 해온 것을 무효화했다고 생각해보라.

탄광의 광부들이 지구의 배 속으로부터 석탄을 캐내어 곧장 대기 중으로 꺼내는 장면을 그려볼 수 있을 것이다. 하지만 그들은 기후변화에 대한 책임이 없으니, 그들을 탓할 수는 없는 노릇이다. 식물들이 그토록 오래 땅에 묻어온 탄소가 상층 대기로 되돌아간 것은 사람들이 그것을 캐냈기 때문이 아니라 태웠기 때문이다. 광부들이 석탄을 캐내면 그것을 태우는 것은 다른 사람들이었다. 석유와 가스도 마찬가지로, 탄소를 저장하여 지구의 이산화탄소 수준을 대대적으로 바꿔놓은 고대 식물들에서 생겨난 것이다. 먼 과거의 잔여물을 하늘에 쏟아냄으로써 우리는 지구의 온도를 높이고 유기적·비유기적 시스템들의, 계절과 성장 주기들의, 날씨와 계절에 따른 이동과 개화와 열매 맺기의, 기류 및 해류의 우아한 조화를 깨뜨렸다. 아마 우리가 그토록 급속히, 수천만 년 이상에 걸쳐 지하에 탄소가 침전된 결과물을 불과 200~300년 만에 연소시키지 않았더라면 이토록 무서운 결과는 일어나지 않았겠지만, 어쨌든 우리는 식물들이 탄소를 재포집할 수 있는 용량을 이미 넘어섰다.

카를 마르크스Karl Marx와 프리드리히 엥겔스Friedrich Engels가 『공산당 선언』에서 "견고한 모든 것은 대기 중에 풀어진다"고 한 것은 유명하다.[4] 비록 그들은 사회적·기술적 변화에 대해 말한 것이지만, 매장된 탄소가 상층 대기로 돌아가는 것도 같은 말로 묘사할 수 있을 터이다. 1931년, 유쾌하게 잔혹한 책 『신新 러시아 입문: 5개년 계획의 이야기New Russia's Primer: The Story of the Five-Year Plan』가 영어로 출간되었다. 소련의 산업화에 바치는 찬가인 이 책은 미국에서도 널리 유포되었다. 「우리는 죽은 자도 일하게 할 것이다We Will Force the Dead to Work」라는 제목의 한 섹션에서 책은 이렇게 선언한다. "습지의 풀과 고사리, 속새의 잔재가 모래와 진흙층 밑에서 썩어 검게 변해서 석탄이 되었다. 우리는 이 묘지에 가서 죽은 자들을 무덤에서 끌어내어 우리를 위해 일을 시킬 것이다."[5] 이런 식의 언어는 마치 좀비 영화나 공포 영화 같은 장면을 연상시킨다. 망자들이 돌아오다니, 이 경우에는 탄소를 가지고 우리를 괴롭힐 셈이다.

어슐러 K. 르 귄Ursula K. Le Guin의 「오멜라스를 떠나는 사람들The Ones Who Walk Away from Omelas」이라는 단편소설이 있다. 한 도시국가에 대한 이야기인데, 이 번성하는 근사한 도시는 계몽되고 진보적인 것처럼 보이지만, 그 모든 것의 기반은 한 아이를 학대하는 데 있다. 아이는 어두운 지하실에 홀로 감금된 채 보살핌을 받지 못하고 영양실조에 걸린 상태다. 그 아이의 비참은 말하자면 형이상학적 목적에 기여하는 셈인데, 오웰의 시대로부터 그리 멀지 않은 과거에도 영국에는 실제로 그런 아이들이 많았고, 그들의 비참은 실제적인 목적에 기여했다. 1842년에 나온 「영국의 광산 및 탄광에 고용된 아동의 여건 및 처우The Condition and Treatment of the Children Employed in the Mines and Collieries of the United Kingdom」라는 제목의 보고서는 그런 실태의 일부를 소상히 보여준다.

　그 보고서에 따르면, 탄광에 일하러 가는 아이들은 노동 시간이 너무 길어서 햇빛을 볼 수 있는 때가 일요일뿐이었다. 석탄을 가지고 나오는 통로가 너무 비좁아서 상당한 거리를 기어야만 했다. 석탄 수레를 미느라 정수리가 벗어진 아이들도 있었다. 어떤 아이들은 허리에 묶은 사슬을 다리 사이로 늘어뜨려 수레에 매고 네발로 기며 수레를 끌었는데, 사슬에 닳아 옷에 구멍이 나거나 피부에 상처가 나기도 했다. 오웰도 비슷한 사실을 보고했다. 그런 식으로 석탄 수레를 끌었던, 심지어 임신 후 수개월 동안에도 그 일을 계속했던 "아주 나이 든 여성 몇몇이 아직 살아 있다. 하지만 물론 대부분의 시간 동안 우리는 그들이 그런 일을 했다는 사실을 잊는 편을 택해야 할 것이다."[1]

　1842년 보고서의 여성들은 자신들이 어떻게 짐승처럼 사는지, 어떻게 출산 직전까지 일을 하거나 심지어 땅속 깊은 갱에서 아이를 낳는지, 아이들이 얼마나 자주 죽었는지 이야기했다. 가장 어린 노동자들은 5세, 6세, 7세의 나이로, 육체노동을 하기에 너무 작았으므로 탄광 내의 환기를 조절하는 트랩도어를 지키는 '트래퍼'로 고용되었다. 때로는 어린아이가 날도 새기 전에 그 자리에 들어가 홀로 열두 시간씩 머물기도 했다. 광부들이 지나갈 때, 그래서 아이가 문을 열었다 닫아야 할 때를 제외하고는 꼬

박 혼자였다. 아이들은 양초도 등잔도 없이 칠흑 같은 어둠 속에 남겨졌고, 잠이 들거나 멍하니 있다가는 매를 맞기도 했다.

세라 구더라는 여덟 살짜리 트래퍼는 검사관들에게 이렇게 말했다. "불빛 없이 트랩을 지켜야 하기 때문에 무서워요. …… 잘 수도 없어요. 가끔 불빛이 있을 때는 노래도 하지만, 어둠 속에서는 안 해요. 겁이 나서 못해요."**2** 엥겔스도 그의 1845년『영국 노동계급의 상황』이라는 보고서에서 광부들의 실태에 대해 쓰면서, 그런 아이들 중 일부는 땅 위 세상으로 돌아가면 탈진한 나머지 집에 가는 도중에 잠들거나 집에 가자마자 곯아떨어져 부모들이 뭘 먹일 수도 없다는 사실을 언급했다. 그는 아이들이 일 때문에 흔히 발육 부진이고 기형이 되는 예까지 있다고, 탄광에서는 누구나 자주 치명적인 폐 질환을 앓기 십상이라는 점도 지적했다. 석탄은 연소되어 여러 종류의 독소를 남기지만, 광부들이나 주위 사람들이 들이마시는 탄진도 그에 못지않게 해롭다.

갱도는 종종 무너졌고, 갱도 안의 공기가 가스로 인해 폭발하기도 했으므로, 광부들은 깔려 죽거나 불구가 되거나 산산조각이 나거나 심한 화상을 입거나 땅 위 세상과 차단된 채 구조될 가능성 없이 갇힐 수도 있었다. 또는 나쁜 공기에 질식사하기도 했다. 땅속 깊은 곳은 때로 너무 더워서 여자들과 아이들은 바지만 걸친 채, 남자들은 아예 벌거벗은 채 일할 때도 많았다. 검사관들은 그 정숙지 못함에 분개했지만, 오늘날 보기에 충격적인 것은 그 사람들이 그 거칠고 해로운 지하 세계에서 자신들을 보호할 장비가 거의 전무했다는 사실이다. 르 귄의 이야기에서 오멜라스의 겉으로 드러나지 않는 잔혹함을 용인할 수 없는 자들은 떠나갈 뿐이며 저항의 가능성은 언급되지 않는다. 탄광에서 그런 여건에 질린 이들은 파업을 하고 힘을 합쳐 노동 여건을 폭로하고 개선하기 위해 노력했으며, 여자와 아이를 지하 세계에 들이지 못하게 하는 법을 통과시켰다.

이런 충격적인 참상이 영국의 번영이 이루어진 터전이었으니, 그 철도와 증기선과 전투함과 제철소와 방직공장과 대도시가 모두 석탄으로 돌아갔다. 영국의 새로운 풍요로움을 가능케 한 것은 식민지의 노동력 및 자원 수탈과 함께 자국 내의 그런 착취였다. 그것은 어쩌면 오늘날의 세계가 멕시코만이나 북해의 석유 플랫폼에, 앨버타 모래 유전의 악취 나는 역청 노천 채굴 및 증기 채취에, 나이저강 삼각주 및 아마존강 원주민 지역의 원유 유출을 야기한 과도한 석유 개발 사업에, 그리고 전 세계적으로 독소와 부상과 죽음에 노출되어 있는 노동력의 착취에 의존해 있는 것과도 크게 다르지 않을 것이다.

석탄은 산업혁명이 일어나기 수 세기 전부터 채취되어왔지만, 18세기와 19세기 초에는 새로운 기술에 의해 심부 채광이 가능해졌을 뿐 아니라 그 방법으로 생산된 석탄을 엄청나게 필요로 하는 기계들이 만들어졌으므로, 점점 더 빨리 더 멀리 가는 피드백 고리가 생겨났다. 철로 위를 달리는 기관차와 증기 기관이 영국 광업에 투입되어 광석과 석탄을 나르고 배수펌프를 가동시킨 덕분에, 더 깊은 채굴이 가능해졌다. 그리고 그것들은 점차 더 확대되어 인간의 삶을 항상 제한해왔던 한계를 넘어서는 기술이 되었다. 즉 우리 자신과 물자와 정보를 얼마나 빠르게 멀리 이동시킬 수 있는가, 얼마나 많이 만들 수 있는가, 지구 자체와 그 공기와 바다를 얼마나 많이 바꿀 수 있는가 하는 한계를 넘어서는 기술들이 등장했으니, 그 모든 것의 동력은 불이었다. 벽난로와 난로의 불뿐 아니라, 증기 기관, 증기펌프, 증기선을 돌아가게 하는 보일러 아래서 수천만 개의 불이 동시에 탔으며, 산업적 스케일의 불은 어찌나 탐욕스러웠던지 '스토커', 즉 보일러에 석탄을 퍼넣는 일을 업으로 하는 사람도 생겨났다. 영국 해군은 이런 연료 공급자를 어찌나 많이 필요로 했던지 무려 6열의 스토커 사병을 두었다. 이 모든 석탄불이 오랜 세월에 걸쳐 매장되어온 탄소를 하늘로 다시 뿜어 올렸다.

인간은 다른 많은 종에 비해 여전히 느리고 약하고 외부 환경에 상처 입기 쉬운 존재였지만, 장비와 장치, 기계와 도구를 만듦으로써 인체의 한계를, 그리고 인간이 부리는 동물체의 한계를 극복할 수 있었다. (말들이 도로와 거리와 들판의 대부분에서 사라진 뒤에도 오랫동안 마력馬力이라는 것이 기계의 힘을 계량하는 단위로 남아 있기는 했지만 말이다.) 그것은 일종의 기계적 자기 초월이자, 스스로 괴물이 되어가는 방식이었다. 석탄과 석유의 연소로 얻어지는 기계적 동력이 경제적이고 정치적인 권력을 낳았고, 집중된 에너지원들은 소수의 손에 미증유의 권력이 집중되는 것을 가능케

했다. 그 소수에 대형 화석연료 회사들과 원유 보유국들이 포함
되었음은 물론이다.

1800년에 영국은 1000만 톤의 석탄을 채굴해 사용했다.[3]
그러던 것이 1853년에는 7100만 톤이 되었고, 1913년에는 2억
9200만 톤에 달했다. 1920년에는 영국 노동자 20명 중 1명 이상이
석탄 산업에 종사했으며, 오웰이 위건에 갔던 1936년에도 영국은
여전히 2억 3200만 톤의 석탄을 채굴해 사용하고 있었다. 2015년
에 마지막 심부 탄광이 문을 닫았고, 2017년에는 석탄 생산량이
300만 톤으로 줄었으며,[4] 2019년에는 1882년 이후 처음으로 동
력을 생산하는 데 석탄을 사용하지 않은 2주간을 보냈다.[5] 영국
은 석탄을 석유와 가스로 대치했는데 이것들도 역시 화석화된
탄소로 기후변화에 기여하지만, 연소될 때 더 깨끗하고 전반적으
로 더 효율적이다. 에너지믹스[*]에서 풍력이 차지하는 비중이 점
차 중요해졌으며, 특히 스코틀랜드에서 그러했다. '석탄기'라는 말
은 석탄이 만들어진 시기를 일컫지만, 또 한편으로는 석탄을 그
토록 탐욕스럽게 사용해온 우리 자신의 시대에도 붙여질 만하다.
석탄은 고대 삼림의 잔재로 그 자체가 이미 죽은 물질이지만, 영
국에서 연료 및 산업으로서의 석탄의 죽음은 2025년이면 완료될
것으로 전망된다. 말하자면 죽음의 죽음이 될 것이다.

오웰은 세 차례 갱도에 내려갔다. 2월 23일에 그는 새장처
럼 생긴 승강 장치를 타고 900피트(274미터) 지하의 갱도로 내려
갔다. 그곳의 낮은 천장이 맨 처음 그를 놀라게 한 것 중 하나였

다. 그들은 광부들이 높이가 채 3피트(0.9미터)도 되지 않는 구역에서 일하는 곳까지 갔는데, 어떤 곳에서는 광부들이 거의 배를 깔고 엎드려 석탄을 캐야 했으며, 온도가 화씨 100도(섭씨 38도)에 달했다. "몸을 반으로 접다시피 하여 걷고 한두 차례 기어야 하는 몇백 야드쯤의 구간을 지나자, 그 효과가 허벅지 전체의 격심한 고통으로 나타나는 것이 느껴지기 시작했다."[6] 돌아오는 길에는 너무나 지쳐서 50야드(46미터)가량마다 멈춰야 했으며, 거듭 무릎이 꺾이곤 했다. 2월 25일에 그는 리버풀에 사는 어느 좌익 친지의 문간에 덜덜 떨면서 거의 쓰러지다시피 한 모습으로 나타났고, 친지는 그를 침대에 눕히고 며칠 동안 그곳에서 지내게 해주었다.

3월 19일에 그는 또다시 갱도로 내려갔다. 광부들이 몸을 구부린 채 먼 거리를 기거나 달리며, 암반을 절단하는 기계가 만들어내는 엄청난 탄진의 구름 속에서 호흡해야 하는 곳이었다. "그 사람들, 특히 캐낸 석탄을 광차에 싣는 작업을 하는 이들이 일하는 곳은 지옥을 방불케 했다."[7] 이틀 후에 그는 또다시 내려갔고, 웃통을 벗은 채 일하는 남자들의 신체에 감탄을 금치 못하며, 목욕은 일주일에 단 한 번뿐이라 7일 중 6일은 허리 아래가 시커먼 채 살아야 한다고 썼다. 여자들과 (10대 중반의 소년들을 제외한) 아이들은 더 이상 갱도에 내려가지 않았고 조명도 나아졌지

※　　한 지역의 에너지 수요를 충족시키기 위해 사용되는 다양한 에너지원의 조합.
　　　[편집자 주]

만, 몇 가지 중요한 점에서 그가 본 여건은 1842년과 거의 비슷했다. 『위건 부두로 가는 길』에 그는 이렇게 썼다. "내 정원에서 구덩이를 팔 때, 오후 내내 2톤 분량의 흙을 파낸다면, 차 마실 값은 했다고 느낀다. …… 정 필요하다면 나는 그런대로 쓸 만한 도로 청소부나 서투른 정원사나 농장의 말단 인부가 될 수도 있다. 하지만 아무리 애를 쓰고 훈련을 한다 해도 석탄 광부는 될 수 없을 것이다. 그 일은 몇 주 만에 나를 죽여버릴 것이다."[8]

그가 월링턴에 정원을 만들기 시작한 것은 두 차례 여행 사이의 일이었다. 그 첫 번째 여행이 『위건 부두로 가는 길』을 쓰기 위한 자료 조사차 영국의 광업 및 제조업 지역을 탐사한 것이었고, 두 번째 여행은 1936년 12월 스페인에 가서 스페인내전을 치르고 있는 공화파에 가담한 것이었다. 그 전쟁에 관해 그는 에세이들과 『카탈루냐 찬가』라는 책을 썼다. 이 두 책을 통해 그는 정치적으로 자신을 발견했다. 그의 친구 리처드 리스Richard Rees는 자신이 오웰을 사회주의로 전향시키려고 3년을 노력했지만 하지 못했던 일을 북부 지방 여행이 해냈다고 말했다.[9] 「나는 왜 쓰는가」에서 오웰은 이렇게 선언했다. "스페인전쟁과 1936년과 1937년에 일어난 다른 일들이 저울을 한쪽으로 기울게 했고, 이후로 나는 내가 어디 서 있는지 알게 되었다. 1936년 이후 내가 쓴 진지한 작품 어느 한 줄도 직간접적으로 전체주의에 **반대하지** 않는 것이 없고 내가 이해하는바 민주적 사회주의를 **지지하지** 않는 것이 없다."[10] 연이어 써낸 세 편의 소설을 뒤로하고—이후로

|| 지하로 가기

그가 발표한 소설은 1939년과 1949년의 단 두 편뿐이다—그는 논픽션 에세이로 초점을 옮겼다.

두 여행 모두 전쟁터로의 여행이고 두 책 모두 전쟁 보고서라 할 수 있다. 그는 『위건 부두로 가는 길』에서 탄광의 암울한 가난과 끔찍한 노동을 만들어낸, 불평등과 잔혹함이라는 형태로 드러난 계급 전쟁에 대해 썼다. 탄광은 말하자면 편이 기우는 전쟁의 현장으로 무시무시한 사상자를 냈으니, 그 전쟁은 직접적으로는 실제로 목숨을 앗아가거나 신체를 불구로 만드는 폭발이나 붕괴로, 간접적으로는 광부들과 광산 지역에 사는 이들의 질병이나 임금 및 노동 여건을 둘러싼 투쟁으로 나타났다.

그런 전쟁의 틀은 좀 더 폭넓게 확대될 수 있다. 석탄을 태우는 것은 인간의 건강에 엄청난 재난이었고(지금도 그렇다), 20세기 중반까지 계속된 런던의 유명한 안개는 템스강의 안개와 석탄 연기의 혼합물로 극히 유독했고 수백 년에 걸쳐 치명적이었다. 유명한 1952년의 대스모그Great Smog 때는 나흘 동안이나 온 도시를 폐쇄해야 했으니, 매연이 너무 심해 차량도 보행자도 길거리를 다닐 수 없었으며 심지어 극장을 비롯한 실내 공간에서도 가시성이 확보되지 않았다. 스모그의 내용물은 "1000톤의 연기 입자, 2000톤의 이산화탄소, 140톤의 염산", 그리고 370톤의 아황산가스로 밝혀졌는데, 이 아황산가스는 800톤의 황산으로 변했다.[11]

스모그는 제1차 세계대전 때의 독가스와도 비슷한 물질로, 화학전 때와 마찬가지로 사상자를 냈다. 1952년 스모그 사건으로 4000명이 죽었다는 것이 당시의 평가였지만, 사실상 그 세 배는 되는 런던 주민들이 사건의 여파로 죽었고,[12] 그 밖에도 지속적인 대기오염으로 많은 사람들이 죽어갔다. 《유럽 심장 저널 *European Heart Journal*》에 발표된 2019년 연구에 따르면, 유럽에서는 80만 명, 전 세계적으로는 880만 명이 매년 대기오염으로 사망하며, 그 대부분은 화석연료 사용 때문이라고 한다. 2021년 연구는 2018년 전 세계의 사망자 5명 중 1명이, 동아시아에서는 3명 중 1명이 화석연료에서 배출되는 가스로 인해 죽었다고 밝히고 있다.[13] 오웰이 글에서 즐겁게 추억한 가정용 석탄 난로 못지않게, 그가 1930년대와 1940년대에 런던에 머무는 동안 들이마신 스모그도 그의 폐 질환을 악화시켜 이른 죽음을 가져오는 데 기여했음에 틀림없다.

화석연료의 채취는 너무나 수익성이 좋은 사업이었으므로, 전 세계적으로 전쟁을 촉발했고 외교 정책에 영향을 미쳤다. 동시에 그것은 너무나 해로운 일이기도 했으므로, 지구상 모든 대륙의 광대한 땅을 파괴하고 물을 오염시켰으니, 남극 말고는 그 피해를 면한 곳이 없다. 그것은 우리의 하늘을 바꿔놓았고, 이어 바다와 땅을 바꿔놓았다. 그것은 지구와 대기에 대해 벌인 전쟁이었다. 하지만 1936년을 돌아볼 때 가장 놀라운 것은 그 시기만 해도 생태학적으로 보면 얼마나 오래전이었던가 하는 점이다.

심지어 그보다 10년 후, 8000만 명 이상의 목숨을 앗아가고 런던에서 드레스덴, 도쿄, 레닌그라드에 이르기까지 도시들을 초토화한 제2차 세계대전의 처참한 폐허 가운데서도, 한 걸음 물러나 인간의 삶과 그 구조에서 그 배경으로 시선을 돌리면 인간 이외의 세계는 대체로, 또는 적어도 비교적 건재했음을 볼 수 있다. 대양들은 아직 산화되지도 온난화되지도 않았고, 극지방의 얼음, 그린란드의 빙상氷床, 그리고 빙하와 기후 자체도 안정적이었던 것으로 보인다. 기후는 상당히 예측 가능했고, 온대 및 열대 숲의 훨씬 더 많은 부분이 손상되지 않은 상태로 탄소격리 작용을 수행하고 있었다. 현재 위험에 처하거나 멸종한 상당수의 종이 번창하고 있었고, 화학물질과 플라스틱의 여러 종류가 아직 사용되기 전이었다.

물론 그 당시에도 여러 가지 손상이 있기는 했다. 태즈메이니아의 에뮤, 아프리카의 블루벅(파란영양), 북대서양의 큰바다오리, 남태평양의 수수께끼찌르레기 등 다양한 장소의 다양한 종이 멸종된 터였다. 지구는 전혀 새것이 아니었다. 서유럽 삼림의 상당 부분이 오래전에 벌채되었고, 그 안에 살던 많은 종들이 사냥당해 사라졌다. 근동 지방은 그보다 더 이전에 이미 지나친 방목으로 황폐해져 있었다. 광업으로 전 세계의 경관이 망가졌고 공기와 물이 오염되었다. 19세기에 이미 북아메리카 초원은 잘게 나뉘어 부동산으로 팔렸고, 처음에는 장작을, 나중에는 석탄을 때는 기차들이 초원을 가로질렀다. 이 절도 행위에 반대하는 원주민 부족들을 격퇴하기 위해 그곳에 살던 들소들을 대량으로 죽이기도 했다. 대평원은 1930년대 초에 이미 더스트 볼Dust Bowl

[黃塵]에 휩싸였으니, 농업으로 인해 거대한 토양 침식이 일어난 데다 바람이 그 흙먼지를 실어 나른 탓이었다. 엥겔스는 산업화된 잉글랜드 북부의 검은 강들을 묘사했고, 제2차 세계대전 후까지도 드문 예를 제외하고는 공기 및 물의 오염은 규제되지 않았다. 그러나 이 모든 것에도 불구하고 그 시절의 지구는 오늘날 우리가 사는 세계에 비하면 훨씬 손상이 덜하고 지속 가능한 세계였다. 2021년이라는 시점에서 돌아보면 그 시절은 에덴과도 같다.

유럽에서는 18세기 후반 이후 석탄이 광범하게 사용되었고, 얼마 후부터는 북아메리카에서도 그랬다. 19세기 후반에는 원유 추출이 시작되었고, 오웰의 어린 시절에는 가스 조명이 석탄 난방만큼이나 흔했다. 텍사스와 사우디아라비아에서는 오일 붐이 시작되어 1871년에는 영국의 랑군 정유회사(나중의 버마 정유회사), 1908년에는 영국-페르시아 정유회사가 설립되었고(둘 다 오늘날 BP로 알려진 영국 정유회사British Petroleum가 된다), 스탠더드 정유회사는 이미 미국에서 너무나 거대해져 1911년에는 정부에서 회사를 해체하려 할 정도였다. 하지만 이 모든 것에도 불구하고 훨씬 더 많은 손상이 아직 일어나지 않은 상태였다.

대기 중 탄소는(내가 이 책을 쓰기 시작했을 때는 413피피엠, 책을 마쳐가는 지금은 416피피엠이다) 오랫동안 280피피엠 정도이다가 19세기 초부터 높아지기 시작했다.[14] 1936년에는 아직 310피피엠 정도라, 이 홀로세 간빙기의 기후를 유지할 수 있는 범위 내에 있었다. 1984년에도 그 레벨은 기후과학자 제임스 핸슨James Hansen

이 안정된 지구를 위한 최고 범위로 정한 350피피엠 이하였다. 오웰의 마지막 소설은 1984년을 정치적 공포가 시작된 지 한참 된 시기로 내다보았다. 이제 우리는 1984년을 기후라는 면에서 우리가 아는 끔찍한 것들, 우리가 행한 최악의 행동들이라는 거대한 분계선 너머에 있는, 좋았던 마지막 해로 돌아볼 수 있다. 그리고 물론 1936년도 그렇다. 상상적으로나 생태학적으로나 오늘날과는 아주 다른 시절이었다.

1936년의 사람들이 갖고 있던 확고한 자신감은 마치 그들의 의식 내에 아직 발굴되지 않은 지층과도 같았다. 세상은 충분히 크고 우리가 무슨 해를 가하든 너끈히 회복하리라는 확신 말이다. 손상은 기껏해야 국지적인 것이며, 우리가 무슨 짓을 하든 그 적은 부분이 전체에 영향을 미치지는 못하리라는, 항상 더 많은 것이 있으리라는 확신 말이다. 인간들은 마치 자기가 무슨 짓을 하든 어머니는 절대로 죽지 않으리라 믿는 어린아이처럼 행동했다. 하지만 아이는 도구와 기계와 화학적 발명을 갖게 되자 인간의 한계 이상으로 거대하고 강력해졌으며, 시스템 자체를 훼손하고 변모시키는 타격을 가하게 되었다. 그것은 전쟁이었고, 우리가 정신이 들었을 때는 식물들이 이미 해놓은 일과 화해하는 것이 과업이 되었다. 그것은 때로는 삼림복구의 형태로 나타나 기존의 숲과 초지와 토양을 보호하는 일이 되었고, 또 다른 한편으로는 식물들의 편을 들어, 오래 묻혀 있던 탄소를 하늘로 뿜어 올리는 프로젝트에서 물러나는 일이 되었다.

한 남자가 혼란과 갈등으로 가득 찬 세상에서 장미와 과일나무를 심었다. 어쩌면 그가 하트퍼드셔에 새로 만든 자기 정원에서 하고 있던 일은 자신이 다녀온 곳과 전혀 다른 한 장소를, 그리고 자신이 본 것과 전혀 다른 일련의 관계를 만드는 것이었을 터이다. 그가 다녀온 곳에는 죽음과도 같은 분위기가 감돌았고, 뿌리 뽑힘과 소외가, 오로지 추함만이 있었다. 그 정원을 그가 보고 온 것에 대한 반작용으로 보기는 어렵지 않다. 그가 북부 지방에서 본 것은 그에게 깊은 인상을 남겼으니, 그저 책의 주제로서뿐 아니라 그를 정치 작가로 변모하게끔 하는 고통과 착취와의 참담한 만남으로서도 그랬다.

장미를 심고 정원을 가꾸는 행위는 수많은 것을 의미할 수 있지만, 지금으로서는 그것이 식물 세계 및 식물이 하는 일과의 협동을 의미하도록 내버려두자. 얼마간 더 탄소를 격리하고 산소를 생산하는 유기체들을 심고 돌보는 것, 정착하여 농사를 짓고 싶다는 욕망, 장미와 유실수가 장차 여러 해 동안 꽃 피우고 유실수들은 수십 년 후, 어쩌면 한 세기 후까지도 열매 맺을 미래에 투자하려는 욕망을 의미하도록 말이다. 정원을 가꾼다는 것은 이미 산산이 부서진 것을 다시금 온전하게 만드는 것이다. 생산자인 동시에 소비자가 되는 관계, 땅의 풍요로움을 직접 거두며 무엇인가가 어떻게 하여 존재하게 되는가를 온전히 이해하게 되는 관계를 만드는 것이다. 그 일은 규모는 크지 않을 수도 있지만, 설령 고작 도시의 고층건물 창턱에 제라늄을 가꾸는 것이라 해도,

의미에 있어서는 중요할 수 있다.

　　　나무 심기를 대부분의 인간이 할 수 있는 가장 오래가는 행위로 제안하면서, 그는 미래에 대해, 어떻게 하면 미래에 기여할지에 대해 생각하고 있었다. 물론 1936년에는 아무도 탄소격리에 대해 생각하지 않았지만, 그런 의식 없이도 식물의 편에 서는 편을 택할 수는 있었다. 「브레이 본당신부를 위한 한마디」라는 글에 담긴 그 제안에서, 장미를 심은 남자는 그것이 또한 미래의 편에 서는 일임을 알고 있었던 것이다.

III

빵과
Bread and

장미
Roses

티나 모도티, 「장미, 멕시코」(1924).

1924년, 한 여자가 장미를 사진 찍었다. 티나 모도티Tina Modotti가 자신의 대형 네거티브를 인화한 것이 몇 장 되지 않음에도 불구하고, 그 이미지는 사진의 역사상 가장 유명한 작품 중 하나가 되었다. 그 사진이 찍힌 지 67년 만에 사진가의 마지막 파트너였던 스탈린의 국제 첩보원이 물려받은 밀착 인화 한 점이 경매에 나왔다. 팝스타 마돈나도 입찰했다고 하는데, 결국 낙찰받은 이는 패션계의 거물 수지 톰킨스 뷰얼이었다. 그녀의 구매가 뉴스가 된 것은 16만 5000달러라는 액수가 당시로서는 사진 작품에 매겨진 최고 가격이었기 때문이다.[1] 문제의 사진은 오늘날 아주 다양한 형태로 복제되어 팔리고 있다.

그 사진과 마찬가지로 사진가 자신의 삶도 놀라운 궤적을 그렸다. 티나 모도티는 1896년 이탈리아 북동부에서 가난한 사회주의자의 딸로 태어나, 열네 살 때부터 공장에서 일하며 집안의 주된 부양자가 되었고, 열여섯 살 때 샌프란시스코로 이주했다. 그곳에서 그녀는 재봉사로 일하면서 아마추어 연극배우로 데뷔했고, 뒤이어 로스앤젤레스에서 초기 활동사진에도 출연하여 성공을 거두었다. 캘리포니아 남부에서 그녀는 사진가 에드워드 웨스턴Edward Weston을 만났고, 그는 그녀의 연인이자 사진을 가르치는 선생이 되었다. 1923년 그는 아내를 버리고 그녀와 함께 멕시코시티로 갔다. 혁명을 겪은 지 얼마 안 된 멕시코는 예술 및 문화 방면에서도 더욱 진척될 혁명에 대한 꿈과 약속으로 가득 차 있었고, 수도 멕시코시티에는 활기찬 예술가 공동체가 형성되어 있었다. 모도티는 이후 몇 년 동안 웨스턴의 인생 동반자이자 사진 스튜디오의 동업자가 되었고, 작품을 만들기 시작했다. 그녀의 작품은 어떤 면에서는 그의 초점 선명한 추상적 모더니즘과 비슷했지만 많은 점에서 그의 작품과 달랐다.

그녀의 1924년 작 「장미, 멕시코」는 보통 쓰는 은 대신 팔라듐을 입힌 종이에 인화되어 회색보다는 금갈색 음영을 띤 이미지가 되었다. 흑백의 네 송이 꽃을 정면에서 찍어, 동심원을 이루는 꽃잎들이 프레임을 가득 채운다. 한 송이는 이제 막 피기 시작한다. 활짝 핀 한 송이는 다른 것들보다 더 많은 자리를 차지하며 막 시들려는 참이다. 다른 두 송이는 그 중간 단계에 있다. 그것은 마치 아이와 어른, 그리고 그 사이에 있는 두 청춘의 초상화와도 같으니, 이 네 송이 꽃은 인생의 세 단계를 나타내는 듯하다. 모도티의 전기를 쓴 퍼트리샤 알버스Patricia Albers는 그녀가 그 사진을 찍기 위해 꽃들을 옆으로 눕혔다고 하며,[2] 그래서 중력 때문에 중간에 낀 두 송이의 꽃잎 배열은 원보다 타원에 더 가까워 보인다. 이 흰 장미들은 온전히 알아볼 수 있으면서도 친숙하지 않은 방식으로 제시되었고, 각기 생명의 다른 단계에서 서로서로 구분되는 형태를 지니고 있다. 그것은 육감적이고 관능적인 이미지로, 부드럽고 유순하고 신비롭다.

장미의 아름다움은 부분적으로는 그 유연함에, 어린아이의 뺨처럼 보드라운 꽃잎에 있을 터이니, 한때는 젊은 안색을 '피어난다'라고 표현하기도 했다. 이 재배된 화초의 꽃잎들은 목련 꽃잎처럼 두껍거나 질기지 않으면서도 도톰하게 느껴지고, 꺾자마자 시들어버리는 야생화처럼 약하지 않으면서도 섬세하다. 인간의 피부와도 닮은 이 특질은 그 팽팽한 표면이 살짝 늘어지기 시작할—마치 중년에 처음 중력이 미치기 시작하는 것과도 같다—때까지 지속된다. 그러고 나면 그 부드러움은 표면의 자잘한 주름들 속으로 사라지고, 꽃은 정말로 시들기 시작한다. 꽃이 시들 수밖에 없다는 것은 그 본질의 일부이며, 그래서 꽃은 인생의 스쳐 가는 덧없는 성격을 나타낼 때 번번이 사용되어왔다. 영속하지 않는 것은 바로 그 때문에 더 소중하다는 함의와 함께.

'신선함'은 젊음과 새로움을 나타내는 또 다른 말이지만,

동시에 죽음과 덧없음을 나타내기도 한다. 결코 시들거나 죽지 않을 무엇은 결코 신선하지 않다. 작가이자 배우인 피터 카요티 Peter Coyote는 아무도 조화造花에는 눈물을 흘리지 않는다고 말한 적이 있다.[3] 멀리서 꽃다발이나 꽃을 보고 감탄하며 다가갔다가 조화인 것을 알게 될 때의 실망에는 묘한 데가 있다. 부분적으로는 속았다는 사실에 실망하기도 하지만, 살았던 적이 없으므로 죽지도 않을 물건을 만나는 데 대한 실망도 크다. 조화는 땅에서 자라난 것이 아닌 정물이며, 시들어버릴 꽃만큼 산뜻하지 않은, 조잡하고 건조한 느낌이 있다.

꽃의 아름다움은 시각적인 데 그치지 않는다. 그것은 형이상학적인 동시에 촉각과 후각에 속하는 아름다움이다. 꽃은 향기를 맡을 수 있고 만져볼 수 있고 때로는 맛볼 수도 있다. 어떤 꽃들은 열매나 씨앗, 그 밖에도 인간들이 귀하게 여기고 심지어 의존하기까지 하는 선물을 가져다주며, 따라서 꽃은 약속이기도 하다. 어느 한 단계에 있는 꽃을 보면, 이전에 지나간, 그리고 앞으로 다가올 단계들을 알 수 있다. 장미의 아름다움은 꽃봉오리에서부터 시들어 죽을 때까지 모든 단계가 매혹적이라는 데 있는지도 모른다. 장미는 그 천천히 시드는 모양조차도 우아하다. 만개한 동백은 장미 비슷한 모양이 되지만, 단단한 꽃봉오리에서 대번에 활짝 핀 꽃이 되며, 줄기에서 뚝 떨어져 땅바닥에서 갈색으로 지저분하게 썩어간다. 다른 많은 꽃들이 그런 식으로 시들어간다. "시든 백합은 잡초보다도 냄새가 고약하다."[4] 하지만 장미는 썩어 문드러지는 일이 거의 없다.

야생 장미는 집 장미에 비해 단순하고 약하다. 나는 극지 이남의 캐나다와 로키산맥에서부터 캘리포니아 해안 지역과 잉글랜드 남부의 산울타리며 샛길에 이르기까지 여러 곳에서 들장미들을 보았지만, 가장 기억에 남는 것은 티베트고원에서 본 것이다. 거의 1만 2000피트(3658미터)에 달하는 고지에서, 건조함과 거친 환경과 과도한 방목으로 인해 다른 모든 식물이 거의 자취를 감춘 곳에 장미가 무성히 자라 있었다. 그중 상당수는 나보다 더 키가 컸고, 키보다 폭은 더 넓어서, 그 메마른 땅을 구불구불 흘러가는 빙하수의 강을 따라 길게 무리 지어 있기도 했다. 내가 그곳에 갔을 때는 이미 철이 지난 터라 꽃이 핀 것은 보지 못했다. 돌포[※]의 장미 덤불들은 촘촘하게 자란 돔 모양의 것으로, 밝은 녹색의 작은 잎사귀들 사이로 작은 포도알만 한 자줏빛 장미 열매들을 맺고 있었다. 그것들은 색깔이라는 것이 빠져나간 풍경 속에서 영웅적일 만큼 강인하고 생생하게 느껴졌다.

그곳은 불교 국가이지만, 불교는 좀 더 습한 지방에서 발전했으며, 불교에서 가장 기리는 꽃은 연꽃이다. "진창 속의 순수한 연꽃처럼"이라는 관용적 표현이 있으며, "오, 연꽃 속의 보석이여"^{※※}라고 번역되는 산스크리트 진언도 있다. 아즈텍 사람들은 예식에 천수국을 썼으며, 그리스도교에서는 백합과 장미를 성스

※　　　　네팔 북서쪽, 티베트 문화권에 속하는 지역.
※※　　　우리말로는 '옴 마니 파드메 홈' 또는 '옴마니반메훔'이라 음기한다.

러운 상징으로 만들었다. 장미는 인간의 손으로 재배되면서 꽃잎도 많아지고 더 크고 풍성하고 복잡한 꽃이 되었을 뿐 아니라 향기도 짙어졌다. 언젠가 공원의 장미 꽃밭에서 오목한 꽃잎들이 동심원을 이루는 구식 장미들을 보다가 나도 모르게 그것들이 만달라와도 같다는 생각을 했지만, 물론 장미가 만달라와 비슷한 것이 아니라 만달라가 장미를 본뜬 것이다. 아시아의 신성한 상징에서나 고딕 성당의 장미창에서나, 만달라는 겹겹의 꽃 모양을 하고 있다.

단테는 『신곡』에서 일련의 동심원들을 거치는 여행의 끝에 천국 그 자체의 중심인 거대한 장미에 이른다. 그는 성모 마리아—종종 장미로 나타내지는—에게 이런 찬미를 바친다.

> 당신의 태중에 다시금 불 붙여진 사랑의
> 그 온기로 영원한 평화 가운데
> 이 꽃이 활짝 피어났습니다.[5]

나는 공원의 그 장미들을 사진 찍었다. 그 결과물들을 들여다보다 몇몇 꽃송이를 확대해보니 그 헝클어진 부드러운 꽃잎들이 음순과 외음처럼 보였다. 장미는 결코 그 전부를 볼 수 없다. 꽃봉오리는 대개 다물어져 있고, 꽃잎들은 켜켜이 겹쳐 있으며, 만개한 장미라 할지라도 꽃잎들이 서로 겹치면서 내부와 그늘과 비밀을 만들고 있다. 모도티와 비슷한 시기에 캘리포니아에서는 이모전 커닝햄Imogen Cunningham이 꽃들의 클로즈업 사진을 찍고 있었다. 조지아 오키프Georgia O'Keeffe는 꽃을 클로즈업한 거대한 그림들을 그리기 시작한 터였는데, 그 꽃들은 때로 여성의 생식기와 비슷하다고 여겨지기도 한다.

물론 꽃은 식물의 생식기에 해당한다. 꽃은 유전자를 재생산하며, 많은 종의 꽃이 곤충, 새, 박쥐 등 수분자受粉者를—그리고 어쩌면 꽃을 재배하고 집에 들이고 선물과 예식에 사용하기 위해 그토록 공을 들인 인간을—유혹함으로써 그렇게 하게끔 생겨 있다. 꽃들은 흔히 그 자체로 여성적으로 보이며 여성과 연관되지만, 남성적인 부분도 지니는 것이 보통이다. 사진가 로버트 메이플소프Robert Mapplethorpe는 긴 줄기와 대담한 형태, 백합의 밖으로 뻗은 수술, 캘러 릴리 화심花心의 남근 모양 육수화서肉穗花序 등을 찍은 일련의 사진에서 꽃들을 남성화했다.

하지만 오웰이 열광적인 평을 썼던 헨리 밀러Henry Miller의 1934년 소설 『북회귀선』에서 밀러는 한 성노동자의 외음을 '장미 덤불'이라 부른다. 단테의 낙원은 성모 마리아의 자궁의 온기를 통해 개화하는 장미이다. 단테보다 한 세기 전에 시작된 또 다른 중세 시가 『장미 이야기Roman de la Rose』도 마찬가지로 세속적인 동시에 영적인 작품이다. 장미는 연인이고 연인이 목적지이며, 인간 연인은 마치 벌과도 같이 담장 쳐진 정원의 중심에 있는 에로틱하고도 영적인 장미를 추구하고 찬미한다.

멕시코에서 장미는 아즈텍 제국이 스페인에 정복된 지 불과 10년 후인 1531년 12월 12일 후안 디에고 콰우틀라토아친Juan Diego Cuauhtlatoatzin의 거칠게 짜인 외투로부터 폭포처럼 쏟아져 내린 꽃으로서 특별한 의미를 갖는다. 전설에 따르면 오늘날의 멕시코시티 근처에서 한 아름다운 젊은 여성이 자신을 성모 마리아라고 하면서 이 원주민 남성에게 나타나 자신을 위한 성당을 지으라고 명했다고 한다. 스페인 출신의 멕시코 주교가 증거를 구하자, 성모는 테페야크 언덕이 제철 아닌 꽃으로—일부 버전들에서는 다양한 꽃이, 대개의 버전에서는 외래종인 장미가—활짝 피어나게 했다고 하며, 후안 디에고는 자신의 말을 증명하려고 외투 가득 그 꽃을 담아 왔다고 한다. 그는 주교에게 돌아가 장미를 쏟아놓았고, 그의 외투 안쪽에는—마치 장미들이 그녀를 끌어왔거나 그녀가 되기나 한 것처럼—성모의 이미지가 나타나 있었다는 것이다.

별들이 흩뿌려진 푸른 겉옷에 감싸여 초승달을 밟고 서 있는 피부가 검은 여성의 이미지는 오늘날도 테페야크 언덕 아래 과달루페의 성모 성당에 걸려 있으며, 여전히 그 앞에 경배하러 모여드는 엄청난 군중을 전동 보도가 실어 나르고 있다. 세계 최대 규모의 가톨릭 순례가 과달루페의 성모 축일인 12월 12일에 그 성당 구역을 향하며, 1년 내내 성당에는 장미 헌화가 높이 쌓여 있다.

과달루페의 성모는 때로 아즈텍 여신이 그리스도교의 성모로 다시 나타난 것으로 여겨지며, 그녀는 후안 디에고의 언어인 나와틀어로 그에게 말했다고 한다. D. A. 브레이딩D. A. Brading 은 이 성모 이미지와 그 경배의 기원 및 진화의 역사에 대한 저술에서 이렇게 쓰고 있다. "마리아가 후안 디에고에게 꽃을 주워 담으라고 명했을 때, 그녀는 아즈텍 문화의 토양 안에 그리스도교 복음을 깊이 뿌리내리게 한 것이다. 왜냐하면 인디언들에게 꽃이란 영적인 노래와 등가물이며, 따라서 신적인 생명의 상징이기 때문이다."[6] 그녀는 멕시코의 수호성인이 되었고, 1810년 미구엘 이달고Miguel Hidalgo 신부가 스페인으로부터의 독립을 외칠 때에도, 그는 그녀의 이름으로 나섰다. "과달루페의 성모 만세"는 원주민과 메스티소를 규합하는 구호가 되었으며, 콰우틀라토아친의 외투에 기적적으로 나타났다는 그녀의 초상은 봉기의 깃발이 되었다. 모도티가 자신의 사진에 「장미, 멕시코」라는 제목을 붙인 것은 모더니스트풍의 중립적이고 묘사적인 명명법을 따른 것이지만, 하필 장미라는 꽃과 멕시코라는 지명을 결합한 것은 나름의 울림을 갖는다.

1924년, 혁명가들을 열렬히 지지하던 한 여자가 장미를 사진 찍었다. 전위적 미술 이론과 급진적 정치 사상이 침대와 꿈과 길을 공유하는 것처럼 보이던, 미술과 아름다움과 혁명에 찬성할 수 있었던 시대였다. 모도티는 웨스턴에게서 사진을 배웠고, 웨스턴은 미국 서해안 지역에서 생겨난 새로운 스타일의 사진술의 주창자였다. 그것은 비인습적인 원근법, 단순하고 드라마틱한 형태, 선명한 초점, 조밀한 구성 등을 강조하는 모더니즘의 한 형태로, 마치 의미는 오직 형태로부터 나온다는 듯이 사물들이 추상화되었다. 웨스턴은 도기로 된 변기 밑동과 파프리카의 커브를, 마치 여성의 누드를—물론 모도티도 포함해서이니 그는 그녀의 사진을 많이 찍었다—묘사하듯이 묘사한 것으로 유명하다. 그는 그녀의 스승이자 연인이자 창조적 동료였고, 그녀는 그와 헤어진 후에도 여러 해 동안 그에게 진심을 담은 긴 편지들을 썼다. 1931년 그녀가 모스크바로 이주하기 전까지는 그랬다.

1924년에는 둘 다 혁명 직후의 멕시코에 매혹되어 있었고, 그곳의 예술가들 및 기획자들과 의기투합했다. 그중에서도 디에고 리베라Diego Rivera를 비롯한 정치적 벽화가들은 중요한 순간들의 서사와 열망을 장대한 규모로 표현하곤 했다. 이후 여러 해 동안 모도티는 벽화와 그들의 작품 사진을 찍고 스튜디오 인물 사진을 만들면서 생계를 꾸렸다. 미모로 유명했던 그녀는 적어도 두 차례 리베라의 모델이 되었다. 1930년대에 이르면 웨스턴은 좌익 정치에서 대체로 발을 빼고, 모도티는 미술 활동에서 물러나 자신의 대형 카메라를 젊은 마누엘 알바레스 브라보Manuel Álvarez Bravo에게 물려주게 된다. 그녀는 멕시코에서 추방되어 이후로는 소련의 지지자로서 그 가장 가혹한 역사에 동참하게 되기 때문이다.

1910년 여성 투표권을 위한 캠페인을 벌이던 헬렌 토드 Helen Todd는 일리노이 남부를 자동차로 돌며 농촌 사람들을 설득하기에 나섰다. 미국에서 여성 참정권은 주마다 달리 쟁취되다가, 1920년에야 헌법 제19조 수정조항으로 전국적 권리로 인정받게 된다. 토드는《아메리칸 매거진 *The American Magazine*》에 기고한 글에서 그 순회 여행에 대해 쓰면서, 자신이 식품 안전, 아동 노동, 노동 현장의 안전 등 당시의 쟁점들을 어떻게 여성들의 안건으로 부각했는지에 대해 술회했다. 마지막 날 밤, 그녀는 한 농부 가족의 집에 묵었다. 집주인은 아흔 살 난 여성으로 자리보전을 하는 터였는데, 딸 루시가 "도우미로 고용"했던 매기를 집회에 보내려고 집에 남아 자기를 돌보았다는 얘기를 해주었다. 루시 자신은 이미 여성 참정권을 지지하고 있었지만, 매기는 조금이라도 더 들어야 한다는 것이었다.

아침에 토드, 매기, 루시는 농가의 부엌에서 함께 아침을 먹었는데, 식탁은 복주머니난초꽃으로 장식되어 있었고, 부엌 뒷문 밖 뜨락에는 접시꽃이 가득 피어 있었다. 매기가 말했다. "집회 중에서 어느 대목이 제일 좋았는지 말씀드릴까요. 그건 여자들이 투표를 해서 모든 사람이 빵을, 그리고 꽃도 갖게 된다는 거였어요." 루시는 그 생각이 너무 마음에 들어서 토드에게 그 슬로건이 찍힌 베개를 어머니에게 보내달라고 청했다. 토드가 보낸 베개에는 "모두를 위한 빵, 그리고 장미Bread for All, and Roses Too"라는 말이 찍혀 있었다.[1]

토드는 《아메리칸 매거진》에 실은 글에서 장차 여성 참정권 운동과 노동 운동, 그리고 1970년대 및 이후의 급진파들을 위한 후렴구가 될 이 문구에 대한 생각을 개진했다. 여성의 투표는 "집과 안식처와 안전이라는 인생의 빵과, 음악과 교육과 자연과 책이라는 인생의 장미를 이 나라에서 태어나는 모든 아이가 누리게 될 때가 오도록 도울 것이다. 여성이 발언권을 갖는 정부에서는 그러할 것이다. '모두를 위한 빵과 장미'가 있게 되는 날에는 감옥도, 교수대도, 공장에서 일하는 아이들도, 빵을 벌기 위해 거리로 내몰리는 소녀들도 없을 것이다."

여성 참정권을 위한 연설에 대해 두 농촌 여성과 한 정치

운동가 사이에 오간 대화를 압축한 듯한 이 문구는 큰 반향을 일으켰다. 1911년에 시인 제임스 오펜하임James Oppenheim은 토드가 기고했던 같은 잡지에 「빵과 장미Bread and Roses」라는 제목의 시를 실었다(그래서 종종 그가 그 문구를 만들어낸 것으로 알려지기도 했다). 그 일부는 이렇다.

아름다운 대낮에 우리가 행진하고 행진하는 동안
무수히 많은 어두컴컴한 부엌들과 잿빛 공장 다락들이
갑자기 나타난 태양이 비추는 빛을 받는다.
"빵과 장미, 빵과 장미"라는 우리
노랫소리가 들리기 때문에
……
우리가 행진하고 행진하는 동안,
무수히 많은 죽은 여자들이
빵을 달라는 그네들의 해묵은 노래를
우리 노래를 통해 외친다.
고되게 일하는 그네들의 영혼도 예술과
사랑과 아름다움을 알았으니—
그렇다, 우리는 빵을 위해 싸운다—그러나
우리는 장미를 위해서도 싸운다.[2]

빵은 육신의 양식이지만, 장미는 좀 더 섬세한 무엇의—

단순히 마음만이 아니라, 상상력과 정신과 감각과 정체성 같은 것들의―양식이다. "빵과 장미"라니 멋진 구호이지만, 거기에는 생존과 신체적 복지 이상의 것이 필요하고 또 권리로서 요구된다는 맹렬한 주장이 들어 있다. 그것은 또한 인간 존재가 필요로 하는 모든 것이 계량 가능한 것, 눈에 보이고 만져지는 재화 및 여건으로 환원될 수 있다는 생각에 대한 강력한 반발도 담고 있다. 이런 선언들에서 장미란, 인간이라는 존재가 복잡하고 욕망들은 환원 불가능하며 우리를 지탱하는 것은 종종 훨씬 더 섬세하고 손에 잡히지 않는 무엇이라는 생각을 나타낸다.

하루 여덟 시간 노동을 위해 투쟁하던 미국 노동 운동 초기의 노동가도 거의 같은 주장을 담고 있다.

> 우리는 세상을 다시 만들고 싶다
> 우리는 보람 없는 수고에 지쳤다
> 간신히 먹고 살 쥐꼬리를 벌자고
> 생각할 시간이라고는 없구나
> 우리는 햇빛을 느끼고 싶다
> 꽃향기를 맡고 싶다[3]

생각, 햇빛, 꽃. 그들이 원했던 것은 손에 잡히는 것뿐 아니라 손에 잡히지 않는 것들, 필요한 만큼이나 즐거움에 속하는 것들과 그런 것들을 추구할 시간, 내적인 삶을 살 시간과 바깥 세계를 쏘다닐 자유였다.

볼셰비키는 1917년에 "평화! 땅! 빵!"이라는, 또 다른 버전으로는 "빵, 땅, 평화, 그리고 소비에트에게 전권을!"이라는 구호를 외쳤다. 빵은 유럽 빈민 대다수의 주식이었다. 프랑스혁명도 부분적으로는 그해의 악천후와 밀의 흉작이 가져온 굶주림에서 촉발된 것이었다. 빵은 종종 식량 전반에 대한, 인간의 기초적 욕구 충족에 대한 환유로 쓰이지만, 실제로 많은 빈민들은 문자 그대로 빵 말고 달리 먹을 것이 없었다. 사람들은 마태복음에 기록된 주기도문의 "우리에게 일용할 빵을 주옵소서"라는 간구나, "사람은 빵만으로 살지 않는다"는 구절과 친숙했을 터이다. 사람이 빵만이 아니라 하느님 말씀으로 산다는 성경 말씀은 사람이 이 땅에서 필요로 하는 모든 것은 바로 그 빵이며 기쁨과 위로는 다른 곳에 있음을 시사한다. '빵과 장미'라는 문구에서 장미는 인간 욕구의 그 다른 절반으로서의 종교에 대한 명백한 거부로, 내세보다는 이생의 기쁨과 안락에서 그 대체재를 구하라는 제안으로 들릴 수도 있다.

1912년 중반에는 뉴욕의 전설적인 노동 운동가 로즈 슈나이더먼Rose Schneiderman이 그 문구를 채택해 여러 차례 사용했다 (그래서 그 문구는 그녀에게서 나온 것으로도 여겨졌다). 그녀는 오하이오주 클리블랜드에서 이렇게 연설했다. "노동하는 여성이 원하는 것은 단순한 생존이 아닌 삶에 대한 권리이다. 부유한 여성이 삶과 태양과 음악과 예술에 대한 권리를 가진 것과 마찬가지로, 삶에 대한 권리 말이다. 당신이 가진 것이라면 가장 가난한 노동자라 해도 가질 권리가 있는 것이다. 노동자에게는 빵이 필요하지만, 장미도 필요하다. 도와 달라, 특권층 여성들이여, 노동자 여성도 투쟁을 위한 한 표를 얻을 수 있도록."[4]

20세기 초 노동 운동을 하는 사람들 사이에서 '빵과 장미'는 상투적인 문구가 되었다. 1912년 매사추세츠주 로렌스에서 일어난 공장 노동자들의 파업이—한 파업자가 든 팻말에 그 문구가 들어 있었던 것이 시를 촉발하는 계기가 되었다는 주장 때문에—'빵과 장미 파업'이라 불리게 된 것은 훨씬 나중의 일이지만 말이다. 오펜하임의 시가 발표된 것은 이 파업이 시작되기 전이기는 해도 헬렌 토드가 같은 잡지에 농장 여성들과 나눈 대화에 대해 쓴 다음이었고, 토드는 자신의 여러 연설에서 그 문구를 여러 다른 형태로 말했던 터였다.

오펜하임의 시는 발표된 지 얼마 안 되어 곡이 붙여졌다. 1930년대에 매사추세츠주의 마운트 홀리요크 칼리지 4학년생들은 졸업식 순서에 그 노래를 넣었다. 1970년대에는 가수이자 운동가였던 미미 파리냐Mimi Fariña가 같은 시에 새로운 곡을 붙였고, 주디 콜린스Judy Collins와 파리냐 자신, 그리고 그녀의 동생인 존 바에즈Joan Baez가 음반을 취입했다. 파리냐는 '빵과 장미 프로젝트'라는 것을 시작하여 감옥과 병원 등의 기관에 음악을 보급하는 일을 했다. 그녀는 2001년에 죽었지만, 그 단체는 이 글을 쓰는 지금도 건재하여 시설에 수용된 이들에게 음악을 보내주고 있다. 21세기 아르헨티나에서는 '빵과 장미Pan y Rosas'라는 사회주의 페미니즘 단체가 출범했으며, 현재 볼리비아, 칠레, 브라질, 기타 여러 라틴아메리카 나라들과 프랑스, 독일 등지에서 활동하고 있다. 티나 모도티가 그 문구를 알고 있었다는 증거는 없지만, 그것은 그녀의 생전에 미국에서 한창 유행하는 말이었다.

장미는 즐거움과 여가와 자기결정권, 내적인 삶, 물량화할 수 없는 것 등을 나타내지만, 장미를 위한 투쟁에는 때로 노동자를 압살하려는 고용주나 상사뿐 아니라 그런 것들의 필요성을 폄하하는 다른 좌익 분파들과의 싸움도 포함된다. 좌익에는 즐거움의 추구를 비판하는 사람들이 있기 마련이다. 다른 사람들이 고통당하는데, 그리고 어딘가에는 고통당하는 사람들이 항상 있기 마련인데 자신의 즐거움을 추구한다는 것은 비정하고 비윤리적이라는 것이다. 이런 청교도적인 주장을 하는 이들은 자신의 엄격함이나 기쁨 없는 삶의 태도로 민중에게 감명을 줄 수는 있을지언정 그들의 해방에 실제적으로 기여하지는 못할 것이다.

이 모든 것의 저변에는 즐거움과 아름다움을 반혁명적이고 부르주아적이요 퇴폐적이고 향락적이라 보며 그런 것들에 대한 욕망은 근절하고 경멸해야 한다고 주장하는 실용주의적 이데올로기가 깔려 있다. 자칭 혁명가들은 오직 물량화할 수 있는 것만이 중요하다고 주장하는 경향이 있다. 인간은 현실적으로 중요한 것보다 마땅히 중요하게 여겨야 할 것으로 만족해야 하고, 현실적으로 어떠한 것보다 마땅히 어떠해야 할 것에 맞추어가야 한다고 말이다. 하지만 '빵과 장미'에서 장미란 단순히 더 많은 것이 아니라 좀 더 손에 잡히지 않는 섬세한 무엇을, 로즈 슈나이더먼의 표현을 빌리자면 "그저 생존이 아니라 삶에 대한 권리를" 요구하는 것이었다. 우리의 삶을 살 만하게 만들어주는 것은 어느 정도 측량 불가, 예측 불가하며 사람마다 다르다는 주장이었다. 그런 의미에서 장미는 또한 주관성과 자유와 자기결정권을 뜻한다.

오웰은 종종 장미의 옹호자로 끼어들었고, 때로는 문자 그대로 그랬다. 1944년 1월 《트리뷴》에 그는 이렇게 썼다. "한 독자가 나를 가리켜 '부정적'이고 '항상 뭔가를 공격하고 있다'고 비난한다. 사실 우리는 즐거움을 누릴 거리가 많지 않은 시대에 살고 있기는 하다. 하지만 나는 칭찬할 거리가 있기만 하다면 칭찬하기를 좋아하며, 그래서 여기서 울워스의 장미에 대해—애석하게도 좀 지난 얘기이긴 하지만—칭찬하는 몇 줄을 적어보고자 한다."[1] 그러고는 자신이 1936년에 심었던 장미들을 칭찬한다. 1944년 이 글을 쓰던 당시에는 제2차 세계대전이 한창이었다. 불과 몇 달 후 영국왕립공군이 독일 공습을 강화하던 무렵, 그는 또 이렇게 썼다. "지난번 이 칼럼에서 꽃 얘기를 쓰자, 한 분개한 여성이 꽃이란 부르주아적이라는 편지를 보내왔다."[2]※

때로 그는 '빵과 장미'에서 장미가 의미하는바, 손에 잡히지 않는 일상적인 즐거움과 지금 여기서 누릴 수 있는 기쁨을 경하하기도 했다. 1946년 봄에 쓴 에세이 「두꺼비에 대한 몇 가지 단상Some Thoughts on the Common Toad」에서 그는 동면에서 깨어나 비쩍 마르고 굶주린 모습으로 나타나는 두꺼비들을 봄의 전령으로 환영하며 그 금빛 눈알의 아름다움을, 봄과 즐거움 그 자체를 찬양한다. 그는 이 글을 《트리뷴》에 실었는데, 《트리뷴》이 사회주의 잡지이다 보니 그의 글은 다분히 방어적인 어조를 띠고 있다. 그것은 오웰답게도, 두꺼비와 봄에 대한 글인 동시에 사회주의 정통 노선에 이의를 제기하며 원칙과 가치를 논하는 글이기도 하다.

그는 좌익의 의례적인 비판에 대놓고 반기를 든다. "봄이

※　이 칼럼에서 그는 울워스의 장미들이 값도 싸고 종종 사람을 놀라게 한다고 썼다. "내가 도러시 퍼킨스로 알고 산 것은 속이 노란 아름다운 백장미였는데, 내가 본 최고의 덩굴장미 중 하나였다. 노란 폴리앤서 장미라는 꼬리표가 붙은 것은 나중에 보니 짙은 빨강으로 피었다. 또 한번은 알버틴 장미라고 산 것이 알버틴 비슷하기는 했지만 훨씬 더 겹겹이 꽃잎이 많은, 놀랄 만큼 탐스러운 꽃을 피웠다. …… 지난여름 나는 전쟁 전에 살던 시골집을 지나게 되었다. 내가 심었을 때는 아이들의 새총보다 크지 않은 작은 백장미였던 것이 크고 무성한 덤불로 자라 있었고, 알버틴인지 알버틴 비슷한 무엇인지는 분홍 꽃구름으로 울타리 절반을 뒤덮고 있었다. 둘 다 1936년에 심었던 것이다." [원주]

라든가 다른 계절적 변화에서 즐거움을 누리는 것은 나쁜 일인가? 더 정확히 말해, 우리 모두 자본주의 체제의 족쇄 아래 신음하고 있으며 신음해 마땅한데, 찌르레기가 운다거나 10월의 느릅나무가 노랗게 물들었다거나 하는 것들, 돈도 들지 않고 좌익 신문 편집자들도 계급적 시각이라 부를 만한 것이 없는 자연 현상들 때문에 삶이 더 살 만해진다고 말하는 것은 정치적으로 지탄받을 일인가? 많은 사람들이 그렇게 생각하는 것이 분명하다. 나는 글에서 '자연'을 호의적으로 언급하면 비난하는 편지들을 받게 된다는 것을 경험으로 알고 있다. 그런 편지들의 키워드는 대개 '감상적'이라는 것인데, 거기에는 두 가지 생각이 섞여 있는 것으로 보인다."[3]

그는 그중 한 가지가 즐거움이란 사람을 수동적이고 순응적이며 자기 삶에만 몰두하게 만든다는 생각, 아마도 독자로 하여금 "꽃이란 부르주아적"이라고 단언하게 만든 믿음이라고 보았다. 10년 전에는 모든 예술이 명백하고 즉각적인 방식으로 공산주의 대의에 기여해야 한다는 생각이 소련 안팎에서 맹위를 떨쳤다(마찬가지로 나치는 모든 예술이 자신들의 인종주의적·반동적 강령에 기여하거나 적어도 갈등은 빚지 말아야 한다고 보아, 1939년에는 그 전해의 '퇴폐미술' 전시회에 출품되었던 5000점의 모더니스트 작품을 소각했다고 한다).[4] 영국 미술사가이자 소련의 스파이였던 앤서니 블런트 Anthony Blunt는 오웰이 월링턴에 정원을 가꾸던 1936년 봄에 이런 글을 썼다. "새로운 예술이 일어나고 있으니, 프롤레타리아의 산물인 이 예술은 다시금 그 진정한 기능, 즉 프로파간다 기능을 수행하고 있다." 몇 년 후 블런트는 또 이렇게 썼다. "만일 예술이 공동선에 기여하지 못한다면, 그것은 나쁜 예술이다."[5](이 말은 공동선이라는 것이 명백하고 좁은 의미로 규정될 수 있다는 확신을 시사한다.)

로런스 웨슐러Lawrence Weschler가 2005년에 발표한 「보스니아의 페르메이르Vermeer in Bosnia」라는 에세이에서, 나는 예술이 정치를 위해 무엇을 할 수 있는가에 대해 좀 더 개방적인 생각을 발견했다. 웨슐러는 평생에 걸쳐 세계 전역의 인권에 대한 보고서와 예술에 대한 에세이를 써온 작가로, 헤이그의 한 판사에게 1990년대 중반 구舊 유고슬라비아 국제형사재판소에서 날마다 들어야 했던 잔혹한 이야기들을 어떻게 참을 수 있었는지 물었다. 판사는 환한 얼굴로 이렇게 대답했다고 한다. "가능한 한 자주 시내 한복판에 있는 마우리츠하위스 미술관에 가서 페르메이르 그림들을 보았지요."[6]

이 에세이를 읽은 후 오랫동안 나는 그 미술관에 페르메이르Johannes Vermeer의 그림이 많은가 보다고 생각했지만, 실은 석 점뿐이었다. 초기의 「다이애나와 그녀의 님프들Diana en haar Nimfen」과 유명한 「진주 귀고리 소녀Meisje met de parel」, 그리고 그 못지않게 유명한 「델프트 풍경Gezicht op Delft」이다. 대번에 구름들이 가장 크게 눈에 들어오는, 섬세한 푸른 하늘 아래 조그만 사람들과 빽빽한 건물들과 운하가 그려진 이 풍경화에서, 구름들은 너무나 가볍고 덧없으며 건물들은 너무나 견고하고 푸른 물이 그 둘 다를 비추고 있다. 그 모든 광활함의 전경에서 두 여자가 대화를 나누고 있다. 페르메이르의 그림들은 물론 전쟁이니 정의니 법이니 사회를 어떻게 고쳐야 하느니 하는 말은 한마디도 하지 않는다. 아무런 뉴스도 전하지 않고 어떤 대의도 선전하지 않는다. 「다이애나와 그녀의 님프들」에서는 한 여자가 무릎을 꿇고 다른 여자의 발을 씻고 있으며, 다른 두 여자는 그것을 지켜보고, 또 한 여자는 등을 보이고 있다. 가히 신들 사이에 끼어든 평민적인 순간이라고나 할 만한 장면이다. 웨슐러는 페르메이르가 전쟁으로 짓밟힌 격동의 시대를 살았으며, "(기억되고 상상되고 예견된) 그 모든 폭력의 중압이 그 그림들이 나타내는 모든 것"이지만 "그 정반대를, 전쟁의 시대에 우리가 열망하는 평화를, 소란 가운데 고요함을, 일상과 그 아름다움의 변함없음을 그림으로써 그것을 나타냈다"고 지적한다.[7]

모든 예술이 교훈적이라야 한다는 주장은 이미 대의를 위해 나선 자들의 필요와 욕구를, 그들의 열정을 가능케 하는 것을, 그리고 정의와 연민에 관심을 두는 사회를 건설한다는 더 큰 일이 어떤 것이라야 하는가를 간과한다. 내가 웨슐러의 에세이에서 기억할 만하다고 보았던 것은 누군가에게 대의를 위해 나서라고 격려하거나 그 판사 같은 누군가에게 그 입장을 지켜나갈 힘을 주는 것이 꼭 불의나 고통의 재현일 필요가 없다는 생각이었다. 예술은 목전의 정치에 대한 것이 아니라도 자아와 사회, 가치와 헌신에 대한 감각과, 심지어 주의를 기울일 능력을 강화함으로써, 한 사람으로 하여금 자기 시대의 위기에 대처할 저력을 주는 것이다.

정치는 문화에 의해 형성된 신념 및 현실 참여의 실용적 표현이다. 예술 작품은 정치에 참여하는 자아를 구축하는 데 도움이 될 수 있지만, 단순히 참여를 요구하거나 무엇이 틀렸다고 떠들어대는 것만으로는 참여에 필요한 공감적 상상력이나 통찰, 원리 원칙, 방향성, 집단기억 등을 산출할 수 없다. 물론 현실 참여와 정반대의 입장을 지지하는 예술 작품도 있고 우리 시대에는 특히 많다. 이런 작품들은 우리가 더 큰 힘들에 영향받지 않고 빚진 것도 없는 사적 개인들이라고 말하거나, 그런 힘들을 아예 바꿀 수 없는 무엇으로 제시하거나, 아니면 그런 것들의 존재 자체를 지워버린다. 페르메이르의 그림들은 어느 쪽으로도 해석할 수 있으며, 판사의 반응은 그 상당 부분이 보는 자의 눈에 있음을 시사한다.

그렇지만 웨슐러의 에세이는 가장 덜 정치적인 예술도 우리를 정치에 몰입하게 하는 무엇인가를 줄 수 있음을 시사한다. 인간에게는 힘과 안식을 얻을 곳이 필요하며, 즐거움을 추구한다고 해서 당장 해야 할 일을 내팽개치기는커녕 오히려 새로운 힘을 얻을 수도 있는 것이다. 즐거움이란 아름다움이며, 아름다움은 의미요 질서요 평온이다. 오웰은 자연과 가정에서 그런 안식처를 찾았으며, 자주 그 안식처로 돌아갔다가 또다시 전쟁에 나갔다. 그의 전쟁이란 주로 거짓말과 망상과 잔인함과 광기에 대한 전쟁이었지만, 스페인에서는 실제 군인이 되어 전쟁터로 나갔다. 그는 T. S. 엘리엇T. S. Eliot에 관한 에세이에서 "모든 예술은 어느 정도 프로파간다"라고 말한 것으로 유명하다.[8] 프로파간다라는 것이 어떤 주의 주장을 공개적으로 지지하는 것이고, 모든 예술가의 선택이 중요한 것, 관심을 가질 만한 것에 대한 일종의 지지라면 말이다. 하지만 그는 블런트가 말한 의미에서의 프로파간다, 즉 예술이나 예술가가 정당이나 국가의 의제에 기여해야 한다는 생각에는 반대했다. 또 다른 곳에서 그는 이렇게 쓰기도 했다. "정말로 비非정치적인 문학 같은 것은 없다."[9]

페르메이르의 그림은 왜 고요함이 필요한지, 운하나 푸른 빛깔이나 네덜란드 부르주아지의 가정생활의 가치를 바라보는 것이, 또는 그저 그림을 자세히 들여다보는 것이 왜 필요한지를 말해준다. 자세히 들여다보는 일 그 자체가 우리를 지탱해주는 일종의 양식이 되어주는 것이다. 「나는 왜 쓰는가」에서 오웰은 이렇게 말했다. "내가 글을 쓰는 것은 폭로하고 싶은 어떤 거짓이나 주목을 끌고 싶은 어떤 사실이 있기 때문이며, 따라서 나의 우선적인 관심사는 남들이 들어주는 것이다. 하지만 거기에 미학적인 경험이 없다면, 나는 책은 물론이고 잡지의 기사를 쓰는 일도 할 수 없을 것이다."[10] 다시 말해, 의제는 빵이라 하더라도, 장미가 곁들여지게 마련인 것이다.

이런 예술 작품들과 거기서 생겨나는 즐거움은 분수령과도 같다. 그런 땅에서는 상업화할 수 있는 어떤 것도 자라지 않지만, 그곳에 모인 물길들이 흘러나가 개울과 강이 되어 작물들과 사람들을 먹인다. 또 그런 곳에는 농경 시스템의 일부인 야생동물들—작물의 수분을 가능케 하는 곤충들, 땅다람쥐의 개체수를 제한하는 코요테 같은—이 살기도 한다. 그것들은 정신의 황야요 미개간지로, 경작된 땅이 보존할 수 없는 다양성과 복잡성과 재생 체계를, 더 큰 전체를 보존한다. 오웰은 문자 그대로의 전원 녹지 공간과 자신이 그렇게 많은 시간을 보낸 정원을 옹호하는 만큼이나, 자유로운 사색과 감시당하지 않는 창조의 형이상학을 옹호했다. 그리고 이런 쟁점들에 대해 적들과 싸웠다.

두꺼비와 봄과 즐거움에 관한 그 에세이에서 그는 봄이나 자연이나 전원을 즐기는 것에 대한 또 다른 표준적인 반대 입장을 이렇게 요약한다. "지금은 기계의 시대이며, 기계를 싫어하거나 기계의 지배를 제한하고자 하는 태도는 퇴영적이고 반동적이며 약간 우스꽝스럽다는 것이다."[11] 몇 년 전에 나는 디트로이트 미술관에 갔다. 1930년대 초에 디에고 리베라가 헨리 포드Henry Ford의 아들로부터 위촉을 받아 산업 노동 및 생산을 찬양하는 거대한 벽화 중 하나를 그린 곳이다. 나는 왜 내로라하는 공산주의자가 세계에서 가장 성공한 자본가 중 한 사람을 위해 일했는지, 그리고 후에는 뉴욕에 가서 록펠러가를 위해 일했는지 의아스럽게 여겼다(그들은 리베라가 그림 속 레닌의 초상에 다른 얼굴을 덧입히기를 거부하자 벽화를 파괴하게 했다).※

자동차 생산 라인들과 기계들 가운데서 난쟁이처럼 보이

는 노동자들을 그린 벽화들로 뒤덮인 벽들을 바라보면서, 나는 그 시대 자본가들과 공산주의자들이 한 가지 공통된 이상을 신봉했음을 깨달았다. 즉 그들은 기계화와 산업화야말로 인간으로 하여금 자연의 한계를 넘어서게 해줄 현상이라고 보았던 것이다. 그들은 사회의 이상적인 체제에 관해서는 의견이 달랐지만, 근본적으로 인간의 운명에 대해서는 같은 생각을 갖고 있었다. 과학과 기술이 자연계를 지배할 수단이라는 믿음과, 책임을 맡은 자들이 그 힘들을 현명하게 사용하리라는 그릇된 확신이 모더니즘에는 핵심적이었다. 그 시대의 전위적 예술가들, 공산주의자들, 기술자들, 자본가들이 모두 빛나는 미래의 비전을 공유하고 있었다. 이제 돌아보면, 그것은 오만하고 위험한 망상으로 보인다.

모더니즘과 그 오만의 붕괴에는 많은 원인이 있고, 비非백인 비서구의 음성들이 더 잘 들리게 되었다는 것도 그중 하나이지만, 환경 과학 및 정치도 핵심적인 요인이다. 환경주의자들은 인간의 활동이 자연 세계를 해치는 상황을 들여다보고 그 해악을 반전시키거나 막을 방도를 모색한다. 그들은 인류에게서 경솔하고 근시안적이며 파괴적인 행동들을 지적하고, 우리가 모든 행동에 조심해야 한다는 것, 인간의 생존에는 인간 이외의 세계에 대한 경의가 필수적이라는 것을 역설한다. 오웰은 공장이나 기계, 도시 등에 대해 결코 열광한 적이 없으며, 중요한 면들에서 모더니스트가 아니었다. 그는 사회주의가 부와 권력의 분배, 사회적 관계 등에 변화를 가져옴으로써 더 나은 사회를 건설할 수 있다고 믿었지만, 산업화와 도시화에 대해서는 회의적이었다. 그는 중앙화된 권위를 혐오했고, 자연 세계야말로 우리가 등이 아니라 얼굴을 향해야 할 무엇이라고 믿었다.

즐거움, 행복, 낙원 등에 관한 질문들은 그의 작품에서 거듭 다시 나타난다. 두꺼비에 관한 에세이를 쓰기 몇 년 전에 그는 "사회주의와 유토피아주의를 구별할 필요"에 대해 이렇게 썼다. "거의 모든 신新비관주의 옹호론은 지푸라기 인간을 일으켜 세웠다가 다시 때려눕히는 데 있다. 인간의 '완성 가능성'이라 불리는 지푸라기 인간 말이다. 사회주의자들은 사회가 철저히 완전할 수 있다고, 그리고 실제로 사회주의 수립 이후에는 반드시 그리 되리라고, 진보는 불가피하다고 믿는다고 비난당한다."[12] 그는 이런 보수적 비판에 반대하여 이렇게 썼다. "사회주의자들은 세계를 완전하게 만들 수 있다고 주장하지 않는다. 그들은 단지 더 낫게 만들 수 있다고 주장할 뿐이다."

그렇지만 많은 사회주의자들과 공산주의자들은 철갑 두른 유토피아를 실현할 수 있다고 실제로 믿었으며, 그 실현을 앞당기는 것은 무엇이든 정당화되었으니, 기술도 그것을 성취하는 중요한 수단이었다. 또 다른 곳에서 오웰은 완성주의자들에 대한

※   1932년 리베라는 록펠러 센터에 「십자로의 인간(Man at the Crossroad)」이라는 벽화를 그렸으나, 자본가를 위해 일하는 것에 대한 비난이 빗발치자 계약 당시 스케치에는 없던 레닌의 초상을, 그 반대편에는 다분히 부정적으로 연출된 존 D. 록펠러 2세를 그려 넣었다. 1934년 록펠러 재단 측에서는 이 프레스코 벽화를 깎아내버렸다.

공격을 가한 바 있다. 그가 보기에 완성 가능성이란 위험한 생각이었고, 유토피아도 그것을 실현하고 지키기 위해 폭력이라는 권리 파괴와 거짓말이라는 사실 파괴를 사용할 수 있다고 믿는 자들의 이상을 강요하는 것이라면 마찬가지였다. 소설가 밀란 쿤데라Milan Kundera는 1975년 공산주의 체코슬로바키아에서 망명한지 오랜 후에 이렇게 썼다. "그러나 낙원의 꿈이 현실로 나타나기 시작하자, 여기저기서 방해되는 사람들이 나타났고, 그래서 낙원의 통치자들은 낙원 곁에 작은 굴라크*를 지어야만 했다. 시간이 지나면서 이 굴라크는 갈수록 더 크고 더 완벽해졌고, 그에 인접한 낙원은 갈수록 더 작고 초라해졌다."[13] 쿤데라의 말은 여러 버전으로 인용되어 좌익 이데올로기에 대한 반론으로 사용되었지만, 그것은 굴라크에 대한 반대 주장도 될 수 있을 것이다. 목표가 수단을 정당화한다는 생각에 대한, 인류가 완력을 통해 재발명될 수 있다는 생각에 대한, 그리고 과도한 권력을 지닌 통치자들에 대한 반대 말이다.

오웰은 1943년 《트리뷴》에 실은 「사회주의자들도 행복할 수 있는가?Can Socialists Be Happy?」라는 제목의 에세이에서 다시금 그 주제를 다루었다. 존 프리먼이라는 필명을 쓴 것은 아마도 역공을 피하기 위해서였을 것이다. 그는 이렇게 썼다. "모든 '호의적' 유토피아들은 완전성을 상정하지만 실제로 행복을 제시하지는 못하는 것 같다는 점에서 비슷해 보인다." 그리고 그는 다양한 유토피아 소설들을 일람한 후, 『걸리버 여행기』의 마지막에 나오는 이상 사회의 기쁨 없음을 지적하는 것으로 글을 마무리한다. 그 사회에는 뇌가 발달한 말들이 사는데, 이들은 "아무 사건도 없는 온건하고 '합리적인' 삶을 살며, 일체의 다툼과 무질서와 불안으로부터 자유로울 뿐 아니라, 육체적 사랑을 포함하여 일체의 '정념'으로부터도 자유롭다." 다시 말해 완벽한 것이 선한 것의 적이요 적어도 기쁜 것과 자유로운 것의 적이라는 정교한 증거이다.[14]

『1984』에서 그는 이렇게 쓴다. "성공리에 수행된 성행위는 반역이었다. 성욕은 사상죄에 해당했다."[15] 이 소설에서 묘사된 전체주의 사회는 사적이고 개인적인 삶을 지배하고 말살하려 한다. 생각의 자유, 프라이버시의 추구, 욕망, 정열, 즐거움의 추구는 위험한 반역 행위이다. 욕망은 주관적이고 개인적이고 예측 불가능하며 부패 가능하지만, 개인이나 사회에 의해 완전히 통제되지 않는다. 욕망과 그 충족은 행복이 아니니, 행복이란 지속적인 감정, 평온한 마음과 정신을 의미한다. 욕망과 그 충족은 기쁨에 더 가깝고, 기쁨은 예측할 수 없이 일어났다 스러지며, 위험과 곤란 가운데서도 다시 나타날 수 있다. 영속성—즉 무엇인가를 안정화한다는 생각은 대개 수많은 다른 것들을 통제하는 데 사용되는데—은 그가 반대하는 것의 일부였다.

그는 프라이버시를 침해하는 것에도 반대한다. 인간 본성을 재발명하고자 하는 사회는 각 사람의 정신에까지 손을 뻗쳐

※   옛 소련의 정치범 강제노동수용소.

재배열하려 한다. 빵은 권위주의적 체제에 의해 관리될 수 있지만, 장미는 주어지기보다 개인들이 자유롭게 추구하고 발견하고 가꾸어야 하는 무엇이다. "우리는 상상력이란 어떤 야생동물과도 같아서 갇힌 상태로는 번식하지 못하리라는 사실을 알 뿐이다"라고 오웰은 「문학 예방The Prevention of Literature」의 말미에 썼다.[16] '빵과 장미'에서 장미란 프라이버시와 독립성을 가질 때 번성하는 일종의 자유를 의미한다.

　　그가 생각하는 사회주의에는 구속이 없다. 그는 계속하여 쓴다. "사회주의의 진짜 목표는 행복이 아니다. …… 사회주의의 진짜 목표는 인류애다. …… 인간들이 서로 속이거나 죽이는 대신 사랑하는 세계이다. 그리고 그들이 그런 세상을 원하는 것은 첫걸음으로서이다."[17] 사랑을 부패시키고 약화하기는 쉽지만, 제대로 관리하기는 어렵다. 결론적으로 그는 유토피아라는 것을 이렇게 일축해버린다. "그들은 단지 일시적이기 때문에 소중했던 무엇인가를 끝없이 지속함으로써 완벽한 사회를 만들려 했다."[18] 다시 말해 그들은 욕망이나 기쁨처럼 본질상 유동적이고 통제 불가능한 무엇을 고정시키고 통제하려 했던 것이다. 그들은 장미를 빵으로 만들기를, 또는 빵을 획득하고 장미를 던져버리기를 원했다.

1936년 말, 그는 사회주의와 형제애를 찾아 스페인으로 가서 그해 7월에 시작되었던 내전에 참가하고자 했다. 하지만 스페인 공화국을 위해 저널리스트로 일하게 될지 군인으로 복무하게 될지는 모르는 채였다. 스페인에서는 그해 2월에 좌익 성향의 정부를 선출했는데, 프란시스코 프랑코Francisco Franco 장군이 이끄는 우익 세력이 파시스트 이탈리아 및 독일의 지원을 받아 그 정부를 전복하려 하고 있었다. 공화파, 즉 반反프랑코파는 다양한 정치적 노선을 가진 사람들—공산주의자, 마르크스주의자, 노동조합주의자, 무정부주의자 등—로 이루어져 있었으며, 그중 일부는 내전이 일어나기 전의 공화국 그대로의 상태를 원했던 반면, 전면적인 혁명을 원하는 이들도 있었다. 혁명은 스페인의 여러 곳에서 진행 중이었으니 토지 몰수, 가톨릭교회에 대한 공격, 그리고 평등과 가능성에 대한 열광적인 기쁨 같은 것들도 그 일환이었다.

오웰이 처음 바르셀로나에 도착해서 목도한 이 기쁨과 자유에 대한 묘사는 희열에 들떠 있다. 그것은 좌익 성향 이상주의자들에게 특별한 순간이었다. 무정부주의자 조지 우드콕은 이렇게 썼다. "그리고 특히 1936년은 1935년 말까지만 해도 가능해 보이지 않았던, 그리고 1937년 중반 이후로는 더 이상 가능하지 않게 될 세속적 믿음으로 많은 사람이 고양되어 있던 해였다. 천년왕국이 불가능한 꿈으로 보이지 않던 그 시절을 기억하면⋯⋯"[1]

오웰은 여전히 너무 가난했기 때문에, 여비를 충당하려고 은행에 융자를 신청했고 물려받은 은식기를 전당포에 맡겼다(마침 방문한 그의 어머니와 누나가 은식기의 행방을 묻자, 아일린은 가문家紋을 새기려고 맡겨놓았다고 둘러댔고,[2] 두어 달 후에는 자신도 스페인으로 갔다. 그가 전선에 나가 있는 동안 그녀는 바르셀로나에서 공화파를 위해 행정 업무를 보았다). 출발 전에 그는 소개장을 얻으러 다녔는데,* 영국 공산당 총서기였던 해리 폴릿Harry Pollitt은 그가 너무 별나고 믿을 수 없다고 보아 추천서 써주기를 거부했다. 필시 오웰이 국제여단**에 대해 자세히 알아보지도 않고 가입을 거절한 다음이었을 것이다. (몇 달 후, 폴릿은 『위건 부두로 가는 길』에 대해 신랄한 서평을 썼고, 오웰을 "환멸을 겪은 중산층 소년"이요 "전직 제국 경찰"이라 불

렀다.)[3]

      대신에 그는 사이즈 12짜리 장화 한 켤레와—현장에서는 자신에게 맞는 신발을 구하기 어려울 것이었다—독립노동당ILP에서 준 서류, 그리고 바르셀로나의 ILP 당원인 존 맥네어John McNair에게 가는 소개장을 가지고 출발했다. 도중에 그는 파리에 들러서 헨리 밀러를 방문했는데, 밀러는 그에게 전쟁에 가담하다니 어리석은 짓이라며 따뜻한 코듀로이 코트를 한 벌 주었다. 그가 스페인에 도착하자, 맥네어가 그를 마르크스주의통일노동자당POUM의 레닌 병영으로 데리고 갔다. 만일 오웰이 형세를 좀 더 잘 알았다면 그러기보다 무정부주의자들 편에 가담했겠지만, 어떻든 그는 POUM 소속 군인이 되었다. 당시 레닌 병영을 이끌던 안드레우 닌Andreu Nin은 잠시 트로츠키Leon Trotsky의 비서를 지내기도 했고 훗날에는 러시아혁명의 이 탁월한 설계자와 정치 및 전략에 대해 서신 교환도 했던 인물이다. (트로츠키는 스탈린에 의해 악마로 몰려 축출된 터였다. 오웰이 그린 『동물농장』의 돼지 스노볼과 『1984』의 골드스타인은 트로츠키와 뚜렷한 유사점을 지닌다.) 공화파를 지지하기 위해 스페인에 온 3만 5000명 내지 4만 명의 외국인 대부분은 공산주의자들의 주도로 결성된 국제여단에 가입한

※   스페인에 들어가려면 좌익 단체의 추천서가 필요하다는 정보—나중에는 부정확한 정보임을 알게 되었지만—를 들었기 때문이다.

※※   Brigadas Internacionales, 국제 공산당의 주도로 프랑코군과 싸우기 위해 유럽 각지에서 온 의용군으로, 1936년부터 2년 동안 53개 국가에서 약 4~5만 명이 참가했으며, 1만 5000명이 전사했다.

터였다. 미국인들은 노동계급 출신이 많았고, 영국인들의 상당수는 중산층으로, 시인 스티븐 스펜더에서 레즈비언 소설가 실비아 타운젠드 워너Sylvia Townsend Warner에 이르기까지 문인들도 많았다. 버지니아 울프Virginia Woolf의 조카로 시인이었던 줄리언 벨Julian Bell도 그곳에서 죽었다.

1937년 초에는 오웰도 전선에 있었다. 어린 시절에 시골에서 쥐와 토끼를 쏘아본 데다 한때 버마에서 제국 경찰로 복무한 덕분에 라이플도 쏠 줄 알고 군사 훈련에도 익숙했던 그는 주위 군인들이 전혀 훈련되지 않았고 장비도 없는 것을 보고 경악했으나, 스페인 사람들의 관대한 정신에 감동받았다. 전쟁 냄새를 음식과 배설물이 썩는 냄새로 묘사하면서도, 그는 자신이 배치된 장소들에서 아름다움과 즐거움을 발견했다. "겨울 보리가 한 자가량 올라왔고, 벚나무에는 진홍색 꽃망울이 맺히고 있었으며(이곳 전선은 버려진 과수원들이며 채소밭들 사이로 이어져 있었다), 참호 안을 잘 살펴보면 제비꽃과 블루벨의 빈약한 표본 같은 일종의 야생 히아신스를 찾아낼 수 있었다. 전선 바로 뒤에도 놀라운 녹색 개울이 졸졸 흐르고 있었다."[4]

그는 불결함과 정체 상태 가운데서 여러 날 여러 주를 보냈다. 이[蝨]가 생겼고, 파시스트 기관총 진지를 점령하는 작전에 참가했는데, 알고 보니 기관총은 다 뜯어간 다음이었다. 그러고서 봄이 찾아오는 것을 지켜보았다. "우리 흉벽 앞의 총탄 맞은 나무에도 버찌 송이들이 빽빽이 달리기 시작했다. …… 찻종만한 분홍 꽃송이를 피우는 들장미들이 토레 파비안 주위 포탄 구멍들 위로 흐드러졌다. 전선 뒤쪽에서는 귓바퀴에 들장미를 꽂은 농부들과 마주치기도 했다."[5] 그는 전선에서 115일을 복무한 후 첫 휴가를 맞이했고, 『카탈루냐 찬가』에서 자신은 스페인 공화국을 위해 별로 한 일이 없지만 스페인 공화국은 자신을 위해 많은 것을 해주었다고 말했다. 잉글랜드 북부에서 가난한 자들과의 연대감을 발견했다면, 스페인에서는 일련의 이상들과 가능성들을 발견했다.

"자신이 뭔가 신기하고 귀한 어떤 것을 접해보았다는 사실을 나중에야 깨닫게 되었다. 우리는 냉담함과 냉소보다는 희망이 더 정상적인 것으로 취급되는 공동체, '동지'라는 말이 대부분의 나라에서처럼 허위가 아니라 진정한 동지애를 의미하는 공동체에 속해 있었다. 우리는 평등의 공기를 호흡했다."[6] 이것은 그의 작품에서 중요하게 여겨지는 또 다른 종류의 기쁨이다. 확언되고 실현된 이상들에서, 연대감과 사기와 가능성과 의미에서 얻어지는 기쁨이었다. 그 모든 것의 부재가 『1984』에서는 나날의 삶의 조건이 된다.

『카탈루냐 찬가』는 생생한 1인칭 시점의 책으로, 『위건 부두로 가는 길』에서와는 달리 그는 관찰자인 동시에 전면적인 참가자이고, 이전 책에서보다 훨씬 더 성숙한 관찰자이다. (어떤 전기 작가들은 그 무렵 그가 작가로서 유의미하게 성장한 것은 아일린 덕분이라고 말하기도 한다.) 이 책은 정치적 상황에 대한 긴 설명인 동시에 그 전쟁에서 군인이라는 것이 무슨 뜻인지, 몸으로 하는 경험이 무엇이며, 전원 지역이 어떤 풍경이며, 그렇게 더럽고 못 먹고 추위에 시달린다는 것이 어떤 느낌인지에 대한 긴 묘사이다. 그는 혁명적 정신으로 술을 마시던 사기충천함에서부터 총탄을 맞는 충격에 이르기까지 모든 것의 감정적 여파를 전달한다. 이런 것들의 공존은 충격적이다. 특수한 것이 항상 일반적인 것에 도전장을 내며, 손에 만져지는 것이 이념적인 것과 균형을 맞춘다.

그는 양 진영이 참호들 너머로 던지고 받는 구호들에 대해 썼다. 파시스트들은 "스페인 만세! 프랑코 만세!"를 외쳤고, 외국에서 온 반파시스트들이 많아지자 "집에 가라, 영국 놈들아!"라고 외치기도 했다. 공화파 무정부주의자들도 구호들을 외쳤는데, 오웰의 표현에 따르면 "혁명적 감정으로 충만한 것이라, 파시스트 병사들에게 그들은 국제 자본주의의 하수인에 불과하다는 것, 자신이 속한 계급에 맞서 싸우고 있다는 것 등등을 알려주며 우리 편으로 넘어오라고 촉구하는 것이었다." 그는 이런 코멘트를 달았다. "파시스트 탈영병들이 조금씩 생겨나는 것은 어느 정도 그 덕분이라는 데 모두가 동의했다."[7]

오웰은 자기편에서 주로 고함을 치던 이를 가리켜 이렇게 썼다. "그는 그 일에서 예술가라 할 만했다. 때로는 혁명적 구호를 외치는 대신, 파시스트들에게 그저 우리가 그들보다 얼마나 잘 먹는지 말해주었다. 정부에서 배급하는 식량에 대한 그의 이야기는 다소 상상력이 가미된 것이 되곤 했다. '버터 바른 토스트!'라고 그가 외치는 소리가 한적한 골짜기 너머로 메아리치는 소리를 들을 수 있었다. '우린 여기 둘러앉아서 버터 바른 토스트를 먹고 있어! 근사한 버터 바른 토스트란 말이야!' 나도 다른 사람들도 그가 지난 몇 주 내지 몇 달 동안 버터라고는 구경도 못 했다는 것을 뻔히 알고 있었지만, 쨍하게 추운 밤에 버터 바른 토스트 얘기는 수많은 파시스트들의 입에 군침이 돌게 했을 것이다. 그가 거짓말을 한다는 걸 알면서도, 나도 군침이 돌았으니까."[8]

20년 전에 나는 그 마지막 구호에 눈길이 갔다. 너무나 유쾌하게 안 진지했기 때문이기도 했지만, 한편으로는 무엇인가 그 이상을 뜻했기 때문이었다. 장난스럽고 유머러스하게 들리는 그 구호는 공식적 이데올로기를 뒷전으로 하고 마음껏 상상력을 발휘하며, 적을 위협하는 대신 즐겁게 초대하는 공화파 병사들의 자유를 나타내는 것이라 생각되었다. 거기에는 추위와 배고픔이라는 현실에 대한 진지한 인정과 동시에, 정신 못지않게 육신을 지닌 인간 존재의 복잡성도 담겨 있었다. 당신은 이상을 위해 싸우고 있을지도 모르지만, 정의 못지않게 토스트도 원할 수 있는 것이다. 그 욕구야말로 좀 더 이데올로기적인 쟁점들에 대해서는 의견이 다를 수도 있는 이들과 공감하는 무엇이 될 수 있었다. 때로는 근사한 버터 토스트 한 장이 단순한 빵 이상이 되기도 하는 것이다.

한나 아렌트Hannah Arendt와 마찬가지로, 오웰도 경직된 이데올로기를 불신했고, 그런 것은 실제 인생이 가져다줄 복잡성과 모순에 맞서는 방패나 기껏해야 곤봉 같은 것이라고 보았다. 스티븐 스펜더는—나중에 오웰의 친구가 되었는데—잠시 당원이 되었던 시절을 회고적으로 비판하면서 그 점에 대해 이렇게 썼다. "공산주의자 지식인들과 있을 때 항상 맞닥뜨리게 되는 것은 그들이 공산주의자가 될 때 계산을 했다는 사실이었다. 그 때문에 그들에게는 현실 전체가 극단적인 흑백으로 보였던 것이다. …… 혁명은 끝에서 시작하는 것, 모든 계산의 계산이었다. 언젠가 어디선가는 모든 것이 다 더해져 행복한 총계가 나올 것이었다."[9] 그런 맥락에서 토스트에 관한 함성은 절대적이고 추상적인 것에 대한 공격이었던 셈이다.

오웰은 즉각적이고 특수한 것들에 대한 놀라움에 대해, 그것들이 얼마나 단정적인 사고를 약화하는지에 대해 여러 번 썼다. 1931년 에세이 「교수형」에서 그는 한 버마인 죄수가 사형대로 걸어가면서 물웅덩이를 피하려고 옆으로 비키는 것을 보았다고 썼다. 그 작은 몸짓이 그에게 강한 인상을 남겼다. "이상한 일이지만, 바로 그 순간까지 나는 건강하고 의식 있는 사람의 목숨을 끊어버린다는 게 어떤 의미인지 전혀 알지 못하고 있었다. 그러다 죄수가 웅덩이를 피하느라 몸을 비키는 것을 보는 순간, 한창 물이 오른 생명을 뚝 끊어버리는 일의 불가사의함을, 말할 수 없는 부당함을 알아본 것이었다."[10]

그가 스페인에 있었을 때도 비슷한 일이 일어났다. 그가 전선에 있었을 때, 파시스트 진영에서 한 남자가 나타났다. "그는 반쯤 벗은 상태였고, 양손으로 바지를 추스르며 달리고 있었다. 나는 그를 쏘지 않기로 했다. …… 그 바지를 추스르는 광경 때문에도 총을 쏠 수가 없었다. 나는 '파시스트'를 쏘러 거기에 간 것이었는데, 바지를 추스르는 남자는 '파시스트'가 아니었다. 그는 나 자신과 다를 바 없는 인간으로 보였고, 그래서 그를 쏘고 싶지 않았던 것이다."[11] 그는 현실적인 것들을 위협하는 절대적이고 추상적이고 이론적인 것들을 믿지 않았다. (1938년, 그와 아일린은 그들이 키우는 개에게 '마르크스'라는 이름을 붙여주었다. "우리가 실제로 마르크스를 읽어본 적이 없다는 사실을 기억하려고 말이야"라고 아일린은 한 친구에게 보내는 편지에 썼다. "이제 조금 읽어보았는데 그 사람이 너무 싫어져서 개를 똑바로 볼 수도 없어.")[12] 우드콕이 오웰을 대지에서 힘을 얻는 안타이오스에 비유한 것은 그가 구체적이고 손에 잡히는, 직접적인 경험에서 지적인 힘을 얻는다는 의미이기도 했을 것이다. 그런 이유로 그는 이데올로기들이 수많은 사람을 방황하게 했던 시대와는 맞지 않았다. 특히 권위를 옹호하고 반대 의견과 독립성을 불법화하는 주의들과는 더욱 그랬다.

오웰은 휴가를 얻어 바르셀로나로 돌아가서 아일린과 재결합했다. 그녀는 스페인전쟁에도 그가 그 전쟁에 참여하는 것에도 찬성이었다. 그래서 자신도 동참하여 POUM 본부에서 일하고 있었다. 1937년 5월 1일, 그녀는 오빠에게 보내는 편지에 그가 "거의 맨발에 좀 더럽고 많이 그을었지만 상태가 아주 좋아 보인다"고 썼다.[1] 전쟁이 사실상 삼파전이라는 것을 그가 완전히 깨달은 것은 그 휴가 때였다. 표면적인 전쟁은 프랑코에 대항하는 것이었고, 그 점에서는 모두 단결되어 있었다. 하지만 사실상 소련의 지원을 받는 공산주의자들은 무정부주의자들이나 반체제 사회주의자들에 맞서 권력 투쟁 중이었고, 혁명을 방지하기 위해 또는 적어도 현재 진행 중인 혁명을 압살하기 위해 싸우고 있었다. 애덤 혹실드Adam Hochschild는 그 문제에 관해 이렇게 썼다. "만일 소련의 독재자가 카탈루냐를 비롯한 스페인 공화국의 여러 지역에서 일어나는 광범위한 사회 혁명을 지원하는 것처럼 보였다면, 그것은 소련이 독일과 전쟁을 할 경우 필요로 하게 될 동맹국들인 영국과 프랑스를 경악케 했을 터이다."[2] 공화국은 소련의 팔에 의존하고 있었고—다른 어떤 나라도 스페인 공화국을 지원하지 않았다—스탈린은 스페인에 명령을 내렸다. 혁명은 없다고.

　　공산주의자라는 것은 1922년 소련이 수립된 후로는 흔히 소련의 지지자라는 뜻으로 받아들여지게 되었고, 소련을 지지한다는 것은 이오시프 스탈린이 권력을 장악한 후로는 스탈린을 지지한다는 뜻이 되었다. 그래서 처음에는 자유와 평등과 혁명이라는 고상한 이상을 품고 출발했던 사람들이 일찍이 세상에 나왔던 가장 잔혹한 독재자 중 한 사람을 지지하게 되고 말았다(부분적으로는 그것이 또 다른 독재자 히틀러의 독일에 대한 방벽으로 보였기 때문이다. 당시 스탈린과 히틀러는 상반된 인물로 그려지곤 했지만, 후에는 그들의 유사점이 좀 더 널리 알려지게 되었다). 이 지지는 종종 거짓말을 잠자코 받아들이거나 퍼뜨리는 것을, 사실을 부인하는 것을 의미했다. 20세기 전반기의 좌익 대다수는 점점 더 괴물스럽고 횡포해지는 상대와 사랑에 빠진 사람과도 비슷했다. 그 시대의 수많은 선도적 예술가 및 지식인들이 괴물과의 동거를 택했다. 물론 학대적인 관계에서와는 달리, 대개의 경우 희생자는 이 열렬한 연인들이 아니라 소련과 그 위성국가들의 무력한 인민이었지만 말이다. (과거에나 현재에나 좌익이라는 인사들이 권위주의자들을 지지하거나 그들의 범죄를 부인하는 것을 볼 때면, 나는 도대체 '좌익'이라는 말이 무슨 뜻일까 의아해지곤 한다. 때에 따라서는 좌익이라는 것이 이와 정반대로 인권과 자유와 평등주의를 지지하는 이들을 뜻하기도 하니 말이다.)

삼파전을 좀 더 분명히 인식하게 된 오웰은 마드리드를 중심으로 싸우는 국제여단에 가입하기를 원했다. 그들의 싸움이 아라곤에서의 POUM의 활동보다 더 중요하며 파시즘과 싸우는 것이 단연 가장 중요하다고 보았기 때문이다. 또한 그는 처음에 그토록 매혹되고 기뻐했던 바르셀로나의 혁명적 분위기가 사라진 것을 느꼈으니, POUM은 공산주의자들로부터 맹렬한 공격을 받고 있었다. 그중 일부는 문자 그대로의 공격이었고—무정부주의자, 공산주의자, 그리고 POUM 사이에서는 누가 바르셀로나의 전화 교환을 통제할 것인가를 두고 총격전이 벌어지기도 했다—또 일부는 POUM이 프랑코와 내통하고 있다는 선전이었다. 그는 자신이 어떤 전쟁에서 싸우고 있는가를 이제 겨우 이해하기 시작한 것이었다.

파벌 사이의 갈등에도 불구하고, 오웰은 POUM과 함께 자기 자리로 돌아갔고, 5월 20일 아주 이른 아침 자기편 참호의 흉벽 너머로 머리를 내밀었다가 파시스트의 탄환에 목을 관통당했다. 만일 그 탄환이 경동맥을 아슬아슬하게 스치는 대신 파열시켰더라면, 그는 그 자리에서 출혈로 죽었을 터이다. 그 총상으로 그는 성대를 다쳐 한동안 속삭이는 것 이상의 소리를 낼 수 없었고, 심각한 부상을 입었다. 그는 그때의 신체적·심리적 경험을 자세히 묘사했다. "처음 떠오른 생각은 다분히 관습적이게도 아내에 대한 것이었다. 두 번째로 떠오른 것은 세상을 떠나야만 한다는 사실에 대한 격렬한 분노였다. 따지고 보면 무척 마음에 드는 세상이었으니까. 나는 그것을 생생히 느낄 만한 시간이 있었다."[3]

POUM의 지도자 안드레우 닌도 그해 6월에 암살당했다. 닌에게 추천장을 가지고 왔던 브라질 출신의 젊은 자원병 알베르토 베조셰Alberto Besouchet도 일설에 따르면 그달에 바르셀로나 곳곳에서 벌어진 시가전에 참가했다고 하는데, 그동안 오웰은 회복기에 있었다. 닌과 마찬가지로 베조셰도 스페인에서 정확히 알려지지 않은 상황 가운데 죽게 되는데, 일반적인 추측은 스탈린주의자들이 그달에, 혹은 전쟁 기간 중 좀 더 나중에 죽였다는 것이다. 모도티의 전기 작가에 따르면, 그녀는 그를 트로츠키주의자로 지목한, 브라질 공산당에서 스페인 공산당으로 가는 편지를 전달함으로써 그의 죽음에 일역을 했다고 한다.[4]

그 시절에 그녀는 점차 장미를 버리고 빵에 전념하고 있었다. 모도티는 일찍이 1927년에 멕시코 공산당에 가입했고, 그 직후부터 공산주의 인터내셔널(코민테른) 산하 프로젝트인 국제적색구제회International Red Aid를 위해 일하기 시작한 터였다. "모범적인 공산주의자답게, 그녀는 믿었고, 개인적이고 성적인 자기표현에 대한 묵은 관심을 길가에 버릴 작정이었다"고 알버스는 썼다.[5] 즉 예술가의 모델 일을 그만두고, "꽃이나 건축 같은 주제 대신 멕시코 민중의 영혼이 담긴 영웅적 특질들에 초점을 맞추기로" 했다는 것이다. 이 과도기의 작품인 감동적인 인물 사진들은 때로는 개인들, 즉 일찍 노동을 시작했던 그녀 자신의 어린 시절 모습과도 비슷한 젊고 초췌한 인물들을, 또 때로는 군상을, 많은 경우 어머니들과 아이들을 찍은 것이었다.

이 시기에도 정물 사진들을 좀 더 찍기는 했다. 그중 한 점은 탄환이 가득 든 탄띠와 기타 목을 십자 모양으로 교차시킨 가운데 옥수수를 하나 놓고 찍은 것이고, 또 한 점은 옥수수와 탄띠에 낫을 곁들인 것, 세 번째 작품은 멕시코 전통 모자에 낫과 망치를 곁들인 것, 네 번째는 소련의 표장 그대로 낫과 망치만 놓은 것이었다. 사진에서 도구들은 그림자를 드리우고 있으며, 손잡이를 비추는 빛은 망치 자루를 낱낱이 드러내고 낫날을 번득이게 한다. 그녀는 상징을 실제 도구로 바꿈으로써 우리의 관심을 추상적인 것에서 구체적인 것으로 이동시키거니와, 사진 특유의 이 구체성은 도그마 및 그 일반화에는 반대되는 것이다. 하지만 그녀는 자기 나름의 의미를 찾거나 정통적인 의미에 질문을 제기하기보다는 기성의 의미들이 작품을 지배하게끔 했다.

1928년에 디에고 리베라는 그 전해 그녀의 사진에 나오는 것처럼 무장한 남자들 한복판에서 탄띠를 들고 있는 그녀의 모습을 자기 벽화 중 하나에 그려 넣었다. 그들 모두 위에 망치와 낫이 그려진 붉은 깃발이 펄럭이는 장면이었다. (리베라는 트로츠키주의자였고, 1937년 멕시코로 망명한 트로츠키와 친구가 된다. 1939년 험난한 여정 끝에 그녀 자신도 멕시코로 돌아갔을 때, 모도티는 자신의 스탈린주의에 충실하게 그를 비난했고, 결국 리베라와 그의 아내 프리다 칼로Frida Kahlo도 스탈린주의를 받아들이게 된다.) 리베라는 1929년에 멕시코 공산당으로부터 제명되었고, 그 무렵 웨스턴에게 보내는 편지에서 모도티는 그를 배신자로 비난했다. 그녀의 가장 큰 사랑이었을 쿠바 출신의 혁명가 훌리오 안토니오 메야Julio Antonio Mella가 암살당한 것도 바로 그해였다. 둘이서 나란히 팔짱을 끼고 멕시코시티를 거닐던 어느 저녁의 일이었다. 그 일로 그녀는 언론에서 부당한 비난과 매도를 당했고, 강제 추방되었다.

이런 혹독한 일을 겪은 후 그녀에게서는 빛이 사라진 듯했지만, 새로운 삶이 시작되었다. 그녀가 멕시코를 떠나던 배에 NKVD내무인민위원회, 즉 소비에트 비밀경찰의 한 분과—암살, 테러, 파업, 납치 등을 전담하던—의 첩보원이던 비토리오 비달리 Vittorio Vidali가 필시 그녀 모르게 타고 있었던 것이다.[6] 일설에 따르면 2년 전 소련에서 파견되었던 비달리 역시 멕시코에서 도망치던 중이었으니, 다름 아닌 그가 메야의 암살범이었기 때문이라고도 한다. 대서양을 가로지르는 긴 항해 중 어느 시점엔가, 이 두 명의 급진적인 이탈리아인들은 가까워졌고, 아마도 그때부터 연인이 되었을 것이다. 이후로 그들은 때로는 함께, 때로는 따로 지냈지만, 그녀의 여생 동안 그는 그녀 주위를 맴돌았고 종종 그녀의 남편으로 불리기도 했다. 나로서는 그들이 결혼했다는 기록을 찾을 수 없었지만 말이다. 그녀는 여러 해 동안 모스크바에서 또 유럽의 여러 임지에서 그와 함께 지냈다. 국제 공산주의의 여러 분야에서 부지런한 일꾼이었던 그녀는 외국 신문 기사를 번역하고 선전물을 쓰며 대쳐첩보 및 역쁘스파이 임무를 맡고, 전체주의가 되어버린 공산주의의 엄격한 규칙들을 따르며, 갈수록 편집증적이고 징벌적이 되어가는 러시아 사회와 갈수록 냉혹해져가는 러시아 국외의 공산당 조직들에서 살아남았다.

그녀가 혁명가가 되기 위해 아름다움과 예술과 자신의 창조적 비전을 억눌러야 한다고 확신했던 것은 예술 활동에서 누렸던 기쁨 내지는 주체 의식 그 자체 때문이었을까? 그녀와 비슷한 궤적을 그린 많은 사람들이 교조주의적 공산주의에 굴복해 엄격한 순종과 준엄한 감시를 받아들였다. 그리고 전쟁 전의 그런 변질은 인권과 평등을 지지하던 좌익들이 그런 권리를 말도 안 되게 유린하는 전체주의자들을 지지하기에 이르렀던 수많은 예 중 하나일 뿐이었다. 1936년에는 그녀도 스페인에 갔다. 오웰보다 먼저, 전쟁이 발발하기 전이었고, 갈등이 지속되는 내내 머물렀다. 그곳에서 그녀는 마리아라는 이름을 썼고, 그녀의 전기 작가는 그 이름이 수수한 여자, 하녀, 성모 마리아를 환기한다고 지적했다. "성모 마리아처럼, 티나는 헌신과 온유함과 금욕주의와 슬픔의 귀감이 되었다. 그녀는 가장 비천하고 위험한 임무들을 자청했다."[7]

한때는 병원을 운영하면서 수녀복을 입기도 했다. 변장을 위해 걸쳤던 그 의상은 엠마 골드만Emma Goldman이 자기를 향해 "선동가에게는 춤추는 것이 어울리지 않는다"고 말한 남자에게 보였던 유명한 빵과 장미 반응을 상기시킨다. 골드만은 이렇게 대답했다고 한다. "나는 아름다운 이상을, 무정부주의를, 인습과 편견으로부터의 해방과 자유를 위해 일한다고 해서 삶과 기쁨을 거부해야 한다고는 생각지 않았다. 나는 우리의 목표가 내게 수녀가 되기를 요구할 수 없으며 우리의 운동이 수도 생활이 되어야 하는 것도 아니라고 강조했다. 만일 그것이 그런 의미였다면 나는 그것을 원치 않았다. '나는 자유를, 자기표현의 권리를, 아름답고 빛나는 것들에 대한 만인의 권리를 원한다.'"[8]

　　그 시점에 모도티가 무엇을 원했는지는 알기 어렵지만, 마리아가 된 모도티는 청소를 하고 요강을 비우고 파시스트 비행기들의 기관총 사격에 부상당한 아이들을 돌보았으며, 적색구제회를 위한 일을 계속했다. 아마도 종국에는 아름답고 빛나는 것들이 있으리라고 믿었을 것이다. 모도티가 비달리의 조수로서 이중첩보 활동에 가담했다는 혐의도 있다. 멕시코 작가 옥타비오 파스Octavio Paz에 따르면, 모도티는 파스의 아내에게 그들이 자주 다니던 발렌시아의 카페가 "트로츠키주의와 무정부주의 노선의 혁명 반동분자들, 민중의 적들 등등의 집합소"이니 멀리하라고 주의를 주었다고 한다.[9]

　　비달리는 카를로스 콘트레라스라는 가명으로 스페인 공

화국 제5연대에 소속되어 전국을 돌아다니며 수많은 죄수들을 심문하고 처형반을 조직하고 때로는 직접 사람들을 처형하면서 전성기를 구가하고 있었다. 그가 여러 해 전 이탈리아에서 공산주의자가 된 데는 파시즘과 싸우겠다는 목표도 있었는데, 스페인에서 그가 싸운 적은 파시즘이라기보다 소비에트 입장 및 공산주의 정통 노선으로부터의 이탈이었고, 따라서 그가 처형한 사람들은 주로 무정부주의자, 트로츠키주의자 등이었다. 그의 직속 상관은 그를 "거의 괴물"이라고 불렀다.[10] 그가 싸우는 것은 스페인을 위해서가 아니었다. 스페인은 그가 러시아를 위해 싸우는 전쟁터일 뿐이었다. 그는 1937년 6월 POUM의 지도자 닌의 심문과 고문, 암살에도 동참했던 것으로 전해진다.

오웰도 POUM과 연루되어 표적이 되었고,※ 스페인 체류가 끝나갈 무렵에는 바르셀로나에서 쫓기는 몸이 되어 낮에는 부유한 관광객 행세를 하고 밤에는 폐허에 숨어 지내며 그 나라를 떠날 기회만 엿보는 신세가 되었다. 그와 아일린의 체포 영장이 나왔더라면 아마 둘 다 죽음에 이르게 되었을 것이다. 스페인 시절에 쓴 그의 모든 일기는 아일린의 호텔 방이 수색당할 때 몰수되었으니, 아마 러시아의 소비에트 기록보관소 어딘가에 아직 남아 있을지도 모른다. 그들은 마침내 안전한 프랑스로 가는 기차

※　그사이에 스페인 공화국 정부가 공산당에 의해 장악되어 POUM은 불법 단체로 규정되었고, 그 소속원들은 파시스트와 협력한 트로츠키주의자로 몰려 체포, 투옥되었다.

에 탈 수 있었다. 6월 23일, 그의 서른네 번째 생일 이틀 전이었다.

오웰은 월링턴으로 돌아간 후 전에는 그토록 소중히 여겼던 전원의 평온함에 불편함을 느꼈다. "이곳은 내가 어린 시절에 알던 영국 그대로이다. 철로 때문에 파헤쳐진 곳에는 야생화들이 흐드러지고, 깊은 목초지에서는 윤이 자르르한 늠름한 말들이 풀을 뜯으며 생각에 잠겨 있다. 천천히 흐르는 냇가에는 버드나무들이 우거지고, 느릅나무들의 품이 푸르러지고, 시골집 정원들에서는 참제비고깔이 피어난다"라고 그는 스페인에 관한 책 말미에 썼다. "모두가 영국의 깊고 깊은 잠을 자고 있다. 나는 때로 우리가 폭탄의 굉음 때문에 깜짝 놀라 깨기 전에는 결코 그 잠에서 깨어나지 못할 것 같다는 두려움에 사로잡힌다."[11] 그리고 그도 다른 많은 사람들처럼 스페인에서 벌어진 갈등을 서막으로 하는 세계대전과 함께 폭탄들이 다가오고 있음을 알고 있었다.

그래도 그는 월링턴의 생활에 다시 정착했고, 정원과 닭을 돌보았고, 스페인전쟁에 관한 논쟁적인 글들을 쓰는 한편 책도 쓰기 시작했다. 『카탈루냐 찬가』는 1938년 4월에 1500부를 찍었는데, 그의 생전에 그 절반 정도만이 팔렸다. 서평 중에는 더러 좋은 것도 있었지만, 그는 자기 책을 낸 출판업자가 사회주의자라 유통을 방해하고 있으며 공산주의자들도 아마 적대적이리라고 우려했다. 그러나 그는 이 책의 운명에 주의를 기울일 형편이 못 되었다. 바로 그 전달에 그 자신의 운명이 위태로워졌기 때문이다. 그는 심한 각혈을 시작했고, 앰뷸런스로 켄트에 있는 요양원으로 옮겨졌으며, 처음으로 폐결핵 진단을 받았다. 그는 병 때문에 1년을 허송했다. 처음 여섯 달은 요양소에서 보냈고(거기서는 낚시는 허용될망정 타자기 사용은 금지되었다), 다음 여섯 달은 아일린과 함께 모로코에서 지냈다. 따뜻하고 건조한 공기가 도움이 될까 해서였다. 그러고는 1939년 4월에 다시 월링턴에서의 생활을 시작했다. 그의 첫 가사 일기는 그들이 모로코로 출발하기 직전 월링턴에서 시작되어, 귀국 직후인 1939년 4월 10일에 다시 이어진다. 그 날짜의 기록에 의하면 그는 일주일을 침대에 누워 지냈고, 야생 수선화가 피었으며, 장미들은 움이 트고, "종달새들이 지저귀고 있다."

모도티는 전쟁이 확실히 프랑코의 승리로 돌아갈 때까지 버티다가 역시 프랑스로 피신해 목숨을 건졌다. 생애 마지막 몇 년은 비달리와 함께 지내면서 가명으로 멕시코의 음지들에 출몰했다. 비달리는 1940년 8월 멕시코에서 트로츠키의 암살을 총지휘했다고 이야기되기도 한다. 모도티 자신은 1942년 1월 친구들과 함께 저녁을 보낸 후 집으로 돌아가던 택시 안에서 죽었다. 채 마흔여섯이 되지 않은 나이였다. 그녀의 죽음에 대해 파블로 네루다Pablo Neruda는 「티나 모도티가 죽었다Tina Modotti ha muerto」라는 시를 썼다. 그녀에게 직접 헌정된 그 시는 장미들로, 즉 "어제의 마지막 장미"와 "새로운 장미"로, 그리고 이른 죽음에 대한 아쉬움과 그녀가 아주 사라진 것은 아니라는 성급한 위로의 말로 가득하다. 그녀의 침묵은 타오른다고 네루다는 말한다. 시는

"불은 죽지 않는다"는 말로 끝맺는다. [12]

리베라는 여러 해 전 지방의 농과대학을 위한 벽화에, 그녀를 강인한 벌거벗은 동체가 나무 둥치에서 솟아나는 모습으로 그린 적이 있었다. 마치 그녀가 대지로부터 곧장 자라난 듯한 형상이었다. 네루다는 그녀를 씨앗처럼 땅에 심긴 존재로, 뿌리가 가득한 존재로, 꽃으로, 여걸로, 눈밭을 가로질러 가는 군사로 그렸지만, 어쨌든 그녀는 갔다. 불은 죽지 않지만, 그녀는 죽었다.

당시 말투로 비달리가 그녀를 '청산했다'고 생각한 사람 중에는 당시 멕시코에 살던 러시아 작가 빅토르 세르주Victor Serge도 있었고, 멕시코 신문《라 프렌사La Prensa》도 같은 생각이었다. 세르주는 오웰과도 친하게 지냈는데, 일기에 "그녀는 오래 복무하던 GPU소비에트 비밀경찰 및 첩보부와 불화가 생겼고, 그래서 생명을 잃을까 두려워하고 있었다"고 썼다. [13] 어쩌면 네루다의 시에서 그녀를 멀찍이 떼어놓고자 했던 "암살자, 자칼, 유다"는 비달리였을지도 모른다. 아닐지도 모르지만 말이다. 네루다 역시 스탈린에 열광했고, 그를 위한 송가를 쓰기도 했으며, 1956년에 가서야 스탈린 체제의 잔혹성을 인정하게 된다. 그리고 모도티는 실제로 심장 문제가 있었다.

그녀가 죽자, 그녀의 모든 사진과 필름은 비달리의 소유가 되었다. 인화된 그녀의 많은 사진들이 그렇듯이 비싼 값에 팔린 장미 사진의 뒷면에는 마치 소에 찍는 낙인처럼, 포로의 문신처럼, 그의 도장이 찍혀 있다. 공산주의자들이 혁명의 적이던 시절,

그가 여전히 그 모든 것의 한복판에 있던 시절부터 쓰던 그 도장에는 빙 둘러 "제5민병대 총지휘관", 그리고 중앙에는 "정치위원"이라는 말이 새겨져 있다.

티나 모도티, 「장미, 멕시코」(1924)의
뒷면에 찍힌 비토리오 비달리의 도장.

IV

스탈린의
Stalin's
레몬
Lemons

야코프 구미네르, 「2 + 2, 플러스 노동자들의 열심 = 5」(1931).

1946년, 한 독재자가 레몬을 심었다. 아니, 심으라고 명령했다. 그보다 10년 전에 오웰은 시골집 정원에 장미를 심었다. 그 장미 중 한 가지는 프랑스의 장미 재배가 알베르 바르비에Albert Barbier가 1921년에 개발한 품종인 알버틴Albertine이거나 그 비슷한 것이었다. 지금 그곳에서 자라고 있는 두 그루 장미가 그가 심은 바로 그 나무인지 절대적으로 확실치는 않지만, 시골집은 확실히 그와 아일린 오쇼네시 블레어가 1936년 봄부터 여러 해 동안 드문드문 살았던 그 집이 맞다. 집세는 주당 7실링 6펜스(즉 90펜스)였다고 하는데, 당시로서도 싼 것이었다. 주로 들밭을 경작하는 이들이 살았을 그 건물이 지어진 시기는 18세기 또는 17세기, 또는 그것이 얼마나 오래되었는지 강조하는 이들의 말에 따르면 16세기까지도 거슬러 올라간다. (1948년에 그 집을 구입했던 교사 에스더 브룩스는 그것이 중세 때부터 있던 것이라고 주장하지만, 딱히 증거는 없는 듯하다.)[1]

그것은 돌과 벽돌, 나무, 그리고 석고로 지은 집이었다. 위층 벽들에서는 직선으로 다듬지 않고 나무에서 잘라낸 대로 불규칙하게 휘어진 형태를 드러내는 오래된 골조들을 볼 수 있다. 오웰이 가게를 열었던 앞쪽의 작은 방에는 거대한 벽난로가 있는데, 그 안쪽에는 빵을 굽던 벽감이 파여 있고, 그 굴뚝은 위층의 좀 더 큰 침실을 통과해 간다. 침실 벽난로는 열을 보존하기 위한 일종의 벽돌탑처럼 만들어져서 돈과 그레이엄의 손자손녀들이 타고 올라가 놀곤 했다. 다락방까지 뻗은 골조들은 수백 년 전의 가지들을 그대로 지니고 있다고 그레이엄이 말해주었다. 집 주위는 온통 밀밭이고 매년 밀을 심고 거두는데, 농사일 자체는 집들보다, 교회와 나무들보다 더 오래되었으니 들밭이 경작된 지 1000년은 되었을 터이다.[2]

나는 늦여름에 다시 영국에 갔다. 처음 그레이엄과 돈을, 그들의 집과 장미를, 당시 떠오른 질문들을 만난 후 2년이 채 못되었을 때였다. 케임브리지에 묵기로 한 것은 자료 조사를 위해서였다. 사람들과 이야기를 하고, 많이 읽고, 케임브리지 대학의 기록보관소에서 시간을 보내고, 주위도 좀 둘러볼 생각이었다. 그곳에 머물던 어느 목요일, 나는 아침 식사를 하면서 《가디언

The Guardian》에 실릴 기후변화에 관한 사설을 썼고, 그런 다음 우비와 물병 하나를 배낭에 넣어 가지고 케임브리지 철도역으로 가는 버스를 탔다. 그곳에서 샌드위치와 초콜릿바, 그리고 볼덕 Baldock행 왕복표를 샀다. 볼덕 역의 외관은 2년 전 기억 덕분에 눈에 익었지만, 그때는 급히 택시를 탔었기 때문에 그 나머지는 불과 몇 분간의 흐린 기억으로밖에 남아 있지 않았다.

이제 상쾌한 늦여름 날에, 나는 철도역에서 그 집까지 3마일(4.8킬로미터)가량을 걸어갈 작정이었다. 그 지역의 종이 지도도 프린터도 없었고, 내 휴대폰의 지도 앱은 국외에서는 작동하지 않았으므로 출발 전에 나는 구글 맵에 나오는 길을 대강 그린 약도를 챙겼다. 하지만 볼덕에 들어서서 길모퉁이를 두세 번 돌아서자 그런 약도는 무용지물임이 드러났다. 되는대로 가는 수밖에 없었고, 잠시 미지의 세계로 뛰어드는 것도 나쁘지 않을 성싶었다.

내가 그려온 길은 어느 오솔길 끝에서 동이 났다. 한쪽에는 어느 집 뒤뜰의 울타리, 다른 쪽에는 밀밭을 끼고 이어지던 그 오솔길이 끝나자 차들이 휙휙 스쳐 가는 고속도로 가장자리로 나서게 되었으므로, 나는 하늘색 옷을 입은 노부인이 지나가는 것을 보고 소리쳐 불렀다. 마침 그녀는 그곳의 오래된 주민이라 길을 묻기에 꼭 알맞은 상대였다. 그 오솔길이 어디쯤 있는 것인지 대번에 알려준 그녀는 피리 같은 목소리로 그것이 한때는 월링턴에서 큰길이었다면서 A505 고속도로를 질러가는 육교에 대해 자세히 설명하고는, 내가 고속도로를 잽싸게 건너 길을 가는 것을 지켜보았다.

흰 구름이 점점이 떠 있고 햇살이 환하던 그 목요일에 길에는 다른 아무도 없었고, 그래서 나는 행복한 몽상에 잠겨 길과 들판과 하늘의 세세한 점들을 눈여겨보았다. 영국은 내게 때로 답답하고 너무 작게 느껴지지만, 밀밭들은 드넓었고, 밭고랑들은 땅의 윤곽을 따라 휘어져 있어, 온 땅이 물결치듯 부풀고 가라앉는 것이 마치 해안에서 바라보는 먼바다의 표면처럼 보였다. 말하자면 일종의 땅으로 된 대양에서 떠다니는 기분이었다. 들판 어느 곳에는 이미 밀을 수확하여 금빛 그루터기들만이 먼지에 덮인 채 남아 있었고, 어느 곳에는 잘 익어 마른 줄기들이 이삭의 무게로 갈고리나 물음표처럼 굽어 있었다. 그런가 하면 한 지역 전체의 줄기들을 베어 기다란 띠 모양으로 뉘어놓기도 했고, 그런 물결이 지평선 끝까지 금빛으로 이어져 푸른 하늘에 닿은 곳도 있었다.

아무것도 심지 않은, 갓 갈아놓은 밭들도 있었고, 희끗한 백악질 밭고랑들에는 수석燧石들이 흩어져 있었다. 나는 연전에 케임브리지셔에서 롭 맥펄레인과 산책을 하다가 처음 그런 낯선 돌을 만났을 때 몹시 매혹되었었다. 제각각 검정, 파랑, 흰색을 띤 그 돌들은 마치 살아 있는 유기체처럼 신기한 모양의 곡선을 그리며 매끈한 표면에 면도칼처럼 날이 서 있었다. 볼덕과 월링턴 사이 들판의 수석들은 전에 본 것들보다 더 아름다웠다. 탐욕과 호기심에 사로잡혀 나는 가던 길에서 들판 가장자리로 다가가 돌을 줍기 시작했다. 어떤 것들은 버리고 어떤 것들은 더 줍고 하면서, 지천으로 널려 있는 그 형태들과 엄청난 양에 잠시 홀려 있었다.

농업이 시작된 지 수 세기가 지난 후에도, 그것들은 땅 위에 두껍게 쌓여 있었다. 1제곱미터당 수십 개씩 있었고, 자잘한 조각에서부터 예닐곱 파운드(2~3킬로그램)는 나감 직한 크고 불규칙한 덩어리까지 제각각이었다. 그런 덩어리들은 첫눈에는, 적어도 내 눈에는, 작은 짐승이나 아니면 커다란 내장 기관처럼 보였다. 그 다양함이란 가히 수석이 취할 수 있는 가능성의 사전이라 할 만했고, 나는 그중 한 어휘에 해당하는 형태를 집어 드는 셈이었다. 어떤 것은 커다란 북채 모양으로, 안쪽은 반짝이는 검정색이고 바깥쪽은 거칠거칠한 흰색이었다. 갈라져 열린 어떤 덩어리들은 인체의 상반신처럼 보이기도 했다. 그래서 나는 하늘색이나 검정색 얼굴을 가진, 인체 모양의 덩어리들을 따로 모았다.

수석들은 대개 표면이 거친 시멘트 질감의 흰색으로, 두 뇌의 소뇌 바깥층처럼 피질皮質이라 불리며, 안쪽은 유약 입힌 도자기나 유리처럼 매끈하다. 내부는 흰색이나 검정색, 또는 절묘한 청회색 계열로 밝은 빛깔에서 아주 어두운 빛깔까지 다양하며 때로는 그런 색깔들이 섞여 있다. 수석은 곡면이고 때로 혹nodule 모양이라고 묘사되기도 하지만, 가장자리가 날카로운 것은 수술용 칼보다 더 날카롭다. 수석은 흑요석과 마찬가지로 석기 시대에 각광받았던 돌이다. 오웰이 이곳에 살던 시절에, 그가 6펜스짜리 장미 묘목 대부분을 샀을 울워스 상점이 있던 인근 타운 힛친 주위에서는 석기 시대의 수석이 수백 개나 발견되었다.

수석들은 이 지형이 대양의 밑바닥에 있던 시절에 생겨났다. 그것들은 해저의 굴들을 채우고 있던, 또는 바다 생물들이 부패하고 남은 공간으로 흘러든 퇴적물로 시작되었다. 그것들이 생물과도 같은 형태를 지닌 것은 흔히 실제로 생명체가 남긴 틀 안에서 만들어졌기 때문이다. 이곳 흙을 희끗하게 보이게 하는 백악질은 무수한 작은 바다 생물들이 남긴 껍질이며, 풍경이 깊은 바다처럼 물결친다고 느껴진 것도 어쩌면 한때 실제로 바다였기 때문일 것이다. 그래서 나는 수석과 밀의 대양을 한가로이 헤엄쳐 가며, 맞는 길을 찾아가고 있는지 어떤지 알 수 없었다. 그러다 한옆에 산울타리가 이어지는 좁은 길을 만나게 되었는데, 울타리 위에 큼직한 흰 글자로 S L O W라고 쓰여 있었다. 그 굽어진 길이 월링턴으로 이어지는 것이었다.

오솔길과 나란히 가는 도로의 가장자리에 한동안 이어지는 산울타리에는 억센 들장미가 듬성듬성 자라고 있었고, 꽃 필 때가 한참 지난 그 덤불에는 꽃이 피어 있던 자리마다 장미열매들이 발갛게 익어가고 있었는데 아직 밀처럼 다 익지는 않은 것이었다. 실로 빵과 장미의 풍경이었고, 거기에 블랙베리와 백악질, 수석, 그리고 여전히 이 농지를 가로지르는 공동 도로인 고대의 길들이 있었다. 나는 오웰과 아일린이 살았던 시골집에서부터 매너 농장의 어둑한 헛간을 지나 오래된 비석이 그득한 교회 묘지까지 쏘다녔다. 비석에 새겨진 글들은 지의류와 이끼, 담쟁이로 뒤덮인 채 지워져가고 있었다. 나는 교회 뜰로 들어가 바깥 담장에 앉아서 샌드위치를 먹은 다음 온 길을 되돌아갔다.

오웰의 장미들과 그것들이 어디에 이르렀는가에 대해 생각하는 것은 우회가 많은 과정이고 어쩌면 리좀형rhizomatic의 과정이다.※ 여러 방향으로 뻗어나가기 위해 '러너'라 불리는 뿌리들을 내는 딸기 같은 식물들을 묘사하는 이 말은 철학자 질 들뢰즈Gilles Deleuze와 펠릭스 과타리Félix Guattari가 탈중앙화 내지 비위계화된 지식의 형태를 묘사할 때 차용되었다. "리좀의 어느 지점이든 다른 지점과 연결될 수 있고, 그래야만 한다"라고 그들은 선언했다.[3] "이것은 나무나 뿌리가 한 점을 지정하고 하나의 질서를 고정시키는 것과 전혀 다르다." 나무와 뿌리의 가지 뻗기는 종종 계보의 모델로 사용된다. 종種이나 언어의 진화 과정이 가문의 계보처럼, 그 연대적이고 분화하는 전수傳授의 형태가 나무 모양으로 그려지는 것이다. 그래서 들뢰즈와 과타리는 후에 이런 말도 했다. "리좀은 반反계보적이다."

그들이 그런 생각을 펼친 이래, 실제로 나무와 리좀의 구

※　땅 위로 뻗어가면서 뿌리를 내리는 식물의 '뿌리줄기(根莖)'가 리좀(rhizom)인데, 마인드맵처럼 쉽게 뿌리를 뻗어나가는 형상을 리좀에 비유하여 '리좀형'이라 한다.

별이 좀 더 희미해졌다. 가령 유타주에 있는 106에이커(43만 제곱미터)의 사시나무 숲에서는 4만 그루가량의 나무들이 뿌리를 공유하는 것으로 밝혀졌다. 그 나무들은 근본적으로 서로서로의 복제인 셈이며, 지구상의 어떤 유기체보다 더 큰, 수령이 자그마치 8만 년이나 되는 단일 유기체를 이룬다. 또는 일종의 '우드 와이드 웹'이라 할 지하의 균근菌根 네트워크가 숲의 나무들을 서로서로 연결하며 영양분과 정보를 순환시켜 숲의 나무들을 개별적인 나무라기보다 서로 소통하는 공동체로 만들기도 한다.

소로는 모든 동물이 "우리 생각의 일부를 실어 나르는" 짐바리 동물이라는 말을 한 적이 있다.[4] 식물들도 그 줄기와 곁가지, 접붙인 가지, 뿌리, 가지로 우리에게 은유와 의미와 이미지를 제공한다. 정보의 나무, 사상의 씨앗, 노동의 열매 등 간단한 비유는 물론이고, 지식이나 생각의 교류를 교차수분(딴꽃가루받이)에 비유하고, 성숙의 정도를 익었다, 아직 푸르다고 말하기도 한다. 또 우리가 하는 일들의 상징적 풍부함을 집에서 기르는 식물에 비유해 잡초 뽑기, 가지치기, 씨 뿌리기, 거두기 등등으로 말한다.

그 며칠 전의 또 다른 답사 중에 나는 케임브리지 식물원의 장미들을 만났었다. 그 식물원의 장미덤불들은 꽃이 다 지고 열매들만 달려 있었는데—어떤 장미 열매들은 아주 아름다웠다—단 한 그루 야생의 선홍색 들장미만이 꽃을 피우고 있었다.

그 앞의 팻말에는 "여기 심은 것이 현대 장미의 복잡한 선조라는 사실을 20세기 초 유전학자 찰스 허스트Charles Hurst가 이곳에서 25년간의 교배를 통해 밝혀냈다"라고 적혀 있었다. 유전학이란 들뢰즈와 과타리가 지양하고자 했던 바로 그 나무 모양의 계보를 찾아내는 일이지만, 동시에 그것은 유전과 진화가 어떻게 작용하는지 이해하기 위한 핵심적인 모델을 찾아내는 일이기도 하다. 그래서 나는 케임브리지 대학 도서관에 가서 허스트의 서류 상자들을 대출하여 뒤적이며 하루를 보냈다. 폴더들을 연이어 열어보며, 한 사람이 어떻게 살고 일했는가 하는 이야기와 만났다. 그는 내가 읽은 장미에 대한 문헌들 가운데서도 불쑥불쑥 나타나곤 했지만, 서류 상자 안에는 훨씬 더 복잡한 이야기가 들어 있었다.

찰스 체임벌린 허스트는 뾰족한 콧수염과 상속받은 돈을 가진 남자로, 현대 유전학 분야를 수립하는 데 핵심적인 역할—'유전학genetics'이라는 말을 만들어낸 것을 포함하여—을 한 과학자 윌리엄 베이트슨William Bateson의 오른팔이었다. 1900년 그레고르 멘델Gregor Mendel의 실험 자료가 재발견되어 후속 연구의 기초가 된 후, 허스트와 베이트슨, 그리고 케임브리지 대학의 몇몇 여성 과학자들은 유전과 진화에 관해 초석이 될 만한 연구를 했다. 유전학 방면의 발견들은 생명 그 자체 및 유전과 진화의 과정에 대한 이해를 심화했을 뿐 아니라 실제에도 광범하게 적용되었다. 허스트의 동료들은 아마추어 원예협회 회원들로부터 세계적인 유전학자들에 이르기까지 다양했다. 물론 그 양쪽에 모두 해당되는 사람들도 적지 않았으니, 로즈 헤이그 토머스Rose Haig Thomas 같은 부유한 장미 애호가는 멘델협회의 창립자요 과학 저 널과 아동용 그림책의 작가였다. 그 그림책은 어린 독자들에게 진딧물을 비롯해 식물에 꾀는 벌레들을 친숙하게 만들어주려는 것이었다.

허스트는 자신의 재력과 시간과 물려받은 100에이커(40만 제곱미터)의 묘목장을 투자하여 처음에는 진딧물을 연구하다가, 그 후 몇십 년을 장미 연구에 바쳤고, 그 결과물은 장미 원예가 들에게나 연구자들에게나 흥미로운 것이 되었다. 또한 그는 털이 긴 토끼와 털이 짧은 토끼를 키워 긴 털이 나게 하는 유전자가 열 성임을 발견하기도 했고, 여러 세대 전까지 거슬러 올라가는 영 국 경주마 사육 기록을 뒤져 말의 빛깔이 어떻게 유전되는가에 대한 자료 조사도 했다. 그는 인간의 경우 푸른 눈이 열성임을 밝 혀냈고, 적지 않은 반대에 부딪히면서도 연구를 밀고 나가는 불 굴의 태도 때문에 '베이트슨의 불독'이라는 별명을 얻기도 했다. 1910년 베이트슨은 노픽에 있는 존 이네스 연구소의 소장으로 갔 지만, 허스트는 제1차 세계대전 후 케임브리지에 정착했다. 그의 새 아내 로나 허스트Rona Hurst가 연구 조수 노릇을 하며 장미 염 색체에 관한 현미경 작업을 했다.

허스트 부부는 장미를 해독되어야 할 신비요 계보를 알아 내야 할 한 집안이라고 보았다. 1928년에 그는 이렇게 썼다. "1차대전 이후로 나는 장미의 유전학 연구에 전념하고 있다. 케임브리지 식물원에는 다양한 출처에서 수집한, 알려진 품종과 야생품종, 그리고 잡종의 포괄적인 컬렉션이 있는데, 어떤 것은 아내와 내가 영국에서, 그리고 스위스의 다섯 개 주에서 구해온 것이고, 어떤 것은 북아메리카, 멕시코, 투르케스탄, 시베리아, 중국, 일본 등지에서 특파원이나 여행자가 보내준 것이다."[5]

　　허스트의 묘목장은 1773년에 그의 고조부가 잉글랜드 중부 지방의 레스터셔에 만든 것으로, 그중 20에이커(8만 5000제곱미터) 이상이 오로지 장미에만 할당되어 있다. 1922년 그는 판매용 카탈로그를 만들어 1000종의 장미를 내놓았는데, 그중에는 "가장 향기로운 장미 50가지", "표준형 및 덩굴장미 50가지", "단춧구멍에 꽂기 적합한 장미 20가지" 등의 추천 상품도 있다.[6] 그 장미들의 이름은 온갖 가능성을 망라한다. 아일랜드의 불꽃, 아도니스, 레이디 리딩, 스노우퀸, 붉은 글자의 날, 골든 오필리어, 롤리타 아머, 인어, 로스앤젤레스, 그 밖에 특정인의 이름을 붙인 것도 수두룩하고, 그중에는 '미세스 아서 존슨'처럼 결혼한 여성의 이름을 기념하는 동시에 익명으로 만들어버리는 것도 있다.

　　책들과 오래된 문서들을 헤집는 것은 풍경 속을 쏘다니는 것과 아주 비슷하다. 나는 대학의 장미 정원에서 허스트와 마주치곤 했고, 오웰이 주라섬에서 보낸 말년에 관한 학술 논문에서는 그가 스탈린의 소련에서 벌어진 유전학 논쟁에 흥미를 보였다는 언급과도 마주쳤다. 그것은 내려가볼 만한 토끼굴이었으니, 그

논쟁은 오웰에게 진실과 사실, 거짓과 조종 및 그 결과라는 더 큰 문제들을 고찰할 기회였기 때문이다. 다시 말해 그것들은 어느 정도 영감의 원천이 되었고, 특히 『1984년』에 대해 그러했다.

영감이라는 말은 종종 긍정적이고 바람직한 것들에 대해 쓰이며, 뮤즈의 감상적인 이미지는 작가의 열정의 대상인 어여쁜 여성으로 그려지곤 한다. 정치적 작가에게 글쓰기를 위한 영감 내지 적어도 불쏘시개는 종종 가장 역겹고 경악스러운 것이고, 반대가 자극제가 되곤 한다. 스탈린은 분명 오웰의 주된 뮤즈였으니, 한 개인으로서는 아니더라도 적어도 거짓말을 휘감은 무시무시한 권위주의의 핵심적인 인물로서 그러했다.

1944년 8월, 오웰은 소련이 과학자들과 과학에 대해 무슨 짓을 하고 있는가에 대한 이야기에 전율했다. 런던에서 열린 PEN 클럽국제 문학인 단체의 심포지엄에서 생물학자 존 R. 베이커John R. Baker가 표현의 자유에 대해 한 강연을 듣고서였다. 오웰의 말에 따르면, 베이커는 그 자리에서 표현의 자유에 대한 소련의 폭력적 탄압에 대해 이의를 제기한 유일한 사람이었다. 18개월 후에 발표된 「문학 예방」이라는 글에서, 오웰은 자신이 참석했던 날 연단 위에 있던 네 명의 연사 중 한 사람은 "러시아의 숙청을 옹호하는 데 연설의 대부분을 할애했다"고 썼다. 다른 연설들 중 어떤 것은 "소비에트 러시아 찬미"였고, 또 어떤 것은 성에 대해 솔직하게 말

할 자유를 옹호했지만, 과학의 정치화라는 이 맥락에서 말고는 "정치적 자유는 언급되지 않았다."[※]

　　베이커는 과학자에 대해 이렇게 말했다. "그의 주된 자유는 질문의 자유이다. 질문의 자유를 빼앗긴 과학자가 어떠할까는 당신이 독재자에게 상상력까지 통제당한다면 어떠할까를 생각해보면 알 것이다. 과학적 자율성이 상실되면 기막힌 상황이 벌어질 것이다. 세상에서 가장 선한 의도를 가지고도, 정치적 보스들은 진짜 탐구자와 허풍선이 자기 선전가들을 구별할 수 없을 것이다."[1] 그런데 과학적 자율성은 이미 상실된 터였다. 베이커는 소비에트 농학 아카데미 소장 트로핌 리센코Trofim Lysenko가 "전체주의 체제하에서 과학의 타락을 생생히 보여주는 실례"라고 선언했다.[※※]

　　가짜 과학자요 현란한 정치적 책략가인 트로핌 리센코의 출세 이야기는 탁월한 농학자 니콜라이 바빌로프Nikolay Vavilov가 실추된 이야기이기도 하다. 그것은 거짓말쟁이가 진실을 말하는 사람을 이긴 이야기, 그 거짓말의 막대한 대가에 관한 이야기이다. 우리 시대의 민족식물학자 게리 폴 내브한Gary Paul Nabhan에 따르면 바빌로프는 "5대륙 모두에서 식용 작물의 씨앗을 수집한 세계에서 유일한 인물이요, 인류가 자신을 먹여 살릴 새로운 방도를 찾고자 64개국에 걸쳐 115차례의 탐사에 나섰던 탐험가"였으며, 100편 이상의 연구 논문을 발표한 과학자였다.[2]

　　그의 연구 목적은 무엇보다도 농업적 생물다양성을 이해

하는 것으로, 이는 식물의 질병에 맞서는 중요한 자원이요 새로운 품종의 식물들을 만들어내기 위한 자원이었다. 그의 모든 탐사와 연구의 밑바탕에는 우선은 러시아와 러시아인들을 위해 식량 생산을 개선하고자 하는 열망이 있었고, 그 뒤에는 배고픈 자들을 먹이고자 하는 인도적인 열망이 있었다. 그의 가장 널리 알려진 학문적 성취는 레닌그라드—1924년 블라디미르 레닌이 죽은 직후부터 소비에트 시대가 끝나기까지 상트페테르부르크를 부르던 이름—에 세계 최대의 종자 은행을 설립한 것이었다. 그 방대한 수집은 1921년부터 1940년까지 바빌로프가 소장으로 이끌었던 전소연방식물사업연구소의 일부로, 생물다양성—질병이나 병충해에 저항력이 강하고, 다양한 조건에서 자라며, 산출량이나 영양이 증가하는 품종 및 변종들—을 통해 식량 안전 보장의 가능성을 제공했다(이 수집은 그것을 관리하는 이들이 872일간이나

※　1946년 1월의 에세이 「문학 예방」에는 베이커에 대한 말이 없다. 베이커가 언급되는 것은 PEN 심포지엄의 결과물로 나온 책에 대한 오웰의 서평(George Orwell, "Review of *Freedom of Expression*," *Tribune*, 12 October 1945, in Orwell, *Complete Works* XVII, pp. 308-310)에서이다. 이 문단에서 저자는 두 글을 종합하고 있는 것으로 보인다. 베이커가 전한 바빌로프와 리센코의 이야기는 『1984』의 구상에 중요한 역할을 했던 것으로 알려져 있다.

※※　수십 년에 걸쳐 화석연료 기업들의 지원을 받아온 '기후 부정'과 그 결과인 무기력은 자본주의 체제하에서 과학의 타락을 생생히 보여주는 예라고 지적할 수 있다. 주류 미디어와 미국 및 영국의 정부 관리들이 과학에 양면이 있다거나 과학에 근거가 없다고 주장한 것은 사실과 생명, 그리고 미래에 대한 배반이다. 그들은 알든 모르든 간에 화석연료 기업들에서 나온 논리 체계와 논점을 자주 반복했다. [원주]

계속된 레닌그라드 포위전[※] 동안에도 수 톤에 달하는 종자나 기타 식물을 먹기보다 차라리 죽는 편을 택했다는 사실 때문에도 유명해졌다).

바빌로프는 승승장구했으나 리센코와 맞부딪히면서 모든 것이 달라졌다. 리센코가 처음 대중의 주목을 받게 된 것은 1929년 10월, 그의 겨울 보리 재배가 갓 출범한 국가의 식량 위기를 해결할 획기적인 방법으로 알려지면서부터였다. 리센코와 소비에트 언론이 그의 허술한 연구로부터 도출한 결론은 과학으로서는 부실했지만 그의 출세욕에는 유용했다. 이것을 출발점으로 하여 그는 성공적인 이중 공세를 펼쳤으니, 한편으로는 유전학을 공격하면서 다른 한편으로는 스탈린의 호의를 얻어내려는 것이었다. 리센코는 다른 사람의 비위를 맞추고 또 다른 사람을 음해하는 데 도가 튼 인물이었고, 스탈린은 이미 찰스 다윈Charles Darwin이 진화의 원동력으로 주장한 무작위 돌연변이와 자연도태에 반대하는 쪽으로 기울어 있었다.

리센코와 마찬가지로, 스탈린은 다윈보다는 장-바티스트 라마르크Jean-Baptiste Lamarck를, 즉 획득된 형질이 유전된다는 주장을 지지했다. 그런 주장이 대표적인 예로 든 것이 기린이었으니, 라마르크와 그의 추종자들에 따르면 높은 나뭇가지의 잎을 뜯어 먹으려고 목이 길어진 기린은 자손에게 길어진 목을 물려주게 된다는 것이었다. 1744년에 태어난 라마르크는 그런 주장을 했다 해도 용서받을 만하지만, 20세기의 인물들이 그처럼 다윈 진화론을 오해했던 것은 이념적으로 편리하다는 점 말고는 달리 변명할 여지가 없다. 일찍이 1906년부터도 스탈린은 "신新다윈주의가 자리를 내주어야 할 신新라마르크설"을 칭송하는 글을 쓴 터였다.[3]

몇 년 후 한 사회주의자는 이렇게 썼다. "사회주의란 민중의 선천적 평등성을 전제로 하여 사회적 평등성을 도래케 하려는 이론이다. …… 반면 다윈주의는 불평등의 과학적 증거이다."[4] 카를 마르크스는 다윈을 존경했던 듯, 종의 진화라는 사상에서 사회적 진화라는 자기 사상의 반향을 보았다. 그러나 다윈주의는 토머스 헨리 헉슬리Thomas Henry Huxley의 홉스주의적 해석을 통해 여과되면서 갈등과 경쟁을 강조하게 되었고, 다윈 자신도 진화를 종의 구성원들이 희소한 자원을 놓고 경쟁하는 투쟁으로 묘사한 것이 사실이었다. 그리고 그것이 한층 더 왜곡되어 자유 시장 자본주의와 개인적 이기심이 자연스럽고 불가피하고 심지어 선한 것이라는 주장으로 (그런 것을 좋아하는 이들에 의해) 변질되었다.

그런 것을 좋아하지 않는 이들은 과학적 이론 자체를 거부하지 않고는 그에 덧씌워진 사회적 가치들을 거부할 방도를 찾지 못했던 듯하다. 무정부주의 철학자 표트르 크로포트킨Pyotr Kropotkin이 자신의 시베리아 시절로부터 끌어낸 결론들에는 아

※   제2차 세계대전 때 레닌그라드가 1943년 1월 18일부터 1944년 1월 27일까지 독일군에 포위되었던 것을 말한다. 역사상 가장 길고 가장 많은 사상자(약 400만 명)를 낸 파괴적인 포위전으로 꼽힌다.

름다운 제3의 길이 존재한다. 그곳에서는 생존이 자원을 얻기 위한 개인주의적 경쟁이 아니라—자원은 풍부했으므로—거친 여건과 싸워나가기 위한 협동적 사업이었다. 크로포트킨은 그런 종 내부의 협동을 상호부조라고 불렀고, 동물 및 인간의 삶에서 그 역할들을 기록했으며, 진화와 협동은 상반된 것이 아니라 종종 얽혀 있음을 강조했다. 하지만 그가 1902년에 낸 책 『만물은 서로 돕는다』는 당시의 논조에 큰 영향을 미치지 못했다. 오늘날의 진화 과학은 크로포트킨의 시각에 좀 더 가까워졌다. 자연계는 점점 더 협동적이고 상호의존적이며, 점점 덜 경쟁적이고 개인주의적인 것으로 보이게 되었다.

그러나 오웰의 시절에 진화론이란 곧 다윈주의였고 다윈주의란 대개 사회적 다윈주의로 해석되었다. 소련 정부는 생물학과 관련된 사실들이나 생물학을 옹호하고 발전시키려는 이들 모두에게 가혹한 처사를 했다. 서구 과학자들에게도 잘못이 있었다. 다윈의 진화론이 사회적 정태성을 확인해준다고, 즉 부자가 빈자보다, 귀족이 평민보다, 백인이 유색인보다 우월하다고 믿는 많은 사람들이 우생학자가 되었던 것이다. 이들은 우월한 또는 열등한 인간 집단이 있다는 개념을 신봉했으며, 우월한 집단을 양성하고 열등한 집단을 근절하기 위해 징벌적인 사회적 통제나 노골적인 인종 말살 같은 방식들을 주창했다. 장미 연구가 허스트는 우생학자였고, 오웰로 하여금 소련의 사이비 과학에 관심을 갖게 했던 베이커도 우생학자였으며, 다윈의 아들은 몇 해 동안 영국우생학교육협회의 회장이었다.

나치 체제는 우생학 개념을 극단으로 밀어붙인 것이었으니, 이로 인해 스탈린은 모든 유전학에 반대하는 입장을 더욱 정당화하게 되었다. 토머스 헨리 헉슬리의 손자 줄리언 헉슬리Julian Huxley는 1937년부터 1944년까지 영국우생학협회의 부회장을 지냈는데, 적어도 스탈린과 리센코의 적대감에 또 다른 동기들이 있었다는 데 대해서는 그의 말이 옳았다. 오웰이 읽은 마지막 책 중 한 권인 『소비에트 유전학과 세계 과학Soviet Genetics and World Science』(1949)이라는 책에 그는 이렇게 썼다. "멘델의 유전법칙은 자기복제 유전자 및 무작위 무정향無定向 돌연변이 등의 개념을 주장함으로써, 자연을 변화시키려는 인간의 욕망에 너무 큰 저항을 제시하며 인간이 갖고자 하는 통제를 회피하는 것으로 보인다. 반면 라마르크주의는 신속한 통제를 약속한다."[5]

20세기 초부터 60~70년 동안은 모든 사람과 모든 것이 재발명될 수 있다는 믿음, 구태의연한 방식은 쓸어버리고 과거를 잊고 미래를 통제하며 인간 본성을 재형성할 수 있다는 넓고 깊은 믿음이 퍼져 있었으며, 이런 생각은 엘리트—때로는 엘리트 과학자, 때로는 엘리트 정치가—에게 이런 거대한 변모를 맡길 수 있다는 생각과 종종 결부되었다. 우생학은 자기 나름의 방식으로 인간 존재를 완성으로 밀어붙일 수 있다는 생각에서 라마르크주의와 결을 같이했으니, 의심스러운 유토피아적 목표에 의해 정당화되는 기괴한 수단이었다. 당시 많은 사람들은 인간 본성이란 생물학적으로나 심리학적으로나 유연하다고, 살고 생각하고 사랑하고 일하는 방식이 얼마든지 재발명될 수 있으리라고 믿었던 것 같다.

리센코는 밀도 인간처럼 뜻대로 주무를 수 있으며, 획득된 후천적 형질을 물려받은 밀을 재배할 수 있다고 스탈린을 설복하게 된다. 그는 마르크스주의 이념 및 소련의 열망과 잘 어울리는 사이비 과학을 만들어내고 있었던 것이다. 그는 기본적인 전제들에서 심한 오류를 범했지만, 그 주변의 부패와 이념적 눈가리개들이 그 결과를 덮어버렸다. 바빌로프도 점점 더 튼실하고 생산적인 품종의 밀을 만드는 작업을 하고 있었지만, 그의 건전한 방법은 여러 해를 필요로 했던 반면 리센코는 불가능할 만큼 신속한 결과를 약속했다.

1928년 소련은 산업화에 속도를 내기 위해 제1차5개년계획을 시작한 참이었고, 그로 인해 수많은 사람이 도시로 몰리면서 빵 부족이 심해졌다. 악천후와 스탈린의 농업 정책도 사태를 한층 악화시켰다. 비교적 형편이 좋은 비협조적인 농부들은 '쿨라크kulak'※로 간주되었는데, 1929년 초부터 스탈린은 이 유동적인 범주에 속하는 사람들을 제거하기 위해 신속하고 잔인한 '탈쿨라크화'를 추진했다. 엄청난 수의 농부들이—특히 우크라이나에서—처형되거나 투옥되거나 시베리아를 비롯한 먼 곳으로 추방당했다.

정부는 남은 농부들의 곡물을 고문과 총구로 위협하여 강제 몰수했다. 인민이 굶주리고 있었음에도 스탈린은 그들이 여전히 저항하고 있다고 믿었고, 잔혹 행위는 계속되었다. 식량이 바닥난 고장을 떠나려는 자들은 저지당했고, 음식을 훔치려는 자들은 사살당했다. 살아남은 농민들이 강제 이송된 집단농장들은 대개 혼돈과 폭력 가운데 있거나 그렇지 않으면 생산성이 아주 낮았다. 농업에 대해 아무것도 모르는 이데올로그들이 파견되어 농장을 경영했다. 1930년대 초에는 파탄으로 치닫는 여건들이 쌓여갔다.

그 결과로 닥친 '기근 학살', 일명 홀로도모르Holodomor로 약 500만 명이 굶어 죽었으며, 그 대부분은 우크라이나에서였다. 굶주린 농부들이 음식 찌꺼기라도 얻으려고 도시로 몰려들었으며, 어떻게든 달아나려고 기차역으로 가거나 가다가 죽었다. 길가에는 그들의 피골이 상접한 시신이 널렸다. 굶주림으로 정신이 이상해진 사람들은 식인 행위를 자행했으며, 심지어 제 자식을 잡아먹기도 했다. 소련 정부는 수백만 명의 아사자와 공산주의의 성공이라는 이미지가 양립할 수 없다고 판단하여 그들의 운명을 은폐했으며, 그러기 위해 러시아에 있던 서방 기자들을 동원했다. 이들은 검열당했고 진실을 말할 경우 추방될 위협에 놓였지만, 대부분이 기꺼이 협력했다.

소련 정부로부터 아부당하던 유명 인사들—가령 극작가

※ 러시아 제국 말기에 8에이커(3만 2000제곱미터) 이상의 토지를 소유한 부농 계층을 가리키는 말. 러시아혁명이 일어나자 쿨라크는 인민의 적으로 간주되었다.

조지 버나드 쇼George Bernard Shaw 같은 인물들—은 기근이 일어났다는 사실 자체를 부인했다.[6] 《뉴욕 타임스*The New York Times*》의 월터 듀랜티Walter Duranty도 마찬가지였으니, 자신의 위세를 이용하여 그는 사실을 보도하려는 다른 기자들의 신용을 떨어뜨렸다. 그들은 실제로 고문을 당하지는 않았지만, 거짓을 방조하도록 훨씬 더 교묘한 방식으로 유도되었다. 당시 기근과 그 원인에 대해 진실을 말한 기자는 불과 몇 명밖에 되지 않았으며, 오웰의 친구였던 맬컴 머그리지Malcolm Muggeridge도 그중 한 사람이었다. 1933년 다른 누구보다 더 대담하게 진실을 보도했던 개러스 존스Gareth Jones는 1935년 여전히 의문이 풀리지 않은 암살의 희생자가 되었다.[7]

머그리지는 쇼맨십이야말로 소련의 "가장 특징적인 산물"이라고 썼다.[8] 추악한 현실을 개선하기보다 은폐하기 위해 환상을 만들어내는 것 말이다. 당원들은 그에게 빵은 충분하며 농업의 장래는 유망하다고 단언했다. 하지만 직접 가보니 "가축과 말들은 죽었고, 들밭은 버려졌으며, 비교적 기후가 양호했음에도 작황은 빈약했다. 생산된 모든 곡물은 정부에 징발되어 빵이라고는 전혀, 어디에도, 눈 씻고 찾아봐도 없었다. 절망과 당혹뿐이었다." 그는 집단농장의 한 의기소침한 농부와 영양실조 상태의 자식들에 대해 보도했다. "그는 일당 75코페이카를 받았다. 장마당에서 75코페이카로 살 수 있는 것은 빵 반쪽뿐이었다."

미국 기자 유진 라이언스Eugene Lyons는 1937년에 발표한 책 『유토피아에 파견 취재Assignment in Utopia』에서 자신이 거짓에 동조했던 것을 뉘우쳤다. 오웰은 이 책에 대한 서평에 이렇게 썼다. "희망에 부풀어 러시아에 갔던 다른 많은 사람처럼, 그도 점차 환멸에 이르렀고, 다른 사람들과는 달리 결국 진실을 말하기로 결심했다. 현재 러시아 체제에 대한 어떤 적대적인 비평도 '반反사회주의' 선전으로 여겨지기 십상이라는 것은 불행한 사실이다. 모든 사회주의자가 이 사실을 알고 있지만, 그렇다고 정직한 토론이 이루어지지도 않는다."[9] 『1984』에서 윈스턴 스미스가 고문을 당한 끝에 2 더하기 2가 5라는 사실에 동의하는 유명한 대목은 아마도 라이언스의 책에서 힌트를 얻었을 것이다. 그것은 소련의 5개년 계획을 4년으로 앞당기기 위해 실제로 쓰인 공식이었다. 라이언스는 이렇게 썼다. "2 + 2 = 5라는 공식이 대번에 내 시선을 붙들었다. 그것은 대담하면서도 어처구니없게 느껴졌다. 소련이 처한 현실의 대담하고 역설적이고 비극적인 부조리함, 그 신비주의에 가까운 단순성, 논리 무시 …… 2 + 2 = 5라는 공식이 모스크바 건물들의 전면 광고 전광판에 큼직한 글자로 번쩍이고 있었다."[10] 지성을 압도하는 교조화, 그리고 거짓말이 매년 풍작을 거두는 유일한 작물이었을 것이다.

과학이나 역사, 기타 여하한 종류의 불편한 사실들을 고집하는 사람들은 언로가 봉쇄되거나 추방당하거나 아니면 처형되었다. 이런 사태가 정점에 달한 것은 1936년이었다. 그해 8월 모스크바에서는 최초의 여론 조작용 공개재판이 있었다. 열여섯

명의 전前 소비에트 지도자들이 고문 끝에 자백하고 처형되었다. 그 또한 쇼맨십의 또 다른 형태였으며, 일종의 공포 서커스였다. 그런 자백은 자아비판이라는 위협적인 장르로 확립되었고, 끔찍하고 때로는 말도 안 되고 있을 수도 없는 범죄나 자기비하가 당국 앞에서 이루어졌다. 진실과 언어, 역사 기록 자체가 경시되고 왜곡되어 그런 결과를 산출했다. 스탈린은 아무 견제 없이 통치하기 위해 잠재적인 정적들, 특히 트로츠키파를 숙청하는 것뿐 아니라 그들의 신뢰성을 파괴하는 데 열을 올렸으니, 그 가혹한 방식은 다른 모든 사람을 겁주어 침묵시키고 복종시키기에 족했다. 오웰이 그 이전 이후의 누구보다도 더 강력하게 보여주게 되겠지만, 독재자들이 지닌 힘 중 한 가지는 진실을 파괴하고 오도하여 다른 사람들로 하여금 뻔한 거짓에 굴복하게끔 강제하는 것이었다.

소련 내에서는 그런 재판과 처형을 통해 이전 지도자들로부터 짜낸 거짓들이 젊은 소련의 역사를 찢어발겼다. 사진 조작의 시대가 시작되었으니, 때로는 동일한 사진이 반복적으로 수정되어 인물들이 차례로 지워졌다. 처음에는 세상에서 지워지고, 다음에는 사진과 역사로부터 지워지는 것이었다. NKVD 위원장 겐리흐 야고다Genrikh Yagoda는 강제 집단화(및 스탈린의 독극물 실험실)의 책임을 맡고 있었는데, 공개재판에 대한 인민의 부정적인 반응을 보도하여 스탈린의 눈 밖에 났다. 그는 좌천되었고, 고발당했으며, 1938년 제3차 공개재판에서 재판을 받고 처형되었다.

그의 후임자 또한 비슷한 운명을 겪어 1940년 초에 처형되었다.

"처형은 모든 문제에 대한 으뜸가는 해결책이었고, 이전의 처형으로 야기된 문제들도 마찬가지로 해결되었다"고 애덤 혹실드는 말한다.[11] "국가 통계국이 그의 공포 정치로 인해 인구가 줄어들고 있음을 보여주자, 스탈린은 통계국 직원들을 총살하라고 명했다. 새로운 관리들이 더 높은 수치를 보고한 것도 놀라운 일이 아니다. 1929년경 스탈린이 정적들을 제압하고 권력을 장악한 후부터 1953년 그가 죽기까지, 대부분의 역사가들은 그가 약 2000만 명의 죽음에 직접 책임이 있었다고 평가한다."

공개재판이 시작된 그해에 유전학자들은 리센코파와 대중 강연을 통해 토론을 시도했다. 그것은 경험주의와 지식을 추구할 자유를 위한 대리전쟁이었다. 이렇게 이견을 표명한 결과 바빌로프의 동료 여남은 명이 체포되고 처형되었다. 바빌로프는 리센코에 의해 고발당했지만, 끄떡하지 않았다. 1939년 3월, 그는 레닌그라드의 전연방식물사업연구소의 과학자 모임에서 일어나 이렇게 선언했다. "우리는 화형대에 올라가 타 죽겠지만, 그래도 신념을 철회하지 않을 것입니다."[12] 그해 11월에 스탈린은 그를 소환해 자정이 지난 시각에야 그를 만나서는 말했다. "그러니까 당신이 꽃이니 잎사귀니 접붙이니 하는 식물학적 헛소리를 떠들어대는 바빌로프란 말이지. 정식 학자 리센코가 하는 것처럼 농업을 돕진 않고 말이야."[13]

1940년 리센코와의 대면 토론 후에, 바빌로프는 재배식물 및 야생식물의 종자를 채취하러 우크라이나에 갔다. 산기슭에서 견본을 찾고 있는데, 관리들이 검은 관용차를 끌고 올라와 그를 데려갔다. 이후 11개월 동안 그는 400차례에 걸쳐 심문당했고—그 대부분은 심야에 이루어졌다—첩자요 반역자요 방해자요 기근의 주된 원인이라는 이유로 고발당했다. 거의 열 시간 내리 계속된 심문 끝에 그는 자신이 우익 단체의 일원이라는 거짓 자백을 했다. 항소 끝에 사형선고는 철회되었지만, 그는 강제수용소로 이송되었다. 거기서 날 밀가루와 언 양배추라는 식사 끝에, 인민의 굶주림을 해결하느라 그토록 많은 일을 했던 사람은 결국 굶어 죽었다. 1943년 1월 26일이었다.

또 다른 과학자 C. D. 달링턴C. D. Darlington은 1945년 《네이처Nature》에 바빌로프의 때늦은 추모사를 쓰면서 소련 정부를 공공연하게 비난했고, 1947년 오웰은 리센코에 대해 좀 더 자세히 알고자 달링턴에게 편지를 썼다. 달링턴은 소련 과학에 대한 비판적인 글들을 실을 지면을 찾느라 고전하고 있었으니, 소련은 전쟁에서 영국의 연합국이었고 따라서 러시아의 범죄를 문제 삼으려 하는 이가 별로 없었기 때문이다. 오웰 자신도 『카탈루냐 찬가』와 『동물농장』을 펴내는 데 어려움을 겪은 터였다. 영국과 소련의 연합이 깨지고 전쟁이 끝난 후에도 소련에 반대하는 입장은 인기가 없었기 때문이다. 『1984』를 집필하는 동안 그는 전에 자기 책들을 내주었던 좌익 출판인 빅터 골란츠에게 편지를 써서, 골란츠가 장차 벌어질 갈등과 탄압을 피할 수 있게끔 자기가 앞으

로 쓸 책들에 대해 그와 맺었던 계약을 철회해달라고 간청하기도
했다.

리센코는 승승장구했고, 반反유전학자로서 유전학 연구
소의 수장이 되었다. 1948년에 그는 유전학을 고발하는 학회를
주재했으며, 그의 사이비 과학은 공식 교의가 되어 러시아 내에
서는 감히 그것을 비판할 수 없었다. 그에게 반대했던 수천 명이
교사 및 연구자로서의 직위에서 파면되었다. 저명한 과학자 세
사람이 더 이상의 박해를 피하기 위해 자살했다. 바빌로프의 아
우였던 물리학자 세르게이 바빌로프는 그 거짓놀음에 적당히 묻
혀 갔지만, "모든 것이 너무나 슬프고 수치스럽다"라고 일기에 적
었다.

1949년 12월, 죽기 5주 전에 오웰은 일기에 다음과 같은
기사 제목을 오려 붙였다.[14]

"밀은 호밀이 될 수 있다."—리센코

이 기사는 "좋지 않은 동절기 조건을 가진 산악 지역에서
겨울 보리는 호밀이 될 수 있다"는, 이것이 스탈린의 견해와 그 자
신의 이론을 확증해준다는 리센코의 터무니없는 주장을 인용한
것이었다. 오웰은 권위주의와 거짓으로 흘러가는 좌파 일부를 비
판하면서도 또 다른 형태의 폭력과 기만을 용인하는 여타의 보
수적 좌파들과 합류하지 않았다는 점에서 자신의 동류들과 달

랐다. 그랬다는 것은 그가 20세기 중엽의 정치라는 고르지 않은 지형에서 오롯이 자신의 길을 찾아갔다는 것이며, 바로 이 사실이 그를 그가 죽은 후에도 폭넓은 정치적 스펙트럼의 사람들이 추앙하는 인물로 만들었다.

1945년 스탈린, 처칠Winston Churchill, 루스벨트Franklin Roosevelt가 전후戰後 질서에 대해 협상하기 위해 모인 우크라이나의 얄타에서, 처칠이 혹은 그의 딸이 레몬을—일설에 따르면 마실 물에 넣으려고, 또 다른 설에 따르면 캐비아에 뿌리려고—원했다고 한다.[1] 이튿날 아침 일어나 보니 2월의 긴 밤사이에 열매가 주렁주렁 열린 레몬나무가 그들이 묵고 있던 궁전에 마법처럼 나타나 있더라는 것이다. 전후 몇 년 동안 스탈린은 레몬 재배가 가능한 자연의 한계선을 더 북쪽으로 밀어붙이는 데 골몰했다. 그는 감귤류의 근본적인 성질도 사람이나 밀 못지않게 강압으로 바꿀 수 있다고 믿었던 듯, 우크라이나의 크름 지역에 있던 별장이나 모스크바 교외 쿤체보의 별장 뜰에서 레몬나무를 키워보려 했다. 소련의 막강한 고위 관리이자 모든 숙청에서 살아남은 몇 안 되는 볼셰비키 중 한 사람이던 뱌체슬라프 몰로토프Vyacheslav Molotov는 스탈린이 죽고 오랜 시간이 지나 이렇게 회고했다. "그는 자기 별장에 레몬나무를 심게 했다. 나는 그가 직접 나무 둘레를 파는 것을 보지는 못했다. 다들 그 일에 찬사를 보냈다. 솔직히 나도 그랬지만, 다른 사람들만큼은 아니었다. 대체 왜 레몬나무를 심을 필요가 있는지 의아스러웠다. 모스크바에 레몬나무라니!"[2] 또 다른 고위관리는 스탈린이 자기를 그 정원으로 데리고 나가 함께 거니는 동안 레몬을 한 조각씩 건네주며 산보하는 내내 반강제로 찬사를 끌어냈다고 회고했다.[3]

스탈린은 여러 곳의 별장들에 널따란 정원들을 갖고 있었으며, 그곳 정원사들에게 명령을 내리는 데 깊이 관여했다. 그 정원들은 독재자와 그의 가족에게 풍성한 먹거리를 제공해주었다. 그의 딸 스베틀라나는 이렇게 회고했다. "그는 그저 자연을 바라보고만 있지 못했다. 자연에 작업을 가해서 계속 변모시켜야만 했다."[4] 그는 모스크바에 레몬나무가 겨울을 날 온실들을 갖고 있었지만, 정원사들에게 나무가 "추운 데 익숙해지게 만들라"고 주문했다.[5] 여러 대에 걸친 품종 개량을 통해 좀 더 튼튼한 레몬나무를 만들어낼 수 있으리라는 것은 생각할 법하지만 그는 개별 견본을 튼튼하게 만들고자 했던 것 같다. 마치 신병들을 훈련하는 훈련 담당 하사관처럼 말이다. 우크라이나의 크름 지역에 그가 대규모로 심은 레몬나무는 얼어 죽었다. 레몬나무는 그의 고향인 조지아의 온화한 여건에서 좀 더 잘 자랐고, 스탈린은 그중 몇 그루를 그곳에 있던 압하지야 별장에 심었다. 아니, 적어도 심으라고 명령했다. 그는 정원사들에게 거의 매일 명령을 내렸으니까. 하지만 그곳에서도 1947~1948년의 혹한을 견디고 살아남은 레몬나무는 단 한 그루뿐이었다. 아마도 그나 아니면 다른 누군가가 다시 심었을 것이다. 한 여행 기사에 따르면 그 별장은 현재 레몬나무에 둘러싸여 있다니 말이다.

『이상한 나라의 앨리스』에는 정원에 붉은 장미를 심으라는 여왕의 명령 때문에 하인들이 흰 장미를 붉게 칠하느라 법석을 떠는 대목이 있다. 실수가 있었다는 사실이 여왕에게 알려지면, "우리 모두 모가지가 잘릴 것"이라면서 말이다.[6] 스탈린은 레몬나무가 추위에 적응하지 못하는 것을 어떻게 받아들였을까? 인구조사 때처럼 실제로 일어난 일을 부인하고, 누군가 처벌할 사람을 찾아냈을까? 정원사들이 계속 새로운 레몬나무를 심어 전에 있던 레몬나무인 것처럼 꾸며냈을까? 그 배후에 있는 것은 그가 자기 주위 사람들로 하여금 모든 것에 대해 거짓말을 하게 하면서, 그 자신에게 얼마나 거짓을 말했을까 하는 의문이다. 그는 온 나라를 자기 명령에 복종시키면서 스스로 거짓에 대해 눈이 멀었던 것일까? 거짓을 강화하는 자가 된다는 것, 있는 그대로의 현실을 감추기 위해 환상을 지어낸다는 것, 실제 데이터보다 자기 명령과 탄압의 결과로 조작된 현실에 대한 복종을 요구한다는 것은 대체 어떤 의미였을까?

하지만 이 권력도 밀로 하여금 사이비 과학에 복종하게 하거나, 레몬나무로 하여금 추운 겨울을 견디고 살아남게 만들지는 못했다. 라마르크주의는 출현 당시에 이미 오류였고, 스탈린의 시대에는 거짓이었다. 밀에 대한 리센코의 약속들도 거짓이었다. 1930년대 초에 수백만 명이 굶어 죽은 대기근을 부인하는 것도 거짓이었다. 공개재판에서 사람들을 고문하여 인정하도록 강요했던 범죄들은 대부분 거짓이었다. 사람들은 살아남기 위해 거짓말을 했고, 진실을 말했기 때문에 죽었으며, 아니면 어떤 식으로든 거짓말을 했고 죽음에 이르렀다. 다른 사람들은 무엇이 진실인지 아예 감을 잃어버렸다. 러시아혁명의 주동자들이 동료 혁명가들에 의해 처형될 때마다 역사는 매번 다시 쓰였다. 처형자들이 처형당했고, 심문자들이 굴라크로 보내져 자신이 심문했던 사람들과 같은 처지가 되었다. 책들이 금지되었고, 사실들이 금지되었으며, 시인들이 금지되었고, 사상들이 금지되었다. 그것은 거짓말의 제국이었다. 거짓말이라는 언어에 대한 공격은 다른 모든 공격에 필요 불가결한 기초이다.

오웰은 1944년에 이렇게 썼다. "전체주의가 진짜 무서운 것은 그것이 '가혹 행위'를 자행한다는 것이 아니라 객관적 진실이라는 개념을 공격한다는 것이다. 그것은 과거와 미래를 통제하려 한다."[7] 이를 밑바탕으로 한 것이 빅브라더의 다음과 같은 유명한 말이다. "과거를 통제하는 자가 미래를 통제한다. 현재를 통제하는 자가 과거를 통제한다."[8] 진실과 언어에 대한 공격은 가혹 행위를 가능하게 한다. 만일 실제로 일어난 일을 지워버리고 증인 들을 침묵시키고 사람들에게 거짓말을 지지하는 것이 유리하다 고 납득시킬 수 있다면, 사람들에게 겁을 주어 침묵과 복종과 거 짓을 강압한다면, 무엇이 진실인지 결정하는 것을 불가능하거나 위험하게 만들어 아무도 감히 그러려고 하지 않게 된다면, 얼마 든지 범죄를 영속시킬 수 있다. 전쟁에서 가장 먼저 희생되는 것 은 진실이라는 옛말이 있다. 진실에 대한 상시적인 전쟁은 국내적 으로나 전 지구적으로나 모든 권위주의의 기반이다. 따지고 보면, 모든 권위주의는 우생학과 마찬가지로, 권력은 불평등하게 배분 되어야 한다는 생각을 전제로 하는 일종의 엘리트주의이다.

러시아의 현재 권위주의적 지도자인 블라디미르 푸틴은 스탈린의 명성을 복권시켜왔다. 리센코의 명성도 이 복고주의에, 후성유전학의 의의를 왜곡하는 일에 편승하는 듯하다. 반면 바 빌로프의 업적은 그가 발견하고 수집하고 재배한 종자들, 그의 제자들이 레닌그라드 포위전 동안에도 씨앗 은행에 보관했던 종 자들을 통해 살아남았다. 내브한은 이렇게 썼다. "그가 죽은 후 대략 사반세기가 지난 지금, 그가 수집한 씨앗들로부터 선택된 400가지 새로운 작물들이 소련 인민의 큰 비중을 실제로 먹여 살 렸으며, 기근의 빈도는 현저히 줄어들었다."[9]

스탈린의 레몬은 실패했고, 설령 한 그루 나무—올리브 나무이든 주목이든 세쿼이아나 인도 보리수이든—가 1000년 또는 그 이상을 살 수 있다 하더라도, 윌링턴 주위의 밀밭들은 일년생 식물의 종자나 농업의 관행이 체제나 독재자나 한 무더기 거짓이나 과학에 대한 전쟁보다 더 오래 살아남을 수 있음을 상기시켜준다. 거짓말은 씨앗보다 더 자유롭게 돌연변이를 일으키며, 거짓말의 새로운 작물도 있다.

V

후퇴와
Retreats

공격
and Attacks

조슈아 레이놀즈 경, 「아너러블 헨리 페인(1739~1802)과 이니고 존스,
그리고 찰스 블레어」(1761~1766).

1936년, 한 영국 남자가 장미를 심었다. 그것은 정원 만들기의 일부였고, 정원은 문화가 자연을 다루는 한 방식이었다. 다시 말해 정원은 특정 문화를 통해 여과된 자연의 이상적 형태이다. 일본의 바위와 모래 정원[枯山水]이나 이슬람의 중앙에 분수가 있는 파라다이스 정원처럼 일정한 양식을 갖춘 것이든, 아니면 수많은 보통의 개인 정원처럼 제한된 공간, 시간, 예산, 계획에서 생겨나 제각각인 것이든 말이다. 정원은 당신이 원하는(그리고 소유하고 관리할 수 있는) 무엇이고, 당신이 무엇을 원하는가는 곧 당신이 어떤 사람인가를 말해주며, 당신이 어떤 사람인가 하는 것은 항상 정치적이고 문화적인 질문이다. 심지어 채소밭일지라도

─양배추를 심느냐 고추를 심느냐 하는 것은─그러하며, 즐거움을 위해 가꾸는 정원은 한층 더 그러하다.

스코틀랜드 화가이자 정원 디자이너인 이언 해밀턴 핀레이Ian Hamilton Finlay가 이렇게 쓴 바 있다.[1] "어떤 정원들은 후퇴※로 묘사되지만, 실제로는 공격이다." 오웰의 정원에는 생각들과 이상들이 씨 뿌려졌고, 계급과 인종과 국적과 그에 내포된 전제들로 울타리가 둘러졌으며, 허다한 공격들이 여전히 뒷마당을 서성이고 있다. 물론 정원들은 탈정치적인 공간으로 옹호되기도 했다. 유명한 예로 볼테르의 철학적 풍자소설 『캉디드』는 주인공이 세상을 주유하다 돌아와 "자기 정원이나 가꾸기"로 하는 데서 끝난다. 이런 결말은 흔히 세상과 정치로부터의 물러남으로 해석되어왔다. 캉디드의 경우 그것은 최종적인 결심으로 보이는 것이, 그는 그저 싸움터로 돌아가기 위한 재충전을 하려는 것이 아니기 때문이다.

볼테르의 젊은 시절에 유럽 귀족의 정원은 기하학적으로 배열된 자연과 원추형을 위시해 일정한 형태로 다듬어진 나무들로 가득했다. 말하자면 데카르트적 질서에 복종하는 자연이었다. 베르사유가 그 최고의 이상을 구현했으니, 그 정원은 제왕적인 권력의 중심으로부터 웅대한 대운하가 뻗어나가는 형태를 취하고 있었다. 궁전에서 보면 대운하는 거의 지평선까지 뻗어 있는 듯이 보였고, 길고 곧은 대로들은 고전적인 석상들과 나무들로 장식되었다. 정복된 자연이 거기 있었다. 본래 단정치 못한, 일관성을 결여한 영역인 자연이 왕의 절대적 권위에 길들여져 엄격한 질서를 부여받은 것이었다. 그것은 자연스럽지 않은, 바로 그 점을 내세우는 자연이었다.

18세기 후반 영국 귀족계급의 정원은 자연스러움의 미학을 추구했다. 세심한 설계와 조경 작업을 통해, 자연의 미학을 구가하면서도 감히 그것을 가다듬고 개선하려는 생각으로 공들여 만들어낸 자연스러움이었다. 영국식 정원을 만드는 데는 베르사유 정원을 만드는 데 못지않은 토목 공사와 옥외 배관 작업이 필요했겠지만, 그 목표는 구불구불한 개울과 구릉진 지형으로 그런 것들을 만들어낸 인위적인 손길을 감추려는 것이었다. 자연이 최고이되, 영국식 취향과 돈이 그 주인이었다. 그렇다 하더라도 이 새로운 정원 양식은 미학적 혁명이었다. 정원들이 점점 더 손질하지 않은 자연처럼 보인다면, 자연 자체가 점점 더 심미적 즐거움을 주는 장소로 감상될 수 있을 것이었다. 조경된 정원은 엘리트 계급을 위한 것이었지만, 자연은 훨씬 더 많은 사람에게 개방된 것이었다.

그렇지만 이런 자연주의적 정원들은 반反혁명이기도 했다. 그것들은 영국 귀족 및 사회적 위계질서가 그 자체로 자연스러운 것이며 귀족들의 권력과 특권 또한 자연 경관 속에 뿌리내린 것이라는 식의 주장이었기 때문이다. 그것도 실제 자연 속에

※　　retreat, '공격'과 대비해서는 '후퇴'이지만 '피난처', '은둔처'를 뜻하기도 한다.

살던 가난한 이들이 인클로저enclosure 법으로 인해 뿌리 뽑혀서 도시의 산업 노동이나 해외 이주로 내몰리는 판국에 말이다. 공유지에 울타리를 둘러 사유화하는, 영국의 이른바 '인클로징' 과정은 중세부터 시작되었지만, 1750년부터 1850년 사이에 의회에서 일련의 인클로저 법이 제정되면서 가속화되었다. 이 법들은 오래전부터 마을 사람들이 함께 농사짓고 가축에게 풀을 뜯기던 땅을 힘 있는 개인들의 소유로 만듦으로써, 마을과 마을 사람들과 그들의 자기결정권 및 번영을 밀어내버렸다. 공유지를 연구한 역사가 피터 라인보Peter Linebaugh에 따르면, 영국과 웨일스에서 "1725년과 1825년 사이 거의 4000개의 인클로저 법령들이 재배 면적의 약 4분의 1에 해당하는 600만 에이커(243억 제곱미터) 이상의 땅을 정치적으로 우위에 있는 지주의 사유지로 만들었다. ······ 그로 인해 공동 경작지를 가진 마을들과 공동의 권리가 사라졌으며, 18세기 말의 빈곤 위기가 일어났다."**2**

이런 조처들이 농촌의 노동계급을 뿌리 뽑힌 자들로 만들었으며, 땅을 빼앗긴 이들이 산업혁명의 노동력이 되어 도시들에 넘쳐나게 된다. 라인보는 인클로저, 노예제, 그리고 기계화를 18세기와 19세기에 작용했던 세 가지 잔혹한 변화의 동력으로 꼽는다. 농부 시인 존 클레어John Clare는 노샘프턴셔에서 이 변화를 겪으며 살았고, 그에 대한 시를 썼다.

쏘다니는 풍경 속에 가없는 자유가 있었으니

어떤 소유권의 울타리도 사이에 끼어들어

따르는 눈[티]의 전망을 숨기지 못했다

유일한 멍에는 둥글게 감싸는 하늘이었다.[3]

그러다 그것이 파괴된 후에는 "겁에 질린 자유가 작별을 고했고" "무도한 법의 인클로저가 도래하자 모두 한숨지었다." 인클로저는 당대 사람들에게 신자유주의 시대의 공기업 민영화와도 같은 것, 즉 소수의 이익을 위해 다수의 것을 빼앗는 일이요 문자 그대로의 공유지 및 공익이라는 관념에 대한 공격이었다.

인클로저를 옹호하는 논리는 효율성과 생산성이었을 터이다. 1804년 하트퍼드셔의 농업에 관한 아서 영Arthur Young의 보고서에는 윌링턴에서 몇 마일 떨어진 곳에 사는 한 지주에 대한 이런 기록이 남아 있다. "로이스턴에 사는 포스터 씨는 농사일을 아주 잘 아는 신사인데, 공동경작지의 불편을 개탄하면서 전반적 인클로저의 필요를 강경히 주장했다. 그는 교구의 양 떼 관리인으로부터 허락받지 않고는 무 씨앗을 뿌릴 수 없으며, 작물을 먹지 않는 대가로 양치기에게 에이커당 1실링 6펜스를 내야 한다는 것이었다."[4] 다시 말해 공동체가 결정권을 갖고 있었던 것이다. 인클로저는 그런 공동체의 힘을 약화함으로써 농촌 노동자들을 가난하게 만들었고 지주들을 부유하게 만들었다.

지주들은 합법적으로 문자 그대로 울타리를 둘러쳤다. 영의 보고서에는 가지 얽기, 즉 들판 둘레에 심은 어린 식물들을 얽어 짜서 그것들이 자라면 절대로 뚫고 들어갈 수 없는 울타리가 되게 하는 기술을 보여주는 여러 장의 그림이 실려 있다. 하지만 윌링턴 인근 마을들에서 농촌 사회는 19세기까지도 인클로저에 반대했고 공동경작 농업을 옹호했으며, 영 자신도 인클로저가 사람들을 가난하게 하고 파괴한다고 믿게 되었다.

귀족계급은 이렇듯 오래된 농경 문화를 붕괴시키면서도, 스스로 자연과 전원에 터전을 두고 있다고 여겼다. 예술사가 앤 버밍엄Ann Bermingham은 이렇게 쓰고 있다. "자연은 회화, 시, 서한, 예법, 복식, 철학, 과학 등 다양한 방면에서 재현되면서 최고의 사회적 가치가 되었고 사회적 변화를 규명하고 정당화하도록 요망되었다. 이제 어떤 일을 하는 이유는 그것이 '자연스럽기' 때문이었다."[5] 사회 질서를 자연스러운 것으로, 귀족계급을 자연 세계에 뿌리내린 것으로 정의하는 일은 영국 귀족계급이 부와 권력을 확장하는 것을 정당화해주었다. 1789년 혁명 이래 프랑스에서는 귀족들을 단두대로 보내거나 추방하던 그 시절에 말이다. 진실하고 선한 모든 것의 시금석이 자연이라는 생각은 우리 시대까지도 이어져왔다.

사소하지만 의미심장한 것은, 귀족적인 영국 정원이 답답하고 부자연스러운 형태로부터 훨씬 더 많은 땅을 차지하는 자연주의적인 조경 정원으로 발전하면서 생겨난 개방성의 미학이다. 버밍엄은 인클로저가 주변 전원을 구획 지어 점점 더 인위적으로 보이게 만드는 동안, 그런 정원들은 "점점 더 자연스럽고, 인클로저 이전의 경관처럼" 보이게 되었다고 지적한다.[6] 하지만 그 정원들의 또 다른 특성은 이 에덴동산처럼 펼쳐진 공간에 누가 실제로 들어갈 수 있는가를 제한하는 수단에 있었다. 그런 수단 중 하나는 소유지에 경계가 없는 듯이 보이게끔 경관을 중단시키지 않으면서도 경계를 이루는 도랑인 '하하ha-ha'를 두르는 것이었다. 하하는 내부로부터는 끝없는 듯이 느끼게 하면서 외부인들을 차단하는 효과를 냈다.

이런 사정에도 불구하고, 오웰의 시대에는 자연 세계가 흔히 사회적이고 정치적인 것의 바깥에 있는 듯이 상상되었다. 독일 극작가 베르톨트 브레히트Bertolt Brecht가 1939년의 시 한 편에서 이렇게 쓴 것은 유명하다.

아, 이 무슨 시대란 말인가
나무들에 대해 이야기하는 것이 거의 범죄로구나
그토록 많은 불의에 대한 침묵을 담고 있으니.[7]

프랑스 사진작가 앙리 카르티에-브레송Henri Cartier-Bresson도 1930년대에 그 비슷한 말을 했다. "세계가 결딴나고 있는데, 애덤스Ansel Adams나 웨스턴 같은 사람들은 바위 사진이나 찍고 있다!"[8] 그는 분명 나무나 바위 같은 것들이 정치적 영역 바깥에 있다고, 인간의 영향력에 상처 입을 수 없다고 상상했던 것이 분명하다. 그래서 캘리포니아 모더니스트들의 사진을 정치로부터의 도피로 보았던 것이다. 그들의 동시대인들 다수가 미국 중부 더스트 볼—표토가 바람에 쓸려 거대한 먼지 폭풍으로 날아가버려 세상이 문자 그대로 산산조각이 난 일—의 사회적 영향을 사진 찍고, 연방 정부는 침식을 저지하기 위해 방풍림을 조성하던 시절이었으니 말이다. 하지만, 모든 예술은 프로파간다라고 오웰은 지적했으며, 자연도 정치적이다. 정원도 그렇고 꽃도 나무도 물도 공기도 흙도 그렇다. 그리고 물론 날씨도.

이 글을 쓰기 이틀 전 한 뉴스 에이전시가 오스트레일리아에 대해 이렇게 보도했다. "2550만 에이커 이상의 땅—남한의 크기에 해당한다—이 지난 몇 주 동안 전국에 일어난 산불로 파괴되었으며, 최근 데이터에 따르면 남동부가 특히 타격을 입었다."[9] 오스트레일리아에서 불에 탄 지역 중에는 세상에서 가장 오래된 숲인 곤드와나랜드 숲도 일부 들어갔다. 이 지역은 1억 년 동안 습하고 안정적이었다. 아마존 열대우림 지역을 지키기 위해 사람들이 죽어가고 있으며, 기후 혼돈climate chaos※ 속에서 나무와 숲을 심는 것이 어떤 역할을 하는지가 맹렬히 토론되고 있다. 숲이란, 이상적으로는 단일 수종 조림monocrop tree plantation이 아니라 여러 시대에 걸친 다양한 생명 형태의 복합적인 생태계라 정의되는바, 벌목이냐 보존과 조림이냐는 정치적 싸움이다.

이 글을 쓰는 지금 인부들이 내 집에 구멍을 내고 있으며, 나는 19세기 말에 지어진 이 집의 레드우드 골조를 볼 수 있다. 이 목재들은 얼마나 오래된 나무들에서 켜낸 것일지, 어쩌면 이 나무들을 베어낸 원시림에서는 거목들이 이루는 천장 아래서 또 그 우듬지에서 고사리와 새들과 식물 공동체가 번성하고 그 발치에서 자라는 양치식물들의 네트워크가 (리좀 이상으로 리좀적인) 숲 전체의 뿌리들을 이어주었을 것이다. 나는 바람과 태양이 생산하는 청정 전력으로 이 글을 쓴다. 내가 사는 곳에서 청정 전력을 선택할 수 있는 것은 한편으로는 사람들이 전력 회사에 저항하는 운동을 벌이고 있기 때문이고, 다른 한편으로는 21세기의 처음 20년 동안 공학 기술이 태양과 바람을 효과적이고 사용 가능한 에너지로 변모시켰기 때문이다. 이것은 유사 이래 가장 간과되어온 혁명 중 하나일 것이다. 내가 이 글을 쓰고 있는 집은 160마일(258킬로미터) 떨어진, 시에라네바다 국립공원 안의 눈 녹은 물로 채워진 저수지에서 물을 끌어온다. 존 뮤어와 그의 시에라 클럽이 한 세기 이상 전에 그 장소를 보호하기 위해 벌인(그리고 패배한) 전쟁 덕분이다.

정원을 가꾸고 시골에 살며 전원생활을 누리려는 소원조차 문화적으로 결정되고 계급에 기반을 두고 있음을 나는 안다. 적어도 그 소원이 취하는 형태들은 그렇다. 오웰도 1940년 에세이에서 이 점을 인정했다. 그 글에서 그는 자신의 세대에 대해 이

※ 한때는 '지구온난화(global warming)'를 '기후변화(climate change)'라고 했으나, 한랭화(cooling)가 동시에 일어나면서 '지구 위어딩(global weirding)'이라는 말이 쓰이기도 했고, 이를 통틀어 '기후 혼돈'이라 일컫는다. 이 말을 '기상 대이변'으로 옮기기도 하나, 기상이 매일의 날씨, 기후는 긴 시간 동안 일어나는 기상 현상을 말한다고 할 때 '기후 혼돈'이 좀 더 적절한 용어일 것이다.

렇게 말했다. "대다수 중산층 소년들은 농장이 보이는 가운데 자랐으며, 자연히 그들에게 호소력을 지닌 것은 밭갈이, 추수, 탈곡 등 농장 생활의 그림 같은 면들이었다. 고된 일을 직접 해야 하는 상황이 아니라면, 순무를 캐고 새벽 4시에 젖꼭지가 갈라진 암소의 젖을 짜야 하는 힘겨운 노동은 눈에 들어오지 않았을 것이다."[10]

나는 라틴계 벽화가 후아나 알리시아Juana Alicia로부터 그 점을 배웠다.[11] 그녀는 샌프란시스코 베이에어리어에서 전설적인 인물로, 내가 일찍이 맡았던 최초의 강의를 수강했다. 당시 나는 20대였고, 강의는 샌프란시스코 아트 인스티튜트에서 열렸던 풍경 및 재현에 관한 대학원 세미나였다. 후아나는 마침 나와 가까운 곳에 살고 있었고 가끔 집에 오는 길에 자기 차에 태워주곤 했는데, 강의가 중반에 접어들었을 무렵, 자신이 어린아이였을 때 또 젊은 여성이었을 때 캘리포니아에서 농장 노동자였다는 사실을 말해주었다. 임신 중에 상추 따는 일을 할 때는 농약을 온몸에 살포당했으며, 내가 보여주는 모든 농촌 풍경이 그때 일을 생각나게 한다고 말이다. 그것은 가장 친절하면서도 가장 효과적인 비판이었다.

그녀는 내가 20대 초반에 흑인 이웃들로부터 배운 사실을 상기시켰다. 즉 좀 더 거칠고 투박해지려는 열망은 흔히 백인과 화이트칼라의 열망이며, 최근에야 농사일에서 벗어난 사람들, 더럽고 후진 것으로 취급되는 데서 살아남은 이들은 세련되고 우아하기를 원한다는 사실 말이다. 낮아지기를 원하기 위해서는 안전하게 높다고 느낄 수 있어야 하며, 시골을 원하려면 도회적이어야 하고, 거칠기를 원하려면 부드러워야 하고, 이런 식의 진정성을 추구하기 위해서는 인위성에 대해 불안해야 한다는 것 말이다. 전원을 휴식의 장소로 본다면, 당신은 아마도 농장 노동자가 아닐 것이다.

19세기와 20세기에 이르면, 자연의 완상은 대개 세련과 미덕의 표지였다. 물론 스탈린도 자기 별장들에 만들어놓은 정원과 온실을 사랑했고, 나치는 인종적 순수성과 자연보호, 특히 숲의 보호라는 관념을 융합시켰다. 그리고 미국의 초기 환경보호 단체들 중에도 우생학적 관점을 지지한 곳이 적지 않았다. 자연을 사랑하는 덕스러운 방식들이 있겠지만, 자연에 대한 사랑이 미덕을 보장해주지는 않는다.

자기 시대 영국에서 우뚝 솟은 존재였던 화가 조슈아 레이놀즈Joshua Reynolds는 1760년대 초에 자신의 가장 큰 작품을 그렸다. 어찌나 큰지—높이 8피트(2.4미터)가 넘고, 폭도 12피트 (3.7미터) 가까이 된다—메트로폴리탄 미술관에서는 그 그림을 상설전시실에서 꺼내기 위해 틀에서 떼어내야만 했다. 그것은 풍경을 배경으로 세 남자를 거의 등신대로 그린 것인데, 두 사람은 도회 복장으로 탁자 앞에 앉아 있고, 다른 한 사람은 좀 더 전원풍의 옷차림으로 약간 떨어져 서 있다. 그림은 중앙의 건축물에 의해 분할되어 있는데, 그 기둥 같은 것에는 고전적인 두상과 흉상이 녹음에 휘감겨 있어 희끄무레한 빛깔에도 불구하고 눈에 잘 들어오지 않는다. 자연이기도 하고 고전적 장치이기도 한 이 건축물은 젠틸리티gentility와 그 터전이라는 독특한 개념을 전달한다. 그 너머의 풍경은 그런 장면에 잘 어울리는 것이다. 듬성듬성한 나무들, 완만한 언덕들, 잔잔한 수면, 그리고 그 수면 너머에 또다시 언덕과 나무들. 울타리도 농장도 집도 담도 길도 다른 사람도 없이, 그저 인적 없는 자연이 멀리까지 굽이친다.

화면 왼쪽, 탁자 뒤편에 앉아 있는 이는 진지하고 수수한 인물로 다른 두 사람보다 나이가 들어 보인다. 좀 더 중앙에 가까운 자리에는 창백한 남자가 앉아 있는데, 흰 바지에 비단 스타킹을 신은 다리를 꼬고 있다. 사냥개 한 마리가 그의 나른한 자세에 함께하여 그의 넓적다리에 머리를 기대고 있다. 셔츠의 주름이 조끼의 벌어진 위쪽 틈새로 솟아 있는 것이 마치 무슨 얼룩나비의 날개들 같다. 앉아 있는 남자들과 개는 모두 고개를 이 그림의 오른쪽에 외따로 서 있는 인물을 향해 돌리고 있다. 화면 오른쪽은 배경도 좀 더 트여 있어서 마치 다른 영역인 듯이 느껴진다. 그의 붉은 코트와 녹색 조끼는 다른 사람들의 수수한 빛깔과 대조적이며, 긴 장화도 그가 다른 두 사람보다 좀 더 활동적인 인물임을 시사한다. 그의 얼굴은 권태인지 경멸인지 모를 느슨한 표정을 띠고 있어 실제보다 더 나이 들어 보인다. 실제로 그는 1763년에 겨우 스무 살이었다.

바로 이 사람 찰스 블레어Charles Blair가 오웰의 고조부였다. 중앙에 앉아 있는 인물은 헨리 페인Henry Fane이다. 레이놀즈가 그림을 시작하여 완성하는 사이(1761~1766)에 두 사람 다 신분이 달라졌다. 1762년에 먼 친척이 후계자 없이 세상을 떠남에 따라 헨리의 부친 토머스 페인이 웨스트모어랜드 8대 백작이 되자, 작은 아들인 그도 '아너러블'[※] 칭호를 받게 된 터였다. 같은 해에 블레어는 헨리 페인의 누이동생 메리와 결혼하여 백작의 사위가 되었다. 미술사가 캐서린 배처Katharine Baetjer는 이렇게 단언한다. "당시 그가 내세울 수 있었을 만한 공적이 딱히 발견되지 않으므로, 우리는 이 그림이 그저 가족 및 우의의 전통적 유대를 기념하는 것이었으리라고 추정할 수밖에 없다."[1] 또 다른 곳에서는 이런 언급도 덧붙였다. 그처럼 웅장하고 값비싼 그림(레이놀즈에게 치러진 사례비는 200파운드였는데, 당시로서는 엄청난 액수였다. 레이놀즈는 당대 최고의 사교계 초상화가였고 그런 그림들로 상당한 부를 이루었다)[2]의 주인공이 되기에 "작은 아들은 가계에서 그리 중요한 인물이 아니었다"고 말이다.[3] 그렇게 본다면 이 그림의 주문 제작을 주동한 이는 블레어였던 듯하다. 그가 자기보다 더 지체 높은 청년과 문자 그대로 대등하게 그려져 있는 것을 보더라도 그렇다. 그래도 그림은 페인 가문에 남아 있다가 훗날 다락에서 심하게 손상된 채로 발견되어 복원된 후, 또 다른 벼락부자인 주니어스 모건에게 팔렸고, 그는 1887년 그것을 메트로폴리탄 미술관에 기증했다. (모건의 돈은 은행, 즉 훗날 JP모건 체이스로 변신한 은행에

※ Honorable, 백작의 장남 이외 자녀와 남작, 자작, 의회 의원 등의 자녀에게, 즉 작위 있는 집안에서 자기 몫의 작위가 없는 자녀에게 붙이는 경칭.

서 나온 것이었다.)

블레어가 백작의 딸과 연을 맺을 수 있게 해준 돈은 자메이카에서, 다시 말해 사탕수수에서 나왔다. 그 지역의 사탕수수는 엄청나게 값진 작물인 동시에—영국이 자메이카에서 가져가는 수출품은 주로 설탕과 그 부산물인 럼주였는데, 열세 개 식민지에서 가져가는 수출품 전체의 다섯 배 가치가 있었다—엄청나게 혹독한 노예 노동의 결과물이었다. 노예가 된 아프리카인들이 자메이카의 인구 대다수를 차지했고, 소수의 백인들이 그들을 잔인한 형벌로 속박하여 문자 그대로 죽도록 부려먹은 후 또 그 대체물을 아프리카에서 끌어왔다. 그러는 동안 내내 영국인들은 아프리카인들이 반란을 일으키지나 않을까 두려워했고, 그 두려움이 한층 더한 가혹 행위를 정당화했다.

비록 대다수가 문맹이었고 그들의 말을 들어주는 청중도 없었지만, 서인도에서 노예가 된 이들 중 자신의 이야기를 남긴 이들도 더러 있으므로, 우리는 얼마간 그들의 시각에서 사태를 바라볼 수 있다. 가령 버뮤다에서 메리 프린스Mary Prince는 열두 살 때 가족과 친숙한 세계로부터 한 잔인한 부부에게로 팔려 갔다. 새로운 주인은 아이에게 여러 가지 집안일을 가르쳤다. "그리고 그녀는 내게(내가 어떻게 그것을 잊을 수 있겠는가!) 그 이상의 것들도 가르쳐주었다. 그녀는 나로 하여금 밧줄과 수레채찍과 소가죽의 따끔한 맛들이 어떻게 다른지 정확히 알게 해주었다. 그녀는 잔인한 손으로 그것들을 들어 내 벌거벗은 몸을 내리쳤다. ……

나는 밤이면 자리에 누웠다가 아침이면 두려움과 슬픔으로 일어났고, 불쌍한 헤티처럼 나도 이 잔인한 구속에서 달아나 무덤에서 쉬고 싶다고 자주 소원했다."[4] 헤티는 임신 중에 "온몸이 피투성이가 되도록" 매를 맞은 후 죽은 친절한 동료 노예였다. 메리 프린스는 그 후에도 여러 번 더 팔렸고, 한 주인이 그녀를 데리고 간 영국에서 마침내 자유를 얻었으며 1831년에는 자신의 이야기를 펴낼 수 있게 되었다.

1936년 후반의 편지에서 아일린 블레어는 시가를 방문했던 이야기를 하고 있다. 그 집은 "거의 전적으로 선조의 초상화들로 꾸며진 작은 집이었어. 블레어가※는 본래 저지 스코틀랜드 출신으로 보잘것없지만, 그들 중 한 사람은 노예 무역으로 큰돈을 벌었고, 그의 아들은 믿을 수 없을 만큼 양¥ 같은 사람으로 웨스트모어랜드 공작의 딸과 결혼하여(그런 사람이 있는 줄도 나는 몰랐는데) 너무나 호화롭게 산 나머지 모든 돈을 써버렸고, 노예들이 없어지자 더 이상 돈을 벌지 못했대. 그래서 그의 아들은 군대에 갔고, 제대한 후 교회에 들어가 그를 싫어하는 15세 소녀와 결혼했고, 열 명의 자녀를 낳았다는 거야. 그중에서 유일하게 아직 살아 있는 이가 이제 여든이 된 에릭의 아버지이고. 그들 모두 아주 가난했지만, 그래도 에릭이 자신의 새 책(가족에게는 별로 인기가 있었을 것 같지 않지만)에 썼듯이 '젠틸리티'로서 최소한의 체면 유지는 하고 있는 듯해."[5] 오웰은 이런 가계에 대해 거의 아무 말도 하지 않았다. 『숨 쉬러 나가다』의 주인공이 그 비슷한 배경을 지닌 여성과 불행한 결혼을 하기는 하지만 말이다. "그녀의 집안사람들은 지난 여러 세대 동안 육해군 장교, 성직자, 영국령 인도 관리 등등을 지낸 이들이었다. 그들은 돈이 있어본 적도 없지만, 내가 보기에는 그들 중 아무도 일이라 할 만한 걸 해본 적도 없었다. 독자가 뭐라 하든 간에, 그 점에는 일종의 속물적인 매력이 있었다."[6]

젠틸리티gentility라는 말은 귀족 출신의 점잖은gentle 태생을 뜻하며, genteel고상한, gentle온후한, gentleman신사 같은 말들과 관련된다. 사회적 계급과 세련의 관념을 나타내는 말이고, 항상 함께 쓰이기나 하는 듯이 혼동되는 말들이다. 이 두 단어와 사촌 간인 말로는 gentile, 즉 유대인이 아닌 이방인을 가리키는 말도 있다. gentry신사계급, gentility, gentiles, gentlemen, 그리고 끝으로 gentleness라는 말이 있다. 이 말은 16세기에 이르면 친절과 온후함도 뜻하게 되었다. 그 어근인 gen-은 원原인도유럽어, 즉 인도 게르만 공통 조어祖語로 '낳다'라는 뜻의 말에서 왔다. 이 어근에서 나온 영어 단어들은 generation세대, generative 생성적, genuine진짜의, genealogy계보, generous관대한, genitals생식기, genesis창세기, degenerate타락한, genes유전자, genetics유전학, genocide인종 말살 등이 있다.

레이놀즈의 그림 속 세 남자는 고상하게genteel 그려졌다. 자기 집에서, 자연 경관을 배경으로 말이다. 영국 전원, 아니 레이놀즈가 이상화한 영국 전원을 배경으로 자신만만하게 서 있는 남자는 플랜테이션을 가지고 노예를 부리는 사람이었지만, 이 그림에 그런 것은 나타나지 않는다. 다시 말해 이 남자들의 우아함과 그들이 배경 삼은 한가로운 온대 지방 풍경의 이면에는 열대 지방의 잔인한 산업에 투입된 노동이 감추어져 있는 셈이다. 사탕수수 무역은 이른바 삼각 무역으로 유명했으니, 영국 제품들을 아프리카로 가져가 노예와 교환하고, 노예는 아메리카로 실어다 부려놓은 다음, 설탕과 럼주를 영국에 들여오는 것이었다. 아시아의 교역품들도 그 시스템의 일부였으니, 그것은 삼각 무역이라기보다 원형 무역이었고 그 모든 단계가 추악했다. 면화와 차, 도자기 등과 마찬가지로, 설탕도 식민지 시대가 영국에 들여온 새로운 산물 중 하나였고, 그것은 드문 사치품이다가 주요 상품이 되었고, 그리하여 영국적 전통의 정수로 여겨지는 '한 잔의 차'란 인도산 차에 카리브해의 설탕을 곁들여 중국산 도자기에 담아내는 것이었다.

레이놀즈의 이 그림은 이른바 단란도團欒圖, conversation piece라는 것으로, 18세기 영국에서는 유복한 사람들의 편안한 한때를 묘사하는 이런 풍속화 장르가 유행했다. 흔히 옥외에서, 말하자면 자연스럽게 행동하는 사람들을 그렸는데, 어떤 그림들에는 흑인 하인이나 노예, 때로는 목에 맹꽁이자물쇠로 채워진 고리를 두른 흑인 남자아이도 등장했다. 내가 본 몇몇 예에서 이런 흑인 인물들은 이름이 없었고, 그림의 제목은 마치 백인 가족만이 그려진 듯이 붙여져 있었다. 흑인들의 존재는 말소되었으니,

스탈린 시대 소련의 사진들에서 사라진 사람들처럼 에어브러시로 지워지지는 않았다 해도, 그들은 인물이 아니라 풍경의 일부일 뿐이었다.

심지어 오웰의 시대에도, 브레히트의 시나 카르티에-브레송의 코멘트가 시사하듯, 풍경은 정치 바깥의 공간처럼, 정치로부터의 도피처처럼 간주되었다. 하지만 지난 몇십 년 사이에 마치 담장에 균열이라도 생긴 듯이 정치가 밀려들어왔다. 아니, 그보다는 학자들이 그림과 소설과 정원과 공원과 영지 바깥에 있었던 것들에 대해, 그 바깥에 있던 것들이 안에 있던 것들에 항시 어떻게 의미를 부여해왔던가에 대해 말하기 시작했다. 그것은 로런스 웨슐러의 「보스니아의 페르메이르」와는 거의 정반대되는 논지이다. 웨슐러의 글에서는 페르메이르 그림의 평온함이 전범재판소의 판사에게 가해자들과 희생자들의 잔혹한 이야기를 들어야 했던 오랜 나날을 견뎌낼 힘을 주었다고 한다. 그 경우에 그림이라는 피난처는 잔인함과 불의와 고통이라는 현실과 싸우러 나갈 힘을 얻게 해준다. 반면 이 경우에는 정원과 컨트리하우스가 불편한 현실을, 그리고 자신들도 그에 공모하고 있음을 직면하지 않으려는 사람들의 도피처가 된다. 정원은 후퇴[피난처]인 동시에 공격이다.

에드워드 사이드Edward Said는 1993년 저서 『문화와 제국주의』에서 제인 오스틴Jane Austen의 『맨스필드 파크』에 대해 인상적인 한 장章을 썼다. 1814년에 출간된 이 소설은 영국 남부 어딘가의 시골 영지에 사는 유복한 가정인 버트럼가＊라는 계층 및 장소에 소속되고자 하는 욕망에 관한 것이다. 오스틴의 소설 중 가장 유머 없이 고지식한 이 소설에서, 토머스 버트럼 경의 자녀 중 몇몇은 젠틸리티라는 울타리 두른 정원 밖으로 떨어져 나가며, 토머스 경의 가난한 조카딸 패니 프라이스가 성실한 처신을 통해 정원에 입성한다. 그 모든 것의 배후에 있는 것은 일가의 사치와 여가를 가능케 하는 부의 원천인 안티과의 사탕수수 플랜테이션과 노예 노동이라고 사이드는 지적한다. 토머스 경과 그의 맏아들은 소유지를 관리하기 위해 카리브해로 가지만, 그러기 위해 소설의 무대를 떠난다. 카리브해의 섬과 거기 있는 플랜테이션이나 노예, 생산 제도 등은 소설이 다루는 범위 밖이며, 따라서 그 모든 것의 재정적 기초와 그 기초 뒤에 가려진 사람들이나 그 기초 아래 매장된 사람들은 보이지도 상상되지도 않는다.

2013년 영국의 역사적 경관을 보존하고 소개히는 정부 단체인 잉글리시 헤리티지English Heritage는 『노예제와 영국의 컨트리하우스Slavery and the British Country House』라는 문집을 펴내면서 그 서문에서 이렇게 적시한다. "토지를 기반으로 한 부와 영국의 저택들과 노예화된 아프리카인들의 노동 사이의 관계가 주목받기 시작한 지는 불과 20년밖에 되지 않았다."[7] 이 책은 먼 곳에서부터 영국으로 쏟아져 들어왔던 부와, 그것이 어떻게 더 넓은 땅에 더 웅장한 저택들을 짓는 데 쓰였던가를 묘사한다. "17세기 말부터 컨트리하우스가 급증하는 데 기여한 영국의 상인들과 토지를 소유한 엘리트계급은(전자는 엘리트계급에 들어가기 위해, 후자는 자신들의 지위를 강화하기 위해) 점점 더 젠틸리티, 감수성, 문화적 세련이라는 개념들을 활용하여 자신들을 대서양 노예 경제와의 실제 연결로부터 거리를 두었다."

그 저자 중 한 사람은 이런 지적도 한다. "영국 전역의 노예 보상[※] 데이터에 따르면, 1830년대에 모든 영국 컨트리하우스 중 5~10퍼센트의 소유주가 노예 소유주였으리라는 추정을 할 수 있다. 어떤 지역에서는 그 숫자가 훨씬 더 높을 것이다."[8] 깊이 은폐된 노예 제도와 노동집약적 사탕수수 플랜테이션이, 겉보기에는 너무나 상반되어 거의 알리바이 역할을 하는 장소들에 유령처럼 떠돌고 있다. 아름다운 자연 경관은 조종, 노동, 생산, 정치 등과 아무 관련이 없어 보인다. 그런 의미에서 자연의 비정치성은 그 자체가 정치적 산물이었다.

※ 수십 년간의 노예해방 운동 끝에 1833년 노예제 폐지법이 통과된 후, 1837년에는 식민지의 노예 소유주들에게 해방 노예들에 대한 값을 보상해주는 노예 보상법이 통과되었다.

플랜테이션 농장주 찰스 블레어는 레이디 메리 페인과 결혼했다. 그녀의 부친 토머스 페인은 백작 작위를 누리기 전에는 브리스틀의 상인이었고, 브리스틀은 노예 무역에 깊이 관여한 도시였다. 토머스 페인 역시 1760년대 초에 레이놀즈에게 초상화를 그리게 했는데, 흰 가발을 쓴 자신만만하고 떡 벌어진 인물이 붉은 벨벳 일색의 옷차림이라 마치 붉은 소파를 우중충한 풍경 속에 세워놓은 것처럼 보이기도 한다. 메리 페인의 모친 엘리자베스 위머 페인Elizabeth Swymmer Fane 역시 사탕수수 플랜테이션과 노예 무역으로 이룬 부를 물려받은 상속녀였다.

아일린 블레어의 말대로, 찰스 블레어와 메리 페인 블레어의 후손들은 자메이카의 재산을 잃어버렸으며, 분명 부분적으로는 1833년 대영제국에서 노예제가 철폐되었을 때 그랬을 것이다. 블레어가의 '웨스트 프로스펙트' 플랜테이션 장부[1]에는 1817년 그곳에 노예로 있던 133명의 이름이 실려 있다. 빅 낸시, 애비게일, 메리앤, 채리티, 대프니, 해나, 루이자, 럭키, 샘, 로스, 필립, 조니, 요크셔, 도싯, 더블린, 갤웨이 등등. 고향을 박탈당한 아프리카인들에게 영국과 아일랜드의 지명들을 새 이름으로 붙인 것은 실로 무신경한 처사였다. "해리 블레어, 20세", "세라 블레어, 33세" 등은 성과 이름이 함께 기록된 소수에 속했는데, 이 경우 그들의 성은 농장주가 그들의 생부가 아니었을까 하는 의문을 불러일으킨다.

에릭 블레어가 조지 오웰이라는 이름을 택했을 때, 그는 블레어 가문에 거리를 두는 동시에 자신을 영국적인 요소들로 두 번이나 감쌌던 셈이다. 세인트 조지는 영국의 수호성인이었고, 조지 5세는 당시 왕이었으니까. 학창 시절의 오웰은 그리스어와 라틴어를 질릴 만큼 배운 터라 그 이름의 기원이 땅과 노동에 있음을, 즉 그것이 땅을 가는 자, 곧 농부를 뜻한다는 것쯤은 알고 있었다. 베르길리우스의 『농경시*Georgica*』도 그 일례이다. 오웰이란 영어의 고어로, 물론 그 안에 우물well을 품고 있는 말이었다. 그 우물은 때로 샘spring을 뜻하기도 했던 것으로 여겨지며, '산 위의 샘'으로 번역되기도 한다.[2] 또 다른 출전에 의하면 oran 또는 ora는 가장자리를 뜻하는 말이므로, 오웰이란 '가장자리 곁의 우

V 후퇴와 공격

물'이라는 뜻이 된다.[3] 스코틀랜드에는 어웰Urwell 성을 가진 사람들과 오웰이라는 오래된 교구도 있는데, 그 이름은 게일어(스코틀랜드 켈트어)로 '주목朱木'을 뜻한다고 한다.[4] 이 모든 의미들이 그의 이름을 풍경에 속하는 것으로 만든다. 오웰은 자기 필명을 서퍽에 있던 부모의 집 근처 오웰강에서 가져온 것으로 알려져 있다. 하여간 이 이름에는 대안적으로 or또는이라든가 체념의 한숨과 함께 어깨를 으쓱하며 oh well아 뭐하고 말하는 것 같은 양가적인 매력도 더해진다.

오웰은 예민하던 소년 시절에 스코틀랜드 사람들에 대한 혐오감을 키웠었고, 그것이 그가 세상에 나갈 때 가문의 이름에서 벗어나려 했던 또 다른 이유이기도 했을 것이다(말년에 스코틀랜드로 이주한 것은 그가 그 혐오감을 극복했다는 표지이다). 블레어는 스코틀랜드 이름이다. 자메이카에서 땅과 인간들을 물려받은 찰스 블레어가 메리 페인과 결혼하여 또 다른 찰스 블레어를 낳았고, 그의 막내아들이 토머스 리처드 아서 블레어Thomas Richard Arthur Blair였다. 이 토머스 블레어가 레이놀즈 그림의 중심인물의 손자이자 이 책의 중심인물의 조부인데, 그는 교회에 들어가 인도, 그리고 분명 태즈메이니아에서 오랜 세월을 보냈다. 30대에 인도를 오가던 토머스 블레어 목사는 열다섯 살 난 프랜시스 캐서린 헤어Frances Catherine Hare와 결혼했다. 그들이 만난 곳은 남아프리카의 희망봉에서였으니, 그들은 잉글랜드보다는 대영제국의 시민들이었다.[5]

오웰의 아버지는 이 막내아들의 막내아들로, 1857년에 태어나 리처드 웜즐리 블레어라는 세례명을 받았고, 주로 잉글랜드 남부 도싯에서 자랐다. 리처드 블레어도 느지막이 결혼했는데, 인도에서 정체된 직장 생활을 하던 중이었다. 그는 1912년 은퇴하기까지 인도의 아편 생산과 관련된 일을 했으며, 주로 영국 정부를 위한 부ᵐ대리인 직책이었다. 오웰은 북인도 아편 산업의 중심지였던 비하르주의 모티하리라는 작은 농촌에서 태어났다. 그와 누나와 어머니가 아버지와 함께 살던 시절에 대해서는 별로 알려진 것이 없다. 불만스러워 보이는 포동포동한 아기인 그가 흰 천을 휘감은 검은 피부의 여성에게 안겨 있는 사진은 식민지 일자리가 가난한 영국인들에게 매력적이었음을 상기시켜준다. 모국에서보다 싼값에 하인들을 여럿 부리며 좀 더 호사로운 엘리트 생활을 할 기회가 되었기 때문이다.

리처드 블레어는 양귀비 재배와 아편 생산을 감독했다. 아편 재배 및 정제 작업을 하는 인도 농부들을 착취하고 강압하고 때로 그들에게 무자비한 징벌을 가하는 과정이었다. 생산된 아편의 대부분은 물론 중국에 강매되었고, 그 대가로 영국은 그 나라에서 원하는 온갖 재화들을 얻어냈다. 수많은 인민을 중독시키고 파멸시킨 그 약물에 대한 중국의 저항 때문에 19세기 중반에는 두 차례 아편전쟁이 일어났다. "영국의 국화는 붉은 튜더 장미이다. 하지만 따가운 진실은 영국의 부가 또 다른 붉은 꽃, 양귀비에서 얻어졌다는 것이다"라고 오늘날의 한 작가는 지적한다.[6] 오웰의 『버마 시절』의 한 주인공인 버마 주재 티크 상인은 이렇게 선언한다. "인도에 사는 우리 영국인들이 자기가 도둑이고 대놓고 도둑질을 계속하고 있다는 사실을 인정하기만 해도 그나마 참을 만할 거요."[7]

오웰은 남의 땅과 노동을 착취하여 살아가는 제국의 하수인 및 식민자들의 후손이었다. 그의 모친 아이더 메이블 리무쟁 블레어는 버마에서 자랐는데, 그녀의 프랑스인 아버지는 티크 상인이자 조선업자였다. 해안 인근의 티크 숲, 섬의 사탕수수밭, 대륙 중앙의 양귀비밭, 그런 것이 전 세계로 펼쳐져나간 노동과 착취의 풍경이었지만, 멀리 떨어져서 그 혜택을 보는 이들에게는 그런 풍경이 좀처럼 보이지 않았다. 나는 조상의 죄가 후대로 세습된다고는 믿지 않지만, 유산은 분명히 세습된다. 오웰은 제국주의 사업과 국내의 계급 사회에서 혜택을 누렸던, 그리고 때로 실제 권력을 지녔던 사람들의 후손이었다. 아마도 내게 가장 인상적이었던 점은 그의 선조들을 여러 대까지 추적하기가 얼마나 쉬웠던가 하는 것이다. 추적하기 쉽다는 것 자체가 그들이 기록에 남아 있다는 뜻이고, 그들의 존재가 공식적으로 인정되었다는 뜻이다. 그들은 그림 속에 있다.

귀족들, 평민들, 국회의원들이 있고, 왕을 죽인 자도 있다.[8] 에이드리언 스크로프Adrian Scrope 대령은 찰스 1세의 사형집행 영장에 서명을 했다는 이유로 목 매달리고 끌어내지고 각이 떠졌다.[※] 작가들이 있다. 시인 니컬러스 로Nicholas Rowe, 극작가 프랜시스 페인Francis Fane, 그리고 내가 아는 바로는, 영국 최초의 여성 작가 선집인 1582년의 『가모들의 기념비The Monument of Matrones』에 실린 프랜시스 매너스Frances Manners가 있다.※※ 노예 소유주들이 있고, 할머니 프랜시스 헤어 블레어를 통해서는 의회에서 노예 제도 철폐 운동을 주동했던 윌리엄 윌버포스William Wilberforce와도 친족 관계가 있다. 이 모든 것의 일부가 오웰이 은식기나 아일린 블레어가 말한 그림 몇 점과 함께 물려받은 가족 성경에 적혀 있었다. 가족 성경과 은식기—내 아일랜드 가톨릭 및 동유럽 유대인 조상들은 그런 유품이라고는 물려주지 않았고, 공적인 삶에서 대체로 배제되었으며 그들의 기록은 두어 세대 후에는 지워져버렸다—가 불러일으키는 감정은 한때는 부러움이었을지도 모르지만, 이제는 그저 거리감일 뿐이다.

※　에이드리언 스크로프(1601~1660)는 토머스 페인의 외증조부로, 찰스 1세의 사형집행 영장에 서명한 59인 중 스물일곱 번째였다.

※※　1715년의 계관시인 니컬러스 로(1674~1718)는 오웰의 가계와 어떻게 연결되는지 알 수 없다. 프랜시스 페인(1643~1691)은 웨스트모어랜드 초대 백작 프랜시스 페인(1580~1629)의 손자로, 왕정복고 후 찰스 2세의 궁정에서 활동한 시인, 극작가였다. 프랜시스 매너스(1530경~1576경)는 웨스트모어랜드 초대 백작 프랜시스 페인의 외조모였다.

장미는 완벽하다. 뿌리도 없고 계절도 없고 시간도 없이, 연보라색이나 연록색이나 황갈색의 들판을 떠다니며 영원히 피어난다. 꽃잎들은 딱 그렇게, 한 꽃잎의 그림자가 그 아래 꽃잎 위에 선명하고, 가시도 흙도 민달팽이도 진딧물도 없는, 죽음도 부패도 없는 영역에 고고하게 떠받쳐져 있다. 중력에도 매이지 않으며, 천상의 현상처럼 무리 지어 피어나 장미 성운, 장미 은하, 장미 초신성을 이루며, 때로는 리본을 두른 다발로, 때로는 더 잗다란 꽃가지들 사이로 솟아난다.

1984년에는 장미 문양을 프린트한 친츠와 캘리코*가 유행이었다. 랠프 로런을 위시한 디자이너들이 옷이며 가정용품에 향수 어린 꽃무늬를 사용하기 시작한 덕분이었다. 《워싱턴 포스트The Washington Post》의 한 패션 평론가는 1985년 3월에 이런 기사를 실었다. "누구의 공이냐—아니, 딱히 큼직한 캐비지 로즈를 썩 좋아하지 않는다면, '누구 탓이냐'라고 해야겠지만—하는 것은 간단한 문제가 아니다. 어떤 이들은 작년에 랠프 로런이 가정용품과 의상에 그 무늬를 사용함으로서 장미 무늬 천의 유행을 일으켰다고 생각한다."[1] 그 기사가 눈에 들어오자 내 안에서도 일종의 동경이 일어났다. 하지만 내가 갖고 싶었던 것은 딱히 장미나 장미 무늬가 찍힌 베갯잇, 재킷 등이 아니라, 그것들이 약속하는 듯이 보이는 무엇인가였다. 일종의 안락함, 신뢰감, 견고함, 안정감 등 특별한 종류의 영국적인 것에 대한 취향 말이다.

장미는 장미 이상의 것을 약속했다. 살아 있는 장미보다 더 탐낼 만했던 것이, 그 장미들은 시들지 않을 터였다. 꽃의 아름다움은 그 덧없음에도 있는 것이지만 말이다. 내 욕망을 불러일으킨 꽃의 이미지는 그것만이 아니었다. 젊은 시절에 나는 중국산 골동품 피아노 덮개가 갖고 싶었는데, 거기에는 모란꽃이 꽃잎 하나하나 완벽한 비단 자수로 수놓아져 있었다. 또 우타가와 히로시게歌川広重의 유명한 매화꽃, 미국의 오래된 씨앗 봉지에 그려진 그림들, 시골풍 옷이나 퀼트로 재활용된 한때 밀가루 포대였던 소박한 꽃무늬 무명천**에도 나는 매혹되었다. 하지만 1984년에 나타난 장미들은 분명한 연상들로 퍼져나갔다.

그것이 그저 장미나 꽃이나 천이 아니라 영국의 컨트리하우스니 유산이니 신분이니 하는 것들에 관한 것임을 우리는 어떻게 아는 것일까. 미국 역사에서 1984년은 모종의 평등주의 이상과 미래에 대한 자신감이 사라지고 레이건 부부가 백악관에서 자기들 식의 소수를 위한 상류 엘리트주의를 만들어가며 다수의 안전망을 해체해가는 시점이었다. 로런을 위시한 디자이너들이 제공한 직물의 미학은 회고적이고 향수 어린 것이었다. 그 꽃무늬 천에 대해 내 안에서 일어난 욕망은 물건 자체를 넘어서는, 뭔가 다른 것에 대한 은근히 집요한 욕망이었다. 어떤 존재의 상태에, 그런 물건들로 장식된 어떤 영역에 도착하는 순간에 대한 욕망이랄까. 그것들은 매혹하면서도 혐오감을 주는 일종의 자기만족적 자신감에 대한 약속과도 같았다.

　　그것들을 원하면서 나는 그것들을 넘어서는, 뭔가 다른 것을 원했다. 나는 그것들이 의미하는 것을 원했고, 그 약속을 또한 혐오하게 되었다. 어쩌다 그런 물건 하나를 가질 기회가 생겼을 때는, 너무 요란하고 감상적이고 금방 싫증이 나서 오래 입거나 쓰지 못할 것 같았다. 그 장미 무늬 옷과 쿠션과 리넨 제품들은 갈망하면서도 금방 물려버리는 사탕 과자와도 같았다. 그것들은 아득한 곳에서부터 자기들이 속해 있는 어떤 세계, 내가 결코

※　　calico, 17세기 후반 유럽에 소개된 인도산 면직물로, 그중에서도 꽃무늬같이 밝고 다채로운 문양이 날염된 것을 친츠(chintz)라 불렀다.

※※　대공황 이후 물자가 부족하여 주부들이 밀가루 포대를 재활용해 옷이나 퀼트를 만들자 밀가루 포대 자체를 꽃무늬 천으로 제작하던 시절이 있었다.

속해 있지 않고 그러지도 않을 세계에 대한 약속으로 손짓해 부르고 있었다. 아마도 그 거리는 시간 속에 있었을 터이니, 그것들은 이상화된 과거라는 불가능한 나라, 지난날의 전원적인 낙원으로부터 손짓하는 것이었다. 하지만 그 낙원은 울타리가 둘린 낙원이요 부분적으로는 그것이 배제하는 것에 의해 정의되는 낙원이다.

　　노스탤지어라는 말은 '노토스notos', 즉 고향과 '알지아algia', 즉 고통과 슬픔으로부터 왔다. 하지만 장미 무늬 천이 내게 준 것은 결코 내 고향도 선조들의 고향도 아닌 무엇으로 돌아가고자 하는 열망이었고, 그것은 브롱크스에서 자란 유대인 이민자의 아들인 랠프 로런에게도 마찬가지였을 것이다. 로런은 1960년대에 폴로라는 이름으로 남성용 넥타이 사업을 시작하여 수십억 달러짜리 글로벌 제국을 건설했으니, 그는 옷과 가구를 팔지만 실제로는 영국 신사계급(젠트리)의 복식과 장식을 모방함으로써 젠트리에 합류하는 문을 뚫고 들어가는 비전을 판다고 보아야 할 것이다.

　　이런 것들은 정말로 욕망할 만하다기보다는 우리의 욕망이 다듬어지고 훈련되고 가꾸어져서 해바라기가 해를 향해 기울듯이 그것들을 향하도록 조정되었다는 말이 맞을 것이다. 그 욕망의 기원은 조작되었을망정, 그 힘은 진짜이다. 로런의 광고는 흠잡을 데 없이 훤칠하고 늘씬하며 부유한, 금발의 백인들에 관한 영화의 스틸 사진 같다. 그들은 영원히 한가로우며, 항상 우아하고 쾌적한 배경 속에 있다. 로런이 처음 거둔 성공 중 하나는 영화 「위대한 개츠비」에 나오는 로버트 레드퍼드의 의상을 담당한 것인데, 이 작품은 그 자체가 돈 많은 엘리트 사회에 들어간 신흥 부자에 관한 이야기이다. 1984년에 출시된 로런의 사파리 라인은 1985년 영화 「아웃 오브 아프리카」의 제작에서 영향을 받았다고 한다.※ 덴마크 귀족 이사크 디네센Isak Dinesen이 케냐의 플랜테이션에 관해 쓴 이야기를 영화화한 이 작품은 일련의 아름답게 치장한 아름다운 제국주의자들(영국 백작의 아들로 코끼리나 사자 같은 큰 동물을 사냥하러 다니는 레드퍼드를 포함하여)을 집 안이든 집 밖이든 아름다운 배경 속에 보여주었다.

랠프 로런의 상품과 비전은 제국에 관한 것이었지만, 제국은 항상 사람들에 대한 것이고 그들이 지배하는 듯이 보이는, 하지만 그들을 따라잡고 변모시킨 사물들에 관한 것이기도 하다. 로런은 그 직물의 이미지에 함의되어 있는 것, 즉 특정한 세계와의 연결을 명백하게 만들었다. 그는 거리낌 없이 그 세계에 들어가고자 했고, 아니 그보다는 사파리와 폴로와 귀족, 유산 등을 연상케 하는 제국의 한복판에 자신을 갖다놓고서 그 세계를 재창조했다. 그 세계의 외관을 재발명함으로써 그 추정되는 본질을

※ 　로런의 1984년 봄 컬렉션인 사파리 라인이 1985년에 개봉된 영화 「아웃 오브 아프리카」에서 영향을 받았다고 하면 다소 이상하게 들리는데, 정확히는 그 영화의 '제작'에서, 즉 영화 의상을 담당했던 밀레나 카노네로(Milena Canonero)에게서 영향을 받았다는 말이다.

평가절하 했다고나 할 것이다.

폴로는 원래 페르시아 및 인도에서 하던 경기였는데, 영국인들이 자기네 것으로 만들었다. 캘리코는 인도의 해안 도시 캘리컷에서 온 것으로, 유럽인들은 그곳에서 향료나 가벼운 면직물을 사 갔다. 영어에서 친츠라는 말은 17세기 동인도 회사의 기록에서 처음 나타나는데, 아마도 '물 뿌리기'를 뜻하는 힌디어에서 온 듯하다.[2] 친츠는 무명천에 섬세한 손 그림과 목판화 작업을 가해 만들어졌으며, 이 인도 기법은 18세기 초 유럽에 유행하여 엄청난 영향을 미쳤다. 그 시절, 런던에 살고 있던 소설가 대니얼 디포Daniel Defoe는 이런 말을 했다. "친츠와 물들인 캘리코는 전에는 그저 카펫이나 퀼트용으로, 아이들이나 보통 사람들의 옷을 만드는 데 쓰였는데, 요즘은 우리 부인네들의 옷이 되고 있다."[3]

초기의 문양은 단연 인도풍으로, 구불구불하게 얽힌 식물에 이상화되고 추상화된 꽃들이 피어 있고, 모든 형태에 뚜렷한 윤곽선이 그려져 있었다. 그러다 인도 기법을 활용한 영국 산업이 일어났고, 친츠는 영국적인 것이 되었다. 1801년 영국에서 직물상 리처드 오베이Richard Ovey가 만든 리본 줄무늬 친츠는[4] 1984년 랠프 로런이 만든 꽃무늬 원피스 천과 그리 다르지 않다. 수령초며 그 밖의 꽃들이 큼직한 장미꽃과 섞여 화환을 이루고 있으며 그 사이사이 분홍과 녹색의 줄무늬 리본이 얽혀, 윤곽선이 뚜렷하고 정형화된 패턴의 인도풍 꽃 이미지보다 좀 더 자연스러운 미학을 추구하고 있다. 대조는 약화되고 선은 더 부드러워졌으며 가장자리도 덜 분명하다. 19세기 중엽, 미국의 노예 플랜테이션에서 수입한 면화로 만든 직물은 영국의 국제 무역에서 큰 비중을 차지했다.

그 모든 영국 친츠 장미들의 모델이 된 것도 중국에서 온 장미들과의 새로운 교배종이었을 것이다. 중국 장미들은 당시 대개의 유럽 장미들이 갖지 못했던 특성을 갖고 있었으니, 단 한 번 피었다 지는 대신 여러 달 동안 피고 또 피는 것이었다. 17세기 시인 로버트 헤릭Robert Herrick의 유명한 시구 "장미 꽃봉오리를 딸 수 있을 때 따려무나 / 늙은 시간은 여전히 달아나고 있으니"라는 것은 봄에 잠깐 피고 마는 옛 품종 장미들에 해당하는 얘기였다. 장미가 여름과 가을까지 계속 피게 되자, 세상의 영광도 그렇게 지나간다 하는 유럽 장미의 헛되고 헛됨의 교훈도 옛말이 되었다. 여성들은 여전히 젊었을 때 결혼하도록 강요받았지만, 장미는 여름 내내, 여름이 지나서까지도 피었다.

장미 유전학자 찰스 허스트는 1941년에 이렇게 썼다. "18세기 말에 중국 장미가 영국에 도입됨에 따라 유럽과 아메리카, 그리고 근동 지방의 정원 장미들에 일대 혁명이 일어났다. …… 예전의 장미는 대개 1년에 단 한 번, 초여름에 피었지만, 새로운 장미는 초여름부터 늦가을까지 계속 피었다. 리비에라 지방처럼 적합한 기후에서는 1년 내내 피었으니, 사실상 사계화四季花인 셈이다. 최근 연구에 따르면, 이처럼 지속적인 개화는 1000년 이상 동안 중국에서 재배되어온 중국 장미China and Tea Roses(월계화)로부터 우리의 근대 장미에 도입된, 멘델의 이른바 열성 유전자가 작용한 덕분이라고 한다."[5]

1792년부터 1824년까지 영국에 도입된 네 가지 중국 장미는 '중국 종마 장미Chinese stud rose'로 알려졌는데, 한 세기 전에 도입된 아라비아 종마를 영국산 암말과 교배하여 순종 경주마를 얻은 것에 비긴 이름이다. 장미는 중국산이었고, 적어도 그중 한 품종은 영국보다 먼저 스웨덴에서 재배되었지만, 영국인을 딴 이름이 붙여졌다. 슬레이터스 크림슨 차이나, 파슨스 핑크 차이나(일명 올드 블러시), 흄스 블러시 티센티드 차이나, 파크스 옐로 티센티드 차이나 등등. 내가 오웰의 월링턴 집에서 만난 장미들, 11월 초까지도 피어 있던 장미들은 필시 이 중국 장미들로부터 왔을 것이다. 현재 미국 서부에서 자라는 모든 정원 장미들이 그렇듯이.

다이애나 왕세자비가 죽고 엘튼 존이 "영국의 장미"였던 그녀에 대해 노래하는 동안, 그리고 버킹엄 궁전 문 앞에 꽃다발이 산더미로 쌓이는 동안, 사람들이 사진을 찍은 장미들, 그들이 갖다 바친 장미들도 아마 부분적으로는 중국 장미였을 테고, 유명한 장미 재배가 데이비드 오스틴David Austin이 퍼뜨린 장미들도 그러할 것이다. 2018년에 세상을 떠나기까지 오스틴은 60년 동안 장미를 가꾸었다. 그의 장미들은 예전 장미들의 향과 형태를 지니되 꽃 많은 잡종 월계화처럼 지속적으로 개화한다는 특성을 지녔다. 그는 그것들을 모두 영국 장미라 부르며 문학, 사회, 역사

등에서 가져온 영국식 이름들을 붙여주었다. 노수부,※ 바스의 아내,※※ 토머스 베케트Thomas à Becket, 에밀리 브론테Emily Brontë 등은 물론이고, 다양한 귀족, 원예가, 그리고 폴스타프에서 페르디타에 이르는 셰익스피어의 인물들,※※※ 그리고 브루클린에서 태어나 약용 아편제로 거부가 된 모티머 새클러Mortimer Sackler도 포함되었다. [6] 새클러는 장미가 아니라 양귀비로 나타내는 것이 더 옳을지도 모르지만 말이다. 하여간 아편 팔이 행상은 대영제국의 중심부에(그리고 오웰 아버지의 평생의 일 한복판에) 있었던 셈이다.

이 책을 위해 자료 조사를 하러 영국에 가면서 나는 브리티시에어의 스낵 메뉴를 들여다보았다. 거기에는 재퍼Jaffa 케이크(소프트 쿠키에 마멀레이드를 얹고 다크 초콜릿을 씌운 것)가 들어 있었는데, 실제로 주문하지는 않았지만 그렇게 언급된 것을 보기만 해도 먹고 싶어졌다. 공항의 매점에서 나는 그런 과자를 조금 샀다. 그런데 무슨 우연인지, 내가 가져갔던 《런던 리뷰 오브 북스 London Review of Books》에 야파Jaffa에 관한 기사가 하나 실려 있었다. "그 일은 1년에 두 차례 일어난다. 텔아비브와 야파는 웨스트뱅크에서 온 팔레스타인 사람들로 가득 찬다. 많은 아이들에게

※　　새뮤얼 콜리지(Samuel Taylor Coleridge, 1772~1834)의 시 「노수부의 노래(The Rime of Ancient Mariner)」의 화자.

※※　제프리 초서(Geoffrey Chaucer, 1340경~1400)의 『캔터베리 이야기』의 등장인물 중 하나.

※※※　폴스타프는 셰익스피어의 「헨리 4세, 제1부」, 「헨리 4세, 제2부」, 「헨리 5세」 등에 등장하는 왕의 어릿광대이고, 페르디타는 「겨울 이야기」의 여주인공이다.

그것은 바닷가에 가볼 수 있는 유일한 때이다. 점령 지역에 있는 그들의 집은 20~30킬로미터밖에 떨어져 있지 않지만."[7]

그 후 8월의 어느 뜨거운 날 나는 런던 중심가에 있는 포트넘앤드메이슨의 드넓은 식료품 및 고급 가정용품 상점에 들어가 외국인으로 보이는 수많은 사람들이 장식용 틴케이스에 든 차와 비스킷, 그리고 '영국적인 것'에 속하는 다른 물건들을 사는 것을 보았다. 그 영국적인 것은 우리가—적어도 더운 여름날 그 가게에 몰려 들어갔던 우리는—알아볼 수 있고 욕망하는 것이었다. 나는 그 구매가 굴복의 행위인지 정복의 행위인지 아니면 그 두 가지가 섞인 것인지 확실히 알 수 없는 채, 약간의 차를 샀고, 비슷하게 붐비는 리버티오브런던에 가서 약간의 꽃무늬 천도 샀다.

영국—오늘날의 현실적인 갈등이 아니라 지난날 제국의 잔광에 잠겨 있는 신화적인 장소—은 캘리포니아에서 자란 나를 포함한 우리 모두가 너무나 많은 교육을 받은 장소이자 무수한 다른 곳의 조각들로 이어 붙여진 장소인 것만 같았다. 영국은 마치 주목해야 할, 모두가 아는 어떤 사람, 무엇이 중요하고 일이 어떻게 되어가야 하는지 결정하는 사람과도 같았다. 내가 더 나이가 들고 계급이니 제국주의니 내 외조부모가 떠나온 영국 식민지 시절의 아일랜드 등에 대해 더 많은 것을 알게 되었을 때도, 나는 그 영국 취향을 완전히 벗어버리지는 못했다. 다만 그것을 상쇄할 일말의 반영反英 감정을 갖게 되었을 뿐이다. 내가 무엇을 느

껐든 저메이카 킨케이드Jamaica Kincaid가 느끼고 그토록 격렬한
웅변으로 쓴 글에 비하면 아무것도 아니지만 말이다.

카리브해의 작은 섬 안티과가 아직 영국령이던 시절에 그
곳에서 자란 킨케이드는 점잖은 영국에서 말해지지 않은 모든 것
이 한데 모여 엄청난 힘을 지니게 된 듯한 목소리로 말한다. 그녀
는 이렇게 썼다. "북아메리카에서 온 사람들로부터 자기들이 얼
마나 영국을 사랑하는지, 영국과 그 전통이 얼마나 아름다운지
말하는 것을 들을 때마다 나는 얼마나 화가 나는지 모른다. 그들
이 보는 것이라야 추레하고 쭈글쭈글한 사람이 마차를 타고 지나
가면서 군중에게 손을 흔드는 것이 전부다. 하지만 내가 보는 것
은 나를 포함하여 고아가 된 수백만 명이다. 우리에게는 조국도,
모국도, 신도, 성지라 할 만한 언덕도, 과도한 사랑이 때로 가져오

는 것을 가져올 만한 과도한 사랑도 없다. 그리고 무엇보다도 가장 나쁜, 가장 고통스러운 것은 언어조차 없다는 것이다."[1]

다시 말해 그녀에게는 모국어 대신 영어가 있었던 것이다. 물론 그녀는 영어로 자기만의 산문 문체를, 분노와 정확성으로 벼려진 문장에서 문장으로 나아가는, 가능한 한 리드미컬한 반복과 짧은 단어들로 이루어진 문체를 만들어내기는 했지만 말이다. 그녀의 문장들은 비틀고, 휘돌고, 땅을 뒤덮으며, 꽃과 정원과 자연과 인종차별과 식민주의와 분노에 관해 복잡한 논증들을 쌓아 올린다. 그녀는 식물에 대한 진짜 사랑과 미학을, 정원 울타리가 배제하지 않는 모든 쟁점들에 대한 통렬한 시각을 가진 탐욕스럽고 전문적인 정원사와도 같이, 다른 누구도 쓸 수 없는 글을 썼다.

그녀는 1960년대 말에 젊은 여성으로 뉴욕에 도착하여 보모로 일했다. 그녀의 발랄하고 거침없는 말솜씨에 주목한 한 남자가 그녀를 《뉴요커The New Yorker》로 데려갔고, 그곳에서 그녀는 필진에 참여하게 되었다. 이 잡지의 기본 문체는 E. B. 화이트 E. B. White나 존 맥피John McPhee 같은 백인 남성의 문체, 명징성과 문학적 좋음의 최고봉으로 여겨지는 간결하고 산뜻한 문체로, 작가가 하는 모든 말은 합리적인 사람이라면 누구나 동의할 무엇임을, 그들의 특정한 지향이 보편적임을, 상식이야말로 최고의 선이자 이미 정해진 문제임을 시사하는 것이었다.

킨케이드 또한 분명하고 직설적인 문체로 썼지만, 그녀는 많은 사람들이 자기 말에 동의하지 않으리라는 것, 특히 많은 백인들이 그러하리라는 것을 알고 있었다. 예컨대 "영국인들은 자신들이 외국인에 대해 가진 반감과 적개심을 부끄러워하기나 하는 듯, 외국 식물들을 도매금에 사들이고 사랑함으로써 그것을 보상하려 한다"[2] 같은 문장은 간결한 선전포고, 아니 좀 더 근본적으로는 다양한 형태의 해묵은 전쟁을 인정하는 것이었다. 식물학, 정원, 이름, 아름다움과 옳음에 대한 관념 등에 관한 전쟁, 특히 그녀 자신이 불러일으킬 전쟁도 포함해서 말이다. 그녀는 미국인들도 봐주지 않았다. "위대한 에이브러햄 링컨은—내가 너무나 좋아하는 대통령이라 내 정원에 그의 이름을 붙인 장미를 키울 정도이지만—인종차별주의자였다. 그래도 그는 노예제를 거부했으니, 내게는 그것으로 족하다. 나는 노예들의 후손이라는 복을 받았으니 말이다."[3]

그녀는 훗날 버몬트에 정착했다. 자신이 얼마나 눈과 추위와 겨울을 싫어하는지 노상 말하면서도, 그곳에서 그녀는 야심찬 정원을 가꾸었고 종종 그 정원에 대한 글을 썼다. 정원에 심을 식물들을 주문하고, 정원 카탈로그에 빠져들고 하는 것에 대한 글들이었다. 그녀는 정원과 식물들이 주는 순수한 기쁨을, 그것들이 불러일으키는 여러 가지 감정과 욕망과 기분의 본질을 자세히 묘사할 수 있었다. 자신이 만든 화단을 감상하며 앉아 있는 것에 대해, 어떤 장미가 흉물스럽고 어떤 장미가 절묘하게 아름다운지에 대해서도.

하지만 그녀가 식물이나 정원에 대해 글을 쓸 때 반복되는 주제는 제자리에서 쫓겨남, 뿌리 뽑힌 사람들, 강제로 부과된 문화, 이식되어 변형된 식물들, 망각되고 날조된 과거, 옛 이름을 빼앗기고 임의로 새 이름이 붙여지는 것 등이었다. 그녀는 이렇게 썼다. "나는 내가 살던 곳에 있던 식물들의 이름을 모른다. …… 내 출신지의 식생에 대한 이 무지는 내가 피정복지에서 피정복민으로 살았다는 사실을 반영할 뿐이다. 그런 조건에서 한 가지 법칙은 내 주위의 어떤 것도 정복자가 흥미롭다고 여기지 않는 한 전혀 흥미롭지 않다는 것이다. 가령 식물원이 하나 있었는데 …… 내가 기억하기로는 그곳의 어떤 식물도 원산지가 안티과는 아니었다."[4]

식민주의란 식민자들과 그들의 장소에 대해서는 지나칠 만큼 알면서, 정작 자신이 속한 사람들과 장소들에 대해서는 너무 모른다는 것이다. 「악의 꽃Flowers of Evil」이라는 제목의 그 에세이에서 그녀는 멕시코 계곡—오늘날의 멕시코시티—의 수상水上 정원에 대해, 그리고 코르테스Hernán Cortés의 침입에 대해 썼다. 침략자들이 유럽으로 가지고 돌아간 코코소칠*은 스웨덴의 달Dahl이라는 사람의 이름이 붙여지고 잡종 교배되어 무수한 종류의 달리아가 되었지만, 그 기원은 잊혔다. 또 다른 곳에서는 수선화에 대해 단연 맹렬한 분노를 터뜨리기도 했다.

그녀의 1990년 소설 『루시』의 주인공인 젊은 여성 루시는 작가 자신처럼 카리브해 지역에서 온 이민자로 보모 일을 한다.

그녀의 고용주는 자신들의 처지가 다르다는 것을 태평하게 잊어버리고, 고용주/피고용인 관계를 의식하지 않는 무람없는 태도로 그녀를 불편하게 한다. 둘 중 한 사람만이 의식하는 이 갈등이 절정에 달하는 것은 고용주가 그녀에게 미국 북동부의 긴 겨울이 지나고 이른 봄에 피어나는 수선화들에 대해 찬탄의 말을 하는 대목에서이다. 루시는 식민지 섬의 퀸 빅토리아 여학교에서 수선화에 관한 윌리엄 워즈워스William Wordsworth의 시를 암기해야 했던 일을 떠올리고는, 자신이 본 적도 없는 그 꽃들에 대해 꾸었던 악몽, 꽃들이 자신을 압살하려 했던 꿈을 되새기며 이렇게 말한다. "나는 머라이어가 수선화에 대해 말하기 전에는 그 모든 것을 잊고 있었다. 그런데 그녀에게 그 얘기를 하면서 어찌나 성난 말투가 되었던지 피차 놀라고 말았다." 그러다 어느 날 공원에서 실제로 수선화를 보게 된다. "나는 그게 무슨 꽃인지도 알지 못했는데, 대체 왜 그것들을 죽이고 싶었는지 신기한 일이었다." 하지만, 죽이고 싶지 않았다면 신기한 일이었을 것이다. 그 꽃들은 그녀를 죽이려 했었으니까.[5]

몇 년 후 킨케이드는 다시금 이렇게 선언했다. "나는 수선화를 좋아하지 않지만, 그것은 영국식 교육 탓이다. 나는 아이였을 때 워즈워스의 시를 암기해야만 했던 것이다."[6] 그녀는 다시금 그 시절로 돌아가 말한다. "내 어린 마음의 눈에는 그 시도, 내용

❀   Cocoxochitl이라 쓰고 coco-so-cheel이라 읽는다.

도—시인 자신까지는 아니라 해도—그리고 그 시를 내게 오게 한 사람들도 전부 혐오스러웠다. …… 나로서는 '나는 구름처럼 외로이 떠돌았노라'라는 구절은 마음의 눈에 신선한 놀라움을 안겨주는 개인적 비전이 아니라 내 어린 시절의 삶에 부과된 영국인들의 폭군적인 질서로 다가왔다."[7]

그녀가 이 나중 글을 썼을 때는 이미 심은 3500개의 수선화 구근에 더해 2000개를 더 심은 다음이었다. 아마 그녀는 수동적으로 부과된 의미가 능동적으로 부여하는 의미에 의해 상쇄되는 지점에 도달했던 것 같다. 식물은 여러 가지 방식으로 가변적이다. 자라고 진화하고 적응하고 부패하며, 크리스마스트리에서 승리의 화관에 이르기까지, 영적인 연꽃에서 에로틱한 난초에 이르기까지 우리가 부여하는 의미를 띤다. 수선화와 영어는 나면서부터 그런 것을 가진 사람들에게는 다른 것들을 의미할 수 있다. 1940년 3월 13일 오웰의 일기에는 이렇게 적혀 있다. "서리 때문에 모든 종류의 양배추가, 방울양배추만 제외하고는, 완전히 망가졌다. 봄 양배추는 죽었을 뿐 아니라 완전히 사라졌으니, 분명 새들이 먹어버렸을 것이다. 리크는 살아남았지만 볼품이 없다. …… 장미 삽목은 한 그루만 빼고 다 살아남았다. 스노드롭이 피었고, 노란 크로커스 약간과, 폴리앤서스 몇 포기도 꽃 피려 한다. 튤립과 수선화도 보이고, 루바브도 막 싹이 났으며, 작약도 그렇다. 블랙커런트가 움트고 있고, 레드커런트는 아직 아니지만, 구스베리도 움트고 있다."[8]

월링턴에 그 정원을 만들고 정원에 장미를 심으면서, 오웰은 특정한 토양에, 그리고 싫든 좋든 자신의 것이며 자신을 둘러싸고 있는 사상과 전통과 유대에 뿌리내리고 있었던 셈이다. 또는 어쩌면 그는 하류 지향적 선택들을 통해, 자기 이마에 흘린 땀으로 자기 먹을 것의 상당 부분을 생산하고 자기 염소들을 마을 공유지에 풀어놓아 풀 뜯게 함으로써, 그런 전통에서 벗어나려 하고 있었는지도 모른다. 물론 그런 것에서 완전히 벗어날 수는 없는 일이니, 그 도피가 취한 형태조차도 농촌의 목가와 전원적 이상에 관해 깊이 뿌리박힌 관념들로 가득했다. 그 역시 그런 영향들에서 완전히 자유로웠던 것은 아니다.

　　장미를 심은 그해에 그는 이렇게 썼다. "영국이 비교적 안락하게 살기 위해, 수억 명의 인도인이 기아선상에서 살아야 한다는 것은 사악한 일이다. 하지만 그렇게 생각하는 당신도, 택시를 타거나 한 접시 딸기에 크림을 얹어 먹을 때마다 그런 사태에 동조하는 것이 된다."[9] 설령 크림 얹은 딸기가 설탕 넣은 차와는 달리 실제로 손수 생산한 것이라 해도 말이다. 10년 후 그는 다시 그 주제로 돌아가 동료 영국인들에게 이렇게 말했다. "당신들은 인도를 해방시키든가 여분의 설탕을 얻든가 양자택일을 해야 한다. 어느 편을 택하겠는가?"[10]

VI

장미의
The Price of
값
Roses

콜롬비아 보고타 인근의 장미 생산장(2019).

아름다움이라는 문제

1936년에 장미를 심은 남자는 자주 꽃에 대한 글을 썼다. 영국을 배경으로 한 그의 소설들 곳곳에서, 그는 초원과 연못과 오솔길과 기타 시골 풍경 속의 꽃들을 묘사했다(그리고 『버마 시절』에도 열대 지방의 꽃들, 거대하게 자란 온대 지방의 꽃들에 대한 묘사가 도처에 나온다). 그의 일기에는 사야 할 꽃들의 목록, 화초의 재배에 관한 기록, 그리고 야생화를 발견한 일에 대한 언급 등이 들어 있다. 1944년 《트리뷴》에 기고한 에세이 중 하나에서 그는 "영국 꽃 이름들이 급속히 사라지는 것"을 개탄하며 이렇게 지적한다. "forget-me-not물망초은 점점 더 myosotis라 불리고 있다. 다른 많은 이름들, 가령 red-hot-poker부지깽이꽃, mind-your-ownbusiness^{쐐기풀}, love-lies-bleeding^{줄맨드라미}, London pride^{바위취} 같은 이름들이 식물학 교과서에서 나오는 무미건조한 그리스어 이름들로 대치되어 사라져가고 있다."[1] 그는 그런 꽃 이름들에 강한 애착을 갖고 있어서, 2년 후 그의 가장 널리 알려진 에세이 중 하나인 「정치와 영어Politics and the English Language」에서도 같은 불만을 말하고 있다.

그는 월링턴에 장미를 심은 지 5년이 지난 후 쓴 전시戰時 에세이 「사자와 일각수: 사회주의와 영국적 기질The Lion and the Unicorn: Socialism and the English Genius」에서 이렇게 선언한다. "두드러진 특징이지만 자주 거론되지 않는 영국적 특징 하나는 …… 꽃에 대한 사랑이다. 이것은 해외에서, 특히 남유럽에서 영국으로 돌아올 때면 가장 먼저 눈에 띄는 점 중 하나이다. 그것은 예술에 대한 영국인들의 무관심과 모순되지 않는가? 딱히 모순은 아닐 것이다. 왜냐하면 그것은 심미적 감정이라고는 없는 사람들에게서도 발견되는 것이니 말이다."[2] 그러고는 꽃을 일종의 취미hobby로 분류하면서, 취미란 자유와 사생활을 귀하게 여기는 사람들의 특징 중 하나라고 본다. 그래도 그가 아직 들어가지 않은 방, 아니 어쩌면 방보다 좀 더 큰 무엇으로 통하는 문을 열어두기는 한 셈이다. '심미성과 오웰'이라 표시된 이 문을 통과한다면, 그가 평생 추구한 것의 핵심을 향해 가게 될 것이다.

문은 조금 열려 있다. 꽃을 사랑하지만 심미적 감정이라고는 없는 사람들이 어떻다고? 이 대목에서 오웰은 심미성이라는 것이 순전히 시각적 즐거움을 의미한다면 꽃에 대한 사랑이 꼭 심미적일 필요는 없다고 선언한다. 그렇지 않을까? 그는 꽃을 키우는 것을 일종의 취미로 묘사하며 영국식 취미의 다른 예로 "우표 수집, 비둘기 키우기, 취미 목공, 쿠폰 수집, 다트 놀이, 십자말 퍼즐"[3] 등등 역사와 유용성이 제각각인 활동들을 열거한다. 하지만 꽃에 대한 사랑은 단순히 원예 취미를 넘어서는 것이, 어떤 꽃들은 생산하고 관리해야 할 무엇인 반면 어떤 꽃들은 들판이나 정원에 또는 꽃병에 있는 그대로 즐기기만 하면 되기 때문이다. 꽃을 사랑한다고 할 때 사람들은 무엇을 사랑하는 것일까?

꽃은 물론 에로틱하고 로맨틱하고 예식적이고 영적인 것을 의미하기 위해 쓰인다. 제단의 꽃다발이라든가, 승리한 경주마의 목에 둘러주는 화환 등도 그 좋은 예이다. 하지만 꽃은 다른 무엇인가를 위해, 인간적인 상황들을 기리기 위해 사용되기 이전에 그 자체로서도 눈길을 끈다. 우리는 꽃이 아름답다고 말하지만, 우리가 꽃의 아름다움이라는 말로 의미하는 것은 단순한 외관 이상의 것이다. 생화가 조화보다 훨씬 더 아름다운 것도 그 때문이다(아마도 꽃 그림들은 실제 꽃을 환기하며, 그래서 조화가 갖지 못하는 그 모든 감동을 지니는 것 같다). 그 아름다움은 부분적으로는 그것이 나타내고 연상시키는 것, 즉 생명과 성장의 구현이자 뒤따를 결실의 예고에 있다. 꽃이란 상호 연결과 재생이라는 식물적 시스템의 연결망 위의 한 교점이다. 가시적인 꽃은 이 복잡한 시스템의 한 표지이며, 자율적 객체로서의 꽃에 귀속되는 아름다움의 일부는 실은 더 큰 전체의 부분으로서의 꽃에 관한 것일 터이다.

나는 자연계에서 우리를 감동시키는 아름다움의 상당 부분은 그림으로 포착될 수 있는 정태적이고 시각적인 미려함이 아니라, 패턴과 반복으로서의 시간 그 자체, 날들과 계절들과 해들의 리드미컬한 지나감, 달의 주기와 조수, 태어남과 죽음에 있다고 종종 생각한다. 조화調和와 구성과 일관성처럼, 패턴 그 자체도 일종의 아름다움이며, 기후변화와 환경 파괴가 우리 마음을 무겁게 하는 이유도 부분적으로는 그 리듬이 깨진다는 데 있을 것이다. 가장 중요한 질서는 공간적 질서가 아니라 시간적 질서이다. 때로 그림들은 그 점을 전달하지만, 그림을 보는 습관적인 방식 때문에 우리는 그 시간의 춤을 간과하게 된다. 자연을 영국 전원의 전통에 따라 감상하지 못한다고 때로 경멸당했던 식민지 원주민들은 흔히 그것을 정태적인 회화적 즐거움이 아니라 시간 속의 질서 정연한 패턴으로 체험했다. 다시 말해 그들은 드물게 아름다운 일몰의 한 장면보다는 태양이 한 해를 통과해가는 시간적 진행을 더욱 경하하는 것이다.

에브리맨판의 두툼한 오웰 에세이 선집 서문에서 존 캐리 John Carey는 이렇게 선언한다. "그는 아름다움을 칭송하는 법이 거의 없고, 어쩌다 그럴 때도 허름하고 으레 무시당하는 것들 속에서 아름다움을 찾는다. …… 두꺼비의 눈알이라든가, 울워스에서 파는 6펜스짜리 장미 묘목 같은 것들에서 말이다."[4] 나는 그가 자주 아름다움을 칭송했다고 말하고 싶다. 그처럼 으레 무시당하는 것들은 엘리트계급의 확립된 아름다움이 아닌 다른 아름다움들, 일상적이고 평민적이고 무시당하는 것들의 어여쁨을 발견케 함으로써 아름다움의 정의를 확대하는 수단이 된다. 그 탐색은 아름다움 그 자체를 인습에 매이지 않게 한다.『1984』의 암울함조차 그의 외로운 반항자가 감탄하고 열망하고 즐기는 것들에서—그저 평범한 풍경과 붉은 산호 조각을 넣은 유리 문진 같은 것들에서—건져내는 순간들로 점철되어 있다.

윈스턴 스미스는 한 고물상에서 발견한 문진을 아름다운 것이라 부르며, 그것은 이야기 속에서 의미심장한 물건이 된다. 우리는 이런 말을 듣게 된다. "당원이 자기 소유로 갖기에는 기묘한, 어쩌면 위험할 수도 있는 물건이었다. 무엇이든 오래된 것, 말하자면 아름다운 것은 항상 어딘가 수상쩍은 것이었다."[5] 수상쩍다는 것은 그것이 당에서 근절하고자 하는 의식意識과 향락의 표지이기 때문이다. 오웰이「사자와 일각수」에서 취미를 전체주의가 굶겨 죽이려 하는 사적인 활동으로 정의하면서 칭송했던 경험처럼 말이다. 이 에세이는 다음과 같은 유명한 문장으로 시작한다. "내가 이 글을 쓰는 지금, 고도로 문명화된 인간들이 나를 죽이려고 내 머리 위를 날아다니고 있다." 마치 탐조등과도 같이, 이런 맥락은 그의 관심사들에 극적인 빛을 비추며 그림자를 드리운다. 그 맥락은 그의 작품 속에 항상 존재한다. 문진은 사상경찰이라는 맥락 속에 존재하며, 취미와 아름다움에 관한 문제들은 독일군 공습이라는 맥락 속에 존재한다.

아름다움이라는 말은 지나치게 품이 넉넉한 말 중 하나로, 가장자리가 닳아지고, 너무 친숙한 나머지 무시되며, 순전히 시각적인 아름다움을 뜻하는 데 사용될 때가 많다. 하지만 『옥스퍼드 영어 사전』이 열거하는 아름다움의 종류에는 시각적이지 않은 것도 많다. 가령 "사람이나 사물이 아주 마음에 들거나 만족스러운 성질, 도덕적이거나 지적인 탁월성", 감탄할 만한 사람, 어떤 사물의 인상적인 또는 예외적으로 훌륭한 본보기 같은 것들이다.

『아름다움과 정의로움에 관하여』라는 책에서 일레인 스캐리Elaine Scarry는 아름다움에 관한 비판 중에는 아름다움의 관조가 수동적이라는 것도 있다고 지적한다. "자신이 보거나 들은 것을 바꾸고자 하는 아무 바람 없이 그저 보거나 듣는 것."[6] 이것은 단순하면서도 놀라운 정의이다. 바꾸고자 하지 않는다는 것은 바람직한 여건이 실현된 상태일 수 있으며, 그것은 미학적 표준과 윤리적 표준이 일치하는 지점이다. 그녀는 그런 상태를 "보거나 듣는 것이 (불의를 대할 때 흔히 그렇듯이) 보거나 들은 것에 개입하여 그것을 바꾸는 일의 전주가 되는 상태"와 대비한다.[7] 생산성이나 불의에 대한 강박에 사로잡힌 사람들은 종종 아무것도 하지 않는 것을 폄하한다. 아무것도 하지 않음doing nothing이라 해도 실은 수많은 사소한 행동과 관찰과 관계 유지를 포함하는, 다양한 종류의 행함doing인데도 말이다. 그것은 쉽게 물량화되거나 상품화될 수 없는 가치나 결과를 지닌 무엇인가를 행하는 것이다. 심지어 물량화 가능성 및 상품화 가능성으로부터의 일체의 벗어남이야말로 조립 생산 라인과 권위와 지나친 단순화에 대한 승리라고 주장할 수도 있다. 제니 오델Jenny Odell의 책 『아무것도 하지 않는 법』이 캘리포니아주 오클랜드에 있는 장미 공원에서 시작되는 것도 어쩌면 우연이 아닐 것이다.

"보거나 들은 것을 바꾸고자 하는 아무 바람 없이 그저 보거나 듣는 것." 아마도 오웰의 가사 일기는 그런 기록일 것이다. 노동과 재배와 사소한 사건들의 짤막한 기술에는 사물이 있는 그대로와 다르게 어떠했으면 하는 바람이 별로 들어 있지 않다. 서사—허구, 신화, 동화, 저널리즘—는 무엇인가가 잘못되어갈 때 일어나는 일에 대한 것이기 쉽다. 가령 정치가가 부패하고, 강이 오염되고, 노동자가 착취당하며, 사랑하는 이는 사라졌다는 식으로 말이다. 가장 안정적인 아동용 책들도 나름대로의 상실 위기를 담고 있으며, 없는 연결을 찾고자 한다. "바꾸고자 하는 아무 바람 없이" 존재하는 것이란 정태적이다. 그것은 이야기가 시작되기 전, 은혜로부터 실추되기 전, 또는 재결합, 시정, 그 밖에 다른 형태의 복구가 이루어진 다음이다. 그러나 잘못된 것에 대한 모든 이야기에는 만일 사태가 제대로 굴러갔다면 어떻게 되었을까 하는 것이 적어도 암암리에는, 가치이자 목표로서 들어 있다. 서사는 종종 옳은 것, 아름다운 것, 선한 것을 옹호하고 복구하려는 욕망에 내몰린다.

긴장은 비서사적 예술에도 존재한다. 예술가 조이 레너드

Zoe Leonard는 에이즈 위기 동안 아름다운 이미지들을 만들어내는 것을 부끄러워했으며, 동료 예술가이자 활동가 데이비드 워나로비치David Wojnarowicz에게 그런 심정을 토로했다고 한다. 그러자 워나로비치는 이렇게 대답했다. "조이, 이것들은 아름다워요. 우리는 이것들을 위해 싸우는 거예요. 우리가 화를 내고 불평하는 것은 그래야만 하기 때문이지요. 하지만 우리가 돌아가고자 하는 목적지는 아름다움이에요. 만일 당신이 그걸 놓아버린다면, 우린 갈 데가 없어져요." 그러므로 아름다움이란 바꾸기를 원치 않는 무엇인 동시에 가고자 하는 곳, 나침반 또는 북극성일 수 있다. 레너드는 그 상호 교환에 대해 이렇게 말한다. "알다시피 우리는 아름다움을 느끼기에는 다들 너무 바빴어요. 아름다움을 알아보기에는 너무 성이 나 있었지요. 아름다움을 즐기기에는 너무 상심해 있었어요. 나는 이 구름 사진들을 보면서 스스로 머저리처럼 느껴졌어요. 하지만 데이비드가 옳았어요. 이 모든 싸움을 거쳐야 하는 건 싸우고 싶어서가 아니라 모두 함께 어딘가에 도달하고 싶기 때문이지요. 둘러앉아서 구름에 대해 생각할 수 있는, 그런 세상을 창조하는 데 도움이 되고 싶은 거예요. 그건 우리가 인간으로서 갖는 권리가 되어야 해요."[8] 만일 우리가 둘러앉아 구름에 대해 생각하지 못한 채 너무 오랜 시간을 보내게 된다면 그렇게 하는 법도 그래야 하는 이유도 잊어버릴지 모른다. 길에서 너무나 헤매느라 더는 목적지에 도착할 수 없을지도 모르는 것이다.

오웰이 장미 이야기나 한다고 비난하는 글을 쓴 여성은 바뀔 필요가 없는 것에 주의를 기울이는 것은 게으름이요 낭비요 허튼수작이라고 생각했던 것 같다. 불의를 비롯해 생각하면 할수록 바꾸고 싶어지는 일들에 초점을 맞추는 이들은 우리가 굳이 바꾸고 싶지 않은 것을 바라보는 일을 의무 태만이라든가 바꾸고 싶은 것에 대한 인식을 기피하는 것이라고 생각하는 경향이 있다. 나는 그것이 파괴에 맞서는 에너지의 재충전이라는 식으로 이야기해왔지만, 스캐리는 그것이 바람직한 것과 선한 것의 기본 틀에 대한 연구로서도 중요하리라고 시사한다. 사회적 변화나 정치적 참여의 목표는 무엇인가? 어떤 선이 이미 존재하며 존재해왔는가를 연구하는 것도 그 작업의 일부가 될 수 있지 않을까? 모든 것이 오염되거나 부패해 있으므로 언제까지나 상처에서 출발한다는 음울하고 널리 퍼져 있는 입장과, 선이란 일종의 씨앗처럼 존재하며 그것을 좀 더 힘써 돌보고 널리 퍼뜨려야 한다는 입장 사이에는 물론 유의미한 차이가 있을 것이다.

　　　비행기가 착륙하는 동안, 칠흑같이 어두운 밤 콜롬비아
의 사바나 지역 도처에서 거대한 등불처럼 빛나는 온실들이 이
미 눈에 들어왔다. 나는 바로 그것들을 보러 온 것이었다. 물론 그
중 하나에 들어갈 수 있으리라는 보장은 없었고, 들어가려다 실
패한 사람도 많았다. 온실들은 대개 비밀에 싸여 있었다. 거기서
나오는 것은 누구나 볼 수 있었으니, 미국으로 쏟아져 들어오고
있었기 때문이다. 다만 그것이 어떻게 생산되는지는 비밀이었다.
우리는 보고타 공항에 착륙했고, 내 동행인 네이트 밀러가 택시
를 잡았다. 차는 우리를 태우고 무질서하게 뻗어나간 그 도시의
외곽 지역을 뚫으며 콘크리트 건물들이 늘어선 수 마일의 대로를

달렸다.

　내가 전에 가본 다른 라틴아메리카 도시들과 마찬가지로, 보고타도 웅장하고 기념비적이면서도 어딘가 조잡하고 허술한 분위기가 났다. 도시의 건축물은 즉흥적으로 지어진 듯했다. 길거리에는 양식도 견고함도 제각각인 건물들이 서로 다투듯 늘어서 있었고, 길모퉁이마다 중무장한 경관들이 서 있었으며, 역시 자동 무기를 가진 경비원들이 회사와 식당의 입구를 노려보고 있었다. 담장 위에는 레이저 철망이 둘려 있었고, 창문에는 철창이 쳐져 있었고, 문마다 자물쇠가 여러 개씩 달려 있었다.

　택시 기사는 우리를 자갈로 포장된 길거리에 내려주었다. 그 오르막길 끝에는 아침에 보니 깎아지른 녹색 산이 있고, 그 산등성이가 도시의 동쪽 가장자리를 두르고 있었다. 우리는 너무 밤늦게 도착했기 때문에, 네이트의 한 친지로부터 일주일간 빌리기로 한 아파트의 열쇠를 어떻게 얻어 들어갔는지도 기억나지 않는다. 내가 자러 간 침실은 새하얗게 회칠한 벽에, 천장 높이가 12피트(3.7미터)나 되는 방이었다. 육중한 목제 침대에 낡아빠진 더러운 시트와 지저분한 담요 더미로 잠자리가 꾸며져 있었고, 바로 옆 창문에는 이중의 목제 셔터가 장치되어 있었다. 길거리 쪽으로 난 창문 안쪽에는 거대한 쇠 빗장을 지를 수 있었고, 그 바깥에는 철창까지 있었다.

　우리는 아침에 커피를 마시러 나갔다. 훤해진 후라 우리가 묵고 있던 멋진 구시가지 칸델라리아 지역을 좀 더 잘 둘러볼 수 있었다. 또 길거리에 작은 매점들을 차린 사람들의 지독한 가난도 알 수 있었다. 어떤 곳은 그저 약간의 빵과 과자를 내놓았을 뿐, 수익이라야 형편없을 것이었다. 좀 더 나중에는 길거리에서 사람들이 주먹을 펼쳐 콜롬비아 땅속에서 파낸 에메랄드 원석들을 내보이거나 다른 사람들과 흥정하는 것을, 땅바닥에 앉아서 자기 앞 담요 위에 손수 만든 전통적인 구슬 목걸이를 늘어놓고 파는 여자들도 보았다. 한 나이 든 여성은 작은 악사의 연주에 맞추어 춤추고 있었는데, 마치 전혀 다른 어두운 세상에 홀로 있는 듯 진중하고 위엄 있는 스텝을 밟고 있었지만, 한 옆에는 돈을 구걸하는 모자가 놓여 있었다.

네이트는 샌프란시스코에서 자랐고, 대학을 나온 후 콜롬비아에 있는 국제 노동권 단체에서 일했다. 노조를 조직하거나 노조에 가입하는 일이 위험할 수 있는 콜롬비아에서 미국인은 그 자신이 살해당할 가능성이 적은 동시에 다른 사람들이 살해당하는 것을 막아줄 수도 있을 증인이었다. 그는 그곳에서 여가 시간을 활용해 화훼 산업의 노동 여건을 조사했고, 그 결과물인 알찬 보고서가 미국에서 발표되었다.[1] 그는 그 나라와 사람들을 사랑하게 되었고 막역한 친구들을 사귀었다. 그가 자기와 이름이 같은 대자(代子)를 보러 해안 지역에 가기 전에, 일주일쯤 내게 보고타 외곽의 화훼 산업 지역을 구경시켜달라고 부탁하기는 그리 어렵지 않았다.

그는 노조 조직 일을 하고 있던 뉴욕에서 출발하고 나는 샌프란시스코에서 출발하여, 텍사스 공항에서 만나 함께 콜롬비아행 비행기를 탔다. 네이트는—나는 그가 10대 후반이었을 때부터 알고 지냈는데—이상주의적이고 열정적이고 사람들을 좋아했다. 키가 크고 말랐으며, 곱슬머리 양쪽을 바짝 쳐 깎았고, 좀 부엉이처럼 보이는 안경을 썼으며, 피부가 워낙 갈색이라 흔히 백인종 아닌 다른 인종으로 여겨지곤 했다. 그런 용모와 유창한 콜롬비아 억양의 스페인어로, 그는 우리가 가는 어디서나 자연스럽게 섞여들었다. 반면 흰 피부에 아주 기초적인 스페인어밖에 할 줄 모르는 나는 금방 표가 났다.

그 첫날 아침, 우리는 버스를 타고서—보고타 인근 지역의 가난한 사람들이 타는 비공식적인 작은 버스 중 하나였다—도시 외곽의 화훼 단지를 향해 출발했다. 만원 버스에 사람들이 끊임없이 타고 내렸다. 기사는 여러 군데 검문소에 정거하여 다른 사람들에게 돈을 건넸다. 우리는 대로의 녹색 중앙선에서 낮잠을 자는 밝은 청색 작업복에 형광 녹색의 안전 조끼를 입은 건설 노동자들과, 차들이 멈춰 설 때마다 차량 사이를 날쌔게 누비며 야한 빛깔의 장미와 차량 전면유리용 워셔액을 팔러 다니는 장사꾼들을 지나쳐 갔다. 그 북새통 속에 떠도는 개들은 그저 무시되었다.

보고타 교외에 간다는 것은 온실들에, 전날 밤 비행기가 착륙할 때 땅 위의 어둠 속에서 빛나고 있던 그 온실들에 가는 것을 의미했다. 거대한 온실들이었다. 각기 운동장만 한, 벽과 지붕의 투명 플라스틱판에 시간과 함께 먼지가 끼어 불투명해진 온실들이 한군데에 여남은 개씩 모여 있었다. 그 대부분은 산울타리와 담장으로 얼추 가려져 있었고, 정문에는 경비원들이 서 있었다. 그래도 군데군데 투명한 틈새로 꽃이 보였다. 해발 수천 피트 고도이지만※ 적도에서 북쪽으로 300마일(482킬로미터) 밖에 떨어져 있지 않으므로, 보고타 주위 사바나의 날씨는 온화하고 일정하며, 적도 지역이라 1년 내내 일조 시간이 열두 시간인 덕분에 1년 내내 꽃 재배가 가능하다.

수십 년 전 콜롬비아가 화훼 산업을 장려한 것은 또 다른 수출용 농작물이었던 코카잎과 그것을 원료로 하는 코카인을 대체하기 위해서였다. 코카 재배는 좀 더 먼 지역으로 옮겨 갔을 뿐이니 그 목표는 실패한 셈이지만, 그 덕분에 거대한 화훼 산업이 그 나름의 문제를 안고서 성장했다. 콜롬비아는 미국에서 팔리는 장미의 80퍼센트를 생산하며, 다른 여러 가지 꽃도 수출하고 있다. 꽃을 실은 비행기가 처음 미국을 향해 이륙한 것은 1965년의 일이다. 네이트가 보고서를 쓰던 무렵 콜롬비아는 세계에서 두 번째로 큰 꽃 수출국이었고, 약 13만 명의 콜롬비아인을 고용하는 화훼 산업은 이 나라 여성들의 주된 일자리를 제공해 왔다. 케냐와 에티오피아의 화훼 산업이 유럽 꽃 시장에 꽃을 대 온 것과 마찬가지이다.

※　　　보고타는 해발 2600미터가 넘는 고지다.

우리는 작은 마을을 도보로 통과한 다음 또 다른 버스를 타고 가다가, 도로변에 플라스틱 온실이 수 마일이나 뻗어 있는 고속도로에서 내렸다. 그렇게 가는 동안 네이트는 화훼 산업에 고용되어 있는 노동자 대부분이 한 세대 전에는 자영농이었다고 말해주었다. 18, 19세기 영국의 인클로저와도 비슷하게 농업이 산업화되는 과정에서 수많은 농부들이 땅 없는 노동자가 되었던 것이다. 전원 지역을 지나는 동안 이따금 소들과 여러 가지 작물이 자라는 밭뙈기가 딸린 작은 농장들이 눈에 띄기는 했지만, 화훼 산업과 그 온실들은 보고타 주위를 일종의 플라스틱 링처럼 감싸고 있었고, 보고타 공항에서는 작물의 대부분을 실어내 갔다.

나는 열대우림동맹에 이메일을 보냈었다. 이 동맹에서는 꽃이 일정 수준 이상의 환경적·노동적 여건에서 재배되는지 확인하게 되어 있었다. 우리가 미국에서 출발하기 직전에 그들은 우리가 농장 한 군데를 둘러보도록 주선해주었다. 하지만 그것은 너무나 놀라운 일이라 실현되리라고 믿기 어려웠다. 네이트는 화훼 산업을 연구하던 시절에 한 번도 그 안에 들어가본 적이 없었으며, 훗날 내가 만난 보고타의 한 영화 제작자도 들어가보려 시도하지 않은 것이 아니건만 결과는 마찬가지였다. 나는 이메일에서 장미에 대한 책을 쓰고 있으며 친구와 함께 여행하고 있다고만 말했으므로, 그들은 나에 대해 조사조차 하지 않은 것 같았다. 만일 조사했더라면 조금은 경계했을 테고, 내 친구의 이름을 물었을 수도 있고, 그 이름이 큰 경계심을 불러일으켰을 터이다.

그 첫날 우리는 온실들이 줄지어 있는 고속도로 주위를 돌아다니며, 몇 군데 온실에서 그저 잠시 둘러봐도 되느냐고 물어보았다. 물론 전혀 소득이 없었고, 그래서 우리는 택시를 타고 다른 농장들에도 가서 물어보았지만 결과는 같았다.

다음 날, 우리는 허름하고 작은 택시를 타고 열대우림동맹의 한 직원 집으로 갔다. 그는 도시의 동쪽 가장자리에 있는 아름다운 고층 건물에 살고 있었으며, 그의 호화로운 대여 자동차와 운전수는 키 큰 나무들과 부유한 집들이 늘어서 있는 외곽 지대를 지나 우리 셋을 미국 소유인 선샤인부케 회사로 실어다주었다. 자동차가 선샤인부케 장미 농장 내지 장미 공장의 잘 경비된, 산울타리로 감싸인 입구에 미처 당도하기도 전에 우리에게 분명해진 것은 네이트가 그 직원보다 장미 산업에 대해 훨씬 더 많이 안다는 사실이었다. 비록 우리가 그에게 그 점을 내색하지는 않았지만 말이다. 그는 잘 차려 입은 남자로, 농담과 사업상의 진부한 이야기들을 나무랄 데 없는 영어로 늘어놓았다. 내가 잘못 생각한 것이 아니라면 그는 장미 농장에 가본 적도 없었다.

우리는 일종의 중역실로 안내되었는데, 거기서는 노동자들이 이미 들어와 있는 구내식당이 보였다. 그들 대부분이 아주 이른 아침에 일을 시작하는 것이었다. 우리가 들은 몇 가지 사실은 그곳 관리자들이 자신들의 사업을 자랑스럽게 여기고 있으며 우리도 의당 감명받으리라 여기고 있음을 확인해주었다. 그런 다음 우리는 작업 감독 한 명, 직급 높은 노동자 두 명과 함께 작업장을 둘러보았다. 각기 카롤리나와 호세라는 이름의 두 노동자는 다른 노동자들 대부분과 같은 작업용 점프슈트를 입고 있었는데, 그 등판에는 각각 이런 구호가 찍혀 있었다.

팀으로 일할 때는 성공도 승리도 팀으로 기뻐한다
노력과 정열이 우리로 하여금 우리 일에 만족하게 한다

다른 노동자들의 작업복 등판에도 같은 구호나 또 다른 몇 가지 구호가 보였다.

선샤인부케야말로 행복하기에 가장 좋은 곳
우리는 당신들과 함께 성장하기 원한다
태도는 당신에게 달렸다. 나머지는 여기서 배우면 된다.

이른바 '오웰풍'이라 할 만한 구호들이었다. 즉 그런 문구들은 그 내용의 불성실함이 불길하고, 그 말에 진심으로 동의하거나 원해서 그런 옷을 입었을 것 같지 않은 노동자들에게 강요된다는 점에서 불안한 것이었다. 하지만 내가 보러 온 것은 작업복이 아니라 장미와 장미를 생산하는 노동이었다. 우리는 곧 수십 개의 온실 중 하나로 들어갔다. 그 구조물은 각기 금속 비계에 거대한 플라스틱판을 붙인 것으로, 플라스틱판들은 따뜻한 날씨에는 열고 서늘해지면 단단히 닫게 되어 있었다.

중앙에 있는 문을 통해 온실에 들어서보니, 맞은편 문까지 탁 트인 통로가 나 있었다. 통로 양쪽에 내 키보다 큰 장미덤불들이 저 멀리 보이는 벽까지 줄지어 있었는데, 워낙 촘촘하게 심어져서 한 그루씩 구별하기도 어려운 빽빽한 산울타리를 이루고 있었다. 또한 줄 사이 간격도 너무 좁아서 그 사이로 지나다니려면, 우리가 곧 그렇게 했듯이 옆걸음질을 해야 했다. 가시들을 피하기 어려웠다. 장미 줄기들은 나무로 된 지지대에서 나온 끈 가닥들로 고정되어 있었다. 그렇게 많은 장미가 그렇게 빽빽이, 그렇게 멀리까지 줄지어 있는 것을 보니 과밀과 압박, 반복, 그리고 거의 혼돈의 느낌이 들었다. 원근법의 소실점이 보일 정도로 멀리까지, 장미와 지지대와 온실의 철제 버팀대가 점점 작아지면서도 여전히 플라스틱 온실 안에 있었다.

1제곱미터당 연간 104송이의 장미를 수확한다고 안내자가 말해주었다. 중앙 복도를 따라 장미 절화들이 질서 정연하게 담긴 좁다란 수레들이 서 있었다. 각 줄마다 심긴 꽃들은 모두 같은 빛깔로, 다양한 단계의 개화 상태를 보이고 있었으며, 줄 입구에 품종명이 적혀 있었다. 아이언 핑크, 컨스털레이션, 빌라봉가, 프리빌리지, 핑크 플로이드, 팝스타, 아이콘, 빌리어네어, 핼러윈 등등. 기준에 맞지 않아 버려진 장미와 다듬어낸 잎사귀 같은 것들이 통에 담겨 있었다.

세상에 있는 거의 모든 티로즈의 변종들이 모여 있었는데, 이들은 구식 장미들보다 윤곽이 더 선명하고 날카로웠다. 꽃봉오리들은 끝이 뾰족하고, 봉오리에서 산뜻하게 벌어지는 꽃잎들은 뒤로 말리며 매끈한 선과 뾰족한 끝을 드러냈다. 구식 장미들의 안으로 휘는 꽃잎들은 대개 더 둥글고 부드러우며, 꽃이 핀 다음에야 그 충만한 아름다움을 드러낸다. 구식 장미들이 함초롬하다면, 신식 장미들은 가끔 노골적으로 보인다. 마치 내향형 꽃을 외향형으로 만들어놓은 것처럼 말이다. 대개의 상업용 장미들은 만개하지 않으며 꽃봉오리로 팔린다. 긴 줄기 끝에 단단하게 뭉쳐진 일종의 뾰족한 총알처럼, 여남은 송이를 모아놓으면 화려한 화살이 든 화살통처럼 보인다.

노동자들은 구호를 갖고 있다. "연인들은 장미를 얻고, 우리는 가시를 얻는다"라고 말이다. 장미는 아름답지만, 수천수만 송이 장미가 있는 온실, 매년 수백만 송이의 장미를 생산하며 줄기와 잎사귀와 꽃잎들이 바닥에 널리고 산더미 같은 부산물로 쓰레기통에 쌓이는 현장은 그렇지 않다. 그 장미들이 아름답다고 해도, 그 아름다움은 다른 대륙의 다른 곳을, 다른 누군가를 위한 것이다. 그중 어떤 것은 꽃잎에 빛이 닿지 않도록 종이 봉지가 씌워진 채 자라며, 그래서 어떤 줄의 장미들은 줄기 끝이 전부 갈색 봉지를 쓰고 있다. 마치 무대 뒤의 디바들이 머리칼에 컬페이퍼를 달고 있는 것처럼 말이다.

우리가 이리저리 둘러보며 때로 걸음을 멈추고 자세히 들여다보는 동안 안내자가 설명해준 바에 따르면, 이 단지로부터 매년 밸런타인데이에 600만 송이, 어머니날에 또 600만 송이가 미국으로 보내진다고 한다. 이 두 명절은 콜롬비아 화훼 산업 전반에 걸쳐 노동자들에게 엄청난 압박으로 작용하여 더 오래, 지치도록 일해야 함을 의미한다. 하지만 그렇지 않은 날에도, 상품은 1년 내내 출하된다. 대당 장미 상자 400개를 실은 냉장 트럭들이 선샤인부케 현장에서 공항을 향해 달리며, 공항에서 그 상자들은 747 비행기들에 실려 마이애미로 날아가고 다시 더 많은 트럭들에 실려 미국 전역으로 배송된다. 상자 하나에 장미 330송이가 들었으며, 747 비행기 한 대에는 5000상자가 실린다니, 165만 송이의 장미가 실리는 셈이다. 화물이라고는 장미뿐인 거대한 비행기가 탄소를 태우며 카리브해 상공을 날아 그 짐을 전달하는데, 정작 슈퍼마켓에서 장미를 집어 드는 사람들이 그 장미에 얼마나 많은 사연이 있는지 결코 알지 못한다는 것은 더없이 완벽한 소외의 표징일 것이다. 장미가 그보다 더 '뿌리 뽑힌' 것이 될 수 있을까? "이 석탄과 저 멀리 떨어져 있는 광산의 노동을 연결하는 것은 아주 드물고 일부러 정신적 노력을 해야 하는 일이다"라고 오웰은 자신이 집에서 태우는 연료에 대해 쓴 적이 있다.[2] 장미를 그 온실들에서 이루어지는 노고와 연결하는 것은 한층 더 드문 일일 것이다. 그 온실들은 눈에 보이는 즐거움을 생산하는 보이지 않는 공장들이다.

오래전에 나는 좋은 책을 이루는 것은 무엇인가에 대해 몇몇 다른 작가들과 논쟁을 벌이게 되었다. 그중 한 사람이 우아한 필치로 쓰이고 영리하게 짜인 서사를 가진 책을 극찬했고, 다른 사람들도 그런 근거들이 충분하다고 생각하며 그에 동조했다. 실제로 그런 형식미는 갖춘 책이었지만, 내가 보기에 그것은 주변적 집단을 왜곡하고 폄하하여 묘사했을 뿐 아니라 전반적으로 잔인하여 아름다운 만큼이나 추한 책이기도 했다. 오웰은 조너선 스위프트Jonathan Swift에 대한 에세이에서 이렇게 지적한 적이 있다. "사실 어떤 작품의 문학적 우수성은 어느 정도 그 소재와 분리할 수 있다. 어떤 사람들이 단어를 사용하는 데 타고난 재능이 있는 것은 사냥감을 알아보는 '눈썰미'를 타고난 사람들이 있는 것과 마찬가지이다. 대개는 타이밍의 문제이며, 강조를 얼마나 사용할지 본능적으로 아는가의 문제이다."[1]

다른 사람들이 칭찬한 그 책은 소재를 조작하여 독자를 오도했으니, 저널리스트 및 역사가의 표준에 어긋나는 방식이었다. 원재료를 그렇듯 훼손하는 것은 작가의 재주를 앞세운 나머지 책이 다루고 있는 사람들이나 세상을 좀 더 알고자 하여 그 책을 읽을 사람들에 대한, 또는 역사적 기록에 대한 여하한 의무도 제멋대로 변개하는 것으로 보였다. 마치 다른 사람들의 삶이 작가가 마음대로 다루어도 되는 날 재료나 되는 듯이 말이다. 나는 항상 사실의 한계 내에서 작업하는 것을 의무이자 도전으로 여겨왔고, 논픽션 작가는 사실을 비틀거나 왜곡하지 않고도 필요한 운신의 폭을 가질 수 있다고 믿는다.

다른 사람들은 아무도 그런 윤리적 쟁점이 심미적 성공과 별개가 아니며 작품의 미학의 일부를 이룬다는 내 생각에 공감하지 않는 것 같았다. 아름다움은 형식적인 데 그치지 않는다. 그것은 눈이나 귀에 호소하는 피상적 특질들에만 있지 않으며, 의미의 패턴에, 가치의 호소에, 독자가 살고 있는 삶에, 그리고 그가 보기 원하는 세상과의 연결에 있다. 무용가의 동작이 아름다운 것은 그것이 고도로 숙련된 예술가-체육인에 의해 정확히 수행된 동작이기 때문이지만, 어린아이를 걷어차는 동작은 설령 우아하게 수행된다 하더라도 추한 것이다. 의미는 형식을 전복시키며,

형식의 우아함은 언제든 그것이 전달하는 의미에 의해 변질될 수 있다. "우리가 담장에 요구하는 것은 무엇보다도 서 있으라는 것이다"라고 오웰은 화가 살바도르 달리Salvador Dalí에 대한 비평문에 썼다.[2] "만일 제대로 서 있다면 좋은 담장이고, 그것이 어떤 목적을 수행하느냐 하는 문제는 별도의 것이다. 하지만 세상에서 가장 좋은 담장이라 해도 집단수용소를 둘러싸고 있다면 허물어버리는 것이 마땅하다." 형식은 기능과 분리되지 않는다. 아름다움 또는 추악함이란 그저 외관보다는 그 의미, 영향, 함의 등에 있는 것이다.

1989년 6월 5일 베이징 톈안먼 광장에서 길게 줄지은 탱크들이 봉기한 학생들을 짓밟지 못하도록 단신으로 막아선 사람은 흰 셔츠에 검은 바지를 입고 손에 시장 봉지를 축 처지게 들고 있는 홀쭉하고 이름 없는 누군가였다. 탱크들을 향해 그는 한쪽 팔을 뻣뻣하고 어색하게 휘두르며 맨 앞 탱크의 전방에 남으려고 종종걸음 쳤다. 하지만 훨씬 더 우월한 권력과의 이 위태로운 대결은 이른바 아름다운 몸짓이라는 것이 어떤 것인지 보여준다. 그는 분명 어떤 이상을, 이상주의자들의 그룹을 위해 모든 것을 걸 용의가 있어 보였다. 전일성integrity이란 도덕적 일관성과 헌신을 의미하지만, 동시에 온전하고 부서지지 않은, 다치지 않은 것을 의미하기도 한다. 그것은 많은 아름다운 것들에서 발견되는 특질이다. 내가 싫어했던 그 책은 신의를 저버리고 동지애를 깨뜨리는 것이었다.

오웰은 행동과 의도의, 이상과 이상주의의 아름다움을 열정적으로 사랑했으며, 그것들을 옹호하기 위해 그 반대되는 것과 싸우는 데 생애의 많은 부분을 보냈다. 『카탈루냐 찬가』의 한 대목은 그런 것들과의 가장 생생한 만남 중 하나를 묘사하고 있다. "바르셀로나의 레닌 병영에서 나는 장교들의 식탁 앞에 서 있는 한 이탈리아인 의용병을 보았다. 그는 스물대여섯 살 정도 된, 강인해 보이는 청년이었다. …… 그의 얼굴에 있는 무엇인가가 나를 깊이 감동시켰다. …… 그의 허름한 제복과 맹렬하고도 비장한 얼굴은 내게 그 당시의 특별한 분위기를 상징하는 것만 같다."[3]

뒤이어 그는 바르셀로나 전체에 그런 정신이 감돌았던 것을 이렇게 묘사한다. "웨이터들과 지배인들은 손님들의 얼굴을 똑바로 마주보며 대등한 입장에서 맞이했다. 비굴하거나 의례적인 말투조차 한동안 사라졌다. …… 도시의 대동맥에 해당하는 람블라스 거리는 끊임없이 인파가 오가는 곳이었는데, 그 거리를 따라 하루 온종일, 밤늦게까지 확성기에서 혁명가가 울려 퍼졌다. 무엇보다도 기묘한 것은 군중의 모습이었다. …… 나로서는 이해할 수 없는, 어떤 의미로는 마음에 들지 않는 것이 많았지만, 나는 그것이 싸워서 지킬 만한 어떤 상태임을 즉시 알아보았다."[4]

여러 해 후에도 그는 여전히 그 병사를 기억했고 그에 대한 시를 쓰면서, 아마도 그 젊은 병사가 죽고 잊히고 무수한 거짓 아래 묻혔으리라고 추정했다. 하지만 그는 그 시를 이렇게 마무리 지었다.

VI 장미의 값

그러나 그대 얼굴에서 내가 본 것을
어떤 권력도 앗아갈 수 없으리
작렬한 어떤 폭탄도 분쇄할 수 없으리
그 수정 같은 정신을.[5]

이런 특질들이─그것들을 영웅적이라 하든 고귀하다거나 이상주의적이라고 하든─그가 스페인에서 발견한 아름다움이었다. 부패한 전쟁의 추악함, 악취, 핍절, 참호들의 혼돈, 총상으로 사경에 이르거나 토끼처럼 사냥당하는 것의 충격 등에도 불구하고 말이다. 이 시에서 거짓들은 그 자체로 살인적이고 목을 조르지만, 무엇인가가 죽음을 넘어 살아남는다. 오웰의 작품에서는 그렇듯 반대되는 것들의 공존과 상호 충돌이 종종 일어나 그가 탐구하는 긴장을 유발한다. 두더지와 예언자라든가, 라일락과 나치, 두꺼비와 원자폭탄, 아름다운 고서와 '메모리 홀'[※] 등도 그런 예들이다.

그것들은 그를 몰두케 했던 갈등들의 양편이며, 때로는 한쪽 편이 다른 편의 불길한 추함을 상쇄하기도 한다. 1941년 지하도와 교회 지하실의 방공호들을 둘러보고 런던을 떠나온 다음 날, 그는 이렇게 썼다. "월링턴에 돌아오다. 크로커스가 지천이고, 꽃무도 싹이 나고 스노드롭도 한창이다. 산토끼 몇 마리가 겨울

[※]   Memory hole, 『1984』에서 역사 기록을 검열하여 삭제할 부분을 소각장으로 보내는 투입 장치를 말한다.

밀 속에 옹기종기 앉아 서로들 마주본다. 이 전쟁 동안 이따금, 몇 달씩 사이를 두고, 잠시나마 물 밖으로 코를 내밀어 지구가 여전히 태양 주위를 돌고 있음을 확인해본다."[6]

'전일성integrity'이라는 말과 같은 어원에서 '와해disintegration'라는 말도 나왔다. 문자 그대로, 사물들을 한데 붙들어주는 integrity가 사라진 것을 말한다. 스페인전쟁은 앞의 시가 시사하듯이 여러 가지 전일성에 대한 오랜 공격으로 생각할 수도 있다. 정원사들에게 친숙한 평화로운 와해, 즉 더 이상 살아 있지 않은 것들이 새로운 생명을 위한 먹이가 되는 변성도 있고, 강요된 폭력적인 와해도 있다. 가령 영화에서 보는 핵폭발은 마치 저속으로 촬영된 기괴한 개화 장면과도 같이 펼쳐지며, 산불에는 거의 숭고한 순간들이 있다. 폭력과 파괴에도 종종 일종의 아름다움이 있다. 1945년 일본에 투하된 것을 포함해 최초의 원자폭탄들을 개발하는 맨해튼 프로젝트를 이끌었던 물리학자 로버트 오펜하이머Robert Oppenheimer는 그로부터 9년 후에 그가 공산주의에 공감하는지 보기 위한 심문의 일부로, 훨씬 더 강력한 수소폭탄 개발을 도덕적 근거로 반대하겠는가 하는 질문을 받았다. 그의 대답은 담장에 관한 오웰의 말을 생각나게 한다. "설령 기술적인 관점에서는 흥미롭고 근사한 일이라 해도, 나는 여전히 그것이 가공할 무기라고 생각했다."[7]

오늘날 세상은 아름다워 보이지만 추악한 수단을 통해 생산된 것들로 가득 차 있다. 광산이 수익을 내기 위해, 신발을 가능한 한 싼값에 생산하기 위해, 정유소가 휘발유 생산 과정에서 유해 가스를 내뿜어도 되기 위해 사람들이 죽는다. 나는 그 양자 간의 연결이 끊어진 것이 현대 생활에 만연하는 전일성의 결여라고 종종 생각해왔다.

한때는 나무에서 목재를 얻고, 들밭에서 곡식을 얻고, 샘과 강과 우물과 비에서 마실 물을 얻는 것이 친숙한 과정이었을 것이다. 모든 사물은 어딘가에서, 누군가에게서, 사용자가 아는 무엇인가로부터 나온 것이었다. 생산자와 소비자는 같은 사람들이거나 서로 아는 사람들이었다. 산업화, 도시화, 다국적 시장 등은 물이 수도꼭지에서 쏟아지고, 음식과 옷이 가게에서 나오고, 연료가 눈에 보이지 않고(석탄 활송 장치나 매연이 있던 오웰의 시대는 아니라 해도 우리 시대에는), 이 모든 것을 한데 묶어주는 노동이 종종 그들 자신도 눈에 보이지 않는 사람들에 의해 수행되는 세상을 만들었다. 부인할 수 없는 이익들도 있었지만—삶은 물질적으로나 정신적으로나 더 자극적이고 다양해졌다—다 대가를 치르고 온 것이었다.

한때는 친구나 가족처럼 친숙하던 장소들, 동식물들, 재료들, 대상들이 낯설어졌고, 그런 것들을 다루는 사람들도 마찬가지였다. 사물들은 지평선 너머로부터, 우리가 아는 것 너머로부터 나타났다. 그런 것들이 어디서 왔는지 아는 것은 일상생활의 일부이기보다 의지적인 행동이 되었다. 오웰은 석탄 산업과 나라를 돌아가게 하는 그 지역의 가난을 보러 잉글랜드 북부에 갔을 때 그런 의지적 행동을 한 것이었다. 영국의 생활 수준을 가능케 하는 인도에서의 착취에 대해 발언했을 때도 마찬가지였다. 『맨스필드 파크』에 대한 에드워드 사이드의 비판은 그 모든 것이 노예 노동으로 떠받쳐지고 있다는 사실뿐 아니라 그런 현실 인식 자체가 회피되고 있다는 사실에 대한 것이다. 오스틴의 소설 및 작중인물들도 제인 오스틴이 살았던 사회도 마찬가지였다. 그들은 자신들이 누구이며 무엇인지 알지 못하며, 그들의 무지는 추악함을 덮어버리려는 추악한 시도이다.

내가 성년이 된 1980년대에는 가려져 있던 것을 드러냄으로써 생산자와 소비자 모두를 좀 더 책임 있게 만들고자 하는 수많은 진보적 캠페인들이 등장했다. 행동가들은 청중으로 하여금 먼 곳에서 일어나는 노동력 착취, 열대우림, 남아프리카의 인종차별, 네바다 및 카자흐스탄의 사막에서 행해지는 핵 실험, 독일에 주둔시킨 핵무기, 북미 태평양 연안의 원시림이나 아마존의 열대우림에서 행해지는 벌목, 중앙아메리카에서 미국 정부가 지원한 추악한 전쟁과 죽음의 부대Death squad 같은 것들이 그들 자신과 연결되어 있음을 상상하고 이해하게 만들고자 했다. 공간적 거리는 물건들이 어떻게 만들어지는지를 보이지 않게 하는 불가시성의 한 형태이다(물론 착취는 지역 농업이나 식당 뒤편에서도 일어날 수 있겠지만 말이다). 이런 행동주의는 우리로 하여금 생산의 결과물들을 생산 여건에 대한 지식을 가지고서 보게 해주었다. 그것은 상실된 것을 회복하려는, 한때는 일상생활 속에 자리해 있던 지식을 끈질기게 재건하려는 시도이다.

　　　장미의 경우에는 모순들이 특히 두드러진다. 장미는 사랑과 로맨스의 표징이요 애정이나 찬사를 전달하는 선물로 간주되며, 흔히 가벼움을, 즐거움과 기쁨을, 꽃밭이 전달하는 것 같은 여유와 풍요로움을 전달한다. "꽃으로 말해요"라는 것은 꽃가게에서 널리 사용하는 문구이며, 꽃은 다정한 것들을 말하리라 여겨진다. 버지니아 울프의 『댈러웨이 부인』에서 댈러웨이 씨는 아내에게 "사랑하오"라는 입 밖에 내기 어려운 말을 하는 수단으로 붉은 장미와 흰 장미로 된 커다란 꽃다발을 산다.

　　　우리는 서로에게 꽃을 선물할 때 그저 열두 송이 장미를 건네는 것이 아니라 꽃과 함께 연상되는 것들을 함께 건넨다. 꽃의 역사적 의미와 현재의 실태가 공공연한 갈등 관계에 있다면, 우리는 서로 무엇을 건네는 것일까? 장미 공장의 한 노동자가 네이트에게 말한 적이 있다. "오늘날은 꽃이 다정함이 아니라 눈물로 키워져요. 우리 생산품은 전 세계에서 아름다운 느낌을 표현하는 데 쓰이지만, 우리는 아주 형편없는 대접을 받지요." 나는 슈퍼마켓과 꽃가게에서 파는 장미 절화를 생산하는 여건들이 불편한 진실이라는 것을 어떻게 알게 되었는지 모르겠다. 하지만 그런 여건들이 이 장미를 만들었으니, 장미는 겉으로 보이는 것과 노동 및 산업의 생산품으로서 의미하는 것 사이의 긴장이 유독 강한 아이템이다.

　　어떤 사물에서 얼마나 많은 측면을 벗겨내면 더 이상 그 이름으로 불리던 것이 아니게 될까? 어떤 것이 더 이상 그 자체가 아니라 다른 무엇이 되는 것은 언제일까? 의미가 해체되거나 정의가 계속 확장되다가 아예 거덜 나버리는 것은 언제일까? 장미 농장 견학이 끝나갈 무렵 나는 한 기다란 방으로 안내되었다. 그곳에는 색색의 장미 꽃다발이 담긴 원통형 투명 용기 수백 개가 긴 철제 탁자 위에 줄지어 놓여 있었다. 그것들은 얼마나 오래가는지 시험 중이었고, 각각의 이름이 꽃다발 앞쪽 표찰에 적혀 있었다. 마치 공식 만찬의 좌석 배정표와도 같았다. 소피, 맨덜라, 타이태닉, 티베트(백장미), 에스키모(또 다른 백장미), 비키니, 프리덤,

포버니어, 프라이슬리스, 레이디 나이트, 디플로맷, 라이트 올랜도, 말리부, 클래식 세잔, 컨피덴셜, 마더오브펄 등등. 대부분 영국식인 그 이름들도 그것들이 곧 먼 길을 가야 한다는 사실을 상기시켜주었다.

그러나 놀라운 것은 그곳에 부재하는 어떤 것이었다. 그 천장 낮은 방 안에 있는 수천 송이 장미꽃에서는 아무 냄새도 나지 않았다. 향기란 일종의 목소리, 꽃이 말하는 방식이다. 시인 라이너 마리아 릴케Rainer Maria Rilke는 그것을 "공중에 감도는 애무"라고 했다.[1] 꽃으로 마음을 전하라는데, 이 꽃들은 벙어리였다. 물론 온실에는 향기가 나는 노란 장미들이 심긴 줄도 있었지만, 이 꽃들 역시 겉모습과 지속성을 위해 가꾸어진 것이었고, 그 두 가지야말로 그것들을 수익 상품이 되게 해주는 것이었다(종종 장미는 연약하다고 생각되지만, 다른 꽃들에 비해 오래가는 꽃이다. 다른 많은 꽃들은 너무나 섬세하고 단명하여 대량 생산이나 해외 수출이 불가능하다). 향기는 일부러 교배되지도 않았지만, 굳이 찾는 이도 없었다.

하지만 장미에 대한 오랜 찬사는 눈 못지않게 코를 자극하는 것에 대해서였다. 셰익스피어는 이렇게 선언했다. "장미는 보기에도 아름답지만, 그 안에 사는 달콤한 향기 때문에 한층 더 아름답게 느껴진다네."[2] 향기에 대한 구어적인 표현들도 있다. 바삐 사느라 잊고 지내는 좋은 것들을 새삼 생각해보라고 할 때 '걸음을 멈추고 장미 향기를 맡아보라stop and smell the rose'고 하며, 상황이 악화될 것 같다가 운 좋게 반전될 때도 '장미처럼 향기를 풍기며 나온다come out smelling like a rose'라고 말한다. 이 모든 것의 전제는 장미가 향기롭다는 것이다. 장미향을 추출하는 것은 적어도 BC 13세기 이래의 기술로, 그 무렵 페르시아, 바빌론, 그리스 등지에서는 향유가 생산되었다. 향기 추출에 가장 앞장선 것은 페르시아인들이었다고 하며, 그 고대의 방법들은 오늘날 이란 가정에서도 여전히 쓰이고 있다. 이 향유 제조자들에게는 747 비행기에 실린 165만 송이의 장미가 아무 쓸모도 없었을 것이다.

하지만 장미에 향기가 없다는 것은 그 견학이 불편했던 이유들 중에 사소한 편에 속했다. 온실 다음에는 작업장을 둘러보았는데, 온실에서 들여온 장미들을 포장된 꽃다발로 만들어 내보내는 드넓고 썰렁한 공간이었다. 어떤 꽃다발들에는 이미 바다 건너 멀리 있는 슈퍼마켓의 이름과 가격이 찍힌 라벨이 붙어 있었다. 그것은 장미 농장이라기보다, 장미라는 제품을 생산하는 공장이었다. 바닥은 축축했고, 잎사귀와 가시 달린 줄기, 꽃잎들이 널려 있었다. 노동자들은 대부분 젊고 동작이 빨랐으며 고무장화를 신고 회색 작업용 점프슈트나 구호가 찍힌 작업용 셔츠를 입고 있었다. 고무장갑을 착용한 이들도 있었다.

싸늘한 공기 속에서 150명쯤이 일하고 있었다. 나는 그들이 나날이 겪는 시련에 틈입자가 된 기분이었다. 그들의 상사와 함께 있다는 것은 마치 내가 그 시스템을 용인하고 나 자신도 관리자들과 한편이 되어 위협적이고 억압적으로 보일 수 있는 방식으로 그들을 지켜보고 있음을 의미했기 때문이다. 너무 바삐 돌아가는 작업이라 중단하기 어려워 보였고, 네이트와 내가 묻는 질문에도 마음 편히 대답할 수 없을 것 같았으므로 노동자들에게 그저 인사와 감사의 말 이상은 해봐야 아무 소용이 없을 듯했다.

장미는 흙에서 재배되었지만, 꽃다발은 여느 대량 생산 제품과 마찬가지로 생산 라인 위에서 조립되었다. 남자들이 장미가 실린 큰 수레를 밀고 작업장 안을 돌아다녔고, 다른 남녀 노동자들이 직사각형 망사 천에 싸인 장미들을 가져다가 색깔과 줄기의 길이 등 기준에 따라 분류한 후에 방의 길이만 한 괴물 빗처럼 생긴 일종의 틀에 실었다. 장미들은 빗살 사이로 추려졌고, 반대편에서는 또 다른 노동자들이 장미를 한 번에 몇 송이씩 꺼내 다발로 모으고 특성과 유사성에 따라 추린 다음 모든 봉오리들—활짝 핀 것은 없고 늘 봉오리뿐이었다—이 나란하도록 묶고 줄기들을 같은 길이로 잘라냈다. 잎사귀들을 떼어내는 작업을 하는 사람들도 있었고, 양동이에 물을 담아 완성된 꽃다발을 냉장실로 실어가는 사람들도 있었다. 그 방은 냉동 직전의 온도로, 그곳에서 선적을 위해 분류되는 것이었다. 어떤 꽃다발들은 실제로 컨베이어벨트—포드 자동차 공장의 상징과도 같은 구조물—에 실리기도 했다.

방문이 끝나갈 즈음, 우리는 일찍이 내가 본 가장 부자연스러워 보이는 장미 꽃다발 몇 개 중에 하나를 골라 갖게 되었다. 꽃잎 가장자리에 진분홍빛이 도는 흰 장미에 안개꽃과 일종의 베리 잔가지가 섞인 꽃다발이었다. 네이트와 나는 그나마 거부감이 덜 드는 것을 하나씩 골라 가졌다. 꽃다발을 거절한다는 것은 너무나 복잡한 일이 될 것 같았기 때문이다. 나는 내 것을 수치의 깃발과도 같이 들고 나왔다. 싸구려 장미의 매력에 넘어가 그것이 아름답다고 생각하며 구매한 사람으로 보일 것이었다. 거의 모든 사람이 그 장미 꽃다발이 어떤 추악함으로부터 나오는지 아는 곳에서 말이다.

이튿날의 견학 후에 나는 그 점을 더 잘 알게 되었다. 우리는 첫날 방문했던 작은 마을로 돌아가 한적한 골목에 있는 화훼산업 여성 노동자의 집을 찾아갔다. 그곳에서 베아트리스 푸엔테스가 '화훼산업노동자를 위한 노동권단체Casa de Las y Los Trabajadores de las Flores'를 운영하고 있었다. 그녀는 갈색 스웨터를 입고 긴 머리칼을 뒤로 모아 땋은 건장한 여성으로, 네이트를 반갑게 맞이했고 우리에게 앉으라고 권했다. 그녀는 먼저 자신의 이야기를 들려주었다(스페인어로 말했고 네이트가 통역해주었다). 그녀는 1997년 열일곱 살에 처음 그 일을 시작했다. 화훼 산업 자체가 변화를 겪던 시기였다. 처음에는 가부장적인 시스템으로, 사주가 노동자들에게 점심, 현장의 젖소에서 짜낸 우유, 연례 축제 같은 선물과 물자를 나눠주기도 했다. 그러다 갑자기 상황이 달라졌다. 전통적인 선물과 상급이 중지되었다. "그들이 들어와 효율성이니 생산성이니 하는 것에 대해 말하기 시작했어요. 우리가 일하던 방식을 완전히 뒤집어놓은 거지요."

노동자들은 더 이상 직원이 아니라 하청인이요 임시직이

되었고, 그러므로 어떤 노동자도 장기 피고용인의 권리를 얻을 수 없었다. 한 회사에서 수십 년을 일한 후에도. 병들거나 다친 이들, 자신의 권리를 주장하거나 단체를 조직하는 이들은 해고되기 십상이었다. 급료 인상도 없었다. 대부분의 노동자들이 월 256달러가량을 벌었고, 돈을 더 벌기 위해서는 초과 근무를 하는 수밖에 없었다. 네이트는 자신의 보고서에 이렇게 썼었다. "성수기, 가령 어머니날이나 밸런타인데이가 가까워질 무렵이면, 직원들은 주당 근무 시간이 100시간도 되었다고 말했다. 여성들, 그 대다수가 싱글 가장인 여성들은 기형아 출산율 상승과 연관된 수많은 독성 화학물질에 노출되었다."

베아트리스가 지적한 또 다른 중요한 변화는 노동자들을 연구하는 엔지니어들이 투입되었다는 것이었다. 그들은 작업 교대조 중 누가 화장실에 몇 번 갔는지, 또 누가 꽃을 집어 드는 데 얼마나 오래 걸리는지 등을 일일이 기록했다. 그 모든 정보는 노동자들에게 생산성을 높이고 행동의 자유를 최소화하도록 요구하는 새로운 규정을 만드는 데 활용되었다. 작업장은 우리가 선샤인부케에서 보았듯이 현대화되었고, 노동자들은 온종일 한 가지 일만 하게 되었다. 노동자들은 광대하고 끊임없이 돌아가는 기계의 부속이 되었으며, 기계가 점점 빨라질수록 노동자 각자는 30년 전에 하던 것의 몇 배나 되는 일을 해야만 했다.

베아트리스는 우리에게 온실에서 있었던 일을 얘기했다. "그들은 그쪽으로 두 세 명의 커터를 보내 온종일 자르게 했어요.

가위를 들고 자르고 또 자르는 거지요. 그들 뒤에서는 한 여자가 —우리는 그녀를 '스케이터'라 불렀는데—그 꽃들을 집어서 개수를 세고 꼬리표를 붙여 가져갔고요. 하지만 그건 한 사람이 온 종일 자르고 자르고 자르고 자르기만 해야 한다는 거예요. 회사가 들어선 후 생겨난 문제들 중 또 한 가지가 그거였어요. 같은 기능의 반복으로 인한 직업병 말이에요. 꽃을 자를 때 가위를 써야 했던 것처럼, 그 작업장의 여자들은 꽃을 추려야 했고, 활액낭염, 건염, 회전근개 증후군 등을 얻게 되었어요."

베아트리스 자신도 열두 해 동안이나 꽃을 자른 끝에 팔에 통증을 얻게 되었다. "일반 보건의에게 갔더니 몇 가지 질문을 하고 검사를 하더군요. 결국, 꽃 일 때문에 수근골 증후군과 건염이 생겼다는 진단이었어요." 그 진단을 가지고 그녀는 고용주의 의료 프로그램으로 보내졌다. "서른한 살에 나는 감자 깎기, 아이의 옷 다리기, 설거지 등으로 인한 건염과 수근골 증후군이 생겼다는 말을 들었어요."

다른 세 여자가 이야기에 끼어들었다. 모두 사반세기 이상 동안 주요 화훼 생산업자를 위해 일해왔고, 그 결과 정상적인 생활에 지장을 주는 고통스러운 만성 질환을 얻게 되었음에도 불구하고 여전히 그 일을 계속하고 있었다. 그들은 성적인 괴롭힘에 대해, 아이가 아파서 출근하지 못했다는 이유로 해고당한 여자에 대해, 정당한 권리와 보호를 얻기 위해 노조를 결성하려는 투쟁에 대해 이야기했다.

베아트리스는 2004년에야 자신이 일하는 회사에 어렵사리 조합을 만들 수는 있었다면서, 이렇게 토를 달았다. "꽃 회사들은 항상 반노조 정책을 써왔어요. 이 분야에 몸담은 이래, 나는 적어도 열다섯 군데 꽃 회사가 문 닫는 것을 보았는데, 모두 같은 이유에서였어요. 노동자들이 권리를 위해 조직을 만들고 싸우기로 하면, 회사들은 차라리 문을 닫고 파산 신청을 하는 편을 택해요. 우리에게 단결권을 주지 않기 위해서지요."

문제는 단지 인간적인 것만이 아니었다. 네 여자는 화훼 산업에 소비되는 물이 지하수를 고갈시키고 있다고 설명했다. "우리는 물 부족을 겪고 있어요. 꽃은 60퍼센트가 물이라는 걸 기억해야지요. 꽃 한 송이를 사도 60퍼센트는 물이고 40퍼센트만 고체라는 말이에요. 그러니까 우리가 수출하는 건 엄청난 양의 물이지요. 게다가 사람들은 보고타의 사바나 지역은 공기가 맑다고 생각하는데, 그것도 거짓말이에요. 이 사바나 지역과 인근 지자체들의 공기는 고도로 오염되어 있어요. 60년 동안 누적된 화학물질과 살균제 때문이지요. 이 살균제 때문에 나비는 물론이고 다른 곤충들과 벌레들, 여기 살던 수많은 곤충들이 죽었어요. 다시 말해 화훼 산업의 문제는 사회 문제이자 노동 문제일 뿐 아니라 환경 문제이기도 하다는 거예요. 그러니까 화훼 산업에서는 사회, 노동과 관련된 쟁점들이 중요하고 우리가 여기서 하는 일도 그와 관련된 거지만, 환경적인 측면도 끔찍해요. 그것은 물을 고갈시키고, 동식물과 공기와 모든 것을 망쳐버렸어요."

장미의 추악함은 그런 식으로 생산된다는 데 있을까, 아니면 우리가 그 점을 간과한다는 데 있을까? 장미는 어떤 것처럼 보이지만 실은 다른 것이라는, 일종의 거짓말이 되었는가? 그것들은 이제 기만의 징표, 실제 생산 여건보다 외관상의 아름다움을 표의하는 일종의 기만이 아닌가? 오웰의 작품 상당 부분은 다양한 종류의 추악함에 대한 것이었지만, 그가 추악하다고 본 것은 그가 아름답다고 본 것의 잘 드러나지 않는 이면이었다.

오웰에게는 아름다움과 추함의 너무나 많은 것이 언어에 있었다. 그는 모든 계약의 핵심이 되는 계약으로서의 언어에 열정적으로 투신했다. 말들은 그것들이 묘사하는 것—그것이 사물이든 사건이든 이념이든—과의 신뢰할 만한 관계 속에 존재해야 했다. (양가성, 애매성, 혼동, 엇갈리는 시각, 믿을 만한 정보의 결여 등에 맞닥뜨린다 해도 그런 정황 자체에 대해 정직한 태도를 취함으로써, 주제가 명확하지 않을 때에도 명확할 수 있다. 가령 그가 『카탈루냐 찬가』에서 자신은 몇몇 상황의 진실을 알지 못하며 다른 사람들에게서 본 것을 보고할 수 있을 따름이라고 말할 때처럼 말이다.) 깨진 계약을 가리키는 다른 말은 거짓말이다.

거짓말은 앎과 연결의 능력을 잠식한다. 앎을 차단하거나 왜곡함으로써, 또는 거짓을 유포함으로써 거짓말쟁이는 다른 사람들로부터 정보를 박탈한다. 정확한 정보는 공적이고 정치적인 삶에 참여하기 위해, 위험을 피하기 위해, 자기 주위의 세계를 이해하기 위해, 원칙에 따라 행동하기 위해, 자신과 다른 사람들과 상황을 알기 위해, 좋은 선택을 하기 위해, 그리고 궁극적으로는 자유로워지기 위해 필수적인데 말이다. 거짓말쟁이는 자신이 아는 것과 거짓말의 희생자가 아는 것 사이에 쐐기를 박는다. 거짓말에 넘어가는 사람 내지 사람들은 전적으로 믿을 수도, 혼란에 빠질 수도, 의심할 수도 있다. 심지어 그들은 자신이 기만당하고 있음을 알 수도 있지만, 그런 경우에도 기만의 본질이나 그것이 은폐하려 하는 바에 대해서는 알 수도 알지 못할 수도 있다. 권위주의자들은 종종 사람들로 하여금 뻔히 거짓말인 줄 아는 것에 동조하게끔 종용하며, 또 다른 이들을 기만할 수도 있을 마지못한 공모자들로 만든다. 아는 것은 힘이니, 앎의 공평한 분배는 다른 여러 형태의 평등과 불가분이다. 사실을 알 공평한 권리가 없이는 의사 결정에서 공평한 능력을 가질 수 없다.

거짓말이 특정한 정보들이 새어나가는 것을 방해하려 하듯이 또 다른 종류의 권력 남용들도 사실과 정보와 시각들이 들어오는 것을 방해하려 하며, 그러기 위해 특정 계층 사람들의 목소리와 증언을 법으로써 배제하고, 그들의 신용을 떨어뜨리거나 그들에게 겁을 주며, 그들의 종속적 지위를 영구화한다. 근년의 내 저작 중 상당 부분은 목소리의 불평등에, 즉 성과 젠더에 관한 폭력이 인종차별과 마찬가지로 어떻게 일부 음성들을 침묵시킴으로써 자행되어왔던가에 관심을 촉구해왔다. 침묵을 강제하기 위해 흔히 위협과 폭력이 동원되었을 뿐 아니라 체계적인 저평가도 행해져왔으니, 그런 음성들은 신뢰할 수 없고, 말할 자격도 귀담아 들을 가치도 없으며, 우리의 삶이 어떤 종류의 세상에서 어떻게 살아져야 하는가를 결정하는 장소들에는 들어올 가치조차 없는 것으로 묘사되어왔다.

한 사회에서 일부 음성들을 평가 절하하는 것은 실제로 용인되고 장려되는 어떤 것을 마치 존재하지도 않는 듯이 취급함으로써 사회가 그것에 공식적으로 반대할 수 있게 만든다. 오웰의 가장 의미심장한 맹점 중 하나는 젠더에 관해, 결혼과 가정이 어떻게 권위주의 체제의 축소판이 될 수 있는지, 진실을 탄압하고 강자를 보호하는 거짓을 선포하기에 이르는지에 관한 것이다. 이런 관행은 일터와 학교(그는 학교에서 일어나는 권위주의에 대해서는 명확히 인식하고 있었다)에서, 공적 생활에서, 그리고 사생활에서는 법과 관습과 문화에 의해 강화되는 부분들에서 복제된다. 그는 그런 불평등을 (드문 예를 제외하고는) 전략적으로 망각했던 세대에 속했다. 이후로 우리는 그런 불평등을 인식하기 위해 애써왔다. 적어도, 우리 중 일부는 그래왔다. 옛 질서와 그것이 포함하는 탄압 및 배척을 보존하기 위해 역시 힘써 투쟁해온 사람들도 있겠지만 말이다.

오웰의 모든 서평과 문학 에세이에서 여성 작가들이 거의 고려 대상이 되지 않았다는 사실을 근거 삼아 작가 자신이 그렇듯 여성들을 침묵케 하는 쪽이었다고 고발할 수도 있을 것이다. 그가 자기 시대의 문학 운동들 및 경향들을 검토한 에세이 대부분은 남자들에 대한 것이다. 당시 수많은 여성 작가들이 활동하고 있었는데도 말이다. 1940년 헨리 밀러에 대해 쓴 에세이에서 그는 이렇게 말한다. "밀러는 거리의 남자에 대해 쓰고 있는데, 하필 그것이 매음굴로 가득한 거리라니 딱한 일이다."[1] 그 매음굴들에 있는 여자들, 흐릿한 배경으로 남게끔 운명 지워진 듯한 여자들이 아니라, 그가 비평하는 소설이, 그리고 불가피한 주제인 남자가 딱하다는 것이다. 오웰은 인종차별에 대해서는 좀 더 명확한 인식을 보이며, 버마, 인도, 제국주의, 식민주의, 미국의 흑인 차별 등에 대한 글들이 그 점을 잘 보여준다.

최근 들어 어떤 사람의 지각 능력을 저해하려는 시도에 대해 '가스라이팅'이라는 말이 쓰이고 있다. 그것은 대개 사생활의 영역에서 남자가 여자를 몰아세워 그녀 자신의 지각에 대한 믿음마저 잃게 만드는 경우를 가리키던 말인데, 이제 선동가들이 사회 전체에 대해 하는 일을 가리키게 된 것이다. 시셀라 복Sissela Bok은 거짓말에 대한 유명한 책에서 이렇게 쓴다. "기만과 폭력은 인간 존재에 대한 의도적인 공격의 두 가지 형태이다. 양자 모두 사람들로 하여금 자신의 의지에 거슬러 행동하게끔 강압한다. 폭력을 통해 희생자에게 닥칠 수 있는 대부분의 위해는 기만을 통해서도 올 수 있다. 그러나 기만은 행동뿐 아니라 신념에도 작용하므로 좀 더 미묘한 통제를 가져온다.”[2] 거짓말은 정보를 차단함으로써 거짓말쟁이에게 일종의 방패가 되며, 허위를 유포함으로써 검劍이 된다. 사람들이 거짓말을 믿는지 안 믿는지도 중요하지만, 권력을 가진 이들이 휘두르는 믿을 수 없는 거짓말은 그 자체로 파괴력을 갖는다. 강자들의 거짓말 속에서 살도록 강요되다 보면 서사에 대한 자신의 힘을 결여한 채 살게 되며, 종국에 가서는 일체의 것에 대한 힘을 상실하게 된다. 권위주의자들은 진실과 사실과 역사를 무찔러야 할 경쟁 체제로 본다.

오웰의 작가로서의 삶은 위선과 회피에 대한 통상적인 혐오와 함께 시작되었다. 스페인전쟁은 이를 첨예화하여 정치적 삶에서 거짓이 갖는 위력에 초점을 맞추게 했고, 이런 경향은 1940년대의 에세이들과 『동물농장』, 그리고 아마도 제도적 기만에 관한 20세기의 가장 의미심장한 책일 『1984』에서 점차 강해진다. 스페인전쟁에서 프로파간다의 세례를 받은 것이 가까이 있는 자들에게서, 적으로 추정되는 편뿐 아니라 자기편 안에서도 부패를 알아보는 눈을 키워주었다.

그의 편이란 이른바 자유 세계 내의 좌익이요 인텔리겐치아였는데, 당시 그들은 스탈린의 소련이라는 극단적인 거짓말로 이루어진 독재와 전 세계의 전초 기지들 및 지지자들을 묵인하고 있었다. 공산주의는 권력을 모두에게 분배하도록 되어 있었지만, 소련의 지도자들은 우크라이나 기근의 진상에 대해서든 과학적 사실에 대해서든 일체의 정보를 차단함으로써 권력을 독점했고, 그 권력을 무기 삼아 공개재판과 자백 강요, 최근 역사의 말소 및 조작을 자행했다. 소련은 보통 사람들을 거짓말쟁이로 만들어, 그들이 믿지 않는 것을 복창하게 했고 진실이 아님을 뻔히 아는 것에 굴복하게 했다. (장미 공장의 노동자들이 입어야만 했던 작업복에 새겨진 구호들에서도 이런 강압의 냄새가 난다.)

거짓말 위에 세워진 체제가 갖게 마련인 또 다른 핵심적인 양상은 우리의 생각과 행동을 보호해주는 프라이버시의 불평등한 분배이다. 강자는 행동이 은폐되고 각색됨으로써 아무 일에도 책임지지 않아도 되는 반면, 보통 사람은 감시를 통해 프라이버시를 박탈당하고 서로서로에 대해 당국에 알리도록 장려된다. 그런 배신 행위는 문자 그대로의 프라이버시를 침해할 뿐 아니라 국가에 우선하는 사적 관계에 대한 신의를 망가뜨린다. 1932년 우랄 지방에서 아버지를 당국에 고발하여 처형에 이르게 한 소년 파블리크 모로초프Pavlik Morozov※는 영웅으로 선전되어 소련 아동 단체 '어린 선구자들'의 수많은 분과들에 그의 이름이 붙었다. 『1984』에서 윈스턴 스미스의 이웃인 톰 파슨스가 딸에 의해 사상범으로 고발당하는 대목은 그 사건의 반향이다. 파슨스는 사상 교육이 너무나 잘된 딸을 감방에서 서글프게 칭찬한다.

소련과 그 위성국가들에서는 무고誣告가 복수의 손쉬운 수단이었다. 거짓말로 이루어진 체제는 거짓말쟁이들을 장려하고 포상한다. 이것과 항시적인 감시가 사람들에게 두려움을 주어

진짜 생각과 희망과 경험을 다른 사람들에게 터놓지 못하게 만든다. 자본주의 국가들도 시민들의 프라이버시 권리를 침해하고 불법적이고 부도덕한 통치 행위를 은닉한 수치스러운 역사를 지니고 있다. 미국으로 말하자면 반공주의 시대가—그것이 반대하는 체제를 거울에라도 비추듯—이런 프라이버시 및 신념에 대한 탄압과 침해에 가장 가까웠다. (하지만 9·11 이후 시대에 시작된 정부의 시민 감시도 그에 못지않다.)

결국 전체주의하에서는 거짓말로 이루어진 체제가 그 치하에 사는 사람들로 하여금 자신과 다른 사람들의 생각 및 언어에서 진실과 정확성을 찾기를 포기하게 함으로써 그들의 정신 상태를 파탄에 이르게 한다. 때로 이것은 지적 굴복, 믿기 편리한 모든 것을 기꺼이 믿으려는 주눅 든 순응성, 때로는 냉소주의, 아무것도 믿지 않으려는 태도, 모든 것이 다 똑같이 썩었다는 단언 등의 형태를 취한다. 한나 아렌트의 다음과 같은 말이 유명하다. "전체주의 지배의 이상적인 신민은 확신에 찬 나치나 확신에 찬 공산주의자가 아니라, 사실과 허구 사이의 구분(즉 경험의 현실성), 진실과 허위 사이의 구분(즉 사유의 기준)이 더 이상 존재하지 않는 사람들이다."[3] 그 구분을 찾아내어 기록하는 것이 오웰의 주된 과업 중 하나였으니, 아렌트의 말을 뒤집어 전체주의의 강력한 적은 사실과 허구 사이, 진실과 허위 사이의 구분에 열정적이고 분

※   아버지가 처형된 후, 그 자신은 조부모와 숙부, 사촌 등에 의해 살해당했다.

명한 자, 자신의 경험의 현실성과 그것을 증언하는 능력 위에 서 있는 자라고 말할 수 있을 것이다.

아렌트와 오웰은 각기 『전체주의의 기원』과 『1984』에서 비슷한 진단을 내렸다. 아렌트는 1951년에 출간된 이 책에서 전체주의가 낳는 외로움에 대해 이렇게 말한다. "인간은 자기 생각의 파트너인 자신에 대한 신뢰와 도대체 경험이라는 것을 하기 위해 필요한 세계에 대한 기본적인 신뢰를 잃어버린다. 자아와 세계, 생각과 경험의 능력이 동시에 상실되었다." 오웰은 1946년의 「문학 예방」이라는 에세이에서 거짓말이란 "전체주의에 필수적인 요소이며, 강제노동수용소와 비밀경찰이 더 이상 필요 없게 된다 해도 여전히 존속할 무엇"이라고 쓴다.[4] 전체주의적 권력을 갖는다는 것은 진실과 사실과 역사에 대한 권력도 갖는 것이며 꿈과 생각과 감정을 무시하고 그것들에 권력을 행사한다는 것이다. 그는 계속 말한다. "전체주의적 시각에서 보면 역사란 배우기보다 만들어내는 것이다. 전체주의 국가란 사실상 신정神政 국가이며, 그 지배계급은 자기 지위를 유지하기 위해 결코 실수할 수 없다고 생각되어야만 한다. 이런저런 실수를 없었던 것으로, 이런저런 허구적인 승리를 실제로 일어났던 것으로 만들기 위해서는 심심찮게 과거 사건들을 새로 짜 맞출 필요가 생긴다. …… 전체주의는 사실상 과거를 계속 변조할 것을, 결국에 가서는 객관적 진실의 존재 자체를 믿지 말 것을 요구하게 될 것이다."

전체주의는 거짓말 없이는 불가능하다. 그러므로 그것은

언어의 문제요 스토리텔링의 문제이며, 따라서 어느 정도 언어를 가지고 싸워야 한다. 즉 체제가 조작할 수 없는 역사의 언어, 현 상황을 폭로하는 독립된 언론, 진술의 근거를 요구하는 논리적이고 과학적인 방법, 사람들로 하여금 자신의 개념과 원리를 발견하고 세상을 비판적으로 보게 하는 사상의 언어, 언어로써 만든 계약에 대한 존중 등으로 말이다. 관계들을 떠받치고 외로움을 몰아내는 사랑과 우정의 언어로, 경험의 미세한 음영과 뜻밖의 배열을 포착하는 시詩의 언어로 말이다. 이 모든 것은 그것들을 안전하게 행할 자유와 그런 일들이 위험할 때에도 감행할 용기를 요구한다.

오웰의 글은 이렇게 이어진다. "그러나 전체주의로 타락하기 위해 꼭 전체주의 국가에 살아야 하는 것은 아니다. 어떤 생각들이 우세한 것만으로도 일종의 독이 퍼져, 문학적 목적으로 쓸 수 없는 주제들이 차례로 생겨난다. 강요된 정설—때로는 두 가지 정설—이 있는 곳에서는 좋은 글이 더 이상 나오지 못한다."[5] 좋은 글은 자유, 특히 진실을 말할 자유에서 나온다. 최선의 상태에서 말은 사물을 드러내며 선명히 보여준다. 최악의 상태에서는 그 반대가 된다. 오웰은 1946년의 또 다른 에세이 「정치와 영어」에서 그 문제를 다루어 이렇게 쓴다. "과장된 문체는 그 자체로 일종의 완곡어법이다. 다량의 라틴어 단어들은 사실 위에 부드러운 눈처럼 내려 윤곽을 희미하게 하고 세부들을 덮어버린다."[6] 이 에세이는 거짓말뿐 아니라 에둘러 말하기, 회피하기, 막연하고 오해의 소지가 있는 말로 범죄와 타락을 숨기거나 변명하는 것에 대한 글이다. 그는 자신의 동료 작가 및 언론인들이 거짓말을 방조하거나 퍼뜨리는 것을, 그리고 언어를 기만과 은닉의 수단으로 쓰는 것을, 정치인들이 그렇게 하는 것 못지않게 우려했다.

엉성한 언어에 대한 그의 혐오는 부분적으로는 심미적인 것이었지만, 그는 그것이 얼마나 손쉽게 잔혹성을 정당화하거나 은닉하는 수단이 되는가를 분명히 지적했다. "우리 시대에 정치적인 말과 글은 주로 변호할 수 없는 것에 대한 변호이다. 계속되는 영국의 인도 지배, 러시아에서 일어나는 숙청과 추방, 일본에 대한 원자탄 투하 같은 일들은 실로 변호할 수 있긴 하지만, 그 변론을 이루는 주장들은 너무 잔혹해서 대부분의 사람들이 직시할 수 없고 정당들이 표방하는 목적들에 부합하지 않는다. 그러므로 정치적인 언어는 주로 완곡어법과 논점 회피, 그리고 온통 아리송한 말투를 쓰게 된다."[7]

그는 이 에세이에서 진부한 은유들을 비판하지만, 그 자신은 좀 더 참신한 것들을 쓰며, 은유라는 것이 흔히 그렇듯 그것들은 자연 세계에서 온 것이다. 우선 내려 쌓이는 눈이 그 아래 있는 것을 감싸 덮는 이미지, 순백의 이미지가 나오고, 뒤이어 어둠의 이미지가 나온다. "진짜 목적과 겉으로 내세우는 목적이 다를 경우, 사람은 거의 본능적으로 긴 단어와 진부한 숙어에 의존하게 된다. 마치 오징어가 먹물을 내뿜듯이 말이다."[8] 흰 눈과 먹물이라니, 격앙된 에세이에서는 우아한 반전이다. "그러나 생각이 언어를 타락시킨다면, 언어도 생각을 타락시킬 수 있다." '타락 corruption'이란 어떤 것을 윤리적으로 무너뜨리는 것과 쇠퇴와 부패의 상태로 들어가는 것을 모두 뜻한다. 그것은 라틴어로 '깨뜨리다'라는 뜻의 rumpere라는 말에서 왔다. 부패는 파손이며 해체이다. 계약을 깨뜨리는 것이나 사물의—과학의, 역사의, 지식의, 관계의, 의미의, 그리고 정신과 육체와 장소와 생태계의—온전함을 잃어버리는 것은 그래서 추하다.

그는 낱낱의 단어에서 이 연결하고 지각하는 능력을 엿보았다. 『1984』의 영어가 당국에 의해 뉴스피크로 단축되는 것은 그 때문이다. 진리부部에서 언어를 줄이는 일을 맡은 스미스의 동료는 이렇게 말한다. "자네는 뉴스피크를 만든 목적이 사고의 폭을 좁히는 데 있다는 걸 모르나? 결국 우리는 사상죄를 문자 그대로 불가능하게 만들 걸세. 그걸 표현할 말 자체가 없을 테니까."⁹ 모든 단어는 일련의 직간접적인 관계를 나타내는 것이요, 생태계의 한 종이다. 한 단어의 죽음은 그만큼 언어와 사고의 가능성을 깎아낸다. 종국에는 사고 자체가 불가능하게 되어 체계가 무너지고 말 것이다. 주된 종들이 멸종하고 나면 생태계가 붕괴하듯이.

소설에는 뉴스피크에 관한 부록이 딸려 있으며, 거기서 오웰은 free라는 단어가 단지 '이 개는 이[蝨]가 없다'라고 할 때처럼 '~이 없는free from'이라는 뜻으로 줄어든 과정을 묘사한다. "그것은 더 이상 '정치적으로 자유로운'이라든가 '지적으로 자유로운'이라는 옛 의미로는 사용될 수 없었다. 왜냐하면 정치적이고 지적인 자유라는 것은 개념으로서도 더 이상 존재하지 않았고, 따라서 의당 이름 없는 것이 되었기 때문이다."[10] 그것은 단지 특정 단어들의 멸실이 아니라 단어들의 복잡성과 뉘앙스, 음영, 환기력의 상실이었다. 그가 다른 곳에서, 자연계에서 끌어온 또 다른 직유에서 썼듯이 "상상력이란 야생 동물들과 마찬가지로, 가둬두면 번식하지 못한다."[11] 뉴스피크는 생각을 가두는 우리였다.

「정치와 영어」는 너무 헐겁고, 엉성하고, 막연하고, 우회적이고, 회피적인 언어를 비판한다. 『1984』는 너무 옥죄는, 어휘도 함의도 너무 제한적인 언어, 어떤 단어들은 말살되고 또 어떤 단어들에서는 풍부한 환기적 의미들이 소거된 언어를 묘사한다. 그 중간 어디쯤에, 명료하지만 환기력이 풍부한 언어의 가능성이 있다. 그 언어 안에서 말하고 글 쓰는 이의 모색은 듣거나 읽는 이의 모색을 촉구할 것이며, 언어에는 다소 야생적인 무엇이 있어서 그 야생적인 것과 자유로운 것이 겹쳐질 것이다. 그 전일성, 그 준수된 계약들, 연결하고 힘을 주고 해방하고 조명하는 말들의 사용을 통해 온전케 하려는 노력이야말로, 다른 사람들의 글에서나 그 자신의 작가로서의 노력에서나 그가 가장 신봉하고 또 가장 경하했던 아름다움이다.

그런 아름다움은 아름다움이라는 말이 흔히 시사하는 시각적 미려함과 반드시 비슷할 필요가 없다. 1946년 에세이 「나는 왜 쓰는가」는 그런 문제 전반을 다룬 글이다. 글을 쓰는 몇 가지 동기 중 하나로 그는 다음과 같은 것들을 꼽았다. "외부 세계의 아름다움에 대한, 또는 그에 상응하는 단어들과 그 적절한 배열이 갖는 아름다움에 대한 지각. 어떤 소리가 다른 소리에 미치는 영향이나 훌륭한 산문의 견고함과 훌륭한 이야기의 리듬에서 발견하는 즐거움. 자신이 가치 있다고, 놓쳐서는 안 된다고 느끼는 경험을 나누고자 하는 욕구."[12] 그도 젊었을 때는 "결말이 불행하고, 자세한 묘사와 매혹적인 비유로 가득한, 그리고 어느 정도 소리를 위해 택한 단어들로 이루어진 화려한 구절이 가득한, 거창한 자연주의소설을 쓰고 싶었다"고 말한다. 물론 그런 화려함에 대한 애정은 오래가지 않았다. "내 작업들을 돌이켜보면, 따분한 책들을 쓰고 화려한 문구나 의미 없는 문장, 장식적인 형용사나 허튼소리에 빠져 있었던 것은 어김없이 '정치적' 목적이 결여되어 있던 때였다."[13]

윤리적 목적이 심미적 수단을 첨예하게 한다는 점을 그는 분명히 한다. 그를 무의미에서 구해낸 것은 정치였다. "평화로운 시대였다면 나는 장식적이거나 그저 묘사적인 책들을 썼을지도, 그리고 내 정치적 방향성에 대해서는 거의 의식하지 못했을지도 모른다. 그런데 실제로는 일종의 시사 논설 작가가 될 수밖에 없었다."[14] 하지만 시사 논설을 쓰는 것도 나쁘지 않았고, 심미적 요구나 즐거움이 없는 일도 아니었다. "지난 10년을 통틀어 내가 가장 하고 싶었던 것은 정치적인 글쓰기를 예술로 만드는 일이었다. …… 내가 글을 쓰는 것은 폭로하고 싶은 어떤 거짓이나 주목하게 하고 싶은 어떤 사실이 있기 때문이다. 내 우선적인 관심사는 사람들이 들어주는 것이다."[15]

　뒤이어 내 오랜 신조가 되어준 문장들이 나온다. "하지만 나는 책을 쓰는 일도, 그저 좀 긴 잡지 기사를 쓰는 일도, 그것이 또한 심미적인 경험이 아니었다면 해낼 수 없었을 것이다. 내 작품을 꼼꼼히 읽는 사람이라면, 노골적인 선전 글이라 해도 전업 정치인의 눈에는 무관하게 보일 대목들이 많다는 걸 알 것이다. 나는 어린 시절에 갖게 된 세계관을 완전히 버릴 수도 없고 그러고 싶지도 않다. 살아서 정신이 멀쩡한 한, 나는 줄곧 산문 형식에 애착을 가질 것이고, 이 땅의 표면을 사랑할 것이며, 구체적인 대상들과 쓸데없는 정보 조각들에서 즐거움을 맛볼 것이다."[16] 무관하게 보일 만한 것이란 일련의 즐거움들과 개인적인 열심들이다. 마치 '빵과 장미'에서 장미처럼 말이다. (어린 시절에 갖게 된 세계관이란 많은 사물에 대한 폭넓고 길들여지지 않은 흥미, 특히 뒤이은 문장에 나오는 땅의 표면에 대한 사랑 같은 것일 터이다.)

　명징성, 엄밀성, 정확성, 정직성, 진실성 같은 것들이 그에게는 심미적 가치들이요 즐거움이었다. 1937년 그가 스페인에서 자신의 이상을 위해 싸우고 있던 때에, 아일린 블레어는 『위건 부두로 가는 길』의 출판업자에게 이런 편지를 썼다. "제 남편이 특히 바꾸기 원하는 말은 제1장 끝에서 두 번째 문단에 있습니다. 원고에는 그 문장이 이렇게 되어 있습니다. '내 평생 처음으로, 철길 옆 빈터에서 나는 갈까마귀들이 교미하는 것을 보았다.' 제 남편에 따르면, 골란츠와 그는 '교미하는 것copulating'을 '구애하는 것courting'으로 바꾸었다고 합니다만, 그는 그 문장을 이렇게 바꾸기를 원합니다. '나는 갈까마귀들이 흘레하는treading 것을 보았다.' 왜냐하면 그는 갈까마귀들이 구애하는 것을 수백 번은 보았으니까요. 물론 혹시라도 골란츠가 마음을 바꾸어 '교미하는'을 그대로 두었다면 더 좋겠지만, 그럴 가망은 없을 것 같습니다."[17] 이렇게 아주 작은 문제에까지도 그는 신경을 썼다.

명징성, 정직성, 정확성, 진실성 등이 아름다운 것은 그런 것들 가운데서 비로소 대상이 진실하게 재현될 수 있고, 앎이 민주화되고, 사람들이 힘을 얻고, 문들이 열리고, 정보가 자유롭게 이동하고, 계약들이 준수되기 때문이다. 다시 말해 그런 글은 그 자체로 아름다우며, 그 글에서 흘러나오는 것에서도 아름답다. 오웰의 작품에는 더 인습적인 종류의 아름다움—버마의 숲에서 영국의 초원에 이르는 자연 경관, 그 모든 꽃들과 두꺼비의 황금빛 눈알에 이르기까지—도 있다. 하지만 윤리와 심미성이 별개가 아닌 이 아름다움, 진실과 전일성의 언어적 아름다움이야말로 그가 자신의 글쓰기에서 도달하고자 노력했던 핵심적인 아름다움이다. 그런 아름다움은 언어와 그것이 묘사하는 것 사이, 한 사람과 다른 사람 사이, 한 공동체나 사회의 구성원들 사이에서 일종의 온전함이요 유대감으로 작용한다.

VII

오웰강
The River Orwell

버넌 리처즈, 「오웰과 아들」(1945).

1936년, 한 젊은 작가가 장미를 심었다. 10년 후, 더 지치고 더 현명해진 남자는 더 야심 찬 규모로 또 다른 정원 만들기에 착수했다. 잉글랜드 남부 월링턴의 작은 정원과 스코틀랜드 서해안에 있는 주라섬의 작은 농장으로 발전한 정원 사이 10년 동안, 그의 인생은 여러 차례 달라졌고 작가로서는 이전과 비교할 수 없을 만큼 성장했다.

그는 전쟁 기간 동안 많이 초췌해졌다.※ 아일린은 정부 일

※　1939년 제2차 세계대전이 발발하자 오웰은 군대에 지원했으나 건강이 좋지 않아 입대불가 판정을 받았고, 그 후 민방위대에 지원해 3년간 하사로 복무했다.

—처음에는 정보부의 언론 및 검열국, 나중에는 식량부에서 일했다—때문에 진작부터 런던에 살고 있었고, 그도 그녀와 합류했다. 1941년부터 1943년까지, 그는 BBC에서 방송 대본을 쓰고 제작진과 함께 일하며 작가들을 비롯해 대담에 참여할 사람들을 주선했는데, 모두 인도에서 방송될 프로그램을 위한 것이었다. 이 새로운 직장은 정원 가꾸기는 물론이고 글 쓸 시간의 상당 부분을 포기하는 것을 의미했지만, 그래도 한 사람이 더 봉급을 받게 된 덕분에 그들은 결혼한 이래 처음으로 비교적 풍족하게 지낼 수 있었다. 전쟁 기간 대부분을 런던에서 지내며 월링턴에는 주말에만 이따금 돌아갔으므로, 시골집은 폭격으로 집을 잃었거나 휴가를 보내기를 원하는 친구들에게 빌려주었다.

BBC에서 그와 함께 일했던 존 모리스John Morris는 그가 "샤르트르 대성당 전면의 인물상들을 닮았다"고 생각했다. "키가 크고 여윈 그에게는 수척한 고딕적 분위기가 있었다. 그는 자주 웃었지만, 가만있을 때 그의 주름진 얼굴에서는 돌에 새겨져 갖은 풍상을 겪은 중세 성인의 잿빛 금욕주의가 느껴졌다. …… 그에게서 가장 눈에 띄는 것은 숱 많고 뻣센 머리칼과 특이한 눈빛이었다. 다정함과 열광이 뒤섞인 그 눈빛은 그가 보통 사람들보다 더 많은 것을 보고 있음을 말해주는 듯했다(실제로 그랬다)."[1] 그가 쌕쌕거리며 숨 쉬던 것, 그리고 조금만 힘들어도 지쳐버리던 것을 회고하는 이들도 있다. 그는 소진되어가고 있었다. 적어도, 그의 육신은 그랬다.

그의 문학 작품은 급속한 인기를 얻었다. 1945년에 출판된 우화 『동물농장: 어떤 동화』는 그가 처음으로 상업적 성공을 거둔 작품이었다. 그는 전쟁 동안 아일린의 격려와 조언을 받아가며 그것을 썼다. 그들은 집 아닌 다른 곳에서 지내고 있었으니, 런던에 있던 건물 꼭대기 층의 아파트가 1944년 6월 28일 독일군의 폭격으로 박살 난 때문이었다. 그래도 산산조각이 나 먼지를 뒤집어 쓴 물건들 사이에 이 책의 원고가 남아 있었다. "원고가 폭격을 맞았고, 그래서 그것을 다소 늦게, 그리고 구겨진 상태로 보내게 되었지만, 전혀 손상된 데는 없다"라고 그는 파버앤드파버 출판사의 T. S. 엘리엇에게 보내는 편지에 썼다.[2] 엘리엇은 그 책을 거부한 여러 편집자 중 한 사람이 되었다.

폭격 몇 주 전에, 그들은 아기를 입양하여 아이를 갖고 싶다는 그의 오랜 꿈을 이루었다. 아일린은 다소 양가적인 태도였지만, 그녀 자신의 건강이 좋지 않다는 것이 한 가지 요인이었을 것이다. 리처드 호레이쇼 블레어Richard Horatio Blair라는 이름으로 세례를 받은 아이는 성정도 편안하고 발육이 좋았으며, 이내 두 사람 다 아이에게 정성을 쏟으며 기뻐하게 되었다. 하지만 실제로 모든 일을 그만두고 아이를 돌본 것은 그녀였다(그도 집에 있을 때는 아이에게 열심이었지만, 대개는 집에 없었다). 채 1년이 못 지나, 그가 종전終戰에 관해 보도하러 독일에 가 있는 동안 아일린이 죽었다. 그녀는 얼마 전부터 건강이 좋지 않았었다. 아마도 전시의 배급제와 빈약한 식사가 그녀의 건강을 해쳤을 터이다. 오웰은 그녀가 여러 해 동안 사무실에서 오래 일한 것에도 탓을 돌렸다. 두 사람 다 엄청나게 담배를 피웠다(그녀는 자기들이 담배를 줄이면 더 넓은 아파트에서 살 수 있다고 말한 적도 있었다).[3]

그녀의 주된 병명은 자궁근종이거나 그 비슷한 것으로 만성적인 출혈과 빈혈, 그리고 때로는 급성 통증을 일으켰다. (그녀는 하혈, 그는 각혈을 했으니, 실로 지독히 건강이 나쁜 부부였던 셈이다. 그녀는 아이를 입양할 때 자격심사에서 질문을 받으면 대답하기 곤란할 진단을 받게 될까 봐 의사에게 진찰받기를 미루었다.) 마침내 수술을 받으러 가면서 그녀는 남편에게 가슴 아플 만큼 애정 어린, 그리고 자기 자신보다도 비용을 걱정하는 편지를 남겼다. 1945년 3월 29일, 그녀는 수술을 받던 중에 죽었다. 필시 마취 탓이었을 것이다. 그녀는 서른아홉 살이었다.

1946년의 오웰은 감탄할 만하다. 아일린의 죽음을 전후하여, 1943년 3월에는 이미 홀몸이던 어머니마저 세상을 떠났고, 1946년 5월에는 누나가 죽었다. 그 자신의 건강도 악화 일로였고, 슬픔과 탈진에 빠져들 만도 했지만, 그는 오히려 많은 글을 썼고 계획들을 잔뜩 갖고 있었다. 그중 하나가 당시 붙인 제목으로 『유럽의 마지막 인간The Last Man in Europe』이라는 야심만만한 소설을 쓰는 것이었고, 다른 하나는 브리튼의 섬들 중 가장 외진 헤브리디스 제도의 주라섬에서 새로운 삶을 시작하는 것이었다. 그는 1944년 여름에 잠깐 그 섬에 간 적이 있었다. 생계를 꾸리기 위해 그는 "저널리즘에 깔려 죽을 것만 같다"고 불평을 하면서도 영웅적인 속도로 에세이와 서평을 써냈고, 그해 겨울과 봄에는 때로 일주일에 네 편을 쓰기도 했다.

그 무렵 쓴 글 중에 일상적인 안락함과 즐거움을 구가하는 몇 편의 에세이가 있다. 이것들은 1945년 말부터, 그가 저널리즘을 접고 장차 『1984』라는 제목을 갖게 될 소설을 시작하기 위해 주라섬으로 이주한 1946년 5월 사이에 쓰인 글들이다.※ 이 에세이들에 대해서는 실제적인 설명이 가능하다. 일에 치인 작가에게 그 가정적이고 목가적인 주제들은 그다지 자료를 읽거나 달리 조사할 필요가 없는, 단순한 몽상이라고나 할 것들이었다. 그러므로 가볍게 취급될 수도 있겠지만, 그가 쓰게 될 묵직한 소설에도 그 가벼운 에세이들의 흔적이 남아 있다. 그뿐 아니라 그의 가장 통렬한 정치적 작품에도 "이 땅의 표면"에서 누리는 즐거움들과 "구체적인 대상들과 쓸데없는 정보 조각들"이 나타나듯이, 이런 에세이들에도 정치가 나타난다. 전후 영국에서 누구나 접할 수 있는, 저렴하거나 거저인 즐거움과 일상생활의 풍미를 글감으로 삼는다는 것 자체가 정치적인 일이었고, 의미와 가치의 주된 원천으로 자연에 주목한 것도 그렇다. (책이 보통 사람들에게 허락되지 않는 사치가 아님을 입증하기 위해 책값과 담뱃값을 비교하는 에세이※※를 쓴 것도 같은 시기의 일이다.) 그런 글쓰기는 정치적인 동시에 교화

※   오웰은 1945년 9월 주라섬의 한 어부 집에 묵던 중에 섬 북쪽의 반힐(Barnhill)
      을 발견했고, 1946년 5월부터 그곳을 빌리기로 했다.
※※   1946년 2월 《트리뷴》에 실은 「책 대 담배(Books v. Cigarettes)」를 말한다.

적인 것이었으니, 그는 자신이 즐기던 그런 것들에 시선을 돌림으로써 다른 사람들의—그리고 자기 자신의—기운을 북돋우려 애썼는지도 모른다.

이런 글쓰기의 초기에 쓴 것이 「영국 요리를 옹호함In Defence of English Cooking」이다. 12월 중순 《이브닝 스탠더드Evening Standard》에 발표한 이 글에서 그는 이름들을, 그리고 그에 얽힌 추억들을 소환하는 데서 각별한 즐거움을 맛본다. "우선 키퍼, 요크셔 푸딩, 데본셔 크림, 머핀, 크럼핏이 있다. 푸딩은 워낙 종류가 많기 때문에 일일이 열거하려면 끝이 없을 것이다. 그래도 특별히 언급하고 싶은 것은 크리스마스 푸딩, 당밀 타르트, 애플 덤플링이다. 그리고 거의 그 못지않게 긴 케이크의 목록이 있다. 가령 다크 플럼 케이크(전쟁 전 버자드 바에서 먹던 것 같은), 쇼트브레드, 사프란 빵 같은 것들이다."[4] 그는 마멀레이드와 해기스, 수잇 푸딩을 칭찬하며, "브레드 소스, 호스래디시 소스, 민트 소소와 애플 소스, 그리고 양고기나 토끼고기와 함께 먹으면 그만인 레드커런트 젤리"는 두말할 것도 없다.

각종 파이와 푸딩과 소스에 대한 이 에세이를 내기 전날, 그는 장부에 「정치와 영어」를 기입했다. 새해에는 《폴레믹 Polemic》에 실은 치열한 에세이 「문학 예방」으로 시작하여, 1월 5일에는 고물상의 즐거움에 관한 에세이를 썼다. 고물상은 골동품상과 달리 어둡고 먼지투성이이며 아무 가치가 없는 망가진 물건들을 파는데, 그 주인들은 물건을 파는 것에는 관심이 없는 기묘한 인물들일 때가 많다. 그에 따르면, 그들의 "가장 진귀한 보물은 결코 첫눈에 띄지 않는다. 그것들은 대나무로 만든 케이크 스탠드에 쌓인 잡동사니, 브리타니아 합금으로 만든 접시 덮개, 회중시계, 귀퉁이 접힌 책, 타조 알, 제조사가 존재하지 않는 타자기, 알 없는 안경, 마개 없는 디캔터, 박제된 새, 철사로 만든 난로 가리개, 열쇠 꾸러미, 너트와 볼트가 담긴 상자들, 인도양에서 온 소라 껍데기, 목제 구두골, 중국산 뚜껑 있는 단지, 하일랜드 소를 그린 그림들 등속 가운데서 찾아내야 하기 때문이다."[5]

목록도 일종의 수집이고, 적어도 상상 속에서 불러낼 수 있는 것들을 엮는 일이며, 당장의 박탈 너머에 모종의 풍요로움이 있으리라는 확신을 향한 갈구이다. 1939년 소설 『숨 쉬러 나가다』의 주인공은 생각에 잠긴다. "영국식 민물고기들의 이름에는 어딘가 평화로운 데가 있다. 로치, 러드, 데이스, 블릭, 바블, 브림, 거즌, 파이크, 첩, 카프, 텐치. 모두 튼실한 이름들이다. 그런 이름을 지은 사람들은 기관총에 대해 들어본 적 없을 것이며, 해고당할 두려움 속에서 살거나, 아스피린을 먹으며, 영화관에 다니며, 어떻게 하면 강제수용소를 모면할까 궁리하며 시간을 보내지 않았을 것이다."[6]

전쟁이든 원정이든 감방이든 여타의 시설에서든 힘든 상황 속에 있는 사람들은 때로 백일몽에 잠겨, 할 수만 있다면 어떤 성찬을 즐기며 어떤 도락을 즐길지를 그려보곤 한다. 그들은 장차 어떻게 하리라는 작정을 실감하는 수단으로 목록을 만든다.

전쟁이 끝났지만 여전히 배급제가 실시되어 음식을 구하기 어렵던 빈한한 시절에 쓰인 오웰의 이 에세이들도 그런 여건에서 생겨난 일종의 목록에 해당할 것이다. 그는 고물상의 보물 중 하나로 "유리 속에 산호 한 조각이 들어 있는" 문진을 꼽으며 "그런 것들은 항상 터무니없이 비싸다"고 썼는데,[7] 윈스턴 스미스는 바로 그런 문진을 사며, 그것은 『1984』의 핵심 상징 중 하나가 된다(그리고 고물상 주인도 소설에서 핵심적인 인물이다). 그는 그런 가게들의 매력이 "우리 모두가 지니고 있는 수집벽, 어린아이로 하여금 구리못, 시계태엽, 레모네이드 병에서 꺼낸 유리구슬 따위를 쟁이게 하는 본능"에 호소한다고 묘사한다. "고물상에서 즐거움을 얻기 위해서는 아무것도 사지 않아도 되고, 사고 싶다는 생각조차 할 필요가 없다."[8]

1월 12일에는 한 잔의 차를 만드는 최적의 방법에 관한 에세이[※]를 실었는데, 그 문제에 대해 그는 확고한 생각을 갖고 있었다. 물은 주전자에서 끓는 것을 바로 부어야 하며, 가능하다면 중국이 아닌 인도산 찻잎을 넉넉히 넣어야 하고, 찻주전자는 도기나 자기로 된 것을 쓴다. 그리고 우유가 먼저냐 차가 먼저냐 하는 논란 많은 문제에 대해서도 그는 확고하게, 차를 먼저 따르고 우유를 넣어야 한다고 단언한다. 설탕은 절대로 넣지 말고! 19일에는 「우리가 부르던 노래Songs We Used to Sing」에 관해서도 썼다. 이 시절에 그는 난센스 시, 동화, 대중가요, 동요, 유머러스한 그림엽서, "좋은 악서惡書" 등등 대중문화의 요소들에 대해 진지한 관심을 기울이고 있었다(그는 동화 「빨간 모자」를 라디오 대본으로 만들어 그해 여름 BBC에서 방송하기도 했다). 다른 여러 출판사에서 거절한 알레고리 작품 『동물농장』을 출판해주었던 프레드릭 워버그 Fredric Warburg가 그해 초에 남긴 기록에 의하면, 오웰은 동요에 관한 계획을 갖고 있었으며 "5월 초에서 11월까지 저널리즘을 집어치우고 여섯 달쯤 헤브리디스에 틀어박혀 소설을 쓸 계획"이었다.[9]

오웰이 아들 리처드를 돌봐줄 사람으로 고용했던 수전 왓슨Susan Watson은 넬리 이모가 방문했던 때를 회고했다. 그는 잔뜩 모아두었던 도널드 맥길의 유쾌하게 음탕한 그림엽서들을 이모와 함께 꺼내 보며 즐거워했다고 한다. 그림엽서와 그 저속한 유머에 대한 1941년의 긴 에세이에서 그는 그것들이 "산초 판사식의 인생관"을, 다시 말해 생존의 희극을 표현하는 것이라면서 산초 판사와 돈키호테를 비교하다가, 자기 특유의 돈키호테식 어조로 넘어간다. "어쩔 수 없는 경우, 인간은 영웅적이 된다. 여자들은 산욕과 청소용 솔을 감당해야 하며, 혁명가들은 고문실에서 입을 다물어야 하고, 전함들은 갑판이 물에 잠겨도 여전히 발포하면서 침몰해야 한다. 내 말은 그저 인간 안에 있는 다른 요소, 우리 모두 안에 있는 게으르고 비겁하고 외상을 떼어먹는 오입쟁이를 완전히 억누를 수는 없으며 이따금 숨통을 틔워주어야 한다는 것뿐이다."[10]

※　1946년 1월 《트리뷴》에 실은 「한 잔의 맛있는 차(A Nice Cup of Tea)」를 말한다.

"이곳은 끔찍하게 춥고 연료 부족 사태도 최악에 이르렀다네"라고 그해 겨울 어느 편지에 쓴 것을 보면,[11] 그의 즐거움은 전부 상상 속에 있었던 듯하다. 그럼에도 그의 다음 에세이는 영국 기후에 대한 예찬 내지 옹호이다. "정원의 접이의자에 앉아 보내는 시절도 있고, 동상에 걸려 콧물을 흘리는 시절도 있다."[12] 그러면서 다달이 누리는 크고 작은 즐거움, 도회적인 즐거움과 시골에서 누리는 즐거움을 열거한다. 4월에는 "봄비가 내린 후 땅에서 나는 냄새"가 있고, 5월에는 "내의를 입지 않는 즐거움"이 있으며, 6월에는 "갑작스런 폭우와 건초 냄새, 저녁 식후의 산책, 허리가 아프도록 감자 캐는 일", 7월에는 "셔츠 바람으로 출근하기, 런던의 보도를 걸을 때 탁 탁 탁 끝없이 튀는 버찌씨들", 이런 식으로 11월의 "엄청난 강풍"과 "군불 태우는 냄새"까지 이어진다. 2월은 "짧다는 것 말고는 달리 장점을 찾아볼 수 없는, 특히 싫은 달이지만, 우리 나라 기후에 공정을 기하자면, 그래도 이 축축하고 추운 시절 없이는 1년의 나머지가 퍽 다르게 느껴질 것임을 기억해야 할 것이다." 육신을 가진 존재로서 느끼는 소소한 세부들, 느껴지고 맡아지고 맛보아지고 보이고 들리는 온갖 것이 그의 소설들을 생생하게 하며, 역시 같은 공정함의 감각이 그의 모든 작품에 나타나 있다.

그 싫은 2월에 그는 한 잔의 차를 만들 때와 똑같은 엄격한 태도로 '물속의 달'이라는 이름의 상상 속 완벽한 선술집을 묘사했다. 그러기 위해 그가 동원한 또 다른 목록은 이렇다. "나뭇

결을 잘 살린 목공, 바 뒤편의 장식 거울들, 무쇠 벽난로, 담배 연기에 누렇게 찌든, 요란한 장식의 천장, 벽난로 장식으로 걸려 있는 박제한 황소 머리. 이 모든 것에 견고하고 편안한 19세기식 못생김이 배어 있다."[13] 그곳은 이야기를 나눌 수 있을 만큼 조용하고, 결코 소란스럽지 않으며, 흑맥주를 생으로 내는데 잔은 유리잔과 백랍 머그잔을 모두 쓴다. 정원이 딸려 있어 여름 저녁이면 가족이 함께 오기도 하며, 여자 바텐더들은 모든 손님의 이름을 안다. 이 시절에 쓴 에세이들에는 이런 가정적인 장면들이 거듭 나오는데, 특히 이 글에서는 그의 다른 작품들에서와 같은 정치적으로 긴박한 내용 없이 그저 좋았던 옛 시절을 애도하는 괴팍한 구닥다리가 된 그의 모습을 그려볼 수 있다.

그 무렵에 쓴 그의 글들이 모두 몽상적이고 전원적인 것은 아니었다. 그는 그해 초에 정치적 상황을 분석하는 4부에 걸친 글을 써냈고,[※] 유럽 대륙 전체에 걸친 기아에 대한 글도 썼고,[※※] 예브게니 자먀틴Yevgeny Zamyatin의 디스토피아 소설 『우리들*Мы*』과 미국 소설가 리처드 라이트Richard Wright의 『블랙 보이*Black Boy*』에 대한 서평을 쓰는가 하면, 버마에 관한 책의 저자와

[※]   1946년 1월 24일부터 2월 14일에 걸쳐 《맨체스터 이브닝 뉴스(*Manchester Evening News*)》에 기고한 「지적 저항(The Intellectual Revolt)」, 「사회주의란 무엇인가?(What Is Socialism?)」, 「그리스도교 개혁가들(The Christian Reformers)」, 「평화주의와 진보(Pacifism and Progress)」를 말한다.

[※※]   1946년 1월 18일 《트리뷴》에 실은 「기아의 정치(The Politics of Starvation)」를 말한다.

서신 토론도 벌였다. 망명 작가 빅토르 세르주의 책이 출간되도록 도왔으며, 조지 우드콕의 권유에 따라 무정부주의를 지향하는 자유옹호위원회의 부의장직을 맡았고, 《맨체스터 가디언The Manchester Guardian》에 공개 서한을 실어 여객선에서 부당한 대우를 받은 인도인 승객들을 위해 항변하기도 했다. 다시 말해 그가 목가적인 에세이를 쓰는 동안에도, 평소와 같은 정치적인 삶은 계속되고 있었던 것이다.

때로는 과거가 현재를 비판하기 위해 활용되기도 했으니, 이는 퇴락과 소멸을 애도하는 그의 보수적인 면이었다. 현대의 "행락지"에 대한 비판은 자연과 자연의 힘 앞에서 인간 존재를 대단찮게 만드는 모든 것에 대한 칭송이요, 1945년 최초의 핵폭발과 함께 터져 나온 자연적이지 않은 힘들에 대한 고발이 된다. "그러나 반면에 자연에 대한 인간의 힘은 점점 더 커져가고 있다. 원자탄을 쓰면 우리는 말 그대로 산을 움직일 수도 있을 것이다. 심지어 극지방의 빙상을 녹이고 사하라에 물을 대어 지구의 기후를 바꿔놓을 수도 있으리라고들 한다."[14] 원자탄은 4월 12일에 쓴 두꺼비에 대한 에세이에도 등장하게 된다.

기후에 대한 글은 2월 2일, 이상적인 선술집에 대한 글은 2월 9일, 평화주의에 대한 글은 2월 10일, 그리고 범죄소설에 관한 유명한 에세이 「영국식 살인의 쇠퇴Decline of the English Murder」 ─구식 살인 이야기를 칭찬하고 잔혹해진 신식 이야기를 혹평하는─는 2월 15일에 발표되었다. 그러다 2월 21일 《맨체스터 이브닝 뉴스》는 그가 신병으로 인해 정기적인 글을 싣지 못하리라는 안내문을 냈다. 그는 다시 각혈을 했고, 3월에는 또 다른 연재 칼럼의 취소를 설명하는 비슷한 안내문이 실렸다.

2월에 그는 한 친지에게 보내는 편지에 쓰기를 월링턴에 가서 집과 그 시절의 삶을 정리해야겠다고 했다. "하지만 계속 미루고만 있어요. 지난번 그곳에 갔을 때는 아일린과 함께였기 때문에, 다시 그곳에 가려니 괴롭습니다."[15] 3월 14일에는 조지 우드콕에게 아직 아파서 누워 있다는 편지를 썼지만, 그다음 날에는 좀 더 긴 편지로 잘 알지 못하는 젊은 여성에게 청혼을 하면서 이렇게 고백한다. "내 인생에는 이제 내 일과 리처드를 잘 키우는 것 말고는 정말이지 아무것도 남은 게 없어요. 다만 이따금 너무나 외로울 뿐이에요. 친구라면 얼마든지 있지만, 내게 관심을 가져주고 격려해줄 수 있는 여자는 없습니다."[16] 그녀는 그 무렵 그의 처량하고 어색한 구애를 거절한 여러 명의 젊은 여성 중 하나였다.

4월 12일에 쓴 「두꺼비에 관한 몇 가지 단상」에서 두꺼비는 지칠 대로 지쳤지만 여전히 뚜렷한 동기를 지닌 양서류로서의 자화상이라 할 만한 것으로, 시종 단수로 묘사되고, 남성 대명사로 지칭된다. "이 무렵 두꺼비는 오랜 금식 후라 대단히 영적인 모습을 하고 있는 것이, 마치 사순절이 끝나갈 무렵의 엄격한 영국 가톨릭교도 같다. 동작은 느리지만 목표가 뚜렷해 보이며, 몸이 쭈그러들어 있으므로 대조적으로 눈은 비정상적일 만큼 크다. 그래서 다른 시기에는 눈에 띄지 않을 것에 주목하게 되는데, 그것은 두꺼비가 모든 생물 중에 가장 아름다운 눈을 가졌다는 사실이다."[17] 놈은 벌레들을 잡아먹으며 힘을 키워 "강렬한 성적인 시기를 거치게 된다." 오웰은 놈의 마구잡이로 왕성한 짝짓기를 묘사하고 "두꺼비들의 산란은 내게 가장 매혹적인 봄의 현상 중 하나"라고 하면서, "파충류나 양서류를 좋아하지 않는 사람도 많을 것"이라고 덧붙인다. 이 글이 마지막 모퉁이를 돌아 결론에 이를 즈음에, 그는 자신과 자신의 즐거움들을 못마땅하게 여길 사람들을 생각하며 이렇게 쓴다. "나는 얼마나 여러 번 두꺼비들이 짝짓는 것이나 이른 봄 옥수수밭에서 한 쌍의 산토끼가 권투 시합을 벌이는 것[*]을 구경하며 서서, 할 수만 있다면 내가 그런 광경을 즐기지 못하게 할 모든 중요 인사들을 생각해보았는지 모른다. 하지만 운 좋게도 그들은 그럴 수가 없다."

그해 봄 또 다른 여성 친구에게 보내는 편지에 그는 이렇게 썼다. "난 내일 월링턴에 가요. 가구랑 책을 좀 추려내려고요. 그런 다음 픽포드에서 사람이 와서 그걸 언제 가져갈 수 있는지 말해주길 바라고 있어요. 사야 할 것도 많아요. 이런 일들이 내게는 완전히 악몽인데, 그걸 대신 맡아줄 사람이 아무도 없네요."[18] 1946년의 에세이들에는 글쓰기 말고도 해야 할 일들의 목록이 곳곳에 널려 있다. 월링턴 집을 얻은 지 거의 정확히 10년 만에 그는 그곳에 돌아가는 데 대한 두려움을 극복했다. 그렇게 과거로 돌아간 덕분에 그는 「브레이 본당신부를 위한 한마디」에 들어갈 글감을 얻었고, 이 글은 두꺼비 예찬보다 2주 후에 《트리뷴》에 실렸다.

　　오래전 내게 그토록 깊은 인상을 남겼던 이 패기 있는 에세이, 내가 월링턴의 시골집을 찾아가 그곳에 피어 있는 장미를 보고 이 책을 쓰는 계기가 되었던 그 글은 홀아비가 된 한 남자가 결혼해 살던 곳을 정리하고 그 시절에 종지부를 찍기 위해 돌아갔던 여행의 결과물이다. 그는 이렇게 썼다. "최근에 나는 전에 살던 시골집에서 하루를 보냈다. 그리고 흐뭇한 놀라움으로—정확히 말하자면 미처 의식하지 못한 채 좋은 일을 했다는 느낌으로—내가 거의 10년 전에 심은 것이 어떻게 자랐는가를 보았다."[19] 또 다른 편지에서 그는 그 방문이 예상했던 만큼 고통스럽지는 않았다고—묵은 편지들을 발견했을 때 말고는—썼다.[20] 길을 따라 거닐다가 "우리가 도롱뇽을 잡곤 하던, 폐기된 작은 저수지에 이르렀는데, 그곳에는 평소처럼 올챙이들이 생기고 있더군요." 또 한 문단 다음에서는, 주라섬에서의 삶을 기대하며 훨씬 더 웅장한 바다와 바다짐승을 묘사한다. "그곳에는 녹색 바닷물이 너

※　　"이른 봄 옥수수밭에서 한 쌍의 산토끼가 권투 시합을 벌이는 것(a pair of hares having a boxing match in the young corn)"이라니 의아스러운데, "3월 토끼처럼 미친(mad as a March hare)"이라는 표현이나 『이상한 나라의 앨리스』에 나오는 "3월 토끼(March Hare)" 등과 마찬가지로, 3월에는 토끼가 발정한다는 속설에서 비롯된 말이다. 이른 봄 들판에서 과도하게 발정한 수토끼를 물리치려고 암토끼가 뒷발로 서서 허우적대는 동작이 한때 수컷끼리 우위를 다투는 몸싸움으로 해석되었다고 한다.

무나 맑아서 20피트(6미터) 밑까지 들여다보이는 만^灣들이 있어요. 물개들이 사방에서 헤엄치고요."

다시 시작한 가사 일기에는 런던과 누나 마조리의 장례식에 참석하러 갔던 노팅엄에서, 거기서 내처 스페인내전 시절의 친구 집에 들렀던 에든버러 근처에서, 그리고 돌아온 주라섬에서 본 꽃들이 묘사되어 있다. 5월 22일 그는 주라섬으로 돌아가는 길에 뉴캐슬 근처에 있는 아일린의 무덤을 돌아보러 갔었다. "E의 무덤 위 폴리앤서 장미들은 뿌리를 잘 내렸다. 꽃다지, 패랭이꽃, 바위취, 일종의 양골담초, 돌나물, 석죽, 그런 것들을 심었다. 모종들의 상태가 썩 좋지는 않았지만, 비가 오고 있었으니 잘 살아날 것이다."[21] 그것은 오웰의 생애에서 가장 마음 아픈 장면 중 하나였을 것이다. 홀아비가 되어 아는 사람도 별로 없는 곳에서, 흐리고 비 내리는 날, 젊은 아내의 무덤 앞에 쭈그리고서 땅을 파고 꽃을 심는 그의 모습이란.

「나는 왜 쓰는가」라는 제목의 에세이는 6월에 발표되었지만, 그보다 전에 썼을 것이다. 그는 다시 주라로 돌아왔고, 오래 사람이 살지 않던 농장 주택에서 살림을 꾸리고 정원을 만들고 토끼 사냥을 하랴 낚시를 하랴 너무 바빠서 가사 일기 말고는 글을 쓰기 어려웠다. 가사 일기라는 것도 사실상 무엇을 낚았고 무슨 일을 했고 무엇을 심었고 날씨가 어땠고 어떤 야생동물을 보았으며 어떤 장비를 갖추었다는 식으로, 가까운 과거의 사실들과 가까운 미래의 작정들을 적은 목록에 가까웠다. 그가 반힐—이라는 것이 그 외딴 농장 주택의 이름이었다──을 발견한 것은 부유한 친구 데이비드 애스터David Astor를 통해서였다. 그것은 침실만 네 개에 바깥채들이 딸린 널따란 집으로, 장엄하게 굽이치는 지형의 완만한 분지에 자리 잡고 있었다. 주라섬의 동쪽 해안, 그러니까 스코틀랜드 연안이 보이는 곳까지 걸어서 그리 멀지 않은 곳이었다.

　　어떤 이들은 그가 그 먼 곳으로 이주한 것을 가리켜 자살 내지 자학적이라고 평하기도 했다. 그에 관한 글을 쓴 많은 이들이 런던에 사는 것이야말로 단연 합당한 일이고 스코틀랜드의 섬에 사는 것은 가당찮은 일이라고 여기는 듯하다. 그들은 그 합당함이라는 것이 가능한 한 긴 인생을 이어나가는 것이지 가능한 한 충만한 인생을 사는 것이라고는 생각지 않는 모양이다. 오웰은 진작부터도 전자보다는 후자를 택해온 터였다. 게다가 그의 생전에는 충분히 인식되지 않은 사실이지만, 런던의 공기도 석탄 연기로 오염되어 건강에 해로웠고, 그와 같은 호흡기 기저 질환을 가진 사람에게는 특히 그러했다. 1952년 수천 명의 런던 주민을 죽음으로 몰아넣은, 이제는 유명해진 대대적인 스모그 사건 이전에도, 짙은 스모그 때문에 주기적인 공기 오염 위기가 일어나 옥외는 물론이고 실내의 일상생활마저 위협하는 판국이었다. 1946년 1월 그와 리처드가 아직 런던에 살던 시절에도 그런 위기가 한 번 있었고, 1948년에도 수백 명이 사망한 일이 있었다. 전후의 런던은 폐허와 잔해로 가득했다. 독일군의 폭격은 170만 채의 건물에

손상을 입혔고, 총 7만 채 이상을 파괴했다.[22]

그는 일찍이 1940년 여름에도 일기에 이렇게 쓴 적이 있었다. "줄곧 헤브리디스의 내 섬을 생각하고 있다. 아마 결코 소유하지도 어쩌면 다시 보지도 못하겠지만."[23] 그러니 그 섬에 산다는 것은 꿈의 실현이었고, 그것이 가능해진 것은 그의 디스토피아적 우화가 팔린 덕분이었다. 주라섬은 공기가 맑았고, 여름 날씨는 대개 따뜻하고 상쾌했다. 오웰은 여전히 눅눅한 담배를 피우고 토탄을 땠으며 서재에서는 파라핀 난로를 썼으니, 그 어느 것도 그의 망가져가는 폐에 도움이 되지 않았지만 말이다. 하지만 그는 섬에 간 후로는 많은 시간을 야외에서 보냈다. 11월에 런던에 다시 갔을 때는 런던이 주라보다 더 춥고 땔감도 부족하다고 썼다.

섬으로 이주하면서, 오웰은 아들이 마음껏 달릴 수 있는 장소를 찾고, 런던의 문단 생활에서 벗어나 다시금 왕성한 창작 활동으로 돌아갈 수 있기를 바랐다. 그는 애정 깊고 헌신적인 아버지였다. 수전 왓슨은 그가 "폭격 동안에는 혼자서 리처드를 돌보았으며, 방공호로 내려가느라 어쩔 수 없이 단 한 번 우유 먹이기를 걸렀을 뿐이라며 자부했다. 어떤 사람들은 아일린이 죽은 후 그가 리처드를 포기하리라고 생각했지만, 그는 꿈에도 그런 생각을 한 적이 없었다."[24] 이사를 하면서 그는 핵전쟁이 런던 같은 도시를 표적으로 삼을 미래 또한 염두에 두었을 것이다. 그는 런던 공습 기간 내내 그곳에 살았던 터였으니까. 그는 또한 전후

국가의 지나친 규제로부터 멀어지는 것도 기뻤다. 한 친구에게 보내는 편지에서 그는 토끼 사냥에 쓰는 라이플총에 허가를 받을 필요가 없다고 썼다. "왜냐하면 이 섬에는 경찰관이라고는 없으니 말일세!"[25]

일단 자리가 잡히자, 그와 그 주위의 사람들, 즉 리처드와 보모 왓슨—엄격하고 근면한 누이동생 에이브릴 블레어가 나타나 그녀를 쫓아버리기 전까지는—그리고 다양한 손님들, 그리고 농장 일을 도와주는 몇몇 다른 사람들은 잘 먹고 지냈던 것 같다. 야채는 텃밭에서 났고, 1마일 떨어진 다른 농장에서 신선한 우유 및 버터를 가져왔으며, 키우는 닭이 낳는 달걀, 그가 사냥해 오는 토끼와 거의 날마다 작은 모터보트를 타고 나가 낚아오는 물고기, 덫을 놓아 잡는 게와 바닷가재, 그리고 이따금 축하할 일이 있을 때면 키우던 거위를 잡았다. 늪지에서 토탄을 캘 수 있었고, 오웰은 그렇게 했다. 전쟁 동안 시작되어 1950년대까지 계속되었던 식량 배급 때문에, 그들은 주기적으로 밀가루와 빵이 떨어졌으므로 손님들에게 좀 가져오라고 부탁하곤 했다. 최근의 대담에서 리처드 블레어는 자신과 아버지가 주라에 살 때, 16에이커(6만 5000제곱미터)를 경작했다고 말했다.[26]

오웰이 친구들에게 방문을 권하는 편지는 반복되는 길 안내 때문에 우스운 면이 있다. "오는 길을 알려주지. 마지막 8마일(13킬로미터)을 걸어야 한다는 것만 빼면 그리 힘든 여행은 아니라네."[27] 기차와 버스, 정기선을 타고 온 후에, 그 8마일은 비가 오지 않는 날에도 대부분의 차량으로는 너무 험한 길이었고, 비가 올 때는 아예 다닐 수가 없었다. 오웰은 자주, 때로는 짐이나 가구를 짊어진 채 그 길을 걸었고, 때로는 모터사이클을 이용했는데, 그것을 수리하는 것도 그의 반복되는 일거리에 속했다. 전기는 들어오지 않았고, 가장 가까운 전화도 12마일(19킬로미터) 밖에 있었다. 그는 그런 생활을 즐겼던 것 같다. 그해 6월, 그는 야심만만하게 마련한 채마밭에 씨를 뿌렸다. 좀 더 나중에는 꽃도 심었다. 루핀, 팬지, 앵초, 튤립 같은 것들이었고 나중에는 장미도 왔다. 7월에 그는 사과나무 여섯 그루와 다른 유실수 여섯 그루를 주문했는데, 그중에 모렐로 버찌나무도 있었다. 그는 또다시 미래를, 적어도 미래를 위한 희망을 심고 있었던 것이다.

　　나는 직접 그곳에 가보고 싶었지만, 2020년의 팬데믹 때문에 계획이 무산되고 말았다. 나는 반힐의 소유주에게 편지를 쓰는 것으로 만족해야 했다. 그녀에게 그의 물건 중 남아 있는 것이 있느냐고 묻자, 오웰 시절에 그 집의 소유주였던 같은 집안의 일원인 다마리스 플레처는 이런 대답을 보내왔다.[28] "반힐의 '정원'에는 울타리가 없어서 사슴들과 야생 염소들이 곧장 창문 밑까지 먹이를 찾아 들어오는 것을 막을 수가 없었어요. …… 오웰의 시절부터 기적적으로 살아남은 것은 부엌 창문 앞의 진달래랍니다." 그녀는 이런 말도 썼다. "사실 그분은 식물이 자랄 수 있는 시기가 아주 짧은 지역의 토탄기 많고 습한 토양에서 무엇을 키울 수 있을지에 대해 다소 낭만적인 환상을 품고 있었어요. 주라에서도 정원을 가꾸는 것이 가능하기는 하지만, 제 시어머니께서 아들루사에 만든 정원이 가끔 생각납니다. 그 정원은 10피트(3미터) 높이의 벽돌담으로 둘러싸서 짐승들과 찬바람을 막았고, 모든 흙은 본토에서 실어 나른 것이었어요. 섬의 채석장에서 판암을 실어내는 배들이 돌아올 때마다 가장 좋은 흙을 가져다가 정원을 채워주었지요." 정원과 정원사의 수명에 대한 오웰의 믿음은 어쩌면 잘못된 것이었을 수도 있고, 도전이나 도박의 몸짓이었을 것이다.

에세이들을 연이어 써내던 그해 봄에 그는 가정과 안락함과 프라이버시에 대해 많이 생각했던 것 같다. 그는 2월에 「영국식 살인의 쇠퇴」를 시작하면서 상상 속에서 일요일 오후 난롯가의 소파에 앉은 독자를 불러낸다. 고기구이와 푸딩으로 식사를 한 후, "마호가니 빛깔 차 한 잔으로 화룡점정을 찍고" 살인 얘기를 읽기에 "딱 알맞은 기분이 된" 독자 말이다.[29] 1월에 그는 초현대식 주거 단지를 위한 계획※을 비판하면서, 사람들은 "주간용 탁아 시설과 공영 보건소를 원하지만, 그러면서도 프라이버시를 필요로 한다. 그들은 노동을 절약하고 싶어 하지만, 그래도 식사는 직접 요리하고 싶어 한다. …… 깊은 본능이 그들에게 가정을 파괴하지 말라고 경고한다. 현대 세계에서는 가정이 국가로부터

※　　로런스 볼프(Lawrence Wolfe)가 그의 책 『라일리 플랜: 새로운 삶의 방식(The Reilly Plan: A New Way of Life)』(1945)에서 제안한 공동 주거 단지 계획을 말한다.

의 유일한 은신처이니 말이다"라고 썼다.³⁰ 자아의 보루로서의 프라이버시와 개인적 관계는 『1984』의 중심 주제가 될 것이었다.

그의 친구였던 리처드 리스는 훗날 이렇게 회고했다. "내가 그 고생을 사서 하는 고집불통 친구에 대해 갖고 있는 주된 추억 중 하나는 그가 발산하던 안락함의 분위기였다. 주라섬에서 자주 그랬듯, 먼 길을 나갔다가 운 나쁘게 걸어서 돌아올 때면─한밤중에 안개비 속에서 필수품인 등잔 기름이 든 드럼통들을 실은 트럭을 어딘가 언덕 아래 두고 온 적도 있었다─그가 침실에서 내려와 부엌 난로에 연료를 더 넣거나 저녁 준비를 하거나 하는 것을 보게 되곤 했는데, 그런 그의 동작들은 효율적일 뿐 아니라 상대를 편안하게 하는, 환대 어린 것이었다. 디킨스풍의 광채가 있었다."³¹ 이 모든 방해들에도 불구하고, 그해 가을 그가 주라를 떠난 것은 새로운 소설의 처음 50쪽을 쓴 다음이었다. 그는 그것밖에 못 썼다고 투덜거렸지만, 50쪽을 쓰기 위해서는 책 전체의 기초를 이미 닦아두어야 했던 것이다.

소설가이자 열정적인 나비수집가였던 블라디미르 나보코프Vladimir Nabokov는 회고록 『말하라 기억이여』에서 "보통 사람들에게는 나비가 얼마나 눈에 안 뜨이는지 놀라울 정도다"라면서, 산길을 내려오는 한 도보 여행자에게 나비를 보았느냐고 물었던 때를 회고한다. "그는 '아니요'라고, 조금 전 우리가 나비 떼 속에서 즐거워하던 길에서 내려오며 말했다."[1] 사람은 보려는 것만 보는 법이다. 오웰의 시골집에서 장미를 본 후 그의 다른 작품들을 뒤지다가, 나는 이미 여러 번 읽은 소설로 되돌아갔다.

뜻깊은 책을 다시 읽는 것은 옛 친구를 다시 방문하는 것과도 같다. 다시 만날 때면 자신이 얼마나 달라졌는지 깨닫게 되고, 자신이 그렇게 달라졌기 때문에 보이는 것도 달라진다. 다시 만나보면, 어떤 책들은 더 자라고 어떤 책들은 시들어버린다. 묻는 질문이 달라지기 때문에 돌아오는 대답도 달라지는 것이다. 이번에 내게 인상적이었던 것은 『1984』에 얼마나 많은 싱싱함과 아름다움과 즐거움이 들어 있는가 하는 것이었다. 물론 그것들은 위험에 처해 있고 스치듯 덧없고 오염되어 있지만 그래도 엄연히 존재한다. 『1984』는 주로 빅브라더, 사상경찰, 메모리 홀, 뉴스피크, 고문 등등 극도의 전체주의적 양상들로 기억되는 소설이다. 실제로 책이 나왔을 때 책에서 가장 새롭고 놀라운 점도 그런 것들이었고, 그런 것들은 오웰과 그의 주인공이 중요하게 여기는 것에 대한 위협으로 제시되었다.

하지만 이 책에는 그들이 가치를 두는 것도 당연히 나온다. 윈스턴 스미스는 모범적이거나 영웅적인 인물과는 거리가 멀지만, 그래도 저항한다. 그 저항이란 체제를 전복하는 활동이 아니라—그는 그러기를 동경하고 마침내 자원하지만—체제의 강령들을 위반하는 생각들과 행동들이다. 이 강령들은 행동과 하부구조는 물론이고 의식과 문화까지도 통제하고 있다. 그래서 스미스는 추억과 생각과 감정과 이성과 독립적인 정신과 진짜 고독과 진짜 관계를 지닌 내적인 삶을 가지려 애쓰며, 전적으로 투신하고 싶은 그런 현실이 실재한다는 증거를 수립하려 한다. 그는 과거에 대한 믿을 만한 감각을 짜 맞추려는—진리부에서 그가 하는 일은 과거를 변조하는 일임에도 불구하고—노력을 그치지 않는다. 그는 정신과 감각의 삶을, 아름다움과 역사와 자연과 즐거움과 섹스와 프라이버시와, 그리고 그 모든 것이 번창하는 자유를 열망하며, 그와 한 여성과의 로맨스(그러니까 어느 정도 그런 특성들을 지니고 있는)가 책의 플롯을 이끌어간다.

물론 플롯이라는 게 있다면 말이다. 책이 시작될 때, 스미스는 아름다운 옛날 공책에 일기를 쓰기 시작한다. 한때 런던이었던 곳의 프롤레타리아 지역에 있는 고물상에서 산, 크림색 내지內紙에 대리석 무늬 표지의 멋진 공책이다. 그것은 그 호사스러운 재질로 보나 사적인 생각과 사적인 기록을 권한다는 사실에서나 과거의 유물이다. 왜냐하면 그 체제 안에서는 희망, 내적 성찰, 추억 같은 것이 다 위험에 처해 있기 때문이다. 그는 병에 든 잉크와 구식 펜으로 쓰기 시작하면서 "자신은 이미 죽었다"고 생각한다.[2] 그리고 "이제 자신을 죽은 사람이라 인정한 이상 가능한 한 오래 살아남는 것이 중요해졌다."

하지만 그는 그렇게 하지 않는다. 살아남기를 추구하는 대신 그는 가능한 한 충만한 삶을 살기로 결정하고, 일련의 위험한 행동들을 해나간다. 일기장에 전복적인 생각들을 쓰고, 의무들을 건너뛰고, 혼자 거닐기에 나서고, 애정 행각을 벌이고, 정치적 저항에 가담한다. 소설은 차츰 그렇게 전개되어간다. 하지만 그는 처음부터 파멸하게 되어 있는 사람이다. 그의 유일한 자유는 그가 파멸을 향해가는 동안 말하고 행하는 것에 있다. 호랑이에게 쫓겨 절벽에서 떨어지는 사람이 막 뿌리 뽑히려는 딸기풀에 매달려 추락 직전에 할 만한 일은 그 딸기를 맛보는 것뿐이라는 불교 우화가 있다. 오웰은 주라섬에서의 새로운 삶을 통해 바로 그런 일을 하고 있었던 것 같다. 윈스턴 스미스는 즐거움과 자유를 추구함으로써 그렇게 했고.

『1984』를 다시 읽을 때 놀라게 되는 또 다른 사실은 그것이 얼마나 몽상적인 책인가 하는 것이다. 개연성과 신빙성의 규칙에 바탕을 둔 전통적인 사실주의 소설과는 딴판이다. 책의 세 번째 장에서 스미스는 현 질서 이전의 혼돈 속에서 사라져버린 어머니와 누이동생에 대한 꿈을 꾸고—그는 자주 그들의 꿈을 꾼다—이어 어떤 장소에 대한 꿈을 꾼다. "갑자기 그는 비스듬한 햇살이 땅을 금빛으로 물들이는 여름날 저녁, 잘 손질된 푹신한 잔디밭에 서 있었다. 그가 바라보는 경치는 꿈속에서 워낙 자주 보던 것이라, 실제 세계에서도 본 적이 있는지 없는지 확신할 수 없었다. 깨어 있을 때 그는 그곳을 '골든 컨트리'라고 불렀다. 그곳은 토끼가 풀을 뜯는 오래된 목초지로, 밟아 다져진 오솔길이 그 풀밭에 이리저리 나 있고, 곳곳에 두더지 굴도 있었다."[3] 이것은 고전적인 오웰식 풍경으로, 예기치 않았던 아름다움으로 가득하다.

꿈속에서는 검은 머리의 여자가 나타나 "단숨에 옷을 벗어 경멸하듯 옆으로 던져버렸다."[4] 그는 그 동작에 감탄했다. "그 우아하고 무심한 동작은 문화 전체를, 사상 체계 전체를 집어치우는 것만 같았다. 빅브라더니 당이니 사상경찰이니 하는 것들이 그 멋들어진 단 한 차례 팔 동작만으로 아무것도 아니게 되어버렸다." 그러고는 100쪽쯤 뒤에서 그는 검은 머리의 줄리아를 만나게 되며, 그녀는 그에게 런던 교외의 밀회 장소까지 가는 복잡한 경로를 알려준다. 그곳은 그의 꿈에 나오는 골든 컨트리와 완벽하게—여기저기 두더지 굴이 있는 것까지—들어맞는 곳이었다. 그곳에서 그녀는 "문화 전체를 집어치우는 듯한 그 훌륭한 동작으로" 옷을 벗어 던진다.[5]

그것은 내내 행복한 꿈이자 악몽이다. 국가 요원들은 그들의 감시 기술이 가능케 하는 이상으로 그의 정신과 행위와 두려움을 파악하고 있다. 그것은 꿈이자 악몽이자 『1984』의 세계가 어떻게 돌아가는가에 대해 길게 에두르는 설명이기도 하다. 본문에는 이 세계에서 악마화된 골드스타인이 썼다는 금지된 책이 길게 인용되어 있고, 책의 말미에는 뉴스피크에 관한 논설이 딸려 있으며, 윈스턴과 줄리아가 살던 시대와 장소의 정치 및 관행에 관한 좀 더 짧은 논평들도 간간이 들어 있다. 이번에 읽을 때는 그 세 가지를 섞지 말아야겠다고 생각했지만, 결국 섞여버렸고, 아주 훌륭하게 섞였다. 그럴 수밖에 없는 것이 소설은 윈스턴의 경험으로부터 그의 세계의 어떤 부분에 관한 설명으로 은연중에 넘어갔다가 또다시 몽상이나 꿈으로 넘어가기 때문이다.

여자들의 동작은 반복되는 모티프 중 하나로, 연인이 자신을 내맡기고 여는 에로틱한 동작, 끌어안아 보호하는 어머니의 동작 등이 자주 나온다. 『1984』는 음산하게 강력한 남자들에 반대되는 힘을 지닌 강한 여성들의 책이다. 심지어 애정부의 감옥에서 만난 스미스라는 이름의 술에 찌든 60대의 너그러운 여성도 자신이 그의 어머니일 수도 있다며 그를 품에 안아준다. 이야기가 시작될 무렵, 윈스턴은 영화관에서 난민 아동들로 가득한 구명보트에 기관총 세례가 퍼부어지는 장면이 담긴 필름을 본다. 그 배에 탄 한 여자가, 그런다고 총알을 막을 수 없음에도 불구하고, 어린 아들을 품에 안아 보호하려 애쓰고 있었다. 그 동작은 그가 다시 어머니에 대해 꾸는 꿈속에 나타난다. "그 꿈은 지금도 그의 기억 속에 생생히 남아 있었다. 특히 그 꿈의 모든 의미가 담겨 있을 것 같은, 뭔가를 감싸 안아 보호하려는 듯한 팔의 동작이 그랬다."[6]

그는 어머니에 대해 생각한다. "그녀는 무익한 행동이라 해서 무의미하다고는 생각하지 않았을 것이다. 누군가를 사랑하면 사랑하는 것이고, 달리 줄 것이 없을 때라도 사랑만은 줄 수 있는 것이었다."[7] 그 자체로 의미 있는 것들, 더 큰 목적이나 실용적인 문제에 도움이 되지 않는 일들이 작품 속에서는 거듭 이상적으로 그려진다. 골든 컨트리의 개똥지빠귀는 딱히 목적이 있어 노래하는 것이 아니지만, 그 소리를 들으면서 그는 두려움과 상념에서 벗어나 순수한 존재의 상태가 된다.

한편 윈스턴과 줄리아가 처음으로 사랑을 나누는 장소인 골든 컨트리가 강력한 장소이기는 해도, 소설은 그 중심을 윈스턴이 신문과 산호가 든 유리 문진을 사는 프롤레타리아 구역의 고물상 위층 침실에 둔다. 개똥지빠귀와 마찬가지로 그 문진은 그가 소중히 여기는 것이니, 효용성이라는 큰 테두리의 바깥에 그 자체로서 존재하기 때문이다. 무용성은 그 자체로 일종의 저항이며, 무용하다고 여겨지는 것은 더 미묘한 목적에 봉사한다. 그가 가지고 돌아와 침실 탁자에 두는 문진에는 다른 세계로의 렌즈와도 같은 고유한 힘이 있다. "이건 그들이 미처 바꿔놓지 못한 역사의 한 조각이야. 100년 전으로부터의 메시지인 셈이지. 읽을 줄만 안다면 말이야."[8] 그리고 그것은 그들이 만든 세계이기도 하다. "문진은 그가 들어가 있는 방이고, 산호는 수정의 중심에, 일종의 영원성 속에 고정된 줄리아의 생명이요 그 자신의 생명이었다."[9]

침실 창문 밖에는 또 다른 종류의 마법이 있다. 그는 세 번이나 창밖의 그 여자를 보았다. "노르만풍 기둥처럼 튼실한 체구에 건장하고 붉은 팔뚝을 하고 허리에는 늘어진 앞치마를 두른, 거대한 여자였다. ······ 만일 6월의 저녁이 영원히 계속되고 빨랫감이 끝없이 나온다 해도, 그녀는 1000년 동안이라도 그대로 선 채 기저귀를 널며 시시한 유행가들을 불러대는 데 아무 불만이 없을 것이었다."[10] 그들이 본 그녀는 항상 기저귀를 널며 런던 사투리가 묻어나는 멋들어진 콘트랄토로 매양 같은 노래를 부르고 있었다. '시시한 유행가'라지만, 사랑과 동경과 상실에 대한 가사는 개인적인 애정과 추억을 소환한다는 점에서 전복적으로 보이며, 그 음성과 감정적 힘은 노래의 내용을 넘어선다.

앞에서 그는 자기 어머니에게 일어났던 비극 같은 것은

"아주 먼 과거, 여전히 사생활이니 사랑이니 우정이니 하는 것들이 있던 시절, 가족이 굳이 이유를 알 필요 없이 서로서로 지지해주던 시절에 속한다"고 생각했다.[11] 창밖의 여자나 그녀의 노래는 비록 진부하게나마 그런 사랑을 표현하는 것이었다. 노래가 시사하는바, 그녀는 여전히 기억하고 간직하고 애도하며 적어도 그런 것들에 대해 노래한다. 기저귀가 시사하는바, 그녀는 미래를 위한 일종의 희망이 될 새 생명을 돌보며 그 보살핌의 동작을 하고 있다. 체제는 희망과 추억과 역사와 인간관계를 근절하고, 외적인 사건뿐 아니라 내적인 삶에 대해서도 절대 권력을 휘두르는 불변의 현재를 창조하려 한다. 사랑은 전복적이다. "당은 당신에게 눈으로 보고 귀로 듣는 것을 믿지 말라고 해요. 그것이 그들의 가장 근본적인, 최후 명령이지요."[12] 그리고 나중에는 과학과 역사의 진전과 화석의 기록, 지구의 연대 등이 모두 부정되며, 고문자는 "자연법칙은 우리가 만든다"고 선언한다.[13]

아마도 그녀는 그 자리에 있어왔고 1000년도 더 그대로 있을 것이다. 빨래하는 여자는 계시요 근본적인 생명력이며 일종의 신성, 풍요의 여신이다. 그의 목가적인 로맨스가 잔혹한 파국을 향해갈 때, 그는 자신들의 마호가니 침대에서 줄리아에게 골드스타인의 책을 읽어준 다음 마지막으로 창밖의 여자를 본다. 그가 체제의 핵심적인 비밀을 폭로하겠다고 하는 대목에 이르렀을 때, 줄리아는 이미 잠들어 있다. 그는 책에서 읽은 부분이 이미 자신이 알고 있던 것을 확인해줄 뿐이라는 데 실망하는 동시에 격려를 얻으며 읽기를 멈추고, 자신도 잠이 든다. 그리고 잠에서 깨어나는 순간 또다시 그녀가 노래하는 소리를 듣는다.

이번에는 일어나 창가로 가서 갓 내린 비로 씻긴 세상에서 일하고 있는 그녀를 좀 더 유심히 바라본다. "그는 처음으로 그녀가 아름답다고 생각했다. 출산으로 거대하게 불어났다가 일 때문에 굳어지고 거칠어져서 마치 시든 순무처럼 쭈글쭈글해진 50대 여자의 육체가 아름다울 수 있다는 생각은 해본 적이 없었다. 하지만 아름다웠고, 따지고 보면 그러지 말라는 법도 없었다. 마치 화강암 덩어리처럼 튼실하고 굴곡 없는 몸집, 거칠거칠한 붉은 피부를 젊은 여자의 몸과 비교하는 것은 마치 장미 열매를 장미와 비교하는 것과도 같았다. 하지만 왜 열매가 꽃보다 못하단 말인가?"[14]

그것은 주인공에게나 작가에게나 또 다른 종류의 아름다움이, 삶을 이어나가게 하는 강인함과 생존과 인내의 아름다움이, 그 자체로 아름답다고 인정되는 순간이다. 그것은 은유가 이해의 고리가 되어주는 순간이기도 하다. 그가 꽃과 열매에 대해, 식물 세계에서 시간의 흐름에 대해 배운 것이 인간을 이해하는 도구가 되어주는 것이다. 윈스턴은 생각에 잠긴다. "그녀에게도 한때 피어나는 시절이, 어쩌면 1년쯤 들장미처럼 아름다운 시절이 있었을 것이다. 그러다 갑자기 수정된 열매처럼 부풀었다가 딱딱하고 붉고 거칠어졌을 것이다. 그러고는 평생 빨래와 설거지, 바느질, 요리, 비질, 광내기, 수선, 설거지, 빨래의 연속이었을 것이다. 처음에는 자식들을 위해, 그러고는 손자손녀들을 위해 30년 이상 그런 일을 계속해왔을 것이다. 그 끄트머리에서 그녀는 여전히 노래하고 있다."[15] 그는 골든 컨트리에서 노래하던 개똥지빠귀를, 그 자체로서 존재하는 것들을 생각하며, 노래하는 여자에게 "신비적인 존경심"을 느낀다. 그때 사상경찰이 쳐들어오고, 목가는 끝이 난다. 그것이 이처럼 아름다움과 마주하여 경외감을 느끼는 순간에 끝난다는 사실이 새삼 의미심장해 보인다.

책의 나머지는 윈스턴의 파멸과 가련한 최후에 대해 이야기한다. 하지만 그는 자신이 찾던 것을 찾았다. 여러 군데서 윈스턴은 "희망이 있다면 …… 프롤레타리아에 있다"라고 생각한다. 그가 두뇌세척과 고문을 통해 패배하고 순종적인 유령 같은 존재가 된다는 것은 부정적인 예고가 아니다. 이 책의 결론은 그의 운명에 있지 않다. 그것은 세탁부와 그녀가 나타내는 것, 생명력과 너그러움과 풍요로움에 희망을 건다. 적어도 내게는 그렇게 보인다.

마거릿 애트우드Margaret Atwood는 『1984』가 왜 흔히 생각하는 것 같은 디스토피아가 아닌가에 대해 또 다르게 설명한다. 2003년 《가디언》에 실은 글에서 그녀는 "오웰은 비관적이고 냉소적이라는 비난을 들어왔다. 개인은 가망이 없고 모든 것을 통제하는 당의 잔혹하고 전체주의적인 장화가 인간의 얼굴을 영원히 짓밟는 미래를 그려 보였다는 것이다"라면서, 책의 마지막 부분, 즉 부록으로 실린 뉴스피크에 관한 역사적 기록을 근거로 삼아 긍정적인 독해를 제시한다.[16] "뉴스피크에 관한 에세이는 표준 영어로, 3인칭 과거시제로 쓰였다. 이는 체제가 무너졌고, 그 언어와 인간의 독자성이 살아남았음을 의미할 수밖에 없다. 뉴스피크에 관한 에세이를 누가 썼든 간에 『1984』의 세계는 끝난 것이다. 그러므로 오웰은 흔히 평가되는 것보다 훨씬 더 인간 정신의 회복 탄력성에 대한 믿음을 갖고 있었다는 것이 내 생각이다."[17] 그녀는 자신의 소설 『시녀 이야기』(1985)의 학술적인 말투의 후기에서도 이런 장치를 차용하여 그 세계의 체제 역시 붕괴할 것임을 시사한 바 있다.

공포는 영원하지 않아도 된다. 소련은 1991년에 붕괴했으니까. 하지만 그것은 수천만 명의 죽음과 그보다 훨씬 더 많은 사람들의 고통과 파괴를 초래했고, 그 잔혹함의 일부는 현재의 러시아 정부에도 존속하고 있다(러시아 정부는 스탈린의 복권에 힘쓰며 역사를 다시 쓰고 반대자들을 숙청하고 있다). 기쁨 또한 영원하지 않아도 되고 그럴 수도 없다. 윈스턴 스미스는 기쁨과 즐거움을 추구하고 그것들을 발견하지만, 그러고는 고문과 두뇌세척을 당해 더는 그런 것을 누릴 수 없는 사람이 되고 만다. 그가 진실과 의미 또한 추구하며 그에게는 이런 것들도 중요하지만 이 또한 체제에 의해 분쇄된다는 것은 의미심장하다.

그는 패배했다. 하지만 그 전에 그는 살아남았고, 이 승리들은 비록 덧없지만 그래도 승리이다. 잠정적이지 않은 승리라는 것이 있겠는가? 이 작품에는 가능한 또 다른 이야기가 내포되어 있다. 즉 윈스턴 스미스가 어떤 규칙도 깨지 않고, 위험을 무릅쓰지 않고, 기쁨과 사랑도 찾지 못한다는 이야기이다. 이런 이야기에는 고문도 감옥도 없다. 아니, 그런 것들이 존재하기는 하지만 그가 저항한 다음 처벌하는 장치로서보다 그런 벌을 피하게끔 체제에 복종시키는 장치로서 더 효과적으로 그를 통제한다.

골든 컨트리에서 줄리아와 윈스턴이 처음으로 사랑을 나눈 후 그는 생각한다. "옛날에는 남자가 여자의 육체를 보고 욕정을 느끼면 그것으로 충분했으리라는 생각이 들었다."[18] 그러나 그들의 시대에는 그렇지 않았다. 사랑은 정치적 행동이요 체제에 대한 항거요 승리였다. 비록 일시적인 승리, 혹독한 대가를 치러야 하는 승리였지만 말이다. 『1984』는 잠재적인 위험뿐 아니라 현재에 대한 경고이며, 오웰이 소중히 여기던 모든 것에 대한 옹호였다. 이번에 책을 읽으며 나는 그 점에 주목했다. 경고는 예언이 아니다. 경고는 우리에게 선택이 있음을 전제하고 그 결과에 대해 주의를 주는 것인 반면, 예언은 고정된 미래를 기초로 작동한다(물론 소설은 현재의 잔혹함과 위험에 대한 것인 동시에, 그 논리적 귀결이 어떠할까에 대한 것이다). 유토피아 및 디스토피아에 대한 소설가이자 사색가로서, 옥타비아 버틀러는 이렇게 말한다. "가능성들을 알아보고자 앞을 내다보고 경고하려 하는 행위는 그 자체로 희망의 행위이다."[19]

오웰은 소설을 마칠 무렵 결핵으로 서서히 죽어가고 있었다. 윈스턴 스미스가 감옥에서 신체적으로 무섭게 피폐해져가는 것은 오웰 자신의 질병과 그에 대한 혹독한 치료를 반영한 것이라는 견해도 자주 제기되어왔다. 말하자면 결핵 박테리아가 그의 폐를 정원으로 만들어, 마치 그의 폐의 부드러운 조직이 비옥한 토양이기나 한 듯이 그를 먹이로 삼고 번성하는 셈이었다. 결핵은 19세기부터 20세기에 들어서까지 창궐했다. 존 키츠John Keats, 에밀리 브론테, 헨리 데이비드 소로, 폴 로런스 던바Paul Laurence Dunbar, 안톤 체호프Anton Chekhov, 프란츠 카프카Franz Kafka 등이 모두 결핵으로 죽은 작가들이다. 오웰이 죽어갈 당시 의학은 결핵을 치료하는 항생제 요법을 막 개발하기 시작한 터였다. 그런 약품들은 이후로 더 정교해져서 부유한 나라에서는 결핵이 줄어들었다. 여전히 해마다 100만 명의 목숨을 앗아가며 세계적으로 손꼽히는 감염병 중 하나이지만 말이다. 건강한 사람들의 면역 체계는 대개 병의 진전을 막거나 박테리아를 전멸시킨다. 오웰은 그런 사람이 아니었다.

런던에서 겨울 한 철을 보낸 후, 그는 4월에 반힐로 돌아가 1947년 12월까지 그곳에서 지냈다. 그가 런던으로 떠난 후에는 누이동생 에이브릴이 남아서 가축과 정원을 돌보았다. 규모가 커져서 정원이라기보다는 농장에 가까웠지만 말이다. 그해 가을 그는 여전히 건강이 악화되어가는 가운데 소설의 초고를 마쳤고, 크리스마스이브에는 글래스고의 병원에 입원해 7개월을 지냈다. 결핵 박테리아는 산소를 많이 필요로 하므로, 의사들은 치료의 일환으로 그의 왼쪽 폐가 공기에 노출되는 것을 줄이려 했다. 그래서 호흡을 관장하는 왼쪽 횡격막 신경을 압박하고, 쭈그러든 폐에 압력을 유지하기 위해 며칠마다 복부에 공기를 가득 펌프질해 넣는 일정을 시작했다.

섭생의 일환으로 먹을 수 있는 한 많은 음식을 먹었음에도 불구하고, 그는 점점 더 여위어갔다. 그의 육체는 붕괴되어가고 있었다. 장기의 기능과 세포벽과 정맥과 동맥과 모세혈관이 온전함을 잃어갔다. 그 모든 피는 모세혈관이 터져서 나오는 것이었다. 부패가 그를 따라잡고 있었다. 그는 리처드가 자기에게서 병을 옮을까 봐 우려했다. "내 병이 무엇인지 확실히 알게 된 후로는 그를 내 방에서 멀리 떼어놓으려 하지만, 물론 항상 그렇게 되지는 않아요"라고 그는 1948년 새해 첫날 아일린의 올케(그녀도 남편을 여의었다)에게 보내는 편지에 썼다.[20]

친구 데이비드 애스터의 도움으로 수입 허가를 얻고 난생처음으로 번 큰돈을 써서 그는 미국에서 새로 개발된, 하지만 아직 영국에서는 사용되지 않는 결핵 치료제 스트렙토마이신을 구할 수 있었다. 하지만 아마 그의 의사들도 그 약을 써본 적이 없어서 그랬겠지만, 그는 과도한 양을 복용한 나머지 피부가 붉어지고 벗겨졌으며 머리칼과 손톱이 빠졌고 입에는 궤양이 생겨 밤새 피가 나서 아침마다 마른 피로 떡이 지곤 했다. 50일 복용 후에 약을 중지하자 그런 증상들은 사라졌다. 그는 수입한 약의 나머지를 포기했고, 그것으로 다른 두 여자가 병을 고쳤다고 전해진다.

1948년 늦여름에 그는 섬으로 돌아가 그해의 나머지를 그곳에서 보냈다. 섬에서 즉시 다시 쓰기 시작한 가사 일기는 귀리와 건초에 대한 언급으로 시작하여 이렇게 이어진다. "장미, 양귀비, 수염패랭이꽃, 천수국이 만개했다. 루핀도 아직 몇 송이 피어 있다. …… 1946년에 심은 나무들 몇 그루에 사과가 많이 열렸지만 별로 크게 영글지는 않는다. 딸기는 아주 근사하다."[21] 닭과 돼지, 소들도 상태가 좋았고, 말을 한 마리 사서 밥이라는 이름을 붙였다. 하지만 이 일기에는 이전의 일기와 달리 그 자신의 상태가 기록되어 있다. 때로는 상태가 너무 나빠서 일기조차 쓸 수 없었지만, 크리스마스이브까지는 버텨냈다. 그날 그는 마지막 가사 일기를 썼고, 그 일기는 이렇게 끝난다. "스노드롭이 지천이다. 튤립도 몇 송이 보인다. 월플라워는 아직 피어나려 한다."[22] 일주일 남짓 후에 그는 코츠월즈※의 요양소로 옮겨졌고, 그곳에서 1949년의 처음 아홉 달을 보냈다.

그해 9월 상태가 더욱 악화되자, 그는 런던의 유니버시티 칼리지 병원으로 옮겨졌다. 그의 마지막 일기에는 그가 죽음의 꿈이라 부른 것이 기록되어 있다. "때로 바다 또는 해안, 좀 더 자주는 거대하고 화려한 건물들이나 길거리들, 배들에 대한 꿈을 꾼다. 나는 대개 그 안에서 길을 잃는데, 하지만 항상 묘한 행복감, 햇빛 속에 걸어가는 느낌이 든다. 두말할 것도 없이 그 모든 건

※　런던에서 북서쪽으로 130킬로미터가량 떨어져 있는 잉글랜드 중남부 지역. 자연 경관이 아름답고 전통적인 가옥들이 많은 아늑한 곳이다. 오웰이 이곳의 요양소를 택한 것은 치료보다는 휴식을 위해서였다.

물 등등은 죽음을 뜻한다."²³ 『1984』는 1949년 6월 25일, 그가 마흔여섯 번째이자 마지막 생일을 맞이하기 두어 주 전에 영국과 미국에서 출간되었다. 소설은 널리 서평을 받으면서 비평가들과 독자들에게 강력한 인상을 주었고, 큰 반향을 일으키며 팔려나갔다. 여전히 소련을 지지하는 공산주의자들이나 그 책이 당시 집권하고 있던 노동당 정부에 대한 공격이라고 본 사회주의자들은 맹렬한 공격을 퍼부었고, 반면 보수주의자들은 지금도 그렇지만 당시에도 그 책을 자신들과 입장을 같이하는 것으로 오해했다.

그는 전미자동차노동조합 대표에게 보낸 글에서 그 점을 바로잡고자 했다. 《라이프*Life*》에 실린 그 글에서 그는 이렇게 말한다. "제 소설 『1984』는 사회주의나 영국 노동당에 대한 공격으로 의도된 것이 아닙니다. 중앙화된 경제가 빠지기 쉬운, 이미 공산주의와 파시즘에 의해 부분적으로 현실화된 타락을 폭로하려는 것뿐입니다. 저는 제가 묘사한 것 같은 사회가 반드시 도래**하리라고**는 믿지 않지만, 그 비슷한 무엇이(물론 그 책은 풍자라는 사실을 감안하고) 도래**할 수 있으리라고** 믿습니다. 저는 또한 전체주의가 도처의 지식인들의 생각 속에 뿌리내려왔다고 믿습니다."²⁴ 그러면서 그는 영국을 작품의 무대로 삼은 것은 전체주의가 어디서든 번창할 수 있음을 강조하기 위해서였다고 밝힌다. 며칠 후 그는 친구 리처드 리스에게 보내는 편지에서 주라섬에 두고 온 돼지들을 어떻게 할지 의논했다.

런던 병원의 그 1인실에서, 그는 1950년 1월 21일 한밤중에 심한 각혈로 죽었다. 거의 자기 피에 익사한 셈이었다. 병실에 낚싯대를 둔 채였다. 그보다 두어 달 전에, 그는 예복으로 구입한 벨 벳 스모킹재킷을 입고서 젊은 잡지 편집자 소니아 브라우넬Sonia Brownell과 결혼했었다. 그들은 책이 팔려 번 돈으로 개인용 비행기를 빌려 타고 스위스의 요양소로 갈 예정이었다. 그래서 그는 잘하면 낚시도 할 수 있으리라고 바랐던 것이다. 그 낚싯대는 그가 심은 나무와 장미, 입양한 아들, 그리고 아마도 병원에 입원한 채 추진했던 결혼과 마찬가지로 희망의 몸짓처럼 보인다. 미래가 확실해서가 아니라 바랄 만한 가치가 있기 때문에 가졌던 희망이었다.

그가 마지막에 쓴 몇 편 되지 않는 글 중에 마하트마 간디Mahatma Gandhi에 관한 길고 사려 깊은 에세이가 한 편 있다. 1948년 1월 간디는 인도에서 영국을 몰아내기에 마침내 성공하고 얼마 지나지 않아 암살당했다. 이 에세이는 1949년 1월에 발표되었다. 소설이 에둘러 하는 말을 에세이는 드러내놓고 하기 마련이다. 「간디에 대한 소고Reflections on Gandhi」에서 그는 『1984』의 몇 가지 기본적인 생각들을 재천명한다. 오웰은 간디의 불굴의 절대주의와 금욕주의, 그리고 초월적 영성이라 여겨지는 것을 다소 우려스럽게 보았다. 그는 그런 특질들에서 일종의 추상화와 목적이 수단을 정당화한다는 식의 태도를 보았다. 그에게 그런 것들은 자신이 평생을 바쳐 반대해온 이념적 광신주의와 너무나 가까운 것이었다. 결과적으로 그 에세이는 간디에 대한 정확한 평가는 아닐지도 모르지만, 오웰 자신의 견해와 우선순위를 명백히 보여주는 글이 되었다.

'초월적인'의 반대말은 '터 잡고 뿌리내린'일 터이다. 오웰은 다음 세상이 아니라 이 세상의 것들을 사랑했고 평범한 기쁨들과 즐거움들에 대한 애착을 지니고 있었다. 이 에세이에서 그는 자신의 또 한 가지 신조를 이렇게 밝혔다. "인간됨의 본질은 완벽을 추구하지 않는 것이고, 때로 신의를 위해 기꺼이 죄를 저지르는 것이며, 정다운 육체관계를 불가능하게 만들 정도로 금욕주의를 밀고 나가지 않는 것이고, 결국엔 생에 패배하여 부서질 각오를 하는 것이다. 이는 다른 인간들에게 우리의 사랑을 걸자면 어쩔 수 없이 치러야 할 대가이다. 물론 술이나 담배 같은 것은 성인聖人이 피해야 할 것이지만, 성인됨이라는 것도 사실 사람들이 피해야 할 무엇이다. …… 많은 사람들은 진심으로 성인이 되기를 바라지 않으며, 성인됨에 도달하거나 그러기를 갈망하는 사람은 인간이 되고자 하는 유혹을 전혀 못 느껴 보았는지도 모른다."[25]

다시 말해 그는 기꺼이 고통당하고자 하는 마음, 고통과 자신 및 다른 사람들의 결함을 받아들이고자 하는 마음이야말로 인간됨의 일부이며, 인간됨에 포함된 기쁨을 위해 치러야 하는 대가라고 보았다. 이생의 것들에 대한 헌신도 영적 훈련의 초점이요 기꺼이 희생하려는 정신이 될 수 있었으며, 그가 간디에게 없다고 본 따뜻함일 수 있었다. 어떤 의미로는, 그의 전혀 성인 같지 않은 순교자 윈스턴 스미스야말로 일련의 불운을 통해 온전히 인간적이 되었으며, 그가 세탁부 여자의 아름다움을 알아본 것, 즉 이상화되지 않은 불완전한 아름다움을 알아보는 새로운 능력도 그 일부였다고 할 수 있다. 오웰은 간디에 관한 에세이에서 이렇게 선언했다. "우리가 해야 할 일은 우리에게 단 하나뿐인 이 지상에서의 삶을 살 만한 것으로 만드는 것이다."[26]

그는 자기 무덤에 장미를 심어달라고 부탁했다. 몇 년 전에 가보니, 허접스러운 붉은 장미 한 송이가 피고 있었다.

서퍽 해안에서 멀리 떨어진 이스트 앵글리아의 평평한 전원 지대에서 발원한 가느다란 기핑강이 지류들로 물줄기를 키워 바다로 흘러든다. 입스위치의 스토크 다리에서 강은 이름을 바꾸어 11마일(18킬로미터)(또는 기준점을 어디로 잡느냐에 따라 12마일(19킬로미터) 또는 9마일(14킬로미터)이 되기도 한다) 길이의 오웰강이 된다. 다리를 기점으로 강의 이름이 바뀌면서 민물이 끝나고 민물과 짠물이 섞이는 감조感潮 하천이 시작되는 것이다. 그 대부분이 강이라기보다 긴 하구라고 보아야 할지도 모르지만 말이다. 오늘날 오웰강의 물길은 1930년대 초에 한 야심 찬 젊은 작가가 그 강에서 자신의 필명을 취했던 때와 같지 않다. 기후변화로 인한 해수면 상승 때문에 짠물이 들어오는 지점이 상류로 이동하면 좀 더 긴 강이 될 수도 있을 테고, 북해의 불어나는 물이 서쪽 연안을 야금야금 침식하고 있으니 강이 더 길어지지는 않을지도 모르겠다. 또한 해수면 상승은 홍수의 빈도와 범위를 증가시켰고, 오웰강의 물속에는 22세기 초까지도 입스위치를 보호하기 위해 7000만 파운드를 들인 200톤짜리 수중보가 어른거린다.

어느 날 오후 내가 기핑강이 오웰강으로 바뀌는 다리 근처를 어슬렁거리고 있노라니, 입스위치는 수많은 건물들이 더 이상 지어진 본래의 목적대로 쓰이고 있지 않은, 지친 도시로 보였다. 한때 중요한 항구였던 도시가 이제는 죽어버린 듯했다. 입스위치 해양유산박물관의 진열창에는 입항한 마지막 범선에 관한 자료가 전시되어 있었다. 1930년대에 오스트레일리아에서 밀을 들여오는 배였다. 버려진 공장 건물에는 기다란 사슬 모양 다리들이 달린 연푸른 문어가 그려져 있었다. 다리 인근 기핑강 쪽에 있는 스케이트장 벽도 온통 낙서로 장식되어 있었고, 강변의 또 다른 오래된 건물 벽 위에는 담쟁이를 걷어낸 자리에 유령 같은 나무 형상이 남아 있었다.

오웰강은 입스위치를 지나 넓어지면서 스투어강과 만나 북해로 흘러 들어간다. 두 강이 이루는 수심 깊은 항구는 1000년 이상 동안 무역에, 그리고 군대의 침입 및 출정, 연안 방어 등에 중요하게 이용되었다. 885년에는 알프레드 왕이 그곳에서 데인족의 침공을 저지하려 했으나, 데인족의 밀어닥치는 선단은 오웰강을 따라 올라가 입스위치를 파괴하고 데인족의 왕국을 세웠다.[1] 그곳은 군대들이 출정하고 순례자들이 승선하는, 대륙으로부터 양모와 소금과 의복과 서적과 포도주를 나르는 무역선들이 드나드는 항구였다.

오늘날 현대적인 오웰 다리는 오웰 컨트리파크 바로 상류에서 넓은 강폭을 가로지른다. 이 컨트리파크는 강변의 자갈밭을 따라 경사진 지형에 펼쳐져 있는 널따란 숲이다. 내가 갔을 때, 공원의 나무들에는 아직 푸른 도토리들이 달려 있었고, 조수가 높이 밀려왔던 곳에는 암녹색 해초들이 널려 있었다. 부드럽게 닳은 자갈밭에서 잡석들로 불룩한 채 비바람에 씻기는 남자 내의는 또 다른 사건들의 잔재일 터였다. 샘이 내 탐방 작업에 잠시 함께 해주었는데, 그 강가를 거닐며 그는 '오웰적인Orwellian'이라는 말에 불길하고 부패하고 음산하며 기만적인, 너무나 파괴적이라 진리와 사상과 권리에 대한 공격이 되는 위선이나 부정직을 뜻하는 것 이외의 다른 의미가 있을까 하는 의문을 제기했다.

형용사까지 만들어지는 작가는 많지 않으며, '조이스적인Joycean'이나 '셰익스피어적인Shakespearean' 같은 말도 '오웰적인' 만큼 널리 쓰이지는 않는다. 《워싱턴 포스트》에서 그 말을 검색해보니 754개의 결과가 나왔는데, 거기에는 "회사의 오웰적인 검열 체제", "오웰적인 정보 탄압 책략", "오웰적인 이민 심사", "객관적 현실에 대한 오웰적인 공격", "악을 호도하는 오웰적인 언어", 그리고 심지어 "오웰적인 이중화법" 같은 표현까지 있었다. 이중

화법doublespeak이라는 말은 『1984』에 나오는 신조어 이중사고 doublethink에서 온 것으로 보인다. '오웰적인'이라는 말은 특히 현재 중국 정부가 모든 시민에 대해 전면적인 사회 통제 및 감시를 시행하며 투옥이나 강제불임시술을 불사하고 중국 서부 위구르 회교도들의 성전을 파괴하고 인종 말살을 자행하는 행태를 묘사하고 비난하는 데 유용하게 쓰였다.

　　나는 오웰이 묘사하고 비난한 현상들과 그에 비견할 만한 우리 시대의 현상들을 연관 짓는 작업은 하지 않았다. 그런 일은 너무 쉽고 관련된 주제들도 너무 많고 명백하기 때문이다(그렇다 하더라도 우리 자신의 문제들과 『1984』의 절대주의적이고 삼엄한 독재의 차이 또한 의미심장하다). 트럼프 시대 및 기후변화 부정은 물론 지나칠 정도로 오웰적이다. 1984년 이전부터도 논설위원들은 건전성을 갉아먹는 정치를 묘사하는 데 소설 『1984』를 동원해왔다. 로널드 레이건의 계층 및 인종 전쟁에 대한 재미없는 완곡어법에서부터, 토니 블레어와 조지 W. 부시가 추상적인 '공포'를 조장하여 추상적이지 않은 100만 명의 인간을 죽이는 전쟁을 벌인 기만 작전 등이 대표적인 예이다. 그 시대에 생겨난 반응 중에 '메모리홀' 같은 웹사이트는 윈스턴 스미스가 역사를 더 편의적인 기술로 대치한 후 본래의 신문 기사를 던져 버리던 책상 옆 구멍의 이름을 딴 것이다.

　　한 술 더 떠 실리콘밸리는 글로벌 슈퍼파워가 되었다. 지배력을 획득한 소수 회사들의 막대한 부는 정보의 흐름을 관리하는 데서—마치 수문과 둑과 갑문으로 오웰강을 관리하는 것과도 마찬가지이다—그리고 빅브라더, KGB, 슈타지, FBI 등이 일찍이 꿈꾸었던 이상으로 우리 각 사람에 대한 정보를 수집하는 데서 나온다. 우리는 전화기가 우리 동선을 추적하거나 소셜미디어 플랫폼 및 소매 웹사이트가 우리에 관한 자료를 축적—그들은 그 자료를 다른 회사들에 팔아넘기기도 한다—하는 데 동의함으로써 그들에게 협조하는 셈이다. 그들의 영향력은 2016년 미국 대통령 선거 당시 대중의 상상력에도 미쳐, 먼저는 브렉시트, 뒤이어 트럼프의 시대를 도래케 했고, 브라질의 선동 정치와 버마의 인종 말살을 초래했다. 안면 인식 및 유전자 추적에 관한 신기술들은 기관의 힘을 확대하고 프라이버시를 침해했다. 내 생각에는 오웰의 비평이 향후 수십 년 동안에도 효력을 잃을 것 같지 않으니, '오웰적'이란 내버리기에는 너무 적절한 용어이다. 하지만 샘의 말에도 일리가 있다.

오웰의 주목할 만한 성과는 전체주의가 자유와 인권뿐 아니라 언어와 의식에까지 위협이 된다는 사실을 다른 누구도 하지 않았던 방식으로 적시하고 묘사한 것이다. 그의 작업이 너무나 강한 설득력을 지녔으므로, 그의 마지막 작품은 현재까지도 그림자를, 아니 봉화의 불빛을 드리우고 있다. 그러나 그 성과를 더욱 풍부하고 심오하게 만드는 것은 그의 작업에 불을 지핀 연료, 즉 그의 이상주의와 헌신이다. 그가 소중히 여기고 욕망했던 것, 욕망 그 자체와 즐거움과 기쁨에 대한 긍정적 평가, 그리고 그것들이야말로 전체주의 국가와 영혼을 파괴하는 그 침식력에 반대하는 힘이 될 수 있다는 인식이다.

그가 한 일은 이제 우리 각 사람의 일이다. 그건 항상 그랬다.

감사의 말

나는 위기가 고조되어가는 시대에 이 책을 썼다. 기후, 환경, 자연, 인권, 민주주의, 미디어, 기술, 젠더, 인종, 그리고 누구에게 발언권이 있으며 누가 거짓말쟁이들을 가려낼 것인가에 대한 문제 등등이 그 위기의 쟁점들이다. 지난 몇 년간 한 발을 오웰의 시대에 두고 살면서, 나는 우리 시대에 누가 오웰의 일을 하는 걸까 생각해보게 되었다. 정치 평론가들, 역사가들, 저널리스트들, 미디어 및 테크놀로지 평론가들, 반체제 인사들과 내부 고발자들, 인권 및 기후 운동가들, 주변화되고 저평가된 것을 옹호하는 이들 모두가 이 책이 형태를 잡아가는 몇 년 동안 내게 큰 영향을 미쳤다. 어떤 이들은 책이나 강연을 통해, 어떤 이들은 우정과 대화와 본보기를 통해 나를 계속 나아가게 해주었다. 두 가지 역할을 다 해준 이들도 있었다. 너무나 많은 사람들이 있었다.

그중에서 나와 개인적인 유대가 있었던 이들만을 꼽아본다. 타즈 제임스Taj James, 에리카 체누웨스Erica Chenoweth, 달리아 리스윅Dahlia Lithwick, 아스트라 테일러Astra Taylor, 마리나 시트린Marina Sitrin, L. A. 코프먼L. A. Kauffman, 밥 풀커슨Bob Fulkerson, 애나 골드스타인Anna Goldstein, 조 램, 안토니아 유하스Antonia Juhahz, 로시 존 핼리팩스Roshi Joan Halifax, 낸시 마이스터Nancy Meister, 필립 헤잉Philip Heying, 제시카 털리Jessica Tully, 파드마 비스와나산Padma Viswanathan, 클리브 존스Cleve Jones, 가넷 캐도건Garnette Cadogan, 조슈아 젤리-샤피로Joshua Jelly-Schapiro, 에얄 프레스Eyal Press, 크리스티나 겔하트Christina Gerhardt, 시바 베이디아나산Siva Vaidhyanathan, 수전 슈Susan Sheu, 브라이언 콜커Brian Colker, 콘치타 로사노Conchita Lozano와 갈리시아 로사노 스택Galicia Lozano Stack, 모리아 율린스카스Moriah Ulinskas, 모나 엘타하위Mona Eltahawy, 아일렛 월드먼Ayelet Waldman, 나타샤 디언Natashia Deon, 제이미 코테즈Jaime Cortez, 《릿 허브Lit Hub》의 조니 다이아먼드Jonny Diamond와 존 프리먼John Freeman, 그리고 《가디언》의 내 모든 편집자들, 자비스 매스터스Jarvis Masters, 블레이크 스폴딩Blake Spalding, 젠 캐슬Jen Castle, 테리 템페스트 윌리엄스Terry Tempest Williams, 브룩 윌리엄스Brooke Williams, 캐럴라인 나시프Caroline Nassif, 메이 부베May Boeve, 빌 맥키븐Bill McKibben,

스티브 크레츠먼Steve Kretzman, 스테파니 시주코Stephanie Syjuco, 에릭 메버스트Erik Mebust, 셀마 영-루투나타부아Thelma Young-Lutunatabua, 오일체인지인터내셔널Oil Change International의 모든 분들, 그리고 물론 앤티수잉스쿼드Auntie Sewing Squad와 그 둘도 없는 대장 크리스티나 웡Kristina Wong. 이들은 언어와 사실과 과학과 역사에서의 정확성과 엄밀성이 왜 중요한지, 하나의 목소리 또는 다수의 평범한 사람들의 합쳐진 소리가 어떤 힘을 가질 수 있는지, 가장 중요한 것이 어떻게 옹호될 수 있고 옹호되어야 하는지, 제 이름으로 불리고 인식되고 이해되고 칭송되어야 하는지에 대해 거듭 거듭 가르쳐주었다. 하지만 나는 또한 이 책과 여기 담긴 생각들에는 즐거움과 기쁨, 아름다움, 그리고 보통은 생산적이라 여겨지지 않는 인생의 과정들, 우리를 키우고 형성하는, 결과로 계량화할 수 없는 사적이고 명상적이고 우회적인 순간들을 옹호하고 만들어내는 이들도 관련이 있다고 본다. 즉 예술가들, 음악가들, 정원사들, 시인들 말이다.

책을 쓰는 것은 고독한 작업이다. 적어도 실제 글을 쓰는 과정은 그렇다. 특히 이 책은 코로나-19 팬데믹으로 인한 예외적 고립 속에서 쓴 것이다. 그러나 그 내용은 많은 사람들의 친절과 우정, 함께 나눈 대화에서 비롯되었다. 물론 가장 감사해야 할 사람은 내 친애하는 벗 샘 그린이다. 애초에 내가 오웰의 장미와 만나게 된 것도 우리의 계속되는 대화와 나무들에 대한 그의 끝없는 호기심과 열정 덕분이었다. 나를 맞이해준 돈 스패뇰Dawn

Spanyol과 그레이엄 램Graham Lamb에게도 낯선 사람에 대한 따뜻한 마음과 정원에 대한, 작가들에 대한, 의미와 가능성과 과거의 단서들을 추려내는 과정에 대한 열정에 큰 빚을 졌다. (부디 독자들이 사생활을 존중하여 그들의 집을 마구 찾아가지 말기 바란다.) 너무나 여러 해 동안 수많은 대화와 산책에 함께 해준 롭 맥펄레인Robert Macfarlane에게도 감사를 전한다.

콜롬비아의 장미 재배 산업을 구경하는 특별한 한 주간을 마련해준 네이트 밀러Nate Miller와 그의 20년 가까운 우정에 대해 감사한다. 베아트리스 푸엔테스Beatriz Fuentes와 화훼노동자들의 집, 그리고 그곳에서 내 인터뷰에 응해준 그녀의 동료들과 그 인터뷰들을 통역해준 낸시 비비아나 피녜이로Nancy Viviana Pineiro에게도 감사한다.

올가 톰친Olga Tomchin과 자리나 자브리스키Zarina Zabrisky는 러시아 관련 자료 및 정보를 얻는 데 도움을 주었고, 마우리치오 몬티엘 피구에라스Mauricio Montiel Figueras는 멕시코시티의 과달루페 유적지에서 멋진 오후를 보내게 해주었다. 친애하는 칠랑가 친구 아드리아나 카마레나Adriana Camarena는 2010년 12월 12일 새벽 산프란체스코대성당에 데려가주어 대주교가 후안 디에고 역을 하는 라틴계 이주민 앞에 무릎 꿇는 것과 대성당 돔에서 색색의 장미 꽃잎이 비 오듯 하는 장면을 보게 해준 것을 비롯하여 여러 해 동안 수많은 과달루페 친구들을 만나게 해주었다. 니컬라 보먼Nicola Beauman은 케임브리지의 자기 집과 매혹적인 뒤뜰과 책들을 빌려주었다. 모두에게 감사한다.

2019년 12월 "스탈린에 대해 잠시 수다 떨 시간 있으세요?"라는 이메일에 성의 있게 대답해준 애덤 혹실드와 그의 오랜 우정에도 감사한다. 그는 소련과 스페인내전, 20세기 좌파 정치에 대해 그가 아는 것과 그 주제에 관한 그의 책들을 나눠주었을 뿐 아니라, 이 책의 초고를 읽어줌으로써 너무나 큰 도움을 주었다. 또한 초기 단계의 원고를 읽고 의견을 말해준 칼라 버그먼에게도 그녀의 우정과 전투적인 기쁨을 고취해준 데 대해 감사한다. 이 책의 과학적인 부분을 검토해준 조 램과 행성학자 데이비드 그린스푼David Grinspoon에게도 감사한다.

나는 오웰의 글과 친구들의 편지나 회상, 그에 관한 전기적 세부들을 수집하고 편집해온 학자들과 그들의 시각 및 해석에 대해서도 크게 감사해야 한다. 특히 스무 권짜리 오웰 전집을 펴낸 피터 데이비슨Peter Davison에게 감사한다. 피터 스탠스키Peter Stansky의 두 권짜리 오웰 전기[*]는 두 사람 사이의 얼마나 많은 공감과 통찰이 서로를 풍부하게 했을지 보여주었다. 이 책을 시작할 무렵 스탠퍼드 근처 자택으로 그를 방문할 기회가 있었던 것은 기쁜 일이다. 피터가 나와 가까운 곳에 산다면서 소개해준 에이미 엘리자베스 로빈슨Amy Elizabeth Robinson에게도 감사를 전한다. 메트로폴리탄 미술관의 회화 부문 큐레이터인 애덤 이커

[*] 『알려지지 않은 오웰(*The Unknown Orwell*)』(1972), 『오웰의 변모(*Orwell: The Transformation*)』(1981).

Adam Eaker는 오웰의 선조를 그린 조슈아 레이놀즈 경의 그림에 대해 서면으로 대답해주었고, 좀 더 정보를 얻을 수 있도록 미술관의 자료를 이용하게 해주었다. 라구 카르낫Raghu Karnad은 오웰이 태어난 인도 북부에 데려가주겠다고 했었는데, 이 모험이 이루어질 수 없었던 것이 아쉽다(언젠가 장래에는 이루어지기 바란다). 다마리스 플레처Damaris Fletcher는 반힐에 대한 문의 편지에 기꺼이 답해주었다. 마이클 매티스Michael Mattis와 줄리 호크버그Julie Hochberg는 티나 모도티의 사진 「장미, 멕시코」를 싣도록 허가해주었고, 필립스 경매사의 캐럴라인 덱Caroline Deck은 새로운 소유주들과 연결해주었다.

버클리와 샌프란시스코의 장미 정원들과 그곳 정원사들, 그리고 일반 대중을 위해 장미에 기금을 대도록 한 원칙들에도 감사한다. 샌프란시스코의 UN 플라자에 있는 시몬 볼리바르Simon Bolivar의 동상 곁에서 열리는 농부들의 장터에도 감사한다. 덕분에 나는 30년 이상 동안 그들이 직접 가꾼 헙수룩하고 가시 많고 향기로운 장미들을 즐길 수 있었다.

내 에이전트인 프랜시스 코디 오브 아라기 사社와 이 책의 편집을 맡아준 폴 슬로박Paul Slovak과 벨라 레이시Bella Lacey, 그리고 바이킹 출판사의 편집부, 디자인부, 홍보부, 영업부의 모든 분들, 특히 마야 배런Maya Baran, 세라 레너드Sara Leonard, 앨리 머롤라Allie Merola에게, 그리고 그랜타북스와 프루 롤런슨Pru Rowlandson, 『오웰의 장미』를 위해 애써준 모두에게 감사한다. 멋진 표지를 만들어준 디자이너 존 그레이John Gray에게도.

그리고 끝으로, 하지만 누구 못지않게 고마운 이는 찰스이다. 호흡기내과 의사로서 오웰의 질병에 대해 소상한 지식을 나눠주었을 뿐 아니라, 이 책을 쓰는 내내, 읽고 쓰고 의심하고 결정하고 감탄하는 과정 내내 함께해준 데 감사한다.

옮긴이의 말

희망의 글쓰기

오웰은 반대하는 사람이었다. 그의 생애는 억압적인 학교 교육에, 식민지 제국주의에, 상류 지향 출세주의에, 자본주의에, 파시즘에, 스탈린식 공산주의에, 전체주의에, 프로파간다에, 위선과 거짓에, 권위주의와 교조주의에, 기계 문명과 획일주의에—리스트는 얼마든지 더 길어질 수 있을 것이다—대한 반대로 점철되어 있다. 무엇을 위한 반대냐고? 그의 반대를 뒤집어보면 그가 찬성한 것, 지지한 것이 나타나겠지만, 굳이 반대되는 것들로부터 유추하지 않더라도 그의 저작에는 충분히 긍정적인 요소들이 들어 있다는 것이 솔닛의 발견이다. 그 발견의 단초가 된 것이 바로 장미이고.

그녀가 '오웰의 장미'를 만난 것은 우연이었다. 친구와 함께 나무 얘기를 하다가 오웰이 시골집에 나무를 심었던 글을 떠올렸고, 영국에 간 길에 그 나무를 찾으러 갔다가 나무 대신 뜻밖에 장미를 만나게 되어 놀랐다는 것이다. 문제의 에세이 「브레이 본당신부를 위한 한마디」에는 장미를 심었다는 말도 나오건만, 그 사실이 새삼스럽게 다가왔다는 것은 그처럼 "정의와 진실과 인권과 세상을 변혁하는 방법에 대해 관심이 많았던 사람"에게 장미란 어울리지 않는다는 은연중의 선입견을 확인해준다. 실제로, 오웰이 장미에 대한 글을 게재한 잡지의 한 독자는 "장미는 부르주아적"이라는 항의 편지를 보내오기도 했다고 한다. 하지만 바로 그 지점, 오웰이 참여했던 거대 담론들 가운데 장미라는 아름다움과 즐거움이 차지하는 위치야말로 어쩌면 모든 사람이 자신의 삶 속에서 돌아보아야 하는 지점이 아닌가 하는 것이 솔닛의 문제 제기이다. 그래서 그녀는 오웰을 다시 읽기 시작한다.

　　30년 전 「브레이 본당신부를 위한 한마디」를 처음 읽었을 때, 그녀는 그것이 좀 더 평온한 시대였더라면 오웰이 되었음 직한 어떤 다른 사람을 엿보게 해주는 글이라고만 생각했었다고 한다. 아니, 틀렸다, 그 사람은 내내, 그의 모든 글에서 나타나는 사람이었다. 그는 삶의 아름다움과 즐거움에 대해 끊임없이 말하고 있으며, 그의 모든 글에는 흉측한 것과 아름다운 것이 공존한다. 무엇보다도 그는 자연 애호가였다. 친구들의 회고에 따르면, 소로를 방불케 하는 자연과의 친밀함이 그의 큰 특징이었으며, 그는 '마치 안타이오스처럼 대지와의 접촉에서 힘을 얻는 사람'이었다고 한다. 제국 경찰 복무를 때려치우고 불안정한 시절을 겪으면서도 시민 임대 농장에서 채소밭 가꾸기에 열심을 내는가 하면, 세상이 돌아가는 방식에 염증을 느껴 구약의 선지자처럼 길모퉁이에 서서 고함치고 싶다는 심정을 토로하는 편지에서 불쑥 '욕실에 나타난 아기 고슴도치'에 언급하기도 한다. 이것과 저것이 그에게는 똑같은 비중을 차지하는 것이다. 거꾸로, 좀 더 평온한 시절이었다면 "행복한 시골 목사"가 될 수도 있었으리라던 그가 정작 그 목가적 이상을 이루지 못한 것은 그 안의 '선지자' 때문이었을 터이다.

1936년 초 잉글랜드 북부의 탄광촌에 실태 조사를 하러 간 것이나, 그해 연말 스페인내전에 참전한 것은 다 그런 선지자적인 행보였다고 할 수 있다. 한편으로는 극도로 열악한 노동 여건과 노동자들의 삶의 실태를 목도하면서 사회주의에 동조하게 되었고, 다른 한편으로는 혁명의 이상주의와 형제애에 심취하는 가운데 다양한 정치적 파벌들 간의 각축을 몸소 체험하기도 했다. "정치적으로 자신을 발견"하는 계기가 된 그 두 사건 사이에, 그는 결혼을 했다. 런던 북부 근교의 월링턴 마을에 작은 집을 빌려 구멍가게를 열고 텃밭을 일구며 글을 쓰겠다는 소박한 꿈에 함께할 반려를 얻은 것이다. 훗날 에세이에서 말한 사과나무와 장미도 그해 봄 결혼을 앞두고 그 시골집 마당에 심은 것이었다.

이렇게 읽다 보면, 소년 시절부터 그의 삶의 궤적이 어느 정도 그려지기는 하지만, 그리고 전체적으로 오웰의 삶이나 저작과 병행하여 전개되기는 하지만, 이 책은 오웰의 전기도 평전도 아니다. 연대기적 서술을 넘어 여러 주제 사이를 종횡무진하는 저자의 글쓰기는 이른바 '리좀' 즉 식물의 줄기가 뻗어나가며 곳곳에 뿌리 내리는 것을 방불케 하는 전개 방식을 취하고 있다. 예컨대 그의 탄광 취재 여행을 이야기하기에 앞서 자그마치 석탄기까지 거슬러 올라가 식물의 탄소동화작용과 석탄의 생성 과정에 언급하고, 거기서 다시 탄소 연료의 과잉 소비와 그로 인한 대기오염, 지구 온난화 등 환경 문제에 이르는 식이다. 그러면서 물론 자본주의 생산 과정의 착취 및 소외라는 문제, 또 오웰의 개인사 차원에서는 결국 그를 죽음으로 몰고 간 호흡기 질환과의 관련도 빠뜨리지 않는다. '빵과 장미'라는 구호를 만든 여성들이나 장미를 찍은 사진으로 유명한 사진가 티나 모도티의 이야기가 한데 엮이는 것도 비슷한 방식이다. 혁명이란 빵만이 아니라 장미를 위한 것이기도 하다는 숱한 외침과, 또 한편으로는 혁명을 위해 장미를 포기해야 했던 모도티, 그리고 그녀와 내전이라는 동시대의 현장을 스쳐 갔던 오웰. 이들이 중첩되면서 장미가 나타내는 모든 것, 장미를 박탈하는 모든 것을 떠올리게 한다.

저자가 그런 생각의 줄기를 재차 더 멀리 뻗어나가는 것은 오웰이 스탈린 시절 소련에서 벌어진 유전학 논쟁에 흥미를 보였다는 사실을 발견하면서이다. 식물 육종학자 바빌로프와 사기꾼 리센코 사이에 벌어진, 결국 바빌로프의 아사餓死로 끝난 싸움은 스탈린식 공산주의의 진실 왜곡을 단적으로 보여주는 예로, 과학에 대한 이 같은 탄압에 대해 오웰은 전체주의의 진짜 무서운 점은 어떤 잔혹 행위보다도 "객관적 진실을 오도하는 것"이라며 진저리친다. 스탈린이 곳곳의 별장에 정원을 만들고 레몬나무를 심어 그 북방한계선을 밀어붙이려 했던 억지 또한 그런 전체주의적 자기기만의 일환이거니와, 이 웃지 못할 일화는 정원이니 레몬이니 하는 것들조차도 순수한 아름다움과 즐거움의 영역에 속하는 일만은 될 수 없음을 상기시킨다. 스탈린의 레몬에 대한 이야기는 나중에야 서방 세계에 전해진 것이지만, 만일 오웰이 그 레몬나무에 대한 일을 알았다면 어떤 반응을 보였을까?

비단 철의 장막 저편의 독재 치하에서 일어난 일이 아니라도, 장미니 정원이니 하는 것이 어떤 가공할 현실에 기반을 두었던가는 당장 영국에서도 확인된다. 영국식 정원은 인공미를 추구하는 프랑스식 정원에 비해 자연미를 구가하기로 유명하지만, 그 자연스러움이란 사실 인클로저 운동으로 공유지를 독점한 귀족계급의 착취를 은닉하고 있다. 뿐만 아니라, 그런 정원을 배경으로 그림 같은 대저택들이 지어진 것은 식민지 플랜테이션과 노예무역이라는 수탈 덕분에 가능했던 일이다. 다른 사람 아닌 오웰의 선조들 역시 사탕수수 플랜테이션의 덕을 보았으니, 노예제철폐로 인해 가세가 기운 후에도 오웰의 부친은 식민지 인도에서 아편 재배 및 판매를 감독했으며 외가 역시 동남아의 티크 목재를 거래하여 부를 일군 집안이었다. 그가 부모의 희망대로 상류 지향의 삶을 살기를 거부하고, 억압적인 체제들을 비판하는 글쓰기에 나선 것도 무리가 아니다.

정원도, 장미도, 무구하지 않다. 의류나 기타 생활용품의 장미 무늬가 환기하는 영국적인 분위기는 자연스러움과 아름다움, 여유로움 등에 대한 막연한 향수를 자극하지만, 그 이면에 있는 것은 결코 간과할 수 없는 제국주의의 역사이다. 저메이카 킨케이드가 수선화에 질색하는 것은 수선화 예찬이 식민지 주민들에게 강요된 대영제국의 정서이기 때문이었다. 오늘날의 장미라고 다르겠는가? 솔닛이 감행한 콜롬비아의 장미 생산 현장 답사는 오웰의 잉글랜드 북부 탄광 취재에 견줄 만한 것으로, 미국에서 소비되는 장미의 80퍼센트가 콜롬비아의 환경을 파괴하고 노동력을 착취하며 삶을 황폐하게 만드는 공장 생산품임을 폭로한다. 장미는 인간다운 삶에서 '빵'과 대비되는 아름다움과 여유를 나타내는 상징이지만 그 이면에 있는 것은 추악한 진실이다. 그런 이중성, 추악한 진실을 포장하는 그럴싸한 거짓이야말로 오웰이 가장 혐오하고 가장 경계했던 것이다.

그리하여 저자는 아름다움이란 과연 무엇인가라는 좀 더 근본적인 질문에 이르게 된다. 외관상의 아름다움이 담고 있는 것이 윤리적으로 그렇지 못하다면, 그래도 여전히 아름답다고 할 수 있는가? 『1984』를 다시 읽으며 솔닛은 오웰이 도달한 또 다른 종류의 아름다움에 주목한다. 주인공 윈스턴 스미스가 체포되기 직전에 창밖의 세탁부를 바라보는 장면이다. 세월의 풍상을 겪은 중년의 여자가 빨래를 하면서 흥얼거리는 노랫가락에서, 윈스턴은 삶의 모든 고통을 넉넉히 끌어안는 힘을, 근원적인 생명력을 느끼는 것이다. 솔닛의 표현을 빌리자면, 그것은 "삶을 이어나가게 하는 강인함과 생존과 인내의 아름다움이, 그 자체로 아름답다고 인정되는 순간"이다. 오웰은 있는 그대로의 삶을, 그 비루함까지를 포함하여 사랑했던 사람이다. 그는 가혹한 현실 속의 이상주의를 사랑하며, 보잘것없는 것들에서 즐거움을, 하찮은 생명들에서 어여쁨을 발견하곤 했다. 솔닛은 오웰을 인용한다. "인간됨의 본질은 완벽을 추구하지 않는 것이고, 때로 신의를 위해 기꺼이 죄를 저지르는 것이며, 정다운 육체관계를 불가능하게 만들 정도로 금욕주의를 밀고 나가지 않는 것이고, 결국엔 생에 패배하여 부서질 각오를 하는 것이다. 이는 다른 인간들에게 우리의 사랑을 걸자면 어쩔 수 없이 치러야 할 대가이다." 솔닛은 무엇에 반대하여 싸우느냐 못지않게 무엇을 위해 싸우느냐도 중요하다고 강조하거니와, 오웰이 그토록 많은 것에 반대하는 싸움을 통해 추구한 것은 바로 그런 인간다움이었던 셈이다. "사회주의의 진짜 목표는 행복이 아니라 인류애"라고, "서로 속이거나 죽이는 대신 사랑하는" 세상을 만드는 것이라고 했던 사람—이 책의 마지막에서 저자가 우리에게 만나게 해주는 오웰은 그런 사람이다.

이상과 같은 전개에는 워낙 다양한 이야기들이 담겨 있기 때문에 언뜻 뒤얽힌 듯이 보이고 일각에서는 잡다한 개별 에세이들의 모음이 아니냐는 비판이 나오기도 했던 모양이다. 그래서 솔닛은 출간 이후 여러 기회에 행한 대담 및 강연을 통해* 결코 그렇지 않다, 모든 이야기가 일관성을 띠고 연결되어 있다고 강조한 바 있다. 실제로, 처음 읽을 때는 다소 두서없는 듯한 느낌이 들기도 하지만 되짚어보면 전체적인 논지가 뚜렷해진다. 즉, 장미가 나타내는 아름다움이나 즐거움이 인생에서 차지하는 위치가 무엇이냐 하는 질문에서 시작하여 인간다운 삶에는 '빵과 장미'라는 구호로 대변되는 두 가지가 모두 필요하다는 사실을 확인하고, 나아가 장미의 이면에 숨겨진 추악한 현실을 폭로함으로써 심미성과 윤리성의 관계에 대한 반성을 촉구한다. 그리고 끝으로, 오웰에게서 그가 추구한 또 다른 종류의 아름다움을 짚어냄으로써 그가 추구한 이상이란 어떤 것이었을까를 음미하는 것이다.

하지만 『오웰의 장미』는 이렇게 몇 마디로 요약해버리기에는 너무나 풍성한 이야기를 담고 있는 책이다. 책을 구성하는 일곱 개의 큰 장마다 "한 남자가 장미를 심었다"는 기본 문장이 변주 반복되면서 그 행위가 갖는 의미에 대한 성찰이 확대되어가는 것은 이른바 리좀식 전개의 풍부함을 십분 맛보게 한다. '장미를 통해 오웰을, 오웰을 통해 장미를' 탐구하는 이 책은 장미라는 키워드를 천착함으로써 오웰을 다시 읽고, 그 다시 읽기에서 장미가 포함하는 제반 문제들을 바라보는 시각을 얻게 하려는, 일종의 대화인 셈이다.

그런 작업의 의의가 어디 있느냐고? 솔닛은 『1984』에서 "과거를 통제하는 자가 미래를 통제하고 현재를 통제하는 자가 과거를 통제한다"고 한 빅브라더의 말을 인용하여 이에 답한다. 말하자면 시대에 대한 전면적 재반성이니, 저자는 노동, 여성, 환경, 세계평화 등 여러 방면에서 진보적 캠페인들이 등장한 1980년대에 성년이 되어 그 다양한 이슈들에 동참해온 자의 시각으로 과거의 텍스트를 다시 읽고 현재를 돌아봄으로써 미래에 대한 비전을 제시하겠다는 것이다. 그것이 조금이라도, "다만 몇 밀리미터라도" 세상을 나아지게 하는 방향으로의 전진이기를 바라면서 말이다. 책의 제사題詞로 인용된 옥타비아 버틀러의 "가능성들을 알아보고 경고를 하기 위해 앞을 내다보려 애쓰는 행위 자체가 희망의 행위이다"라는 말은 오웰의 글쓰기에 대해서뿐 아니라 솔닛 자신의 글쓰기에도 해당될 것이다.

솔닛의 책은 2016년 『멀고도 가까운』이 국내에 소개되었을 때부터 감탄하며 읽어왔다. 『오웰의 장미』 번역을 맡게 된 것은 뜻밖의 기쁜 일이었다. 잘 알지 못하는 다양한 분야에 걸쳐 있는 책이라 부담스럽기는 했지만, 전문가들의 도움을 얻어주겠다는 편집부의 약속에 힘입어—실제로 그렇게 해주셨으니 감사드린다—번역을 맡게 되었다. 덕분에 오웰의 책들을 다시 읽게 되었고, 새롭게 만나게 되었다. 이전에 오웰은 '시대의 양심'이요 '미

※　『오웰의 장미』에 대한 솔닛과 마거릿 애트우드의 화상대담, 솔닛과 제니 오델의 대담, 오웰 협회에서 한 연설, 오웰 재단의 행사에서 한 연설 등이 유튜브에 올라와 있다.

래를 내다보는 혜안'을 가진 위대한 작가라는 데 동의하기는 해도 큰 매력을 느끼지 못한 작가였다. 그런데 이번 작업을 통해 알게 된 오웰은 감동적이었다. 폐질환으로 망가져가는 육신과 씨름하면서 동시에 이 병든 세상과 씨름하고 있던 사람, 그 씨름의 원동력인 증오보다 더 깊은 원천이었던 인간과 삶에 대한 사랑을 지녔던 사람. 그를 생각하면 탄광이나 전쟁터에서의 모습 못지않게 그가 월링턴 시골집에 냈던 구멍가게의 오죽잖은 상품 구색, 그날그날 낳은 달걀 개수가 기입된 가사 일기, 그리고 뉴캐슬 근처에 있다는 아내 아일린의 무덤, 스코틀랜드의 외딴 섬 주라에서의 말년 같은 것들이 떠오른다. 그리고 그 낚싯대—그가 끝까지 붙들고 있던 희망이.

주

1) Octavia Butler, "A Few Rules for Predicting the Future," *Essence*, May 2000, pp. 165–66.

| 예언자와 고슴도치

1 망자들의 날

1) Man Ray, *Self Portrait* (Boston: Little, Brown, 1963), pp. 281–82.

2) "A Good Word for the Vicar of Bray," in *Smothered Under Journalism*, vol. 18 of *The Complete Works of George Orwell*, ed. Peter Davison (London: Secker and Warburg, 1998), p. 259. 「브레이 본당신부를 위한 한마디」(《트리뷴》, 1946년 4월 26일). [인용문의 출처는 오웰의 작품에 한하여 우리말로 옮기되, 소설의 번역 제목은 처음에 한 번만 표시하고, 에세이의 번역 제목은 매번 표시하되 게재 지면 및 일자는 처음에만 넣고, 다시 나올 때는 연도만 표시하기로 한다.—역주]

3) "You and the Atom Bomb," *Tribune*, October 19, 1945, and in Paul Anderson, ed., *Orwell in Tribune: "As I Please" and Other Writing 1943–7* (London: Politicos, 2006), p. 247. 「당신과 원자폭탄」(《트리뷴》, 1945년 10월 19일).

4) "A Good Word for the Vicar of Bray," in *Smothered Under Journalism*, p. 261. 「브레이 본당신부를 위한 한마디」(《트리뷴》, 1946년 4월 26일).

5) 에스더 M. 브루크의 8쪽짜리 자비 출판물 『몽크스 피칫: 조지 오웰로 가는 길(*Monks Fitchett: The Road to George Orwell*)』(1983)에서 인용. 그레이엄은 내게 에스더에 대해 "그런데 이 집에 살았던 진짜 유명인사에 대해 알고 싶지 않으세요?"라며, 그녀가 그 지역에 남긴 인상에 대해 농담처럼 말했다.

6) Peter Davison, ed., *George Orwell Diaries* (New York: Liveright, 2009), pp. 252–53.

2 꽃의 힘

1) Mary Douglas, *Purity and Danger: An Analysis of the Concepts of Pollution and Taboo* (London: Routledge, 1991), p. 123.

2) Marianne Moore, *Becoming Marianne Moore: The Early Poems 1907–1924* (Berkeley: University of California Press, 2002), p. 83.

3) Loren Eiseley, *The Immense Journey* (New York: Time Inc., 1962), p. 47.

4) "Rose Hip Syrup Supplies on Sale Next Month," *Times* (London), January 15, 1942.

5) 테오프라스토스 인용문은 Jennifer Potter, *The Rose* (London: Atlantic Books, 2010), p. 10에서 재인용; 대플리니우스 인용문은 15쪽.

3 라일락과 나치

1) "Autobiographical Note," written in 1940 for *Twentieth Century Authors*, reprinted Sonia Orwell and Ian Angus, eds., *Orwell: My Country Right or Left: 1943* (Boston: David R. Godine, 2000), p. 23.

2) 이 두 인용문은 1931년에 발표한 에세이 「홉 열매 따기」가 아니라 그 시절 일기에서 발췌한 것이다. Sonia Orwell and Ian Angus, eds., *Orwell: An Age Like This: 1920–1940* (Boston: David R. Godine, 2000), p. 63. [오웰은 1931년 가

을에 켄트주의 농장에서 홉 따기 노동을 했으며 그때 경험을 일기로 썼고, 그 일기를 바탕으로 쓴 에세이 「홉 열매 따기」를 1931년 10월 17일 자 《브리티시 뉴 스테이츠먼 앤드 네이션(*British New Statesman and Nation*)》에 본명인 에릭 블레어로 발표했다.—역주]

3) Noelle Oxenhandler, "Fall from Grace," *New Yorker*, June 16, 65.

4) Jacques Lusseyran, *And There Was Light* (New York: Parabola 1987), p. 161.

5) 그의 병력은 이 글에 잘 정리되어 있다. John J. Ross, "Tuberculosis, Bronchiectasis, and Infertility: What Ailed George Orwell?," *Clinical Infectious Diseases* 41, no. 11 (December 1, 2005): pp. 1599-603.

6) Arthur Koestler in Audrey Coppard and Bernard Crick, *Orwell Remembered* (London: BBC, 1984), p. 169.

7) Jacintha Buddicom, *Eric and Us*, postscript by Dione Venables (Chichester, UK: Finlay Publisher, 2006), pp. 26 and 38.

8) *Coming Up for Air* (San Diego: Harcourt, 1950), p. 43. 『숨 쉬러 나가다』(1939).

9) *Nineteen Eighty-Four* (London: Penguin, 2003), p. 307. 『1984』(1949).

10) "Politics and the English Language," *Horizon*, April 1946, and in Sonia Orwell and Ian Angus, eds., *George Orwell: In Front of Your Nose: 1945-1950* (Boston: David R. Godine, 2000), p. 139. 「정치와 영어」(《호라이즌 (*Horizon*)》, 1946년 4월).

11) As I Please, *Tribune*, March 17, 1944, and in Sonia Orwell and Ian Angus, eds., *As I Please, 1943-1945* (Boston: David R. Godine, 2000), p. 110. 오웰은 군용 장화에 관한 질문을 1944년 8월 18일 자 《트리뷴》에도 이렇게 썼다. "잭부츠에 대한 내 반대 캠페인에도 불구하고 …… 잭부츠는 도처에서 흔하게 눈에 띈다. …… 하지만 나는 도대체 잭부츠가 무엇인지에 대해 명확한 정보를 얻지 못했다. 그것은 폭군적으로 행동하고 싶을 때 신는 일종의 장화라는 것 정도가 알려져 있을 뿐인 듯하다." [「나 좋은 대로(As I Please)」는 오웰이 1943년 12월 3일부터 1947년 4월 4일까지 총 80회에 걸쳐 《트리뷴》에 기고했던 칼럼 제목이다. 1944년 3월 17일의 글은 16회 차, 8월 18일의 글은 38회 차 칼럼이다.—역주]

12) As I Please, *Tribune*, January 21, 1944, and in *Orwell in Tribune*, pp. 87-88. 「나 좋은 대로 (8)」(《트리뷴》, 1944년 1월 21일).

13) Letter to Jack Common, April 16, 1936, in Peter Davison, ed., *George Orwell: A Life in Letters* (New York: Liveright, 2010), p. 60.

14) "Revenge Is Sour," *Tribune*, November 9, 1945, and in *Orwell in Tribune*, p. 258. 「복수는 괴로운 것」(《트리뷴》, 1945년 11월 9일).

15) "Why I Write," in *Smothered Under Journalism*, p. 319. 「나는 왜 쓰는가」(《갱그럴(Gangrel)》, 1946년 여름).

16) As I Please, *Tribune*, August 25, 1944, and in *Orwell in Tribune*, p. 181. 「나 좋은 대로 (39)」(《트리뷴》, 1944년 8월 25일).

17) Coppard and Crick, *Orwell Remembered*, p. 75.

18) Coppard and Crick, *Orwell Remembered*, p. 91.

19) Kay Ekevall in Stephen Wadhams, *Remembering Orwell* (London: Penguin, 1984), p. 57.

20) Coppard and Crick, *Orwell Remembered*, pp. 239–40.

21) David Holbrook in Wadhams, *Remembering Orwell*, p. 179.

22) "A Happy Vicar I Might Have Been," on the website of the Orwell Foundation, https://www.orwellfoundation.com/the-orwell-foundation/orwell/poetry/a-happy-vicar-i-might-have-been/.

23) 넬리 리무쟁에 관해서는 상당히 긴 글이 있다. Darcy Moore, "Orwell's Aunt Nellie," *George Orwell Studies* 4, no. 2 (2020): pp. 30–45.

24) Buddicom, *Eric and Us*, p. 14.

25) Nellie Limouzin, in *A Kind of Compulsion*, vol. 10 of *The Complete Works of George Orwell, ed. Peter Davison* (London: Secker and Warburg, 1998), p. 314.

26) Letter to Brenda Salkeld, in *Orwell: An Age Like This*, p. 119.

27) Letter to Eleanor Jaques, in *George Orwell: A Life in Letters*, p. 26.

28) Letter to Brenda Salkeld, in *Orwell: An Age Like This*, p. 140.

29) Pitter in Coppard and Crick, *Orwell Remembered*, p. 70.

30) *The Road to Wigan Pier* (London: Penguin Classics, 2001), p. 130. 『위건 부두로 가는 길』(1937).

31) *A Clergyman's Daughter* (Oxford: Oxford University Press, 2021), p. 44. 『목사의 딸』(1935).

32) *Orwell: An Age Like This*, p. 214.

33) Spender in Coppard and Crick, *Orwell Remembered*, p. 262.

34) Eileen O'Shaughnessy Blair in Peter Davison, ed., *The Lost Orwell: Being a Supplement to "The Complete Works of George Orwell"* (London: Timewell Press, 2006), p. 64.

35) *George Orwell Diaries*, p. 154.

36) "Autobiographical Note," in *Orwell: My Country Right or Left*, p. 24.

37) Kunio Shin, "The Uncanny Golden Country: Late Modernist Utopia in *Nineteen Eighty-Four*," June 20, 2017, https://modernismmodernity.org/articles/uncanny-golden-country.

38) *Nineteen Eighty-Four*, p. 92.

39) "Ross Gay Interview at *Jacket Copy*: He Has His Own Orchard!" *Harriet* (blog), Poetry Foundation, https://www.poetryfoundation.org/harriet/2016/02/ross-gay-interview-at-jacket-copy-he-has-his-own-orchard.

40) 『동물농장』 우크라이나판 서문, 1947년 3월. in *It Is What I Think*, vol. 19 of *The Complete Works of George Orwell*, ed. Peter Davison (London: Secker & Warburg, 1998), p. 88.

41) *George Orwell Diaries*, p. 249.

42) Wendy Johnson, *Gardening at the Dragon's Gate* (New York: Bantam Dell, 2008), p. 121.

43) George Woodcock, *The Crystal Spirit: A Study of George Orwell* (Boston: Little, Brown and Co., 1966), p. 61.

44) carla bergman and Nick Montgomery, *Joyful Militancy: Building Thriving Resistance in Toxic Times* (Oakland, Calif.: PM Press, 2017), pp. 59–60.

II 지하로 가기

1 연기, 셰일, 얼음, 진흙, 재

1) Michael Pollan, *The Botany of Desire* (New York: Random House, 2001), "우리는 길들이기라는 것을 우리가 다른 종에 대해 행하는 무엇으로 생각하지만,

반대로 특정한 동식물이 살아남기 위한 영리한 진화의 방편으로 우리에게 행해온 무엇이라 생각하는 것도 일리가 있다."

2) *The Road to Wigan Pier*, p. 152.

3) *The Road to Wigan Pier*, pp. 14–15.

4) *The Road to Wigan Pier*, p. 98.

5) *George Orwell Diaries* (Wigan Pier section), p. 77.

6) *George Orwell Diaries*, p. 37.

7) *The Road to Wigan Pier*, p. 18.

2 석탄기

1) "Variscan Orogeny," Geological Society of London, https://www.geolsoc.org.uk/Plate-Tectonics/Chap4-Plate-Tectonics-of-the-UK/Variscan-Orogeny.

2) Howard J. Falcon-Lang, William A. DiMichele, Scott Elrick, and W. John Nelson, "Going underground: In search of Carboniferous coal forests," *Geology Today* 25, no. 5 (September–October 2009): 181–84.

3) Georg Feulner, "Formation of most of our coal brought Earth close to global glaciation," *Proceedings of the National Academy of Sciences of the United States of America* 114, no. 43 (October 24, 2017): 11333-11337. https://doi.org/10.1073/pnas.1712062114.

4) Karl Marx and Frederick Engels, *The Communist Manifesto: A Modern Edition* (London: Verso, 1998), p. 39.

5) M. Ilin, *New Russia's Primer: The Story of the Five-Year Plan*, trans. George S. Counts and Nucia P. Lodge (New York: Houghton Mifflin, 1931), https://marxists.org/subject/art/literature/children/texts/ilin/new/ch06.html에서 찾아볼 수 있다.

3 어둠 속에서

1) *The Road to Wigan Pier*, p. 30.

2) *The Condition and Treatment of the Children Employed in the Mines of the United Kingdom* (London: William Strange, 1842), p. 48.

3) 1800년부터 현재까지 영국 광업에 대한 통계는 Hannah Ritchie, "The death of UK coal five charts," *Our World in Data*, January 28, 2019, https://ourworldindata.org/death-uk-coal.

4) Ritchie, "The death of UK coal."

5) Jasper Jolly, "Great Britain records two weeks of coal-free electricity generation," *Guardian*, May 31, 2019, https://www.theguardian.com/business/2019/may/31/great-britain-records-two-weeks-of-coal-free-electricity-generation.

6) *George Orwell Diaries*, p. 47.

7) *George Orwell Diaries*, p. 71.

8) *The Road to Wigan Pier*, p. 28.

9) 리처드 리스의 말은 Peter Stansky and William Abrahams, *Orwell: The Transformation* (New York: Alfred A. Knopf, 1979), p. 145에서 재인용.

10) "Why I Write," in *Smothered Under Journalism*, p. 319. 「나는 왜 쓰는가」(1946).

11) "Case Study—The Great Smog," Royal Meteorological Society, www.metlink.org/other-weather/miscellaneous-weather/case-studies/case-study-great-smog/.

12) 1만 2000명이 죽었다고 널리 알려진 것은 다음 보고서 때문인 것으로 보인다. Michelle L. Bell, Devra L. Davis, and Tony Fletcher, "A Retrospective Assessment of Mortality from the London Smog Episode of 1952: The Role of Influenza and Pollution," *Environmental Health Perspectives*, January 2004, pp. 6–8.

13) 2019년 연구는 Damian Carrington, "Air pollution deaths are double previous estimates, finds research," *Guardian*, March 12, 2019, https://www.theguardian.com/environment/2019/mar/12/air-pollution-deaths-are-double-previous-estimates-finds-research. 2021년 연구는 Oliver Milman, " 'Invisible killer': fossil fuels caused 8.7m deaths globally in 2018, research finds," *Guardian*, February 9, 2021, https://www.theguardian.com/environment/2021/feb/09/fossil-fuels-pollution-deaths-research.

14) PA Media, "Carbon dioxode levels in atmosphere reach record high," *Guardian*, April 7, 2021, https://www.theguardian.com/environment/2021/apr/07/carbon-dioxide-levels-in-atmosphere-reach-record-high.

III 빵과 장미

1 장미와 혁명

1) 경매가를 보도한 기사는 Rita Reif, Auctions, *New York Times*, April 19, 1991.

2) Patricia Albers, *Shadows, Fire, Snow: The Life of Tina Modotti* (Berkeley: University of California Press, 2002), p. 126.

3) 피터 카요티의 말은 2019년 캘리포니아주 코르테 마데라에 있는 서점 북패시지에서 마이클 폴란 및 저자와 함께 했던 공개 대담에서 한 것.

4) From Shakespeare's "Sonnet 94," *William Shakespeare's Sonnets*, edited Thomas Tyler (London: David Nutt, 1890), p. 253.

5) Dante, *Paradiso*, XXXIII, lines 6–9, translated by James Finn Cotter (Amity, NY: Amity House, 1987), p. 610.

6) D. A. Brading, *Mexican Phoenix: Our Lady of Guadalupe: Image and Tradition Across Five Centuries* (Cambridge: Cambridge University Press, 2001), p. 357.

2 우리는 장미를 위해서도 싸운다

1) 토드가 일리노이 남부에서 만난 일과 '빵과 장미'라는 문구의 탄생에 관해서는 Helen Todd, "Getting Out the Vote: An Account of a Week's Automobile Campaign by Women Suffragists," *The American Magazine*, September 1911, p. 611–19.

2) James Oppenheim, *The American Magazine*, December 1911, p. 214.

3) 「8시간(Eight Hours)」 노래 가사의 일부. 이 노래는 I. G. 블랜처드 작사, 제시 H. 존스 목사 작곡으로 1878년에 처음 발표되었다. *The Fireside Book of Favorite American Songs*, edited by Margaret Bradford Boni (New

York: Simon and Schuster, 1952)에 수록. https://www.marxists.org/subject/mayday/music/eighthour.html 참조.

4) 스나이더먼의 연설은 다음 글로 발표되었다. "Votes for Women," *Life and Labor*, September 1912, p. 288.

3 장미 예찬

1) As I Please, *Orwell in Tribune*, p. 87. 「나 좋은 대로 (9)」(《트리뷴》, 1944년 1월 28일).

2) As I Please, *Orwell in Tribune*, pp. 129–30. 「나 좋은 대로 (21)」(《트리뷴》, 1944년 4월 21일).

3) "Some Thoughts on the Common Toad," *Tribune*, April 12, 1946, and in *Orwell in Tribune*, p. 307 and *Smothered Under Journalism*, p. 239. 「두꺼비에 관한 단상」(《트리뷴》, 1946년 4월 12일).

4) Daniela Späth/lbh, "Conspiracies swirl in 1939 Nazi art burning," Deutsche Welle (DW), March 20, 2014, https://www.dw.com/en/conspiracies-wirl_in_1939-azi-rt-urning/a_17510022.

5) 블런트의 말은 Miranda Carter, *Anthony Blunt: His Lives* (New York: Farrar, Straus & Giroux, 2003), pp. 149 and 203에서 재인용.

6) Lawrence Weschler, *Vermeer in Bosnia* (New York: Pantheon Books, 2004), p. 14.

7) Weschler, *Vermeer in Bosnia*, p. 16.

8) "T. S. Eliot," in *Orwell: My Country Right or Left*, pp. 239–40. 「T. S. 엘리엇」(《포이트리》, 1942년 10/11월).

9) "Politics and the English Language," in *George Orwell: In Front of Your Nose*, p. 137. 「정치와 영어」(《호라이즌》, 1946년 4월).

10) "Why I Write," in *Smothered Under Journalism*, p. 319. 「나는 왜 쓰는가」 (1946).

11) "Some Thoughts on the Common Toad," in *Smothered Under Journalism*, p. 240. 「두꺼비에 대한 단상」(1946).

12) As I Please 4, *Tribune*, December 24, 1943, and in *Orwell in Tribune*, p. 74. 「나 좋은 대로 (4)」(《트리뷴》, 1943년 12월 24일).

13) Milan Kundera, 필립 로스(Philip Roth)와의 인터뷰, *New York Times*, November 30, 1980.

14) "Can Socialists Be Happy?," *Tribune*, December 24, 1943, and in *Orwell in Tribune*, pp. 67 and 68. 「사회주의자는 행복할 수 있는가?」(《트리뷴》, 1943년 12월 24일).

15) *Nineteen Eighty-Four*, p. 78.

16) "The Prevention of Literature," in *George Orwell: In Front of Your Nose*, p. 72. 「문학 예방」(《폴레믹》, 1946년 1월).

17) "Can Socialists Be Happy?," *Tribune*, December 24, 1943, and in Orwell in Tribune, p. 70. 「사회주의자는 행복할 수 있는가?」(1943).

18) *Orwell in Tribune*, p. 71.

4 버터 바른 토스트

1) Woodcock, *The Crystal Spirit*, p. 167.

2) Anthony Powell, *Infants of the Spring* (Berkeley: University of California Press, 1977), p. 98.

3) 폴릿의 서평은 다음에 다시 실려 있다. "Harry Pollitt's Review of Orwell's 'The Road to Wigan Pier,'" *Scottish Communists*, October 5, 2017, https://scottish-ommunists.org.uk/communist-arty/britain_s_socialist-eritage/110-arry-ollitt_s_review_of_orwell_s_the-oad_to_wigan-ier.

4) *Homage to Catalonia* (San Diego, CA: Harcourt Brace & Company, 1980), p. 72.

5) *Homage to Catalonia*, p. 101.

6) *Homage to Catalonia*, p. 104.

7) *Homage to Catalonia*, pp. 42–43.

8) *Homage to Catalonia*, pp. 42–43.

9) Stephen Spender in Richard Cross\-man, ed., *The God That Failed* (New York: Harper and Row, 1949), p. 255.

10) "A Hanging," in *Orwell: An Age Like This*, p. 45. 「교수형」(《아델피》, 1931년 8월).

11) "Looking Back on the Spanish War," in *Orwell: My Country Right or*

Left, p. 254. 「스페인전쟁을 회고하며」(《뉴로드(*New Road*)》, 1943년). 1938년 4월 15일 스티븐 스펜더에게 보낸 편지에서 오웰은 자신이 스펜더를 직접 만나보기 전에는 "살롱 볼셰비키"의 전형으로 공격했었다고 썼다. "당신을 만나 좋아하게 되지 않았다 하더라도, 나는 역시 태도를 바꿔야 했을 겁니다. 왜냐하면 실제로 어떤 사람을 만나고 나면, 그 역시 인간이며 어떤 이념을 구현하는 회화 같은 것이 아님을 대번에 깨닫게 되기 때문이지요."(*George Orwell: A Life in Letters*, p. 105)

12) Eileen Blair, 노라 마일스(Norah Myles)에게 보낸 편지, in *George Orwell: A Life in Letters*, p. 95.

5 어제의 마지막 장미

1) Eileen Blair, 오빠 로런스 오쇼네시에게 보낸 편지, in *George Orwell: A Life in Letters*, p. 77.

2) Adam Hochschild, *Spain in Our Hearts: Americans in the Spanish Civil War, 1936–1939* (New York: Houghton Mifflin Harcourt, 2016), p. 47.

3) *Homage to Catalonia*, p. 186.

4) Albers, *Shadows, Fire, Snow*, pp. 301–4.

5) Albers, *Shadows, Fire, Snow*, p. 178. 오웰의 또 다른 동시대인이었던 루이스 맥니스(Louis MacNeice)는 이렇게 썼다. "공산당의 가장 강한 호소력은 그것이 희생을 요구한다는 것이었다. 자아를 함몰시켜야 하는 것이었다."(Carter, *Anthony Blunt*, p. 111)

6) 비토리오 비달리에 대해서는 다음 책들도 참조. Dorothy Gallagher, *All the Right Enemies: The Life and Murder of Carlo Tresca*; Burnett Bolloten, *The Spanish Civil War: Revolution and Counterrevolution*; Paul Preston, *The Spanish Holocaust: Inquisition and Extermination in Twentieth-Century Spain*; and Dominic Moran, *Pablo Neruda*. 모런은 이렇게 쓰고 있다. "그는 앤드루 닌을 스페인으로 다시 납치하여 끔찍하게 살해하는 일에도 가담했다. 그곳에서 그는 소련의 인가를 받아 공산당 '반체제 인사' 수백 명의 처형에도 가담했다."(p. 89)

7) Albers, *Shadows, Fire, Snow*, p. 287.

8) Emma Goldman, *Living My Life* (New York: Cosimo Classics, 2011), p. 56.

9) 파스의 말은 Albers, *Shadows, Fire, Snow*, p. 299에서 재인용.

10) Hugh Thomas, *The Spanish Civil War*, rev. ed. (New York: Modern Library, 2001), p. 310.

11) *Homage to Catalonia*, pp. 231-32.

12) Pablo Neruda, "Tina Modotti Ha Muerto," translated as "Tina Modotti Is Dead," in *Pablo Neruda, Residence on Earth*, trans. Donald D. Walsh (New York: New Directions, 1973), pp. 325-36.

13) Victor Serge, *Notebooks* (New York: NYRB Books, 2019), p. 135. 그는 이어 "티나 모도티가 탄압을 당했다고 확신한다"고 썼다(p. 144). 퍼트리샤 알버스는 모도티의 전기에서 그녀가 독살당했다고 믿는 이들을 거론하며(p. 331) 그녀가 "공화파 스페인에서 코미사리오 카를로의 숙청 행위에 혐오를 느낀다"고 말했다는 한 멕시코 보도에 대해 언급하고 있다. 그녀는 또한 무정부주의자 카를로 트레스카(그 역시 훗날 비달리가 죽였다고 한다)도 비달리가 그렇게 했다고 생각했다는 말도 인용하고 있다. Paul Preston, *The Spanish Holocaust: Inquisition and Extermination in Twentieth- Century Spain*, p. 353: "잠시 제5연대에서 비달리의 조수였던 이오시프 그리굴레비치(코드명 '막스')와 비달리 자신(코드명 '마리오') 둘다 NKVD의 특수 업무(암살, 테러, 태업, 납치) 담당 부서에 속해 있었다. 이 부서를 지휘하는 사람은 야코프 이사코비치 세레브리안스키였다. 비달리와 그리굴레비치 모두 나중에는 트로츠키 암살의 최초 시도에 깊이 연루된다."

IV 스탈린의 레몬

1 수석 길

1) 에스더 브룩스는 자신이 몽크스 피칫이라 명명한 윌링턴의 이 시골집에 대해 펴낸 작은 안내서에서 그렇게 말했다.

2) John W. M. Wallace, *An Agricultural History of the Parish of Wallington: Farming from Domesday Onwards* (Wallington UK: Wallington Parochial Church Council, 2010).

3) Gilles Deleuze and Felix Guattari, *A Thousand Plateaus: Capitalism and*

Schizophrenia, trans. Brian Massumi (Minneapolis: University of Minnesota, 1987), pp. 7 (first two) and 11.

4) Henry David Thoreau, *Walden and Other Writings of Henry David Thoreau* (New York: The Modern Library, 1937), p. 203.

5) Charles C. Hurst, "Genetics of the Rose," *The Gardeners' Chronicle* 84, nos. 35–36 (July 14, 1928).

6) 이 목록은 케임브리지 대학 도서관에 있는 그의 문서들 속에 있다.

2 거짓말 제국

1) John R. Baker, "Science, Culture and Freedom," in *Freedom of Expression: A Symposium* (London: Hutchinson International Authors Ltd., 1945), pp. 118–19.

2) Gary Paul Nabhan, *Where Our Food Comes From: Retracing Nikolay Vavilov's Quest to End Famine* (Washington, DC: Island Press, 2011), p. 11.

3) J. V. Stalin, "Anarchism or Socialism?"(1906-7), in *Works*, vol. 1, *November 1901–April 1907* (Moscow: Foreign Languages Publishing House, 1954), marxists.org/reference/archive/stalin/works/1906/12/x01.htm.

4) Anton Pannekoek, *Marxism and Darwinism* (Chicago: Charles H. Kerr and Company Cooperative, 1913), p. 28.

5) Julian Huxley, *Soviet Genetics and World Science* (London: Chatto and Windus, 1949), p. 183.

6) 버나드 쇼는 1933년 3월 2일 《맨체스터 가디언》에 기고한 편지에서 이렇게 주장했다. "특히 불쾌하고 우스꽝스러운 것은 러시아 노동자들의 여건을 예속과 기근으로, 5개년 계획을 실패로, 새로운 기업들을 파산으로, 공산주의 체제를 붕괴 직전으로 묘사하려는 낡은 시도의 재탕이다. …… 그런 경제적 예속과 박탈과 실업과 향상에 대한 냉소적 절망의 증거를 우리는 아무 데서도 보지 못했다고 기록하기를 원한다. 그런 것은 우리 자신의 나라들에서는 불가피한 것으로 받아들여지고 언론에 의해 '아무런 뉴스 가치'가 없는 것으로 무시되는 터이다."

7) 맬컴 머그리지는 1933년 《맨체스터 가디언》에 기고한 일련의 기사들에서 그렇게 했고, 개러스 존스는 같은 해 《뉴욕 이브닝 포스트(*New York Evening*

Post)》및 기타 신문들에 실은 기사들에서 그렇게 했다.

8) 머그리지의 인용문들은 1933년 3월 27일 《맨체스터 가디언》에 익명으로 쓴
글에서 가져왔다.

9) Eugene Lyons, *Assignment in Utopia, in Orwell: An Age Like This*, p. 333에 대한 서평; 첫 게재 지면은 *The New English Weekly*, June 9, 1938.

10) Eugene Lyons, *Assignment in Utopia* (New York: Harcourt Brace & Co., 1937), p. 240.

11) Adam Hochschild, *The Unquiet Ghost: Russians Remember Stalin* (Boston: Mariner Books, 2003), p. xv.

12) 바빌로프의 말은 Peter Pringle, *The Murder of Nikolai Vavilov: The Story of Stalin's Persecution of One of the Twentieth Century's Greatest Scientists* (London: JR Books, 2009), p. 231에서 재인용.

13) Simon Ings, *Stalin and the Scientists* (New York: Grove Atlantic, 2017), p. 292.

14) *Our Job Is to Make Life Worth Living*, vol. 20 of *The Complete Works of George Orwell*, ed. Peter Davison (London: Secker & Warburg, 1998), p. 214.

3 레몬에 대한 강압

1) 한 가지 설은 https://ww2today.com/5th-february-1945-churchill-roosevelt-and-stalin-meet-at-yalta에, 다른 한 가지 설은 CIA's journal *Studies in Intelligence* 46, no. 1 (Pittsburgh: Government Printing Office, 2002), pp. 29와 102에 실려 있다.

2) Molotov in Zhores A. Medvedev and Roy Aleksandrovich, *The Unknown Stalin* (New York: The Abrams Press, 2004), p. 194. 이 기사의 필자들은 또한 "1946년에 그는 특히 레몬에 각을 세웠다"고 썼다.

3) V. M. Molotov and Feliz Chuev, *Molotov Remembers: Inside Kremlin Politics* (Chicago: Ivan R. Dee, 2007), p. 175. 이 공직자는 조지아 중앙위원회 수석서기를 지냈던 아카키 이바노비치 멜라체였다.

4) Svetlana Alliluyeva, *Twenty Letters to a Friend*, trans. Priscilla Johnson McMillan (New York: Harper & Row, 1967), p. 28.

5) *Stalin's Near Dacha* (러시아어). "Сталин. Большая книга о нем" Коллектив

авторов под редакцией А.И.Анискина. Глава 16. Эвкалипты и лимоны. *Stalin: A Big Book about Him*, ed. A. I. Aniskin (Moscow: ACT, 2014), p. 324.

6) Lewis Carroll, *The Annotated Alice in Wonderland*, an introduction by Martin Gardner (New York: Bramhall House, 1960), p. 106.

7) *Tribune*, February 4, 1944, and in George Orwell: As I Please, p. 88. 「나 좋은 대로 (10)」(《트리뷴》, 1944년 2월 4일).

8) *Nineteen Eighty-Four*, p. 284.

9) Nabhan, *Where Our Food Comes From*, p. 176.

V 후퇴와 공격

1 인클로저

1) 이언 해밀턴 핀레이의 말은 Robin Gillanders, *Little Sparta* (Edinburgh: Scottish National Portrait Gallery, 1998)를 비롯한 여러 곳에서 인용.

2) Peter Linebaugh, *Stop, Thief!* (Oakland, CA: PM Press, 2013), p. 144.

3) John Clare, *Selected Poems* (London: Penguin Classics, 2004), p. 169.

4) Arthur Young, *A General View of the Agriculture of Hertfordshire Drawn Up for the Consideration of the Board of Agriculture and Internal Improvement* (London: Printed by B. McMillan, 1804), p. 48.

5) Ann Bermingham, *Landscape and Ideology: The English Rustic Tradition, 1740–1860* (Berkeley: University of California Press, 1986), p. 1.

6) Bermingham, *Landscape and Ideology*, pp. 13–14.

7) From Brecht's poem "An die Nachgeborenen," translated for the author by Professor Christina Gerhardt.

8) 카르티에-브레송의 말은 Estelle Jussim and Elizabeth Lindquist-Cock, *Landscape as Photograph* (New Haven, CT: Yale University Press, 1985), p. 140에서 재인용.

9) Rachel Elbaum, "Australian crews race to contain blazes ahead of heat wave later this week," *NBC News*, January 7, 2020, https://www.

nbcnews.com/news/world/australian-crews-race-contain-blazes-ahead-heatwave-later-week-n11116.

10) "Inside the Whale," in *Orwell: An Age Like This*, p. 503. 「고래 뱃속에서」 (1940년 3월 11일, 같은 제호의 에세이집에 처음 실림).

11) 후아나 알리시아의 작품은 https://juanaalicia.com에서 볼 수 있다.

2 젠틸리티

1) Katharine Baetjer, *British Paintings in the Metropolitan Museum of Art, 1575–1875* (New Haven, CT: Yale University Press, 2009), p. 64.

2) Baetjer, *British Paintings in the Metropolitan Museum of Art*, p. 65.

3) Katharine Baetjer, *British Portraits in the Metropolitan Museum of Art* (New York: The Metropolitan Museum, 1999), p. 27.

4) Mary Prince, *The History of Mary Prince, a West Indian Slave, Related by Herself* (London: F. Westley and A. H. Davis, 1831), p. 6.

5) Eileen O'Shaughnessy Blair in *The Lost Orwell*, p. 65.

6) *Coming Up for Air*, p. 108.

7) *Slavery and the British Country House*, ed. Madge Dresser and Andrew Hann (Swindon, UK: English Heritage, 2013), p. 13, http://historicengland.org.uk/images-books/publications/slavery-and-british-country-house/.

8) *Slavery and the British Country House*, p. 20.

3 설탕, 양귀비, 티크

1) https://www.ucl.ac.uk/lbs/estate/view/1789.

2) David Mills, *A Dictionary of English Place Names* (Oxford: Oxford University Press, 2011), p. 356.

3) Walter W. Skeat, *The Place Names of Suffolk* (Cambridge: Cambridge Antiquarian Society, 1914), p. 114.

4) W. J. N. Liddal, *The Place Names of Fife and Kinross* (Edinburgh: William Green and Sons, 1896), p. 45.

5) 오웰의 선조들에 관해서는 Peter Stansky and William Abraham, *The Unknown Orwell* (New York: Alfred A. Knopf, 1972), pp. 4-9와 Gordon

Bowker가 쓴 전기 *George Orwell* (London: Abacus, 2003), pages 3–10에 같은 내용이 실려 있다.

6) Garry Littman, "A Splendid Income: The World's Greatest Drug Cartel," *Bilan*, November 24, 2015, https://www.bilan.ch/opingarry-littman/_a_splendid_income_the_world_s_greatest_drug_cartel.

7) *Burmese Days* (New York: Houghton Mifflin Harcourt Company, 1962), p. 39.

8) 나는 이 중 몇 가지 정보를 가계 관련 웹사이트들에서 얻었고, 그래서 이미 출간된 기록들보다 조금 더 멀리 나갈 수 있었다.

4 올드 블러시

1) "The Drumbeats of Fashion," *Washington Post Magazine*, March 10, 1985.

2) 친츠의 어원은 Rosemary Crill, *Chintz: Indian Textiles for the West* (London: Victoria and Albert Publishing in association with Mapin Publishing, 2008), p. 9.

3) Crill, *Chintz*, p. 16.

4) Linda Eaton, *Printed Textiles: British and American Cottons and Linens, 1700–1850* (New York: The Monacelli Press, 2014), p. 108.

5) Charles C. Hurst, "Notes on the Origin and Evolution of Our Garden Roses," *Journal of the Royal Horticultural Society* 66 (1941): 73–82.

6) David Austin, *The English Roses: Classic Favorites & New Selections* (Richmond Hill, ON: Firefly Books, 2008). On p. 190, "'모티머 새클러'는 많은 공간을 차지하는 큰 덤불을 이룬다."

7) Yonatan Mendel, "A Palestinian Day Out," *London Review of Books*, August 15, 2019, https://www.lrb.co.uk/the-paper/v41/n16/yonatan-mendel/diary.

5 악의 꽃

1) Jamaica Kincaid, *A Small Place* (New York: Farrar, Straus & Giroux, 2000), p. 31.

2) Jamaica Kincaid, *My Garden* (Book) (New York: Straus and Giroux, 1999), p. 120.

3) Jamaica Kincaid, "Inside the American Snow Dome," *Review*, November 11, 2020 https://www.theparisreview.org/blog/2020/11/11/inside-the-american-snow-dome/.

4) Jamaica Kincaid, "Flowers of Evil," *New Yorker*, October 5, 1992, p. 156.

5) Kincaid, "Mariah," *New Yorker*, June 26, 1989, pp. 32 and 35.

6) Jamaica Kincaid, "Alien Soil," *New Yorker*, June 21, 1993, p. 51.

7) Jamaica Kincaid, "Garden Inspired by William Wordsworth's Dances with Daffodils," *Architectural Digest*, May 2007, https://www.architecturaldigest.com/story/gardens-article.

8) George Orwell, *Diaries*, p. 261.

9) *The Road to Wigan Pier*, p. 148.

10) "Do Our Colonies Pay?," in *Orwell in Tribune*, p. 301. 「우리 식민지들은 돈이 되는가?」(《트리뷴》, 1946년 3월 8일).

VI 장미의 값

1 아름다움이라는 문제

1) As I Please, April 21, 1944, in *Orwell in Tribune*, p. 129. 「나 좋은 대로 (21)」(《트리뷴》, 1944년 4월 21일).

2) "The Lion and the Unicorn: Socialism and the English Genius," published in 1941 as a small book, and in *Orwell: My Country Right or Left* (Boston: David R. Godine, 2000), pp. 58–59. 『사자와 일각수』(1941).

3) "The Lion and the Unicorn," in *Orwell: My Country Right or Left*, p. 59. 「사자와 일각수」(1941).

4) Carey, introduction to *George Orwell: Essays* (New York: Alfred A. Knopf, 2002), p. xv.

5) *Nineteen Eighty-Four*, pp. 109–10.

6) Elaine Scarry, *Beauty and Being Just* (Princeton, NJ: Princeton University

Press), p. 61.

7) Scarry, *Beauty and Being Just*, p. 61.

8) Zoe Leonard 애나 블룸(Anna Blume)과의 인터뷰. Anthony Meier Fine Arts, http://www.anthonymeierfinearts.com/attachment/en/555f2 a8acfaf3429568b4568/Press/555f2b29cfaf3429568b5c35.IntheRose Factory

2 장미 공장에서

1) Nate Miller, *Mother's Day in the Flower Fields: Labor Conditions and Social Challenges for Colombia's Flower Sector Employees*, published by the Project for International Accompaniment and Solidarity and by Global Exchange, http://pasointernational.org/wp-content/ uploads/2017/05/Colombias-Cut-Flower-Industry_-May-2017-PASO-Compressed.pdf에서 찾아볼 수 있다.

2) *The Road to Wigan Pier*, p. 29.

3 수정 같은 정신

1) "Politics vs. Literature: An Examination of Gulliver's Travels," *Polemic*, September–October 1946, and in *Smothered Under Journalism*, p. 429. 「정치 대 문학: 걸리버 여행기에 대한 검토」(《폴레믹》, 1946년 9/10월).

2) "Benefit of Clergy: Some Notes on Salvador Dali," in *George Orwell: As I Please*, p. 161. 「성직자의 특권: 살바도르 달리에 관한 몇 가지 단상」(『새터디 북』, 1944년 6월 게재 예정이었으나 외설성을 이유로 취소됨).

3) *Homage to Catalonia*, p. 3.

4) *Homage to Catalonia*, p. 5.

5) "Looking Back on the Spanish Civil War," published 1943, in *Orwell: My Country Right or Left*, p. 267. 「스페인전쟁을 회고하며」(1943).

6) *George Orwell Diaries*, p. 330, 1941년 3월 4일 일기.

7) *The Trials of J. Robert Oppenheimerd*의 기록, dir. David Grubin, aired January 26, 2009, on PBS, https://www-tc.pbs.org/wgbh/ americanexperience/media/pdf/transcript/Oppenheimer_transcript.

pdf.

1) Rilke, "Les Roses," in *The Complete French Poems of Rainer Maria Rilke*, trans. A. Poulin (Minneapolis: Graywolf Press, 2002), p. 8.

2) Shakespeare, "Sonnet 54," *William Shakespeare's Sonnets*, edited by Thomas Tyler (London: David Nutt, 1890), p. 212.

1) "Inside the Whale," in *Orwell: An Age Like This*, p. 496. 「고래 뱃속에서」 (1940)

2) Bok, *Lying* (New York: Vintage, 1999), p. 18.

3) Hannah Arendt, *The Origins of Totalitarianism* (New York: Harcourt Brace & World, 1951), p. 474.

4) "The Prevention of Literature," published 1946, in *George Orwell: In Front of Your Nose* (Boston: David R. Godine, 2000), p. 63. 「문학 예방」(1946).

5) *George Orwell: In Front of Your Nose*, p. 67.

6) "Politics and the English Language," in *George Orwell: In Front of Your Nose*, p. 136. 「정치와 영어」(1946).

7) *George Orwell: In Front of Your Nose*, p. 136.

8) *George Orwell: In Front of Your Nose*, p. 136.

9) *Nineteen Eighty-Four*, p. 60.

10) *Nineteen Eighty-Four*, p. 344.

11) "The Prevention of Literature," in *George Orwell: In Front of Your Nose*, p. 72. 「문학 예방」(1946).

12) "Why I Write," in *Smothered Under Journalism*, p. 318. 「나는 왜 쓰는가」 (1946).

13) *Smothered Under Journalism*, p. 320.

14) *Smothered Under Journalism*, p. 319.

15) *Smothered Under Journalism*, p. 319.

16) *Smothered Under Journalism*, p. 319.

17) 빅터 골란츠에게 보낸 편지. *Facing Unpleasant Facts*, 1937–1939, vol. 11 of *The Complete Works of George Orwell*, ed. Peter Davison (London: Secker & Warburg, 1998), p. 356.

VII 오웰강

1 즐거움의 목록

1) Coppard and Crick, *Orwell Remembered*, p. 171.

2) *George Orwell: A Life in Letters*, p. 236.

3) Bernard Crick, *George Orwell: A Life* (Boston: Little, Brown and Co., 1981), p. 296.

4) "In Defence of English Cooking," in John Carey, ed., *George Orwell: Collected Essays* (New York: Everyman's Library, 2002), pp. 971 and 972. 「영국 요리를 옹호함」(《이브닝 스탠더드(*Evening Standard*)》, 1945년 12월 15일).

5) "Just Junk—But Who Could Resist It?" *Evening Standard*, January 5, 1946, and in *Smothered Under Journalism*, p. 18. 「골동품상의 매력」(《이브닝 스탠더드》, 1946년 1월 5일).

6) *Coming Up for Air* (Boston: Houghton Mifflin, 1969), p. 87.

7) "Just Junk—But Who Could Resist It?," *Evening Standard*, January 5, 1946, and in *Smothered Under Journalism*, p. 18. 「골동품상의 매력」 (1946).

8) "Just Junk—But Who Could Resist It?," *Evening Standard*, January 5, 1946, and in *Smothered Under Journalism*, p. 19. 「골동품상의 매력」 (1946).

9) Fredric Warburg to Roger Senhouse in *Smothered Under Journalism*, p. 38.

10) "The Art of Donald McGill," in *Orwell: My Country Right or Left*, pp. 162–63. 「도널드 맥길의 예술」(《호라이즌》, 1941년 9월).

11) Letter to Geoffrey Gorer, January 22, 1946, in *George Orwell: A Life in Letters*, p. 287.

12) 이것과 다음 인용들은 "Bad Climates Are Best," *Evening Standard*, February 2, 1946, and in *Smothered Under Journalism*, pp. 90–92. 「나쁜 날씨가 제일 좋은 날씨」(《이브닝 스탠더드》, 1946년 2월 2일).

13) "The Moon Under Water," *Evening Standard*, February 9, 1946, and in *Smothered Under Journalism*, p. 99. 「물 속의 달」(《이브닝 스탠더드》, 1946년 2월 9일).

14) "Pleasure Spots," *Tribune*, January 11, 1946, and in *Smothered Under Journalism*, p. 32. 「행락지」(《트리뷴》, 1946년 1월 11일).

15) 도러시 플로먼(Dorothy Plowman)에게 보낸 편지. February 19, 1946, in *Smothered Under Journalism*, pp. 115–16.

16) 앤 포펌(Anne Popham)에게 보낸 편지. March 15, 1946, in *Smothered Under Journalism*, pp. 153–54.

17) 이것과 다음 인용문들은 "Some Thoughts on the Common Toad," *Tribune*, April 12, 1946, and in *Smothered Under Journalism*, pp. 238–40. 「두꺼비에 대한 단상」(1946).

18) 이네스 홀든(Inez Holden)에게 보낸 편지. April 9, 1946, in *Smothered Under Journalism*, p. 230.

19) "A Good Word for the Vicar of Bray," in *Smothered Under Journalism*, p. 260. 「브레이 본당신부를 위한 한마디」(1946).

20) 앤 포펌에게 보낸 편지. April 18, 1946, in *Smothered Under Journalism*, p. 249. 그는 분명 편지들을 남겨두고 갔던 듯, 그 집의 다음 주인인 에스더 브룩스가 태웠다.

21) *George Orwell Diaries*, p. 418.

22) Betsy Mason, "Bomb-Damage Maps Reveal London's World War II Devastation," *National Geographic*, May 18, 2016, https://www.nationalgeographic.com/science/article/bomb-damage-maps-reveal-londons-world-war-ii-devastation.

23) *George Orwell Diaries*, p. 288.

24) Susan Watson in Coppard and Crick, *Orwell Remembered*, p. 220.

25) 마이클 마이어(Michael Meyer)에게 보낸 편지. May 23, 1946, in *George Orwell: A Life in Letters*, p. 312.

26) 리처드 블레어가 오웰협회와의 대담에서 한 말. February 21, 2021. "The Orwell Society George Talk: Barnhill A Most Ungetatable Place," *The Orwell Society*, February 22, 2021, YouTube video, 1:20:44, https://www.youtube.com/watch?v=BBReOKNoB7M.

27) 리처드 리스에게 보낸 편지. July 5, 1946, in *George Orwell: A Life in Letters*, p. 317.

28) 다마리스 플레처가 저자에게 보낸 메일(2020년 9월 25일). 오늘날도 아일오브스카이의 성에는 드넓은 꽃밭이 있으며, 버나드 크릭은 오웰 전기에 이렇게 쓰고 있다. "기후는 온화했다. 오웰의 성격과 그의 마지막 저작들에 관한 정교한 비평적 이론들은 등온(等溫)적 판타지에 기초해 있다. …… 가령 해협에서 20마일가량 아래쪽에는 기어섬과 아카모어 하우스의 정원이 있는데, 그곳에는 영국의 섬들 중에서 가장 아름다운 철쭉과 동백과 진달래를 모아 놓은 수목원이 있다." Bernard Crick, *George Orwell: A Life*, p. 354.

29) *Tribune*, February 15, 1946, and in *Smothered Under Journalism*, p. 108. 「영국식 살인의 쇠퇴」(《트리뷴》, 1946년 2월 15일). 그가 남성 독자를, 그의 아내는 "이미 팔걸이의자에서 잠들어 있는" 독자를 상상했다는 점은 주목할 만하다.

30) "On Housing," *Tribune*, January 25, 1946, and in *Smothered Under Journalism*, p. 78. 「주거에 대하여」(《트리뷴》, 1946년 1월).

31) Richard Rees, *George Orwell: Fugitive from the Camp of Victory* (London: Secker & Warburg, 1961), pp. 151-52.

2 꽃과 열매

1) Vladimir Nabokov, *Speak, Memory* (New York: Vintage, 1989), p. 115.

2) *Nineteen Eighty-Four*, p. 33.

3) *Nineteen Eighty-Four*, pp. 35-36.

4) *Nineteen Eighty-Four*, p. 36.

5) *Nineteen Eighty-Four*, p. 143.

6) *Nineteen Eighty-Four*, p. 189.

7) *Nineteen Eighty-Four*, p. 190.

8) *Nineteen Eighty-Four*, p. 168.

9) *Nineteen Eighty-Four*, p. 169.

10) *Nineteen Eighty-Four*, p. 159.

11) *Nineteen Eighty-Four*, p. 35.

12) *Nineteen Eighty-Four*, p. 92.

13) *Nineteen Eighty-Four*, p. 304.

14) *Nineteen Eighty-Four*, p. 250.

15) *Nineteen Eighty-Four*, p. 251.

16) Margaret Atwood, "Orwell and Me," *Guardian*, June 16, 2003, https://www.theguardian.com/books/2003/jun/16/georgeorwell.artsfeatures.

17) Atwood, "Orwell and Me," in *Guardian*.

18) *Nineteen Eighty-Four*, p. 145.

19) Octavia Butler, "A Few Rules for Predicting the Future."

20) *George Orwell: A Life in Letters*, p. 377.

21) *George Orwell Diaries*, p. 541.

22) *George Orwell Diaries*, p. 562.

23) *Our Job Is to Make Life Worth Living*, p. 203.

24) *Life*, July 25, 1949, and in *Our Job Is to Make Life Worth Living*, p. 135.

25) "Reflections on Gandhi," *Partisan Review*, January 1949, and in *Our Job Is to Make Life Worth Living*, p. 8. 「간디에 대한 소견」(《파티잔 리뷰》, 1949년 1월).

26) "Reflections Gandhi," in *Our Job Is to Make Life Worth Living*, p. 7. 「간디에 대한 소견」(1949).

3 오웰강

1) 오웰강에 대한 모든 역사적 정보는 다음 책에서 얻은 것이다. W. G. Arnott, *Orwell Estuary: The Story of Ipswich River* (with Harwich and the Stour) (Ipswich, UK: Norman Adlard & Co., 1954).

도판 출처

예언자와 고슴도치

D. Collings, *Muriel the Goat*, 1939. (Portrait of Orwell at Wallington.) Courtesy of the Orwell Archive, University College London Services, Special Collections.

지하로 가기

Sasha, untitled image showing coal miners and coal wagon, Tilmanstone Colliery, Kent, 1930. D and S Photography Archives / Alamy Stock Photo.

빵과 장미

Tina Modotti, *Roses, Mexico*, 1924. Courtesy Michael Mattis and Judy Hochberg Collection.

Verso of Tina Modotti, *Roses, Mexico*, 1924, showing Vittorio Vidali's stamp. Courtesy Michael Mattis and Judy Hochberg Collection.

스탈린의 레몬

Yakov Guminer, *2 + 2, plus workers' enthusiasm = 5*, 1931. Via Wikimedia Commons.

후퇴와 공격

Sir Joshua Reynolds, *The Honorable Henry Fane (1739–1802) with Inigo Jones and Charles Blair*, 1761–66. Collection of the Metropolitan Museum.

장미의 값

Rose production near Bogotá, Colombia, 2019. Image by the author.

오웰강

Vernon Richards, *Orwell and Son*, 1945. Courtesy of the Orwell Archive, University College London Library Services, Special Collections.

찾아보기

위기의 시대에 기쁨으로 저항하는 법

오웰의 장미

1판 1쇄 펴냄 2022년 11월 25일
1판 2쇄 펴냄 2022년 12월 23일

지은이	리베카 솔닛	출판등록 1997. 3. 24.(제16-1444호)
옮긴이	최애리	(06027) 서울시 강남구 도산대로1길 62
		강남출판문화센터
편집	최예원 조은 조준태	대표전화 515-2000 | 팩시밀리 515-2007
미술	김낙훈 한나은 이민지	편집부 517-4263 | 팩시밀리 514-2329
전자책	이미화	
마케팅	정대용 허진호 김채훈 홍수현	한국어판 ⓒ (주)사이언스북스, 2022.
	이지원 이지혜 이호정	Printed in Seoul, Korea.
홍보	이시윤 윤영우	
저작권	남유선 김다정 송지영	ISBN 979-11-92107-97-4 (03800)
제작	임지헌 김한수 임수아	
관리	박경희 김도희 김지현	반비는 민음사출판그룹의
펴낸이	박상준	인문·교양 브랜드입니다.
펴낸곳	반비	

만든 사람들
책임편집 조은
디자인 한나은

* 이 책의 본문은 '을유1945' 서체를 사용했습니다.